U0902267

中国古典文学名著丛书

济公全传

中

[清] 郭小亭 著

華夏出版社
HUAXIA PUBLISHING HOUSE

第七十八回

丢公文柴杜被捉　说假话圣僧投案

话说济公刚走到十字街,见许多的官兵衙役锁着柴元禄、杜振英。书中交代,一支笔难写两件事。怎么柴、杜二位班头会被人锁上呢?这其中有一段隐情。和尚由店里起来说出恭,柴、杜二人在屋中等候。工夫大了,不见和尚出恭回来。柴头就说:“杜贤弟,你瞧和尚真是半疯。把茶壶弄碎了,洒了一炕的茶,把包裹也沾湿了。”杜振英说:“打开包袱瞧瞧吧,也许海捕公文①也湿了。”二人把包袱打开一看,果然文书湿了一个尖角。虽有油纸包着,但日子多了,油纸磨破了,故此印进水去。二人把文书拿出来了,放在炕上。又等了半天,和尚还不进来。柴头说:“咱们瞧瞧去,和尚又许出了岔子。”二人出了东配房,来到茅房一瞧,见伙计拿着灯笼在茅房外头站着发愣。柴头说:“我们那位和尚出恭,还没出完呢?”伙计也等急了,探头往里一瞧,和尚踪迹不见。伙计说:“怪呀,怎么会没有了?”柴头说:“怎么啦?”伙计说:“我瞧着和尚进了茅房,怎么会没有了?”柴头说:“是不是和尚走了?”杜振英说:“真是被你猜着了。”说着话二人转身往回走。只见由东配房他们住的房里出来一个人,穿着一身夜行衣,拧身上房。柴头、杜头一愣,这个时节要追也追不上。柴头说:“快到屋里瞧瞧丢了东西没有。”二人赶紧来到屋中一看,办华云龙的海捕文书没有了。柴头就嚷起来,伙计过来问:“什么事?”柴头说:“我们丢了东西了。”伙计说:“这倒不错。你们来了三个人,剩了两个。反说丢了东西,打算讹我们可不成?你打听打听我们这店里,开了不是一年半年。都要这样讹起来,我们的买卖就不用做了。”柴头是真急了,伙计一吵闹,掌柜的也过来。这个店的东家,原本是龙游县的三班总头杨国栋。在本地很是人物,无人不知。今天掌柜的过来一问,伙计说:“他们来了三个人。

---

① 海捕——旧时对逃亡或隐藏的人犯,以文书形式通行各地,犹如后来的通缉。

有一个和尚,也不知哪去了。他们两个人还说丢了东西。”掌柜的一听说:“好,这必是和尚把东西拿了走,他们活局子①讹咱们。伙计,你问问住居的众位客人去,丢东西没有?要丢了东西,跟他们两个人要!”伙计就嚷:“众位住店的客人,瞧瞧屋里丢东西没有?要丢了,趁早说。”各屋里全点上灯。伙计挨着屋子问,里面都答话说没丢什么。问来问去,问到上房屋里,没人答话,伙计说:“上房的大师父丢东西没有?”连问了数声,屋里并不答言。伙计一推门,门虚掩着。伙计进去一瞧,里间屋子有灯光,伙计刚一掀帘子,“哟”了一声,吓得掉头往外就跑。掌柜和众伙友一瞧,这个伙计颜色都变了。大众就问:“怎么了?”这个伙计连话都说不出来了。缓了半天,说:“我的妈,吓死我了!”大众来到上房一看,见那个秃头和尚的大脑袋掉在地下,死尸坐在椅子上。半倚半靠,掌柜的一瞧说:“别叫东配房那两个人走了!这必是他们一同来的那个穷和尚,把这个秃头和尚杀了跑了。”大众一想,觉得这话对。赶紧来到东配房,就把柴元禄、杜振英堵住。掌柜的说:“穷和尚杀了人跑了,你两人必知道。人命关天,我担不了,咱们是一场官司。”柴元禄、杜振英实不知情,哪能应答。大众一吵,嚷了半夜。掌柜的说:“众位别叫这两人走了。”当时叫地保给县里送信。少时,该班头役官兵都来了,刘头说:“你们二位,打官司去吧。”哗啦一抖铁链,把柴元禄、杜振英锁上。柴头说:“众位班头锁我们,因为什么?”刘头说:“你们二位不必分说,有什么话到堂上说去。”柴元禄、杜振英把公文丢了,本来着急。这又出了人命案,心中暗恨和尚。天光亮了,众官兵衙役拉着柴元禄、杜振英够奔龙游县去过堂。出了杨家店,刚走到十字街,济公由对面来了。和尚一瞧说:“好的,你们这两行人,到底是晕天亮,还要把花把的瓢摘了。摘了,不急付流扯活,可叫翅子窑的鹦爪孙把你们两个浮住。这还得叫我跟着打官司。”柴头、杜头一听和尚这话,把眼都气直了。书中交代,和尚说的这是什么话?这原本是江湖黑话。晕天,就是夜里,把花把的瓢摘了,是拿刀把和尚杀了。不急付流扯活、叫翅子窑的鹦爪孙浮住,说是不跑被官人拿住。柴头一听,说:“好和尚,谁教给你这些话?”和尚说:“不是你们两人教给我的吗?”官人一听说:“大师父是朋友,全说了。官司你打了吧。”和尚说:“打了。好朋

① 活局子——即“设圈套”之意。

友做好朋友当。”小伙计散役过来，一抖铁链，把和尚锁上，拉着就走。这个散役说：“和尚真是好朋友。”和尚说：“那是。冲这一手，喝你的酒多不多？”这个散役本是新当差的，一听和尚要喝酒，他说：“你走吧。你喝我的酒，你真是得了屋子想炕。”和尚说：“你这东西，给脸不要脸。我和尚冲你官司不打了！”说着话，和尚一抖铁链上了房。刘头一瞧，过来打了伙计一个嘴巴说：“你这是把差事挤走了，你担得了？”小伙计也不敢言语。刘头说：“大师父请下来。喝酒我请。”和尚说：“我冲你官司打了。”说着话，和尚蹿下来，说：“刘头贵姓呀？”刘头说：“大师父这是存心。叫我刘头，又问我贵姓。”和尚说：“你请我哪喝？”刘头说：“龙游县衙门对过，有一座大酒饭馆，什么都有。你想吃什么要什么，我决不吝惜。我那里有账，现钱我可没有。”和尚说：“就是吧。”说着话来到龙游县衙门对过。一瞧，路南的酒馆字号是“三义居”。和尚同众人进了酒店，来到后堂落座。刘头说：“和尚你是好朋友，不能叫我们费事。你回头把案全说了。”和尚说：“全说。一点不留。”刘头说：“南门外头那案是你吧？”和尚说：“是我。”刘头说：“北门外高家钱铺门口那案也是你吧？”和尚说：“是我。有什么话，吃完了再说。”刘头说：“也好。回头吃完了饭，到班房，你把案一说，一写单子递上去，就得了。”和尚说：“先吃。伙计过来！”柴头、杜头知道和尚这是没安好心，要吃人家。伙计过来问：“大师父吃什么？”和尚说：“你们有什么？”伙计说：“应时小卖，上等海味席，一应俱全。”和尚说：“你给我办一桌上等海味席，五斤陈绍。”伙计答应，当时擦抹桌案。菜碟摆好，酒烫热了，干鲜果品、冷荤热炒，摆了一桌子。和尚说：“柴头、杜头，你们两个人不吃，瞧我吃。”和尚又吃又喝。刘头一瞧，心说：“和尚这是想开了。这几条人命，反正一定案，就得当时立斩之罪。”见和尚吃了个酒足饭饱，叫伙计一算账，共合十两四钱。刘头说：“写我的账。”这才带领和尚与柴、杜二人，一同来到衙门班房。刘头说：“和尚你说吧。南门外秀才高折桂的花园里，请了老道叶秋霜捉妖，在法台上，老道的脑袋没了，是怎么一段事？”和尚说：“我不知道。”刘头说：“你这就不对了。方才你说南门外的案子是你做的，你怎么又不认了。”和尚说：“我说的是南门外我偷过一个小鸡子，人命案我可没做过，我没有那么大胆子。”刘头说：“北门外高家钱铺门口，无缘无故一刀之伤，脖颈连筋。那条命案是你呀？”和尚说：“不是。我在北门外，那一天在高家钱铺门口，捡了一个大狸花猫。我偷了走,别的我不知道。”刘头说:“你这可是不对。我没问你偷鸡偷猫的案。东门外杨家店杀死秃头和尚,这总是你了?”和尚说:“那我更不知道了。”刘头说:“你这时不说,回头等老爷一升堂,用刑一拷,三推六问,你也得招认!那就晚了。”和尚说:“我真不知道,那也无法。”众班头赌气,也不问了。有人进去回禀老爷。老爷当时传壮皂快三班,立刻升堂,吩咐带和尚。不知济公上堂该当如何,且看下回分解。

第七十九回

龙游县日办三案　二龙居耍笑凶徒

话说济公来到衙门，工夫不大，老爷升堂，吩咐带和尚。济公来到大堂一站，见这位老爷，五官端正，仪表非俗。老爷往下面一瞧："你这僧人，见了本县为何不跪？"济公说："老爷为官，官宦自有官宦贵，僧家也有僧家尊。我又不犯国法王章，这里又没有佛祖，我跪的是哪个？"老爷一听说："你这僧人叫什么？在哪里庙里出家？"和尚说："老爷要问，我乃是灵隐寺济颠和尚。老爷可知道济公的名头高大？"老爷一想："济公乃是秦相的替僧，焉能这个样子？"心中有些不信。老爷说："你是济颠，东门外杨家店内脱头和尚被杀，你必知情？"和尚说："我一概不知。"老爷说："你既是灵隐寺的济颠，来此何干？"和尚说："老爷要问，我是奉秦相谕，带着临安两个班头出来办案，捉拿临安盗玉镯凤冠的贼人华云龙。"老爷吩咐："把两个班头带上来。"立刻把柴、杜二人带上公堂。柴元禄说："老爷在上，下役柴元禄给老爷请安。"杜振英也给老爷行礼。老爷问说："你两个人是临安的班头？"柴元禄说："是下役在临安太守衙门当捕快①。"老爷说："既是你们出来办案，可有海捕公文？拿来我看。"济公说："老爷要问公文，是昨天晚上在店里丢的。"老爷一听这话，勃然大怒，说："没这么巧事。大概我抄手问事，万不肯应。先把和尚给我拉下去重打四十大板，打完了再问。"旁边皂班一声答应，过来就把和尚拉下堂去。和尚就说："我要挨打了。"连嚷了两声。皂班说："和尚你嚷也不行，快趴下，免得叫我们费事。"正在这般光景，只听外面一声叫嚷："千万别打，我来了！"说着话由外面跑进一个人来，直奔公堂之上，道："老爷千万别打和尚。下役尹士雄，我认得这是灵隐寺济公。"知县说："尹士雄你怎么认的？"尹士雄说："当初救徐治平徐大老爷，我在秦相府阁天楼盗五雷八卦天师符，我见过济公一次。老爷，打不得的！"书中交代，尹士雄怎么会在

---

① 捕快——即追捕犯人的公人。

这衙门当官人呢？只因前者在临安秦相府盗五雷八卦天师符之后，搭救了徐治平。后来徐治平连登科甲，榜下即用知县。尹士雄去找徐治平，要跟徐治平去当差役。徐治平说："你是我救命的恩人，你跟我当差，我坐着叫你站着，我居心不安。要叫你坐着，又不成规矩。我给你荐举一个地方去当差吧。"就把尹士雄荐在龙游县。吴大老爷跟徐治平乃是同窗知己的朋友，也不能错待了尹士雄，就留下他叫他当八班的班总。今天尹士雄正在外面班房坐着，听说要打济颠和尚，尹士雄一想："要是济颠和尚，我认识，我去瞧瞧去。"故此这才来到公堂。一看，果然是济公。尹士雄赶紧回禀老爷。老爷听说，急忙下了坐位，上前说："圣僧千万不可见怪，弟子是一时的懵懂。今请圣僧上坐。"和尚说："老爷说哪里话来，你不知不为罪。"知县忙忙赔礼，说："弟子久闻圣僧大名，善晓过去未来之事，佛法无边。现在弟子这龙游县出了三条命案，都是一无凶手，二无对证。求圣僧你老人家给占算占算吧。"济公说："不用占算。老爷把文房四宝拿来，我和尚给你写出来好不好？"老爷一听，赶紧取过纸墨笔砚，交与济公。济公背着人，在袖口里写好封好。和尚说："老爷，你把我这张字柬带好。等着你到东门外杨家店验完了尸回来，那时轿子一落平，你打开我这张字柬瞧。这三条命案，我都给你写明白。可别早打开，如早打开，可不灵了。"知县吴老爷点头，接过字柬一看，上面画一个酒坛子，钉着七个锔子。这是和尚的花样。老爷把字柬收好，和尚说："老爷，你派你的两位班头杨国栋、尹士雄跟我和尚办案去。叫我这两个班头暂在衙门歇歇。"知县答应，叫杨国栋、尹士雄跟圣僧去办案。两位班头答应，跟着和尚下堂，一同出了衙门。尹士雄说："圣僧一向可好？"和尚说："好。没有病。"尹士雄说："杨大哥。我听说嫂嫂不是病着么？"杨国栋说："不错。"尹士雄说："大哥你给济公叩头，求求他老人家。真称得妙药仙丹，手到病除。无论什么病，都能治得好。"杨国栋一听，立刻给和尚行礼，说："圣僧慈悲慈悲吧，给我点妙药灵丹。"济公说："不要忙，丹药倒有，咱们先办案去要紧。"尹士雄说："师父上哪去办案？"和尚说："上五里碑。"这两个人一瞧，和尚往前走三步，往后退两步。尹士雄说："圣僧你怎么这样走？什么时候走得到呢。快点走呀。"和尚说："我要快走，你两个人跟得上么？"杨国栋说："跟得上。"和尚迈步"踢踏踢踏"就走，电转星飞。这两人随后就追，转眼之际，和尚没影子了。这两个人一想，快追吧，反正同到五里碑相见。两个人一追,焉想到和尚藏在小胡同里。等这两个人追过去,和尚由小胡同出来,慢慢往前走。走了不远,见路西里有一座酒馆。掌柜的姓孙,正拿笔写花账。到节下一算,说多少是多少。多写两笔,人家也不查细账。掌柜的翻着账,拿着笔正要往下写。和尚迈步进去说:"辛苦,掌柜的姓孙吗?"掌柜的说:"我姓孙。什么事?"和尚说:"你跟龙游县的三班班总杨国栋是拜弟兄是不是?"掌柜说:"不错。"和尚说:"杨国栋的媳妇死了,你知道不知道?"掌柜的一听,吃了一惊。一着急,笔往下一落,把账上画了一道黑圈。自己一瞧,反把账都勾了。掌柜的说:"和尚你怎么知道?"和尚说:"今天早起,杨头到我的庙里去,讲接三焰口。他说五个和尚接三,七个和尚放焰口,搭鬼面坐。我说七个人接三,十一个人放焰口,搭天花座。临完了唱一出四郎探母,代打脸挂胡子。"掌柜的一听,说:"你们庙里焰口真热闹。"和尚说:"热闹。杨头告诉我说,叫我顺便来给个信,故此我才来送信。"掌柜说:"大师父劳驾,里面坐,喝碗茶,吃盅酒吧。"和尚说:"好,我正想喝酒。"掌柜的立刻叫伙计拿了两壶酒给和尚喝。掌柜的说:"我跟杨头换帖,我不能不去。回头先到饽饽铺定一桌饽饽。记我的账。"那几个伙计说:"素日杨头跟咱们都不错,咱们大家送份公礼,到布铺撕八尺蓝呢,叫刻字铺做四个金字,要'驾返瑶池'。"大众说:"就是吧。"和尚喝完了酒,说:"我走了。"大众还说:"劳驾。"和尚无故给人家报丧,诓了两壶酒吃。出了酒店,慢慢往前走,来到十字街。和尚抬头一看,见路南有一座酒饭店,字号是"德隆居"。刀砧乱响,过卖传菜,里面酒饭座挤不动,偏挤满了。对过路北也有一座酒饭馆,字号"二龙居",里面一个饭座没有,掌柜的坐在店内冲盹,跑堂的坐着发愁,灶上空敲擀面杖。和尚迈步进了二龙居。和尚说:"伙计,你这屋里怎么这样清净?"伙计说:"大师爷别提了。先前老掌柜的在日,这屋里的买卖,龙游县是要算头一家,谁不知二龙居?现在我们老掌柜的去世了,我们少掌柜的,可就差得多。真是买卖在人做。他一接手,买卖就不好。又偏巧我们这屋里的伙计出去,在对过开了一座德隆居。虽然说船多不碍江,可是人家那屋里一天比一天好,我们一天不如一天。昨天卖了八百多钱,大家吃了,今天还没开张。我是这屋里的徒弟。我打算赌口气,多买点货,跟对过比着卖。他卖一百二的菜,我卖一百。无奈我有心没力。”和尚哈哈一笑，说：“你愿意多卖钱不愿意？”伙计说：“怎么不愿意？”和尚说：“你既愿意，我有主意。”罗汉这才施佛法，大展神通，要在二龙居招酒座，捉拿凶手。不知后事如何，且看下回分解。

第八十回

听闲言一怒打和尚　验尸厂凶犯吐实情

话说济公来到二龙居,听伙计一说,和尚说:“你愿意多卖钱不愿意?”伙计说:“我愿意多卖钱。可是你瞧,没有多少货。就是几斤肉,还有十几斤面,有一只小鸡子,酒也不多。就是有座没东西,怎么多卖钱?”和尚说:“不要紧。有水没有?”伙计说:“后头有井。”和尚说:“有水就得有酒。你就打水当酒卖,我准保没人挑眼,我能叫你当时卖一百吊钱。我叫掌柜的摇摇算盘,叫灶上小勺敲大勺。我要两壶酒,你就唱白干两壶。叫他们嚷卖,回头就有座。做饭馆子的买卖,是要热闹才好。”伙计也是穷急了,就依着和尚主意,告诉掌柜的摇算盘,灶上就敲勺,摔擀面杖。和尚说:“来两壶酒。”伙计喊道:“白干两壶。”掌柜的、众人全都答应,喊嚷卖呀。伙计刚把酒给和尚拿了来,外面进来了酒客,伙计一瞧,认得是对过杂粮店的陈掌柜。素常这位陈掌柜最恼喝酒的人,他屋里的伙计,要一喝酒,被他知道就不要了。今天他自己刚吃完饭,在门口漱口,心里一迷,进了二龙居说:“来两壶酒。”伙计知道陈掌柜素不吃酒,就问他道:“陈掌柜,今天怎么也要喝酒?”陈掌柜把眼一瞪,说:“我要喝,你管我么!”伙计碰了个钉子,给他拿了两壶酒过来。陈掌柜心里一明白,自己一想:“我刚吃完饭,我又不喝酒,怎么心里一糊涂就要喝酒呢?”自己再一想:“既然要了,我倒尝尝酒是什么味。”他平素不喝酒的人,今天也喝上了。这个时节,又进来一个酒客。两眼发直,手里端着一个碗。买了三个钱的韭菜花,一个钱的香油。他出来买东西,走到二龙居门口,心里一迷,进来坐下说:“来两壶酒。”伙计答应,把酒拿过来。这个人忽然明白了,自己一想:“我家的饭没吃完,怎么我进来要酒呢?”自己正发愣,外面又是进来一个人。也端着一个碗,里面有两块豆腐,原本家里等着做菜。走在酒店门口,自己不由得进来了,坐下就要酒,伙计把酒拿过来。这才明白了,回想家里等着做菜,叫我买豆腐。自己说:“干什么进来要两壶酒吃呢?”这个说:“我有韭菜花,你把豆腐搁在内拌着,咱们两个喝吧。我也没打算成心来喝酒。"这两人也喝上了。三五成群,直往里走。忽见外面进来一人,手里拿着五包菜,进来坐下,自言自语地说:"老二,给你一包。老三,给你一包。老四,给你一包。老五,给你一包。伙计,来十壶酒,先来六个菜。你们哥四个,想什么要什么。"伙计一瞧,见他一人好像跟几个人说话,也不知怎么回事。书中交代,这个人原本是拜兄弟五个,他行大。请四位兄弟吃饭,它定的是德隆居。那四个人进了德隆居。他一迷糊,仿佛瞧见那四个人都在这里坐着,因此把酒菜要了。伙计给端了来,他这明白了。自己一想:"这是二龙居。"已然把菜要了,也无法了。即到德隆居一瞧,那四个人等着他,还没要菜。他把四个人叫过来。少时,酒座就满了,伙计也忙不过来了。人一多,酒都打完了。伙计一想,没酒打凉水。当时到后面打了一桶凉水,倒到酒坛子里拿酒壶灌了,就给酒座拿过两壶去。刚给拿过去,那位酒座就叫:"伙计过来!"伙计一想:"了不得了,必是给凉水,不答应了。"伙计赶紧过来说:"大爷什么事?"这位酒客说:"你们这酒怎么改了?"伙计说:"许是打错了。"这位酒客说:"这个酒比先前的好得多。要是老卖这个酒,我就每天来吃。"伙计一想:"真怪!怎么给他凉水,他反说好呢?"屋中酒客,随来随往,拥挤不堪。只见由外面又进来两个人。头里这人是青白脸膛,两道短眉毛,一双三角眼,鹰鼻子,俏下颏,两腮无肉,穿着一身青,歪戴着帽子,肩披着大氅。后面跟定一人,也是兔头蛇眼,龟背蛇腰。这两个人一进来,众酒客全嚷:"三爷四爷,这边喝吧!"这两个人说:"众位别嚷。"走进来就在和尚后面一张桌子坐下。伙计一瞧是这两个人,就一皱眉,知道这两个人素常净讲究嘴上抹石灰白吃。伙计无奈,过来擦抹桌案说:"二位要什么酒菜?"这两个人要了两壶酒、两个菜,喝上了。和尚一回头说:"二位才来呀。"这二人没听见,也没答话。和尚把桌子一拍说:"我和尚让好朋友,不理我还罢了。就凭你们两个王八,也在这里充好朋友不理我。我和尚二十顷稻田地、两座庙,都花在你们媳妇身上,把你们养活了。这回不理我,充好朋友。"这两个人也不知道和尚是骂谁,也不能答话。众酒饭客可都知道和尚是骂这两个人。众人心说:"敢情这两个人是王八,不是好朋友。"都拿眼瞧着这两个人。和尚直骂,这两个人有一个说:"我问问他骂谁呢。"说着话,就站起来。那个说:"老四,你坐下。和尚说二十顷稻田地、两座庙都花了,花在你家里。你去问他是吗?"这个说:"别胡说,那是花在你家里!"这个说:

"你既不认得,你何必去问他?"说着话这个又坐下了。和尚说:"我骂的是你!"两人一听这话,真急了,站起来说:"和尚你骂谁呢?"和尚说:"我二十顷稻田地、两座庙都花在你们家里,你二人媳妇身上。今天叫我做衣裳,明天叫我打镯子。你们两人见我穷了,不理我了。"这两个人一听这话,气得颜色更改,说:"好和尚,你认得我们两个人是谁?只要你说出我二人的名姓来,就算你把二十顷稻田都花在我们女人身上了。"和尚一听,说:"你叫抓天鹞鹰张福,行三。你家里就是两口人,你媳妇是白脸膛,今年二十五岁。你叫过街老鼠李禄,行四。你家里也是小两口。你媳妇是黑黄脸膛。我花了许多钱,你还不知道?连你们家里有几床被,我都知道。"这两个人一听,真急了,就要跟和尚动手。和尚说:"要打,咱们外头街上打去,别连累人家的买卖。"说着话,张福、李禄同和尚三人出了酒店。张福、李禄就要揪和尚。和尚围着这两个人绕弯,拧一把,掐一把,这两个人老揪不住和尚。张福急了,抡拳照着和尚脑袋就是一拳,正打在后脑袋上。直仿佛打在豆腐上,"扑"的一下,拳头打在脑袋里去,立刻花红脑浆迸流。和尚说:"你可打了我了。"翻身栽倒,蹬蹬腿,咧咧嘴,和尚气绝身亡。张福大吃一惊,心说:"好糟脑袋!我一拳就会打碎了。"本地面官人过来说:"好,你们打死人了。"张福说:"是李禄打死的。"李禄说:"是张福打死的。"官人说:"你们二人不用争论,到衙门再说去吧。"哗啦一抖铁链,把两个人锁上。刚要带着走,就见由正东上鸣锣开道。说:"闲人躲开,县太爷轿子来了。"书中交代,知县是坐着轿子,到东门外杨家店去验尸。带着刑房仵作①,来到杨家店。仵作找本地面官人,给预备五十斤酒,洗洗手。要一领新席,一个新锅。地方姓干,叫干出身。赶紧跑来说:"众位头儿闭闭眼吧。验完了,我必有个面子。"仵作说:"就是。你给预备半斤酒洗洗手。"当时一验,仵作一报说:"皮吞肉卷,生前致命。一刀之伤,并无二处。"先生写了尸格。老爷把店里掌柜的叫过来一问:"这个和尚被谁杀死,你可知道?"掌柜的回老爷:"昨日三更,不知被谁杀死?"老爷问:"他在这里住了多少日子?几个人住店?"掌柜的说:"就是他一个人,住了二十三天。"老爷说:"你店里几个伙计?谁跟和尚不对?"掌柜的说:"八个伙计,都在这里。没有跟和尚不对。"老爷吩咐:"你且把死尸

---

① 仵(wǔ)作——旧时官府中检验尸首的役吏。

成殓起来。”掌柜的答应。老爷吩咐打轿回衙。仵作找地方问：“怎么样？”地方官人说：“你们几位要面，到对过每位吃两碗，我来算。”仵作说：“我只当是验完给我们几吊钱哪，哪知叫我们吃面。我们也不吃，底下有事，咱们再说。”赌气跟着老爷的轿子，一同回衙。刚走到十字街，官人过来说：“回禀老爷，打死和尚了！”老爷说：“哪里的和尚？”官人说：“一个穷和尚。已然拿住两个凶手。”老爷吩咐轿子落平，带凶手。当时把张福、李禄往轿前一带。老爷一审问口供，焉想到又招出一条人命案来。不知后事如何，且看下回分解。

第八十一回

看字柬心皈圣僧　追尸身路遇班头

话说知县吩咐把凶手带过来,官人把张福、李禄带过来,知县一看说:"你们两个人姓什么?"这个说:"小人叫抓天鹞鹰张福。"那个说:"小人叫过街老鼠李禄。"老爷说:"你两个人谁把和尚打死的?"李禄说:"是张福把那和尚打死的,我是劝架来着。"张福说:"是李禄打死的。"老爷说:"你这两个东西混账,倒是谁打死的?"李禄说:"老爷不信,瞧张福手上有血。他说我打死的,我手上没血。"老爷立刻派官人一验,果然张福手上有血。知县说:"张福,明明是你打死的,你还狡赖!"张福说:"回老爷,和尚是我打死的。北门外高家钱铺门口,一刀砍死刘二混,那可是李禄杀的。"老爷一听一愣。书中交代,怪不得和尚说他两个人是王八,原本张福、李禄这两个人是破落户出身,在外面做光棍,欺财主,无所不为。家里每人娶了个媳妇。这两个人在外面尽交的有钱的浮荡子弟。瞧见人家一有钱,这两个人就套着跟人家交朋友,没有交不上的,爱吃的人,他就先请他吃;爱嫖的人,他也陪着他嫖。日子长了,他就带往自己家里,叫他女人勾引人家。他作为①不知道,充好朋友。不是向人家借钱,就是向人家借当。他女人叫他今天打镯子,明天又叫置衣裳,两口子吃人家。怎么刘二混会被李禄杀了呢?皆因刘二混有个本家,给了他几百两银子。李禄见刘二混有了钱,他就把刘二混招到家去住着,吃喝不分。李禄的妻子一勾引刘二混,刘二混也是年轻的人,焉有不贪色的?把自己银子拿出来,吃喝穿戴,全是他的。后来刘二混把银子都花完了,还在李禄家吃喝,李禄就往外撵,刘二混说:"我把钱都花在你们家里,我也没处去,你叫走不行。你们吃我就吃,你们喝我就喝。"李禄实在没有法子,也撵不出去,心中暗恨刘二混。这天张福跟李禄两人在酒馆内喝酒谈心。这两个是拜兄弟,彼此一类,谁也不瞒谁。李禄说:"张三哥你瞧,现在我家里这个刘二混,他

---

① 作为——当做。

吃我喝我,讹住我了,我也撵不出去,实在可恨。我打算把他约出来,请他喝酒。拿酒把他灌醉了,我把他杀了。三哥,你给帮个忙儿行不行?以后你也有用我的地方,我也不能含糊。"张福说:"就是吧。"两个商量好了,次日把刘二混约出来喝酒,李禄暗带钢刀一把。两个人拿酒一灌刘二混,刘二混本来心里又烦,酒吃多了。吃得酩酊大醉,不能转动,人事不知,李禄由酒店把他背出来。天有二更以后,张福跟着,走到高家钱铺门口,见众铺户都关去,四外无人。李禄素常跟高家钱铺有仇,皆因换银子,钱铺给他要钱,他老说合的少,常常口角相争。李禄一想:"就把刘二混杀在他铺门口,叫他打一场无头案的官司。"说罢,立刻将刘二混放在地下。刘二混醉得人事不知,李禄拿出刀来,一刀竟将刘二混结果了性命。杀完了,同张福各自回家,两个人从此更亲近了。自打算这件事人不知,鬼不觉,就算完了,焉想到天网恢恢,疏而不漏。今天张福一想:"打死和尚,李禄往我身上推干净。"心中一恨,这才回禀老爷:"和尚是我打死的。北门外高家钱铺门口,一刀砍死刘二混,那可是李禄杀的。"张福就把从前已往之事,如此这般一回禀,老爷听明白了,这才问李禄怎么杀的。李禄张口结舌说:"是张福的主意。他帮我杀的。"老爷说:"你这两个东西混账之极。来人先把他两个人押起来,本县先验尸。"刚要吩咐仵作验尸,忽然想起济公那件字柬:"和尚就叫我由东门外回头,轿子一落平,就看字柬。我倒看看和尚的字柬写的是什么东西?"想罢掏出来字柬,拆开了看,上写是:"贫僧今日必死,老爷前来验尸。吩咐仵作莫相移,休叫贫僧露体。"知县一看,暗为点头。果然济公有先见之明。立刻吩咐仵作:"不准脱和尚的衣裳移动死尸,就验脑袋上的伤就是了。"仵作答应,过来看明白说:"回禀老爷,和尚后脑海有二寸多长、三寸多宽的伤。伤了致命处,花红脑浆迸流。"老爷点了点头,叫招房先生把尸格写了,吩咐先用席将和尚盖上,派地方官人看着,老爷这才叫官人押张福、李禄回龙游县衙门。老爷走后,地方本面的官人,拿席把和尚的死尸盖上。众官人来到二龙居说:"掌柜的,这件事吏不举、官不究。我们要一回老爷,由你这铺子里打的架,你就得跟着打官司。"掌柜的说:"众位,没这个事,来到我这里喝酒,我也没含糊,何况乎有事?将来这件事完了,我必有一分人心。"叫伙计来给众位打酒,炒几样菜。众人坐下,地方说:"刘头你瞧和尚脑袋,怎么只一拳就会打碎了?"刘头说:"我想着也怪。"掌柜的说:"可惜这位和尚死了，是我们的财神爷。平常我这屋里没上过座，今天都是他招接来的座。和尚要不死，我每天管他两顿饭吃。”地方说：“你别胡闹了。我瞧和尚是怎么样死的？”说着话，就跑出来一掀席，只见和尚朝他龇牙一动，吓得他往里就跑。官人忙问：“怎么了？”地方说：“死尸朝我一笑！”官人说：“你别胡说了。已然死了，还能朝你笑？必是你眼迷离了。我瞧去。”这个官人过来刚一掀席，和尚一翻身坐起来了，拿手一摸脑袋说“哎哟”，站起来往南就跑。地方官人就追，叫喊：“截住走尸呀！”众人一听，走了尸，谁不躲得远远的，都怕死尸碰着就要死。和尚一直出了南门，往东，刚到东南城门边，往北一拐，见眼前一个人，身高不满五尺，五短的身材。头戴紫金帽，身穿紫箭袖袍，腰系丝绦，薄底靴子。面皮微紫，凶眉恶目，押耳两绺黑毫，手中拿着包袱。和尚一看，心里说：“要办龙游县这两条命案，就在此人身上。”和尚自言自语地说：“这个龙游县的地方，可不比外乡村镇。要是外乡人来到这儿吃东西，恐怕都不懂得，准叫人家耻笑。”和尚说着话，赶在这个人头里走。这个矮子一听和尚的话，心中一想：“这龙游县的地方，与别处不同。真是一处不到一处迷，是处不到永不知。我何不跟着和尚？他要进酒馆要什么，我也要什么，准不露怯了。”想罢，就跟着和尚走。来到东门关乡，见和尚进了路北一座酒馆，这矮子也进了酒馆。见和尚脚一蹬板凳说：“来呀，小子拿壶酒来！”这个矮子一想：“这地方许是这个规矩。”他也脚一蹬板凳说：“来呀，小子拿壶酒来。”跑堂的一瞧：“这倒不错。”他不敢说这个矮子，跑堂的说：“大师父，别这么叫小子。”和尚说：“算我错了。你给我来一壶酒，要有两层皮有馅的来一个。”伙计心说：“和尚连馅饼都不懂。”伙计刚要走，这个矮子也说：“小子，给我来一壶好酒，要两层皮有馅的来一个。”伙计一想：“这两个人倒是一样排场来的。”赶紧给和尚拿了一壶酒、一个馅饼，也给矮子一壶酒、一个馅饼。和尚拿一根筷子当中一扎说：“吃这个东西，不会吃，叫人家笑话。”和尚拿筷子一批，一口就咬了半个。这个矮子也拿一根筷子一批。刚一咬，连热气带油，把嘴烫了。和尚一连要了十壶酒、十碟馅饼。这个人也照样要了十壶酒、十碟馅饼。和尚吃完，把十个碟子拿手一举，这个矮子也把十个碟子拿手一举。和尚往下一落，仿佛要摔；这个人也往下一撒手，把十个碟子摔了。和尚没撒手，见那人摔了，和尚哈哈一笑说：

“冤家小子。”这个一听，说：“好和尚，你冤我那可不行。”和尚拿这十个碟子照那人脸上就砍，把脑袋也砍破了。这人当时气往上撞，要跟和尚以死相拼。不知后事如何，且看下回分解。

第八十二回

济公饭馆打贼人　徐沛旅店遇故友

话说济公拿碟子照这人一砍,这人真急了,要跟和尚动手。和尚往外就跑,这人随后就追。伙计一瞧,这是活局。这两个人吃完了,把碟子摔了,装打架,成心不给钱。伙计随后也追出来,后面就喊:“二位别走,给了酒钱。二十壶酒,二十碟馅饼。不给钱可不行。”和尚也不回头,一直进了东门。这矮子随后紧紧追赶说:“好和尚,无缘无故你拿碟子砍我,我焉能跟你甘休!你上天,我赶到你灵霄殿。你入地,我赶到你水晶宫,好歹把你赶上!”和尚一边往前跑一边嚷:“了不得了,咱们两人是一场官司!”和尚说着话,跑到十字街,正碰见杨国栋、尹士雄由正南而来。这两个头儿也是追和尚,直追到五里碑,也没有追着。杨头说:“咱们回去吧。”二人复返往回走。刚走到南门,地方官人一瞧说:“尹头、杨头,瞧见死尸没有?”尹士雄说:“哪有死尸?”地方官人说:“在我段上死了个穷和尚。”尹士雄说:“在你的地面上,我们还没走到十字街,怎么会瞧见呢?”地方官人说:“不是。这个死尸走了尸,跑出了南门。”尹士雄就问:“死的是什么人?”地方官人就把抓天鹞鹰张福,过街老鼠李禄怎样打死穷和尚,老爷验了尸怎么派人看着,和尚走尸跑的话,从头至尾一说。杨国栋一听说:“了不得了,济公被人打死了。”尹士雄说:“你们不知道,济公神通广大,死不了。咱们一同回去吧。”地方官人这才同尹士雄、杨国栋一同回来。刚走到十字街,见和尚由正东跑来。地方官人一瞧说:“死尸来了!”尹士雄、杨国栋赶紧就问:“师父怎么回事?”和尚说:“了不得了,我们两人是一场官司,别叫追我的那矮子跑了。”尹士雄、杨国栋过去,就把那矮子截住。尹士雄说:“朋友别走了,你跟和尚打一场官司吧。”那人说:“好。我们是得打官司。”尹士雄过去,“哗啦”一抖铁链,就把这矮子锁住。这矮子说道:“和尚打官司,也不能锁我。”尹士雄说:“我们老爷有吩咐,在家人要跟出家人打官司,先锁在家人,不锁和尚。你走吧。”拉着这人刚要走,后面酒店伙计赶到说:“别走。”杨国栋一瞧认识。说:“刘伙计什么事?”伙计说:“这位吃了十碟馅饼、十壶酒。和尚吃了十碟馅饼、十壶酒。两人一打架,把二十碟都给摔了,酒钱也没给,两个人就跑出来了。”杨国栋说:“伙计你且回去吧。写我的账,该多少钱我给。”伙计一听,说:“既是杨大爷这么说,我就回去了。”伙计转身走了。和尚说:“咱们上衙门去打官司去。”地方官人过来说:“杨头,你替我回回老爷吧,大师父又活了。我就不上衙门去了。”杨头说:“就是吧。”尹士雄拉着这个矮子,大众往北走。走了不远,路西酒铺内孙掌柜跑出来说:“杨大爷你烦恼了。”杨头一愣,说:“我什么事烦恼?”孙掌柜说:“不是杨大奶奶死了么?”杨头说:“这话是谁说的?”孙掌柜用手一指,说:“就是这位大师父给送的信。”杨头说:“师父怎给我报丧来着?”和尚说:“我跟他闹着玩。因他给人家写花账。”孙掌柜一听说:“好和尚,你无故诓我,我把礼物都买了,还没送去。你就赔我!”杨头说:“得了,孙贤弟你今受点委屈吧。这位和尚也不是外人,瞧着我吧。”尹士雄说:“师父你怎么说人家死了,本来已经病着。”和尚说:“一咒十年旺,就死不了啦。”杨国栋说:“师父慈悲慈悲,给我一块药。”和尚点头,掏了一块药,给了杨国栋。这矮子就问:“这个和尚,是哪庙里的?”尹士雄说:“你要问和尚?我告诉你,跟和尚打官司,算你露了脸,增了光。这是灵隐寺济颠和尚。”这矮子一听,“呵”了一声说:“他是济颠哪!官司我不打了。”说着话,冷不防一抖铁链,拧身蹿上房去。和尚说:“别叫他走了,龙游县这两条命案,都在他一人身上。”书中交代,这个人姓徐名沛,名号叫小神飞,也是西川路的江洋大盗。龙游县的两条命案,怎么会在他身上呢?这其中有一段隐情。南门外高宅捉妖的那个老道叶秋霜,当初也是绿林人。后来在南门外三清观出了家。他得了一部邪书,名叫《阴魔宝箓》,上面有练邪术的法子,能练呼风唤雨、撒豆成兵、移山倒海、五行变化、点石成金、捉妖的法子、拘五鬼的法子、擒妖捉鬼各种的法子。这天老道正在庙里练功夫,来了一个僧人,乃是西川路五鬼之内的,姓李叫李兆明,外号人称开风鬼,跟老道系故旧之交,来望着老道。两个人一见面,各叙寒温。叶秋霜就问:“李贤弟打哪里来?”李兆明说:“由西川来。西川的绿林窝子给人家挑了,我也无处投奔。”老道就留下李兆明在庙里住着。老道早晚练功夫,李兆明就问:“练的是什么功夫?”老道就说:“得了一部天书,能练各种法术。”李兆明说:“道兄,你教给我练练。”老道说:“你练不了。要练一天得磕一千个头。”李兆明一想:“他这是不教给我。”心中暗恨着老道。这天高折桂请老道捉妖,李兆明知道这件事,他暗中跟着老道在法台捉妖。李兆明就后一刀,把老道杀了,把这本书得在手内。他也没回家,他就住在德兴杨家店,没事在店里瞧书,早晚练功夫。这天开风鬼李兆明在店门口站着,只见由东面来了一个人,乃是小神飞徐沛。一见和尚,赶紧过来行礼。李兆明就问:“徐贤弟打哪里来?”徐沛说:“我要到临安逛去。西川绿林的朋友都散了,我也无地可投。”李兆明把徐沛让到店里。一谈话,徐沛就问李兆明在这住着做什么呢?李兆明说:“我得了一部天书,练功夫呢。”徐沛说:“你教给我练练。”李兆明说:“你要练也行。你得找一个幼女天灵盖来。”徐沛说:“找天灵盖练什么?”李兆明说:“能练千里眼、顺风耳。”徐沛本是浑人,他就出来找幼女天灵盖。遇见看坟的,他就问:“这坟里埋的什么人?”看坟的只当是他要偷坟掘墓,也不肯告诉,说:“不知道。”徐沛连问了好几个,都不告诉他。他也问烦了,正在树林发愣歇着,由对面来了一个僧人,架着拐,是个瘸子。一见徐沛说:“徐贤弟,你在这做什么呢?”徐沛一瞧,认识这个和尚。叫昼瘸僧冯元志,也是西川路的江洋大盗。怎么叫昼瘸僧呢?皆因白天架着拐装瘸子,晚上上房飞檐走壁更灵便。他为的是遮盖,叫人家知道他是瘸子,不能做贼。今天一见徐沛,问徐沛做什么呢?徐沛把李兆明叫他找幼女天灵盖、练功夫的话说了一遍。冯元志说:“徐贤弟,你真实心眼。李兆明他是冤你。今天晚上我同你到店里,把李兆明杀了。你就把天书得过来,好不好?”徐沛说:“好。”冯元志他原本跟李兆明就有仇,这叫借刀杀人。两个人商量好了,一同到酒馆,吃完了饭。天有二鼓,来到德兴店。冯元志巡风,徐沛下去,进了上房一瞧,李兆明正趴在桌上睡了。徐沛手起刀落,把李兆明杀了,把书得在手内。刚要往外走,就听上房嚷:“杀了人了!”吓了徐沛一跳。济公嚷杀了人,那就上房杀了人。后来听和尚说出恭去,上了茅厕。冯元志他巡风,听屋里说公文湿了,他也不知什么公文。见柴头同杜头出去找和尚,冯元志由房上下来,进屋中一瞧,是宪批柴元禄、杜振英捉拿乾坤盗鼠华云龙的公文,冯元志就把公文揣在怀里,由屋中出来上房。柴头、杜头已瞧见,当时要追也没把冯元志追上。贼人盗了公文,等徐沛出来,冯元志就问:“怎么样了?”徐沛说:“我已然把天书得来,咱们上哪里去?”冯元志说:“咱们上开化县去。现在铁佛寺金眼佛姜天瑞姜大哥,撒绿林帖、传绿林箭。在西川路绿林朋友好几十位,在他庙里。他要修夹壁墙地窨子,所为绿林人有了案,可以在他那里躲避,是个扎足之地,咱们上开化县去。”徐沛说:“也好。”二人顺大路往前走。走到一座树林,见对面来了一个人。二人抬头一看,真是久旱逢甘雨,他乡遇故知。不知来者是谁,且看下回分解。

第八十三回

小神飞夜刺开风鬼　济禅师耍笑捉飞贼

话说昼瘸僧冯元志、小神飞徐沛二人正往前走，只见对面来了一个人，正是乾坤盗鼠华云龙。冯元志、徐沛二人赶紧上前行礼说："华二哥由哪里来？"华云龙说："我由蓬莱观来。好险，好险！几被陆通把我摔死。"冯元志就问："怎么回事？"华云龙就把已往从前之事，细说了一遍。冯元志说："华二哥，我告诉你一件事，叫你放心。我把拿你的海捕公文盗了来。"华云龙说："真的么？"冯元志就把杀李兆明、徐沛得天书、巧遇两个班头、在店里把文书怎么盗来的话，对华云龙一说。华云龙这才明白，说："你们二位上哪里去？"冯元志说："上开化县，你我一同走吧。现在铁佛寺金眼佛姜天瑞，撒绿林帖，请了多少朋友。要一同修夹壁墙地窨子呢！咱们三个人，一同去吧。"华云龙说："也好。"三个人这才一同走。这天来到开化县铁佛寺，一瞧庙里庙外，人烟稠密。三个人一打听，问什么事？有人说："庙里铁佛显圣，口吐人言。"三个人一直进庙，直奔后面。一瞧，就是金眼佛姜天瑞一个在庙里。三个人给姜天瑞一行礼。冯元志说："姜大哥，众位朋友哪里去了？"姜天瑞说："众位朋友都出去，分四路去做买卖。这里还有几位，叫他出来，给你三人引见引见。"大家彼此行礼。姜天瑞说："三位由哪里来？"华云龙就把自己之事一说，徐沛也把自己之事一说。姜天瑞说："徐贤弟，你得的什么书？给我瞧瞧。"徐沛就把书拿出来，交与姜天瑞。姜天瑞一瞧，说："徐贤弟，这书你也用不着，我留下了。"徐沛心中大大不悦，自己一想："我的东西，我还没爱够。我又没说给他，他竟留下，实实可气。"心里大不愿意，又不可说不给。惹不起姜天瑞，自己默默无言。华云龙这时说："我要走。"姜天瑞说："怎么？"华云龙说："我心里不安。怕济颠和尚一来，一个跑不了，那时连累了你们众位。"姜天瑞一听说："众位朋友，哪位到龙游县去，把这济颠和尚杀了，把人头带来。谁有这个胆量，替华二弟充光棍？"徐沛说："我去。"徐沛心里有自己的心思："我到龙游县不犯事便罢，犯了事，我先把他们拉出来，一个也跑不了。"他是暗恨姜天瑞,故此他说"我去"。姜天瑞说:"好。徐贤弟你辛苦一趟吧。"徐沛这才由开化起身。这天到龙游县东南城犄角,碰见济公。和尚一念道说:"龙游县这地方,不比别处,吃饭馆不知这里规矩的,花多了钱,还要被人耻笑。"徐沛一听,他原是个浑人,他这才跟和尚到酒铺去喝酒。和尚故意要跟他打起来,跑到十字街,叫尹士雄把徐沛锁上。徐沛先还要跟和尚打官司,只一听是济公,徐沛一拧身蹿上房去说:"他是济颠哪!官司我不打了。"和尚说:"别叫他走了,龙游县这两条命案,都在他一个身上。"杨国栋、尹士雄一听和尚这话,赶紧拧身上房。徐沛打算要跑,焉想到和尚手一指说:"唵敕令赫。"贼人要跑跑不了了,被尹士雄、杨国栋把贼人揪住,揪下房来。众人一齐同奔龙游县衙门。来到衙门,杨国栋进去一回话,说:"济公没死,现在拿了一个贼人,听候老爷审讯。"老爷正审问张福、李禄的口供。一听济公没死,老爷赶紧吩咐有请。立刻,济公叫尹士雄带领贼人上堂。老爷一瞧说:"圣僧请坐。下面贼人姓甚名谁?"徐沛也不隐瞒说:"回禀老爷,我叫小神飞徐沛。东门外杨家店脱头和尚,叫开风鬼李兆明,是我杀的。南门外老道叶秋霜,是李兆明杀的。我把他杀了,算他给叶秋霜抵命,没我的事。"老爷说:"你满嘴胡说。店里和尚是你杀的,公文可是你盗了去?"徐沛说:"公文不是我盗的,是昼瘸僧冯元志盗的,他同华云龙都在开化县铁佛寺住着,铁佛寺还有许多绿林人在那里。"老爷一听,也不再往下问,就吩咐将徐沛钉镣入狱。老爷说:"圣僧,还求你老人家辛苦一趟,带着我的班头去办案,将贼人拿来。"和尚说:"可以。老爷办一套文书,我和尚带杨国栋、尹士雄、柴元禄、杜振英四个人去。"知县立刻把文书办好,交与杨国栋。和尚带领四位班头,出了衙门,一直顺大路往前行走。和尚一面往前走,口唱狂歌,说道是:

南来北往走西东,看得浮生总是空。天也空,地也空,人生杳杳在其中,日也空,月也空,来来往往有何功?田也空,土也空,换了多少主人翁。金也空,银也空,死后何曾在手中。妻也空,子也空,黄泉路上不相逢。官也空,职也空,数尽孽障恨无穷。朝走西来暮走东,人生恰是采花蜂。采得百花成蜜后,到头辛苦一场空。夜深听尽三更鼓,翻身不觉五更钟。从头仔细思量看,便是南柯一梦中。

和尚说:"哎呀。阿弥陀佛。"和尚刚才将歌唱完,只听后面一声"无量佛”。大众回头一看，来了一位老道。头戴九梁道巾，身穿一件古铜色的道袍，腰系丝绦，白袜云鞋。面如三秋古月，年过古稀。发似三冬雪，鬓似九秋霜。海下一部银髯，洒满胸前。真是仙风道骨。跟着两个童子，都在十五六岁上下，都是眉清目秀。发挽双丫髻，身穿蓝布道袍，青色护领相衬，腰系丝绦，白袜云鞋。一个童子扛着宝剑，挂着一个轧轧葫芦；一个童子扛着雨盖，挂着一个包裹。老道一面往前走，口中念道：

玉殿琼楼，金锁银钩，总不如山谷清幽。蒲团纸帐，瓦钵瓷瓯，却不知春、不知夏、不知秋。万事俱休，名利都勾。高官骏马，永绝追求。溪山做伴，云月为俦。但乐清闲、乐自在、乐优游。

老道口念：“无量寿佛。”和尚回头瞧了一瞧，老道走了不远。和尚说：“哎呀，了不得了！我腰疼、腿疼、肚子疼、脑袋疼，走不了啦。”杨头说：“师父怎么了？”和尚说：“我要死，不能走了。”尹士雄也不知道和尚的脾气，也过来问说：“师父怎么了？”和尚说：“我心里发堵，嘴里发苦，眼睛发努。”柴头说：“对，说话都乱了。”这两个人也不理和尚，在一边蹲着生气。和尚躺在地下，“哎哟，哎哟”直嚷。那老道来到近前，说：“无量佛，这位和尚是一个走路，还是有同伴的？”尹士雄说：“我们是一处的。”老道说：“和尚的病体沉重，我山人这里有药。”柴头说：“道爷，你趁早别管，你走吧。你要一给药吃，准一吃就死。”老道一听说：“我这药好，人吃一粒，能延寿一年。吃两粒，能多活二年。吃三粒，能活六年。要死的人，吃我九粒药，名为九转还魂丹，能多活十二年。和尚要吃死了，我给抵偿。”柴头说：“我拦你不听，你就给他吃。”老道吩咐把葫芦拿来，倒出一粒药来。其形似樱桃，色红似火，清香扑鼻。老道给和尚吃了一粒。和尚吃下去，嚷：“肠子烧断了！”柴头说：“是不是？”老道又给和尚吃了两粒，和尚嚷：“肚子破了！”老道又给和尚吃了三粒，和尚说：“了不得了，心里着火，肺肝全烂了！”老道把九转还魂丹都给和尚吃下去，和尚说：“不好，要死！”这句话说完了，和尚一张嘴，话说不出来了。只见和尚蹬蹬腿，咧咧嘴，吐噜一声，气绝身亡。不知济公性命如何，且看下回分解。

第八十四回

陈玄亮捉妖铁佛寺　马玄通路遇济禅师

话说济公吃下九粒药，气绝身亡。柴头说："道爷，你瞧，死了没有？我说不叫你给他吃，你说吃死你给抵偿。"老道吓得惊慌失色，说："无量佛，无量佛！怪哉，怪哉！"柴头说："你也不用念无量佛。你给治死，我能给治活了。"尹士雄说："柴头你怎么给治活呢？"柴头说："杜头，你把酒都喝了吧，不用给和尚留着。"杜头说："快喝。"这句话没说完，和尚一翻身爬起来说："哪有酒？拿来我喝点。"柴头说："你们瞧好了没有？"和尚翻身站起来说："好老道，你给我要命丹吃，你别跑。"过去一把竟把老道脖领揪住。书中交代，这个老道乃是天台山上清宫东方太悦老仙翁的徒弟。在开化县北门外，有一座北兴观，庙里有一个老道叫陈玄亮，也是老仙翁的门徒。陈玄亮也是修道的。这天陈玄亮在庙中一看，正北上有一股妖气冲天。陈玄亮一想："我在这一方，岂能容妖魔作怪？我去找找妖精在哪里。我把他除了，省得扰乱世界。"想罢带了宝剑，往正北一找，找到铁佛寺。一瞧，正是铁佛在那里口吐人言，说："善男信女前来求药，吾佛在此搭救众生。每人给留下一吊钱，共成善举，可以修盖大殿。拿包药去，可保汝一家平安。"陈玄亮一瞧，这股妖气由铁佛像里出来。众烧香人传言说：本地臌症①流行，一求佛爷就好。陈玄亮一想："这是妖精洒的灾，我何不把他斩了。"想罢，拉出宝剑，照定铁佛这股妖气一砍。焉想到由铁佛嘴里出来一股黑气，竟将陈玄亮喷倒在地，当时浑身紫肿，不能转动。早有人报与金眼佛姜天瑞。姜天瑞一想："陈玄亮无缘无故来坏我的事，莫若我把他搭到后面来，将他结果了性命，剪草除根，省得萌芽复起。"想罢刚要派人去搭，有人来回禀说："本处知县郑元龙来烧香，瞧见陈玄亮。老爷吩咐把老道带到衙门发落。"姜天瑞说："也好，让知县带了去发落他

---

① 臌症——中医学病症名，也叫"鼓胀"。此病患者腹部胀出如鼓，骨筋暴露，形瘦，倦怠，面色泛黄等。

吧。”郑老爷把陈玄亮带回衙门。知县平素知道老道是好人，一问陈玄亮怎么回事？老道也缓醒过来，说：“铁佛寺乃是妖精作怪。我打算把妖精除了，没想到妖精道行大，把我喷了。我不定活得了活不了。”知县说：“你准知道是妖精？怎么办呢？”陈玄亮说：“只要把我师父请来，就可以把妖精捉住。”知县说：“也好。”立刻派人把老道抬回庙去。老道一想：“浑身疼痛难挨，请师父东方太悦老仙翁，恐其道路太远来不及。”这才派童子去到龙游县三清观去请大师兄马玄通。告诉两个童子：“叫你师大爷带着师父的九转还魂丹，急速快来。”两个童子到龙游县，请了马玄通，够奔北兴观。走在半路上，遇见济公作歌，马玄通没瞧得起济公，老道心说：“这个穷和尚，他也会说这修道的话。”见和尚一病不能走，老道是一番好心，把九转还魂丹都给和尚吃了。和尚倒死了，柴头把济公讴起来。和尚一揪老道，尹士雄说：“师父，方才多亏这位道爷给你药吃，你才好了。”和尚这才撒手说：“这位道爷给我药吃？”老道说：“不错。和尚贵宝刹在哪里？”和尚说：“西湖灵隐寺。上一字道，下一字济。讹言传说济颠就是我。马道爷贵姓呀？”老道说：“你知道我姓马，还问我贵姓？”和尚说：“你名字不叫玄通吗？”老道说：“是叫玄通。”和尚说：“你上哪里去？”老道说：“开化县北兴观。”和尚说：“我也上北兴观。一同走吧。”老道说：“好。”和尚说：“我听说你们老道会驾趁脚风。你带着我走两步行不行。”老道说：“行。你闭上眼，可别睁开。”和尚就把眼一闭。老道一驾和尚的胳膊，只听耳轮中呼呼风响。走在半路上，和尚一睁眼说：“了不得了，漏了风了，道爷你站站吧。”老道惦念着师弟，赶路要紧。也不管和尚落下，架着趁脚风，直奔开化县。刚来到北兴观庙门口，老道一瞧，门口有一人躺着睡觉。老道近前一看，是济公和尚。一翻身起来，说：“才来呀。”老道说：“我驾着趁脚风没歇着呀。”老道心中暗想：“怪道这个和尚有些来历，怎么他倒先来了？”和尚说：“道爷，你走后，我出恭来着，把你的九粒丸药都拉出来了，你瞧瞧，还给你吧。”老道一瞧，药还是原来一样，并没改了颜色。自已暗想“好怪”，把药接过来，放在腰中，这才叩打庙门。时候不多，出来一个小道童，把门一开说：“师大爷来了，我两个师兄呢？”马玄通说：“他两个在后面走着就来，和尚请里面坐。”济公跟着进去。一瞧，这庙中正北是大殿，东西各有配房三间。小道童一打东配房鹤轩的帘子，老道同和尚进来。屋中是两暗一明，正当中有张八仙桌，两旁有椅子。

靠东墙有一张床，床上躺着陈玄亮，正是陈玄亮在那里哼声不止。一见马玄通，说："师兄来了，这位和尚是谁?"马玄通说："这是灵隐寺济公。"马玄通说："我带了九粒丸药，都给这位和尚吃了，他可又拉出来。"陈玄亮说："好脏。"马玄通说："你瞧颜色可没变。"陈玄亮说："我不吃。"和尚说："我这里有药，叫伸腿瞪眼丸。你吃点，一伸腿一睁眼就好。"和尚掏出一块来，给了陈玄亮吃下去。工夫不大，就听肚子里"咕噜咕噜"一响，要走动。陈玄亮叫道童搀着出去，走动了两次，立刻浑身肿消疼止，复旧如初。陈玄亮说："好药，好药，真是好药！我蒙圣僧搭救弟子，实深感激。"立刻向济公行礼，连马玄通都给和尚道谢。和尚说："这倒不要紧。你这屋里有味，熏鼻子。"陈玄亮说："什么味呀?"和尚说："有贼味。"两个老道一听这话，都觉诧异。书中交代，这屋里床底下真有两个贼人，在这里藏着，两个老道可不知道。皆因开化县知县郑元龙由铁佛寺庙里，把陈玄亮带到衙门去。金眼佛姜天瑞只打算是知县把老道带到衙门去，说他搅闹庙场，把老道治罪。焉想到老爷派人把老道抬回庙去。早有人得了信，告诉姜天瑞。姜天瑞一想，知道陈玄亮的师父是天台山上清宫东方太悦老仙翁。姜天瑞怕陈玄亮捉妖没捉成，必然要请他师父前来捉妖，坏了我庙中的大事。莫若我先下手为强，后下手遭殃。想罢，姜天瑞叫两个朋友来。一个叫铜头罗汉项永，一个叫乌云豹陈清。这两个人都是绿林中的江洋大盗，在姜天瑞庙里住着。姜天瑞今天把这两个人叫来说："二位贤弟，我有一件事，求你二位辛苦一趟。"项永、陈清说："兄长何出此言。有用我等之处，万死不辞。"姜天瑞说："你二人带上钢刀，晚间够奔北兴观去，把老道陈玄亮杀了，人头给我带来。"项永、陈清点头答应，说："这有何难。"候至天有掌灯之时，二人收拾①好了，带上钢刀，出了铁佛寺。施展陆地飞腾，来到北兴观。跳墙进去，暗中探访。见陈玄亮出去，二人进了屋子，在床下一藏。打算等老道睡了，晚上行刺。焉想到马玄通同济公来了。济公一说有贼味，项永低声就问陈清说："你身上有味么?"陈清说："没有。"济公在外面答了话说："你两个人没人味了，滚出来吧。"项永、陈清实藏不住了，由床下往外一蹿，伸手拉刀，把两个老道吓了一惊。不知罗汉爷怎样施佛法捉拿贼人，且看下回分解。

---

① 收拾——准备。

第八十五回

显神通捉拿盗贼　施妙术法斗铁佛

话说项永、陈清两个贼人，由床下往外一蹿，伸手拉刀，意欲跟和尚动手。和尚用手一指，把贼人用定神法定住。这时，帘板一起，由外蹿进四个人来，正是柴元禄、杜振英、杨国栋、尹士雄。书中交代，四位班头，两个小道童，走在道路上。马玄通带着和尚，一施展趁脚风，把四个班头、两个道童落下。柴头就问："道童，是哪个庙的？"小道童说："我们是开化县北兴观的。"柴头说："方才那位道爷，是你们师父吗？"道童说："不是，是我们师大爷。"柴头说："我们那位和尚，跟你们师大爷上你们庙里去，咱们一同走吧。"道童说："要一同走，怕你们四位跟不上我们，我们会趁脚风。"柴头说："我们四个人会陆地飞腾法。你们二人慢着点，我们四人快着点，咱们一同走吧。"道童说："就是。"六个人这才一同顺着大路来到北兴观。到了庙门口，道童说："到了，等我叫门。"柴头说："不用叫门，我进去给你开。"说着话，柴元禄、杜振英一拧身蹿上墙去。这两个人心里有心思，为是叫杨国栋、尹士雄瞧瞧，我两个人是办华云龙的原差，不是无能之辈。焉想到杨国栋、尹士雄这两个人也跟着蹿上墙去。这两个人也有心思，是要叫柴元禄、杜振英瞧瞧，我们虽是外县的官人，也不是无能之辈。这四个人彼此意见相同，这叫斗心不斗口。四个人蹿到里面，把门开了，两个小道童进去，把门关上，众人够奔东配房。四位班头一进来，正赶上和尚把两个贼人定住。柴头、杜头就问："师父，哪个是华云龙？"和尚说："没有华云龙。"杨头、尹头说："师父，哪个是盗公文的贼？"和尚说："也没有盗公文的贼。先把这两个贼捆上。虽然都不是，也别放走了。"柴头众人就把两个贼人捆上，陈玄亮吩咐道童摆酒。四位班头见过老道，彼此行礼。大众落座吃酒。和尚说："二位道友，天亮把这两个贼人解到知县衙门。告诉知县，就提我和尚来了，要在铁佛寺捉妖，替这一方除害。二位道友，可别明着把贼人送衙门。要明着解了走，这开化县遍地是贼，不但把贼抢了走，还跟你们二位道友结了仇，就与你们二位有性命之忧。”陈玄亮说:“师父你给出个主意怎么办?”和尚说:“你把两个贼人拿被包上,雇扛肩的搭着。以送供尖为名,就说庙里给老爷送供文。”老道答应。喝着酒,天已大亮。四个卖力气的人进来,一瞧两个锦被包,直动不止。贼人闷得很,焉有不动之理?扛肩的人就问:“什么东西?”老道还答话不出。和尚说:“变蛋。”扛肩的说:“我们真没听见过这个名目。”和尚说:“你们就不用管了。”当时两个老道跟着叫人抬着,奔知县衙门。和尚说:“柴头,你们四个人,先到铁佛镇巡检司,先去投文,就说我和尚随后就到。”四位班头够奔巡检司来。到挂号房一投文,巡检司的老爷刘国绅,立时请四位班头进去。四个人给刘老爷行礼。刘老爷一问,柴头说:“同济公来到铁佛寺办案,”把底里根由一说,刘老爷说:“原来是圣僧前来办案,怎么还没来呢?”柴头说:“少时就来。”少时济公来到巡检司挂号房。和尚说:“辛苦,掌柜的。”官人一听,说:“大师父,这里没有掌柜的,这是衙门。”和尚说:“衙门没掌柜的,有什么?”官人说:“有老爷。”和尚说:“有舅舅没有?”官人说:“你这是找打。”和尚说:“你告诉你们老爷,说我老人家来了。”官人一听,说:“和尚你是谁呀?”和尚说:“我是灵隐寺济颠,找你们老爷。”立刻叫人进去回禀。少时,刘国绅迎接出来,赶奔上前说:“圣僧来了,请里面坐。”和尚说:“刘老爷请。”一同到了书房,四位班头也在这里。和尚来到屋中落座,有人进上茶来,和尚说:“刘老爷,你拿你的名片,到铁佛寺去。请那庙的和尚,就说有本处的绅董富户要给他修庙,把和尚请来问问,得多少银子。你先把盗公文贼人诓来,我和尚在里间屋藏着,等他来了,我先把他拿住,然后再到铁佛寺捉妖。”刘国绅点头答应,立刻派手下人拿名片,到铁佛寺去。教给家人一番话,家人到铁佛寺去请和尚。且说金眼佛姜天瑞,自从徐沛上龙游县走后,未见回来。他手下众绿林的朋友,都出去做买卖。就留下乾坤盗鼠华云龙、昼瘸僧冯元志、皂托头彭振、万花僧徐恒这四个人跟他看庙。今天华云龙、姜天瑞没在庙里。只因小西村众绅士富户,内中有明白人说:“这开化县八百多村,家家闹臌胀病。无论什么名医,都瞧不好,非得到铁佛寺去求铁佛才能好。这其中定有缘故。求铁佛,贫家讨药,要一吊钱,富家讨药,要银一两。莫如把庙里和尚找来,跟他商量,大家凑钱给他修庙,叫他给求求铁佛,就许能除了灾。”大家商量好,派人去请和尚。姜天瑞同着华云龙,够奔小西村去。他二人刚走,巡检司的家人就来请,说:“现在众绅士富户,向我们老爷商量,要给修庙。请和尚商量用多少银子。”昼瘸僧说:“我去。”立时[1]他架着拐,同着家人来到巡检司,让到书房。刘老爷说:“和尚来了。”冯元志向刘老爷打一问讯。济公此时在东里间屋中躲着,四位班头在西间屋子躲着,刘老爷让冯元志坐下,说:“和尚贵姓?”昼瘸僧说:“我在家姓冯,僧名叫元志。”刘老爷说:“你出家几年了?”冯元志说:“我是半路出家的。皆因腿子受了残疾,就算是残人。”刘国绅说:“现在有人要修庙。你那庙里要重修,得用多少银子呢?”昼瘸僧本是个贼,哪里懂得修庙用多大工程?当时也说不出多少来。刘国绅说:“你说不出来,我倒约了一位行家和尚,给你见见。圣僧请出来。”济公一掀帘子出来,道:“好东西,冯元志,你敢把我们公文盗去。我看你哪里走!”冯元志一听这句话,大吃一惊。打算站起身来,往外要走。济公用手一指,用定神法把贼人定住。济公伸手,由贼人兜囊之内,把拿华云龙的海捕文书掏出来,交与柴头说:“柴头,把公文拿去吧。”柴头接过来一瞧,果然不错。和尚说:“刘老爷你先叫官人把这个贼人锁起来,暂把他押在你衙门里。我和尚要上铁佛寺前去捉妖,四位班头跟我走。”刘国绅立刻叫人把冯元志锁上,押到班房去。且说柴元禄、杜振英、杨国栋、尹士雄四个人,跟着和尚出了巡检司衙门,来到铁佛寺。见庙门口真是拥挤不动,有卖吃的,来赶庙会,也有卖货的。庙里庙外,人烟稠密,来来往往。这些善男信女,来烧香求药治病的人无数。这一座庙是三座山门,全都大开。庙门口有两根旗杆,庙里面也有两根旗杆,正山门上有一块匾,上写“敕建护国铁佛寺”。和尚带领四位班头进了东角门一看,正北是大殿五间,东西各有配房五间。大殿的东边,是四扇绿屏风,开着两扇,关着两扇。套着是第二层院子。这庙里是五层殿,连东西跨院共有一百余间房子。头一层大殿中间,就是供的那尊铁佛。济公抬头一看,由正殿里一股气直冲斗牛之间。和尚说:“阿弥陀佛,善哉善哉。”罗汉爷这才要施佛法,大展神通,要在大殿捉妖。不知后事如何,且看下回分解。

---

① 立时——立刻,马上。

第八十六回

华清风古天山见妖　金眼佛一怒杀和尚

话说济公带领四位班头，来到铁佛寺，见大殿里一股妖气冲天。和尚一瞧，大殿头里东边一张桌，有人管账，专收银子；西边一张账桌，专管收钱。只见有一个妇人，在那里烧香。约有二十以外的年纪，光梳油头，发亮如镜，一脸的脂粉，打扮得不像好人，在那里祷告说："佛爷在上，小妇人姚氏。只因我一个小亲家得了臌症，求佛爷慈悲慈悲，赏点药吧。只要我亲家好了，我给佛爷烧香上供。"铁佛口吐人言说："姚氏你可曾给佛爷带了一吊钱来。"姚氏说："带来了。"铁佛说："既带了钱文，交在账桌上。佛爷给你一包好药，拿回去保你一家都好了。"姚氏说："谢谢佛爷。"拿着药，竟自去了。这姚氏刚走，只见外面又来了一个少妇人。由外面一步一个头，磕着进来。书中交代，这个妇人姓刘，娘家姓李，在开化县正南刘家庄住家。丈夫在外贸易，有数年不通音信。刘李氏有个婆母，家中寒苦，就靠着做针凿糊口。刘李氏贤孝无比。只因她婆母身得臌症，有两年之久。刘李氏听说铁佛寺佛爷显圣，专治臌症。李氏一片虔心，由家中一步一个头，走了一天一夜，才来到这里。刘李氏烧香说："佛爷慈悲。小妇人刘门李氏。家有婆母，臌症两年之久。求佛爷赏点药，只要我婆母好了，等我丈夫贸易回来，必给佛烧香上供。"妖精一瞧，这臌症不是他洒的，他也治不了，说："刘李氏你可曾给佛爷带了钱来?"刘李氏说："我家中太寒，没有钱，求佛爷慈悲慈悲吧。"铁佛说："不行。佛爷这里是一概不赊，没钱不给药，你去吧。"刘李氏叹了一声，心说："不怪人间势利，连佛爷都爱财，可惜我这一片虔心。"自己无法，转身往外走。济公一瞧，知道这是一位贤良孝妇。和尚说："这位小娘子不用着急，我这里拈了一块药，你拿回去，给婆母吃了就好。"刘李氏把药接过去，说："谢谢大师父。"竟自去了。济公迈步来到大殿。一瞧这铁佛，是坐像，一丈二尺的金身，五尺高的莲花座。头前摆着香炉蜡扦，许多的仙果供素菜。和尚过去，伸手拿了一个苹果，一个桃，拿过来就吃。旁边打磬的一瞧说："和尚你是哪里来的，抢果子吃？”和尚说：“庙里有东西就应当吃。你们这些东西，指佛吃饭，赖佛穿衣，算是和尚的儿子，算是和尚的孙子？”这个打磬的一听这话，气往上冲，过来就要打和尚。和尚用手一指，用定神法把这人定住。和尚跳上莲花座说：“好东西，你敢在这里兴妖作怪，要害众民。我和尚正要找你，结果你的性命。”说着话，和尚照定铁佛就两个嘴巴。众烧香的大家一乱，说：“来了个疯和尚，打佛爷的嘴巴呢。”四个班头也站在外头瞧着，就听铁佛肚子里“咕噜咕噜”的一阵响，其声似雷鸣。忽然山崩地裂一声响。四位班头瞧着铁佛，一丈二的金身连莲花座往前一倒，竟把和尚压在底下。柴元禄、杜振英一跺脚，放声痛哭，说：“师父你老人家没想到死在这里，死得好苦。”杨国栋、尹士雄也深为叹息，说：“可惜济公是个好人，这一碰准砸在地里去，肉泥烂酱。”杨国栋说：“柴头，你也不用哭了，人是生有处，死有地，这也无法。咱们走吧。”四个人正要走，只见和尚彳亍彳亍由庙外头进来了。和尚说：“柴头，你们报丧呢。”柴元禄也不哭了，说：“师父你没死呢。”和尚说：“没有。好妖精，他打算要暗害我和尚。我非得要找他去，跟他势不两立。”柴元禄说：“我们眼瞧着把师父压在地下，怎么你又打外来了？”和尚说：“没砸着我，我一害怕，一踹腿蹿出去了。”正说话，和尚就嚷：“了不得了，快救人哪，妖精来了！”这句话没说完，只见一阵狂风大作。真是：

嗖嗖云雾卷，吻吻过树林。海翻波浪起，山滚石头沉。尘沙迷宇宙，昏暗惊鬼神。这风真浩大，刮遍锦乾坤。

一阵狂风大作，由半空落下一个妖精，竟把和尚围住。书中交代，是什么妖精呢？这内中有一段缘故，凡事无根不生。金眼佛姜天瑞的师父，姓华双名清风，人称九宫真人。专习左道旁门，乃是华云龙的叔父。他在古天山凌霄观参修。当初凌霄观有一位老道姓黄，乃是正务参修之人，被清风杀了，他就占了灵霄观。这庙里甚是殷富。庙后有座塔，名叫烟云塔。每逢下雨过去，由塔底砖缝冒出烟来，起在半空不散，尤如浮云一般，乃是庙中的古迹。常有贵宦长者，富豪人家，去到庙里住着，所为①瞧这个烟云塔的古迹。焉想到自华清风接过庙来，这座塔也永不冒烟了。华清风心中暗想怪道，时常瞧这座塔，就见鸟儿在半空一飞，就飞到塔里，只见进

① 所为——就因为。

去，不见飞出来。围着塔四面地下，净是鸟毛。华清风心中纳闷，也不知塔里有什么东西。这天华清风无事，又去瞧塔，正在发愣，忽听后面一声“无量佛”，说：“华道友，你做什么呢？”华清风回头一看，见一人身穿亚青色道袍，腰系丝绦，白袜云鞋，面似青泥，两道朱砂眉，一双金睛，满脸的红胡须，华清风一瞧不认识。赶紧说：“道友从哪里来的？”老道说：“华道友，你不认识我呀，你是我的房东。我在你庙里住了半年了。”华清风说：“是是，道友请前面坐。”二人来到前面鹤轩落座。这老道说：“华道友，你真不认识我？”华清风说：“我实在不认得，未领教道友贵姓？”那道人说：“我姓常，我跟你有一段仙缘。”华清风说：“道友在哪座名山洞府参修？”常老道说：“我在盘古山。”华清风道：“常道友参修多少年了？”常老道说：“我告诉你说吧，文王出虎关，收雷震子，我亲眼得见。姜太公斩将封神之时，我去晚了没赶上，你不用问多少年了。”华清风心中有点明白，猜着大概必是妖精。两人一盘道，果然常老道道德深远，呼风唤雨，拘神遣鬼，样样皆通。华清风让他吃就吃，让他喝就喝，两个人很是亲近。日子长了，两个人真是知己。这天华清风说：“常道友，你我彼此至近，我瞧瞧你的法身行不行？”常老道说：“什么？”华清风说：“我要瞧瞧你的本像。”常老道说：“可以。你要瞧，须得星斗落尽，太阳未出之时，我可以叫你瞧。咱们修道的人，最避三光。要被日月星光三光一照，就怕要遭雷劫。你明天星斗一落，天似亮不亮，你开开后庙门往正北看，我在北山头等你。”华清风说：“就是吧。”当时吩咐童子摆酒。童子点头答应，立刻擦抹桌案，杯盘连落，把酒摆上。两个人吃酒谈心，开怀畅饮，直吃到日落黄昏。常老道说：“我要告辞，明天天亮见。”华清风送到外面，拱手作别。华清风自己回来，心中暗想：“可知道，这个常老道是个妖精，可不知是什么妖精。打算倒要瞧瞧，可以明白。”常老道走后，华清风告诉童子：“到三更天就叫我，早点来，恐怕误了。”童子答应。华清风躺在床上，和衣而卧。童子等到三更以后，就把华清风唤起。他来到外面瞧瞧，满天的星斗。华清风复返到屋中喝茶，等候到东方发白，出来一看，斗转星移，那才来到后面。开开庙后门，往正北一瞧。华清风不瞧则可，一瞧吓得激灵灵打一寒战。有一宗忿事惊人。不知后事如何，且看下回分解。

第八十七回

济公斗法金眼佛　云龙二次伤三友

话说九宫真人华清风，抬头往北山坡一瞧，原来是一条大蟒。头在东山头，尾在西山头，真有几百丈长，有大缸粗细。华清风瞧着，倒抽一口凉气。只见那蟒在山岫里抽来抽去，抽到一尺来长，一溜烟起在半悬空。华清风看得目瞪口呆，正在发愣，后面一声“无量佛”，说：“华道友，你可曾看见了？”华清风回头一看，乃是常老道。华清风说：“看见了，道友请庙里坐吧。真是法力无边。”常老道说：“华老道友，你我道义相投，要有用我之处，我万死不辞。”华清风说：“甚好。”两个老道，朝夕在一处讲道。这天姜天瑞来到凌霄观，一见华清风，华清风说：“你做什么来了？”姜天瑞说：“我住的铁佛寺，日久失修。我打算重修，怎奈工程浩大，独力难成，我求师父给我想个主意。”华清风尚未答言，常老道答了话，说：“不要紧，你得用多少银子？”姜天瑞说：“总得一万两银。”常老道说：“你回去吧。我明天在开化县洒三天灾。你贴上报单，就说铁佛显圣治病。不出十天，我能给你个十万八万的。”华清风说：“好。你谢过你师伯。”姜天瑞就给常老道磕了头，自己先回庙贴报单。常老道就在河里井里一喷毒气，谁一吃水，立刻就得臌症。蟒精就来到铁佛寺，充铁佛说话治病。有钱人家求药，要一两银子，寒苦人家要一吊钱。这开化县所属八百多村庄，无数人都得一样的病。妖精正然给聚钱，哪想今天济公来了。一打铁佛的嘴巴，妖精已害怕，惊走了。自己一想：“这穷和尚把我赶走，我有何面目去见华道友？莫若我把和尚吃了。”想罢一阵风回来，显出原形，由半空中往下一落，是一条大蟒，有三四丈长，把和尚盘住，抬头要咬。和尚拿手一捏蟒的脖子，蟒妖不能动，睁着眼瞧着和尚。和尚瞧着蟒，吓得庙里做买做卖的、烧香的善男信女，连四位班头，全都跑出庙去。正在这般光景，外面一声“无量佛”，金眼佛姜天瑞来了。书中交代，姜天瑞带领华云龙够奔小西村，一见众绅士大众，彼此行礼，问：“道爷贵姓？”姜天瑞通了名姓，说：“找我什么事？”众绅士大家说道：“现在我们这村里，家家人人得了臌症。大概这是佛爷显圣,所为修庙。只要道爷给求求佛爷,大发慈悲,我们村里人都好了,我等情愿凑钱给修庙,省得我们自己求佛爷去。道爷给代代劳,不知道爷意下若何?”姜天瑞说:“好办。只要众位肯施舍银钱修庙,我可以求求佛爷。”正说着话,外面有人进来回禀说:“外面有铁佛庙两位和尚,一个叫皂托头彭振,一个叫万花僧徐恒,来找道爷,有要紧事。”姜天瑞一听一愣,赶紧告辞。带华云龙出来一瞧,见皂托头彭振、万花僧徐恒二人,惊慌失色。姜天瑞就问:“什么事?”彭振说:“了不得了!现在济颠和尚来到庙里搅闹,你快去那瞧吧。”华云龙一听就要跑,姜天瑞说:“二弟不要担惊,待我去结果济颠的性命。我将济颠拿住,给你杀他报仇。”华云龙知道姜天瑞有能为,自己跟着一同来到铁佛寺。姜天瑞一瞧济颠和尚被大蟒缠住,姜天瑞伸手拉出宝剑说:“好和尚,你无缘无故来搅我!”恶狠狠照定和尚脖颈就是一剑。和尚口中念“唵敕令赫”,这一剑正落在蟒的脖颈上。“扑哧”一响,鲜血直流,蟒头滚落在地。一溜黑烟,妖蟒竟自逃走。这一剑打去了百年的道行。济公见妖蟒走了,说:“道友我谢谢你,劳你的驾。”姜天瑞说:“好济颠,你无缘无故,坏我的大事,我焉能容你!”和尚说:“咱们二人到山后去,有话再说好不好?”姜天瑞说:“好。三位贤弟跟我来。”华云龙、彭振、徐恒也跟着,一同出了庙后门。来到无人之处,和尚说:“姜天瑞,你说怎么样?”姜天瑞说:“济颠,你要知时达务,跪倒给祖师爷磕三个头,叫我三声祖师爷。山人有一分好生之德,饶你不死。如若不然,山人当时要结果你的性命。”和尚说:“好东西!姜天瑞你这厮,出家人不知奉公守分,窝藏江洋大盗。你还敢妖言惑众,叫妖精陷害黎民。你所为贪财,贻害众人。所作所为,伤天害理,上干天怒,下招人怨。见了我和尚,还敢这样无礼。就是你给我磕头,叫我三声祖宗,我和尚也不能饶你。”姜天瑞一听,气往上冲,举宝剑照定和尚劈头就剁。和尚滴溜一闪身躲开,转在姜天瑞身后,和尚拧了姜天瑞一把,姜天瑞回头用宝剑照和尚分心就扎,和尚一闪身躲开,滴溜溜围着姜天瑞转弯。拧一把,掐一把,摸一把,拉一把。姜天瑞真急了,拧身跳出圈外说:“好和尚,我跟你势不两立!你这是自来找死,休怨山人。待山人拿法宝取你。”说着话,由兜囊掏出一宗法宝,口中念念有词,祭在空中。和尚一看,原来是一块混元如意石,随风而长,能大能小。随风而落,就如泰山一般,照和尚头顶压下来。和尚哈哈大笑,用手一指,口念六字真言,

"唵嘛呢叭迷吽,唵,敕令赫",这石子一溜,现了原形。有鸡子大一块石子,坠落在地。姜天瑞一看,气往上冲说:"好和尚,你敢破山人的法宝!待山人再拿法宝取你。"老道又由兜中掏出一宗物件,往空中一抛,口中念念有词。和尚一看,原来是一只斑斓猛虎,摇头摆尾,直奔和尚而来。和尚用手一指说:"唵,嘛呢叭谜吽,唵,敕令赫。"这老虎一道黄光,掉在地下,是一个纸老虎。姜天瑞见和尚连破了他两宗法宝,当时姜天瑞站在那里,口中一念咒,用宝剑一指,把腿一跺,只见半空中无数的石子,打将下来。和尚用手一指,把僧帽拿下来一接,这石子全都掉在僧帽里。和尚说:"我今天不叫你知道知道也不行。"一招手,那帽子内石子,全倒出来,堆了一座山。和尚又用手照姜天瑞一指,说:"唵,敕令赫。"姜天瑞一打寒战,自己用手就打自己的嘴巴。和尚说:"对。真得打,使劲打。再打几下。"姜天瑞自己打得满嘴流血。和尚说:"该打。把胡子掀下来。"姜天瑞真听话,自己就把胡子掀下来。和尚说:"姜天瑞,你自己所作所为,从今以后改不改?如不悔过自新,我和尚此时就要结果你的性命。"姜天瑞自己也明白过来,疼痛难挨。知道和尚厉害,这才说:"师父,慈悲吧。我从此改过,决不敢了。"和尚说:"恐你口不应心,你得起个誓,我才放你。"姜天瑞说:"我再不改,叫我遭雷劫,打破天灵,头破身死。"和尚说:"你去吧。华云龙你往哪里走?"华云龙站着瞧愣了。一听和尚这句话,吓得皂托头彭振、万花僧徐恒二人就往南跑,华云龙就往西跑,和尚就往西追。华云龙真是急如丧家之犬,慌似漏网之鱼,尽命①逃跑,连头也不敢回,好容易听不见草鞋"呱哒"响了,自己这才站住。累得浑身是汗,遍体生津。一瞧眼前有一座庙,华云龙打算到庙里去躲避,刚来到庙的界墙,就听庙里有妇人喊嚷:"救人哪!好,贼和尚,你敢抢夺良家妇女,你快把我放了!"华云龙一听,心说:"这庙里和尚必不是好人,我进去瞧瞧。"想罢,拧身蹿进院中,一看,是北房三间,南房三间,西房三间。北房屋中有妇女喊嚷。华云龙在窗缝中往里一看,是一个和尚,脸向里,披下发髻,打着一道金箍。有一个妇人,二十多岁,长的有几分姿色。和尚意欲霸占妇人,妇人直嚷。华云龙一想:"我冷不防由后面把和尚杀了,我

① 尽命——拼命。

把这妇人留下,就在庙里一住,也倒不错。”想罢拉出刀来,慢慢进去,冷不防蹿进去一刀,竟将和尚杀死,人头滚落在地。华云龙一细瞧,和尚不是外人,贼人“呀”了一声。不知和尚是谁,且看下回分解。

第八十八回

施佛法暗度华云龙　见美色淫贼生邪念

话说华云龙由后面一刀，把和尚杀了。一瞧和尚不是外人，乃是自己的拜兄，西川路五鬼之内的云中鬼郑天福。华云龙自己一瞧，愣了半天。已然杀了，也无法了，人死不能复生。书中交代，这个贼人，一世也是没做好事。这套济公传，济公为渡世而来。忠臣孝子，义夫节妇，必然遇难呈祥。赃官佞党，淫贼恶霸，终久必有报应。做书人笔法，使看书人改恶行善，劝醒世人。比如忠臣义士遇着难，听书看书的人，恨不能一时有救。为何乱臣贼子，人人得而诛之？此乃人心公平之处。自古至今一理。郑天福也是报应临头，糊糊涂涂地就死了。华云龙也没瞧明白是谁，一刀将贼人杀死。那妇人只当华云龙是好人，赶紧说："多亏好汉爷搭救小妇人。我姓李，娘家姓刘。只因我住娘家，我兄弟刘四送我回婆家。骑着一条驴，走在这庙门口，不想遇见这贼和尚。他把我兄弟捆上，搁到西厢房。他把小妇人抢进来，意欲强奸小妇人。多亏你老人家，把这贼人杀了。小妇人回到家去，一家感念恩公的好处。"华云龙微微一笑说："小娘子你听我告诉你，我杀的这个和尚，也不是外人。他叫云中鬼郑天福，是我的拜兄弟。我没见明白，错把他杀了。他也已经死了，你也不用走，咱们两个人成其夫妇。把你兄弟一杀，咱们两个人就在这庙里住着就得了。"这妇人听了这话，也知不是好人，妇人就嚷："快救人哪！要霸占人哪！"华云龙说："你要嚷，我就把你杀了。"这妇人说："你把我杀了吧，杀了倒好。"华云龙看这妇人有几分姿色，贼人淫心大动，舍不得说杀就杀。正在这般光景，只听窗外哈哈一笑，说："好华云龙，你这厮做出这样事来！可惜杨大哥撒绿林帖，传绿林箭，给你庆贺守正戒淫花。你这厮人面兽心，我先结果你的性命！"华云龙一听，拉刀蹿出来一瞧，外面站定三个人，头前这人身高八尺，膀阔三停。头戴宝蓝缎扎巾，身穿蓝色缎箭袖袍，腰系丝带，薄底靴子，外罩一件宝蓝缎大氅。面如赤炭，两道重眉，一双环眼，押耳两绺黑毫，三绺黑胡须，飘洒在胸前。这个叫飞天火祖秦元亮。第二个也是身高八尺,紫扎巾,紫箭袖袍,闪披豆青色英雄大氅。面似青呢,青中透亮,两道朱砂眉,一双圆眼,押耳红毫,满部红胡子。这位叫立地瘟神马兆熊。第三位穿白带素,白脸膛,俊品人物。此人姓杨名顺,绰号千里腿,乃是威镇八方杨明的伯叔兄弟。这三个人由曲州府回来,在道路本听说华云龙在临安采花做案。三个人想着:“这事也许以讹传讹。想着杨大哥给华云龙庆贺守正戒淫花,他焉能做不遵王法之事呢。”今天这三人正走在这古佛院墙外,听庙里有妇人喊嚷救人,要奸人哪。三个人止住脚步,都是侠义英雄,专好管路见不平之事。杨顺说:“二位兄长,听里面有妇人喊嚷,救人哪,要奸占人。这必是庙里僧人不法,咱们到里面瞧瞧。”三个人拧身蹿入里面,暗中一探,原来是华云龙要做伤天害理之事。秦元亮这才哈哈一笑说:“好华云龙,你竟做出这样事来。”华云龙拉刀出来一看,羞恼变成怒,说:“你三个小辈,敢管我二太爷的事!今天二太爷全把你们杀了!”这三个人拉刀蹿过去,就奔华云龙。华云龙心一想:“他们倚仗人多,我非下毒手不可。”想罢将刀一摆,拧身蹿出庙来。这三个人哪里肯舍,随着往外就追。焉想到华云龙就掏出两支镖来,见秦元亮往外一蹿,脚没落地,贼人抖手一镖,正打在膀背之上。马兆熊也往外一蹿,贼人又一抖手打在左肩头。两个人俱皆翻身栽倒。杨顺一瞧,眼就红了,说:“好华云龙,你拿镖打了我两个兄长,我这条命不要了,跟你以死相拼!”一摆刀照定华云龙搂头就剁,华云龙用手中刀海底捞月往上一迎,杨顺把刀往回一撤,照定华云龙分心就扎。华云龙一闪身躲开,用刀照定杨顺的脉门就点。杨顺把刀往回一撤,一偏腕子,照定华云龙脖颈就砍。杨顺是真急了,一刀紧似一刀,一刀快似一刀。华云龙拨头就跑。杨顺哪里肯舍,说:“好华云龙哪里走!”刚往前一走,华云龙一抖手,说:“照镖。”杨顺赶紧一闪身。见华云龙一扬手并未打出镖来。杨顺刚一愣,华云龙又一抖手说:“照镖。”这支镖来,杨顺未躲开,正中在华盖穴上。杨顺“哎哟”一声,翻身栽倒。华云龙哈哈一阵狂笑说:“你这三个小辈,还敢跟二太爷动手。你们就这样能为,也敢称英雄。今天这是你三个人,放着天堂有路你不走,地狱无门自找寻。休怨二太爷意狠心毒,结果你等的性命。”说着话,华云龙刚要摆刀过来,只听对面一声喊嚷:“好东西,华云龙你在这哪。我和尚找你半天没找到,你这可跑不了啦。”华云龙一看,来者正是济公。贼人吓得魂不附体,拨头就跑。急如闪电,慌如流星一般。和尚随后就追，彳亍彳亍，草鞋呱哒直响。华云龙拼命逃走。到天黑，好容易听不见后面草鞋响了，这才止住脚步。回头看了看，和尚不见了。自己累得力尽筋乏，浑身热汗直流。见眼前一座树林，华云龙进了树林子。靠着树往地下一坐，叹了一声，心中辗转："要不是自己胡作胡为，何必闹得如此。遍地官人捉拿，坐不安，睡不宁，没有站足立步之所。"自己心中一烦，靠着树一阵心血来潮。双眼一闭，渺渺茫茫，迷迷离离，似睡非睡。忽然往对面一看，见路北一座大门，挂着门灯，是一家财主的样子。自己一想："我已越过了镇店，义饥又渴，何妨到这家借宿一宵。求一顿饭吃。"自己想罢，来到大门前。方要叫门，只见由里面出来一位老丈，头戴四棱逍遥员外巾，身穿宝蓝缎员外氅，腰系丝绦，白袜云鞋。面如三秋古月，慈眉善目。年过花甲，花白胡须，洒满胸前，仪表非俗。华云龙赶紧深施一礼说："老丈请了。我乃行路之人，错过店道。求老庄主方便，借宿一宵，赏我一顿饭吃，明日早行。"那老丈抬头一看说："客人贵姓？同路有几位？"华云龙说："我姓华，就是我自己。"老丈说："客人请里面坐。"华云龙跟着进去，到了客厅。这客厅朝南三间，屋中倒很幽雅。老丈说："客人请坐。"华云龙说："未领教庄主贵姓？"老丈说："我姓胡。"说着话，有人进上茶来，老丈款待甚恭。忽由外面进来一个家人，说："老员外，二员外生日，有许多亲友都等员外去喝酒呢。"老员外说道："客人，我可不能奉陪，少时再谈。"吩咐家人："给客人预备酒饭，务要小心伺候。"家人说："是"。华云龙说："老丈有事请吧。"老丈去后，立刻家人给华云龙把酒菜摆上。华云龙一瞧，各式蔬菜，都是他素常爱吃的。自己甚是喜悦，吃了个酒足饭饱。自己　想："这位庄主，与我素未会面，这样厚待。"心中甚感激。正在思想之际，听外面有脚步声音。外面说："哟，老员外在屋里没有？"华云龙一听，声音婉转，分明女子声息，也不好答话。忽见帘子一起，华云龙睁眼一看，是一位千姣百媚的女子。头梳盘云髻，耳坠竹叶环子，银红色女衫，银红色的汗巾，葱心绿绉绸中衣，窄小的宫鞋。真是蛾眉皓齿，杏脸桃腮，真比十成人才强出百倍。华云龙一瞧，眼就直了，心说："我出生以来，也没见过这样美貌的女子。"只见这女子一掀帘子，"哟"了一声说："是谁让进来的野男子，也不先说一声。"把帘子一摔，拨头就走。华云龙本是采花的淫贼，曾经沧海难为水，除去巫山不是云的人，淫心一动，站起来就跟着。这女子直到后院，进了北上房，华云龙也跟着来到上房。掀帘子,那女子一瞧,把面目一沉说:“华云龙你真是胆大包天。你想想你做的事,有脑袋的没有?你来瞧!”用手一指墙上,华云龙一瞧,墙上写的是他在秦相府题的那首诗。华云龙心上暗想:“怪呀,这女子怎么知道我是华云龙?”方要打算问,女子用手一指说:“你瞧济颠来了。”华云龙一回头,只见和尚脚步踉跄来到。贼人吓得魂不附体。不知后事如何,且看下回分解。

第八十九回

遇张荣二人谈心事　买铁镖淫贼见公差

话说华云龙追到姑娘屋中,姑娘用手一指说:"你瞧济颠来了。"华云龙一回头,果见和尚来到。贼人吓得打一寒战,心中一明白,睁眼一看,还在树林子坐着,原来是南柯一梦。书中交代,这乃是济公的点化狐仙,要暗渡华云龙。试探试探贼人的心地,到这般狼狈,能改不能。济公原本是一位修道的人。出家人慈悲为门,善念为本,有一番好生之德。不肯当时把贼人拿住,呈送当官。但能渡贼人改过自新,济公就不拿他。焉想到贼人在梦中,仍然恶习不改。华云龙一惊醒,吓了一身大汗,方知是梦。只见满天星斗,大约有二鼓以后。自己站起身来,往前行走。正往前走去,只见前面一晃身,有一个人。贼人心虚,赶紧把刀拉出来。二人来至切近,那人说:"华二哥吗?"华云龙一细看,不是外人,乃是黑风鬼张荣。华云龙说:"张贤弟,你上哪里去?"张荣过来行礼说:"二哥久违。"书中交代,张荣自从前者①由杨明家里逃出来,自己也是无地可投,他就到古天山凌霄观去找华清风。华清风知道张荣跟华云龙是拜弟兄,也不拿张荣当外人,就留他在庙里住着。这天金眼佛姜天瑞由铁佛寺逃走,就逃到凌霄观去。一见他师父华清风,华清风就问:"姜天瑞为何这样狼狈,怎么胡子没有了?"姜天瑞就把济公在铁佛寺捉妖之故,从头至尾述说一遍。华清风一听,气往上冲,说:"好济颠,这样无礼,我非得找他去报仇不可。"从此记恨在心。姜天瑞把得着的这部《阴魔宝篆》孝敬给华清风。华清风细细把《阴魔宝篆》一瞧,他就决意去练五鬼阴风剑。练好了可以找济颠给姜天瑞、常道友报仇。要练五鬼阴风剑,须得把五个人开膛摘心,用五个阴魂,才能练得了。华清风就派黑风鬼张荣下山,诓五个人上山,可以练五鬼阴风剑。张荣这才下了古天山,出来诓人。今天碰见华云龙,二人彼此行礼。华云龙说:"张贤弟,你在哪里住着?"张荣说:"前者

---

①　前者——前一阵子。

我找你,到凤凰岭如意村去住了几天。不想到这个杨明实不是朋友。我在他家住着,他慢不为礼,还说了许多不在礼的话。二哥,你知道我的脾气,我如何受得了?我由他家出来,就在古天山凌霄观住着。现在你叔父派我下山办事。二哥你上哪里去?”华云龙说:“现在我是无地可容。灵隐寺济颠和尚拿我甚紧。”张荣说:“二哥,你我一同上古天山去。有你叔父九宫真人,也可以护庇你,也可以劝劝济公和尚。僧赞僧,佛法兴,道中道,玄中妙。红花白藕青莲叶,三教归到一家人。他也是出家人,一不在官,二不应役,你犯了国家的王法,与他僧人何干?你同我去见真人,倒可以有个安身之处。”华云龙说:“去是可去,我先得买镖去,我囊中一支镖都没有了,我全凭毒药镖护身。”张荣说:“你要买镖,到前面兴隆镇买去。”二人慢慢往前走,天光也亮了。来到兴隆镇,太阳高高的。张荣说:“我就在村口等你。你去去就来。”华云龙说:“也好。”进了村口,来到十字街,往东一拐,只见路南里一座大大铁铺子,字号“舞岳斋”。三间门面。西边是栏柜,东边是八卦炉。华云龙抬头一看,见铺子门口,站着位老者。头戴蓝缎四楞巾,身穿蓝缎袍,面如重枣,粗眉大眼,花白胡子,精神百倍。华云龙一想,这必是掌柜的,赶紧上前说:“掌柜的,你们这铺子卖镖么?”这老者上下瞧了瞧华云龙,是穿白带素,壮士打扮。老者说:“不错,卖镖。尊驾买什么镖?”华云龙说:“我要出风轧亮的镖,有没有?”老者辩:“有倒有,没有出风轧亮的,壮士你里面坐,你瞧瞧使得使不得,可以叫伙计现收拾。”华云龙点头,跟着来到柜房落座。老者说:“华壮士你买几支镖,要多大分量?”华云龙说:“八支为一槽,六支为半槽,十二支为全槽。这买全槽十二支,还要一支为镇囊。要三两三一支。”老者说:“是。我这里还有现成的,或许分量大点。你要一槽镖是六两银子。要出风轧亮,伙计得现做,加二两银子酒钱。”华云龙一想:“几两银子不算什么。”说:“价钱依你,我等着使。”老者说:“可以。”拿了一支镖来。华云龙一瞧说:“分量大。”老者说:“华壮士你等等,少时就有。”一面叫小伙计:“去外面打壶茶去。咱们铺子火没着,你外头打水去。”附在小伙计耳边说如此如此,小伙计点头走了。老头陪着华云龙说话,老者说:“华壮士素常作何生理?”华云龙说:“保镖。”老者说:“尊驾既是保镖,我跟你打听几个人,你可认识?”华云龙说:“有名便知,无名不晓。”老者说:“有一位南路镖头追云燕子黄云,你可认得?”华云龙说:“认得。”老者说:“北路镖头美髯公陈孝，病符神杨猛，你可认得？”华云龙说：“那是我自己弟兄。”老者说：“东路镖头铁棍无敌陈声远，西路镖头铁头太岁周坤，神刀将李恒，尊驾可知道？”华云龙说：“知道。”老者说：“中路镖头威镇八方大义士杨明，你可认得？”华云龙说：“那更不是外人。”老者说：“这就是了。”说着话，小伙计拿了茶来，给华云龙斟了一杯。少时镖打好了，老者拿进来，给华云龙一瞧，华云龙说：“镖尖微沉一点，恐其打出去摆头。”老者说：“华壮士你试一试，我这后院里有地方。要不合手，再叫伙计锉锉。”华云龙说：“好。”老者手里拿了这支镖，带领华云龙把后门一开。华云龙一瞧，这个后院地方甚宽阔。西南有五六丈一段长墙，靠南边一个后门，周围是院墙，也没房子。地下都是三合土筑的土基，是个练把势场子的样式。华云龙一瞧说：“掌柜的也能练吧，这个地方很好。”老者说：“我也爱练。”这句话尚未说完，就听四外哗哗啰有兵刃响。华云龙一看，只见后门咔嚓一响，把门踹了。进来两个人，手中拿着铁尺，头前个人：身高八尺，头戴缨翎帽，青布鹦脑窄腰快靴。面似乌金纸，黑中透亮；两道英雄眉，斜飞入鬓；一双虎目，皂白得分，准头端正，四字口，海下无须，正在少年。后面跟定一人，也是官人打扮：面如赤炭吹灰，红中透紫，粗眉大眼。后面带领无数官人，将门堵住。这两个班头一声喊嚷：“好华云龙，你往哪里走？你敢明火打劫，劫牢反狱，今天你休想逃走！”书中交代，华云龙可并未在此地作案，这内中有一段缘故。兴隆镇归常山县管，只因常山知县到任未久，出了几件逆案。南门当铺明火执仗刀伤事主；东门外路劫，杀死事主少妇车夫，抢去银两首饰衣服。一无凶手，二无对证。老爷立刻把马快班头叫上来。两位都头，一位姓周名瑞，绰号人称小玄坛。一位叫赤面虎罗镳。这两个人都有飞檐走壁之能。老爷堂谕：“派两位班头，急速办案，给十天限。如将贼人拿获，赏一百两。如逾限不获，定是重责。”周瑞、罗镳二人，领堂谕下来。每人带了十数个伙计出来访缉。这天正走在恶虎山，就听山下一片声喧①。原来是常山县马家湖白脸专诸马俊，同铁面天王郑雄，由临安回来，打着驴驮子，正走在这里。内见对面跑来一人说：“二位救命，那边有劫路的了。”马俊说：“你且跟我来。”催马向前，忽见对面蹿出一人：身高九尺，膀阔三停。头上青扎巾，身穿青绑身小袄，

---

① 声喧——吵闹声。

腰系钞包，薄底靴子；手擎鬼头刀，面如刃铁，一脸的白斑；押耳黑毛，短茸茸一部刚髯。这人把手中刀一顺说：“此地我为尊，专劫过路人。若要从此走，须留买路银。若无钱买路，叫你命归阴。对面的眠羊孤雁，趁此留下买路金银，饶尔不死。如要不然，要想逃命，势比登天还难。”不知郑雄、马俊如何，且看下回分解。

第九十回

蓬头鬼劫径遇英雄　华云龙逃走逢故旧

话说铁面天王郑雄，见贼人一顺刀，要买路金银。郑雄一看，这个人身躯高大，是个英雄的样子。郑雄很欢喜，心说："这个人必是被穷所迫，我可以周济周济他，叫他改邪归正。"想罢，郑雄赶奔上前说："朋友，我看你是个堂堂正正英雄，烈烈轰轰豪杰，必是被穷所迫，在此劫路。我周济你二十两银子，你可以做个小本经营，千万不可做贼为寇，你或是投亲访友，盘费不敷，你只管说，我还可以多给你。"贼人哈哈一笑，说："你休要跟我动舌箭唇枪，给我二十两银子！今天，大老爷既遇见你，你非把驴驮子东西都给留下不可。"郑雄一听，气往上冲，说："你这厮太不知事务①，你打算我怕你不成，今天我管教管教你。"说罢，郑雄伸手拉出竹节鞭，照定贼人搂头就打。贼人一闪身，摆刀照郑雄就剁。郑雄往回一撤鞭，手疾眼快，使了百草寻蛇，往上一迎。"当啷"一响，把贼人的刀磕飞。趁势打一鞭，竟将贼人打倒，郑雄吩咐家人将贼人捆上。郑雄打算打贼几下，把他放了，叫他知道知道，不肯送他当官治罪。焉想到贼人破口大骂说："你们既把大太爷拿住，你两个人敢把自己名姓，告诉我不敢？"马俊说："好贼人，你家大太爷怎么不敢把名姓告诉你！我是马家湖的，姓马名俊，绰号叫白脸专诸。告诉你，你便怎么样？你不服，你叫人找我去吧。"贼人说："好。姓马的，你看着吧。"书中交代，下文书的里面，有一群贼人，夜入马家湖，马俊几乎一家被害，那就是报今日之仇。这是后话。今天把贼人拿住，正说着话，小玄坛周瑞、赤面虎罗镳，带领众官人赶到。二位都头一瞧，认得是马俊。说："原来是马大官人，拿住贼人甚好。现在南门外当铺明火执仗，抢去衣服首饰无数，已呈报到官。东门外劫路杀人案，老爷要这两案，要得甚紧，派我等出来。你把贼人交给我们吧。"马俊说："也好，交给你们吧。"又把那逃难之人叫过来，问丢了什么。那人说：

---

① 不知事务——不识好歹。

“我叫胡德元,并未丢什么。若非老爷,我命休矣。”谢了马俊等,自己去了。马俊等也各自去。周瑞、罗镳叫伙计带着贼回到衙门,往里面一回话,老爷立刻升堂,吩咐:“把贼人带上来。”两旁答应,立刻将贼人带上堂来。贼人怒目横眉,立而不跪。老爷在上面问道:“下面贼人姓什么?”贼人说:“我姓恽名芳,外号人称蓬头鬼。”老爷说:“好恽芳,南门外当铺劫案,你们共有多少人?趁此实说,免受皮肉受苦。”贼人说:“我不知道。”老爷说:“东门外劫路杀人,你等几个人办的?”恽芳说:“我也不知道。不是我。”老爷说:“你在绿林几年,做了多少案?”恽芳说:“我没做过案,这是头一回。”老爷一听,勃然大怒,把惊堂木一拍,说:“你这厮必是贼呀!见本县竟敢言语支吾,大概抄手①不肯应。来人给我拉下去,重打八十大板!”皂班答应,将贼人打了八十大板。打完了,贼人并不哼哈,复又带上堂去。老爷说:“恽芳你趁此说了实话,本县可从轻办理。你如不说,本县三推六问,那时你也得招认。”恽芳说:“我实是不知,你便把我怎样?”老爷一听,气往上冲,吩咐:“看夹棍伺候!”三根棒为五刑之祖,往大堂上一捺,老爷吩咐:“把他夹起来再问。”官人立刻把贼人夹起来。老爷一伸手,用了五成刑,贼人并不言语。老爷一伸手,用八成刑,贼人睡着了。用十成刑,滑了杠。贼人终是不言。老爷无法,吩咐把贼人钉镣入狱。连过了两堂,贼人没口供。焉想到第三天夜内,三更时,来了一二百飞檐走壁的江洋大强盗。来到常山县劫牢反狱,把恽芳救走,拐走了七股差事。来到东门,杀死门军,持刀押颈,要钥匙开城逃走。知县衙门就乱了。次日知县把周瑞、罗镳叫上去,标下堂谕:“限三天要这案。如拿获着,赏银二百两。三天如拿不着,必要重办。”马快小玄坛周瑞跟罗镳一商量,这件案真不好办。周瑞、罗镳这两个人原本是师兄弟,罗镳是周瑞的父亲的徒弟。这两个人一商量,周瑞说:“咱们两个人到家去问问老爷,这个恽芳是哪一路的贼。他老人家也许知道,叫他老人家给咱们出个主意。”罗镳说:“好。”两个人领着二十多个伙计,各带兵刃,出了衙门,够奔兴隆镇。周瑞他住家在兴隆镇的东村头路北。他父亲名叫周熊,绰号人称燕南飞。当年老英雄在镇江住家,同一轮明月赵九州、铁棍无敌满得公,在外面保镖。因闲事打了一场官司。打输了,老英雄赌气,离开镇江府,就在这兴

---

① 抄手——两手在胸前相互插在袖筒里或两臂交叉放在胸前。

隆镇落户，在十字街开了一座舞岳斋铁铺。跟前就是一子，周熊教了一个徒弟罗镳。这两个人在常山县当红差事。周瑞是三班都头，罗镳是班总。今天这两个人带着伙计，回到家中，一见老英雄周熊，周熊诘问："儿呀，你二人带着伙计，来到家中什么事？"周瑞说："爹爹有所不知，堂山县出了逆案了。"周熊说："什么逆案？"周瑞说："这位老爷新官到任，交代尚未办理清楚，南门外万兴当内，夜闹明火执仗，刀伤事主，抢去银两首饰，贼人逃窜，当铺呈报到县。东门外路劫杀人，一无凶手，二无对证，人头不见。老爷派我二人出来办案。我带着伙计下道，走到恶虎山，正遇贼人路劫，给常山县马家湖的白脸专诸马俊把贼人拿住。我二人把贼带到衙门。老爷一问，这个贼没有口供，老爷把贼人入了狱，焉想到昨天夜内，来了几百个江洋大盗，大反常山县，劫牢反狱，把贼人救走，还拐走了七股差事，到东门砍死门军，持刀押颈，要钥匙开城逃走。老爷为这事，纱帽都保不住了。堂谕给我二人三天限，拿不着贼人，必要重办我等。要拿了这案，不但有赏，还成名。此不知是哪路的贼，你老人家可有什么耳信①没有？"周熊说："救走的这个贼叫什么？"罗镳说："叫蓬头鬼恽芳。"周熊一听，说："这个贼我知道，这是西川路的贼。西川有五鬼一条龙：蓬头鬼恽芳，云中鬼郑天福，开风鬼李兆明，鸡鸣鬼全得亮，黑风鬼张荣。一条龙是乾坤盗鼠华云龙。你两个人不用着急，在家等着，我出去采访采访。"周瑞、罗镳点头答应。老英雄燕南飞周熊，这才由家出来。刚来到铺子门口，正赶上华云龙买镖，周熊就心中一动。华云龙要出风轧亮的镖，周熊心中暗想："使出风轧亮的镖，是装毒药用的。天下没几个人，就是千里独行马元章，他传授了徒弟威镇八方杨明。杨明传了个拜弟西川路的华云龙。除此这几个人之外，没有要出风轧亮镖的。"老丈这才一问："壮士贵姓？"华云龙说："姓华。"周熊就知道是乾坤盗鼠华云龙。周熊一想："大概劫牢反狱，必有他在内。就把他拿住，这案就破了。"故此把华云龙稳住了。叫小伙计去倒茶，伏在小伙计耳边说："你赶到家里送信，就提乾坤盗鼠华云龙在铺子里买镖。叫周瑞、罗镳带众伙计来，把铺子围了，赶紧快来。"小伙计听得明白，点头答应。把茶壶搁在水铺里，赶紧到家中去送信。周瑞、罗镳正为这案着急。一听这个信，立刻带人来，就把铺子围了。

---

① 耳信——耳闻。

华云龙也没想到有人拿他。周熊把华云龙诓在后院,因地方平坦,就好拿他。小玄坛周瑞、赤面虎罗镳,每人手擎一把铁尺,重有二十四斤,把门踹了,蹿到院中。周瑞一声:“好华云龙,明火路劫,杀伤人命,劫牢反狱,杀死门军,持刀押颈,要钥匙开城。你真是胆大包天。我看你今天哪里去!”华云龙吓得魂惊千里,也不知是哪的事。二位班头各摆铁尺,往前够奔。华云龙看人多势众,自己不敢动手,急忙拧身往墙上就蹿。老英雄周熊抖手就是一镖。华云龙没躲开,正中在贼人的幽门①。终日贼人采花,今天叫他尝尝铁家伙,这也是报应。小玄坛周瑞见贼人要逃走,赶紧喊嚷:“外面伙计们,别叫贼跑了!”众官人各摆兵刃,阻住大路,大约华云龙难逃活命。不知后事如何,且看下回分解。

---

① 幽门——指胃与十二指肠相通的部分。

第九十一回

五英雄送友古天山　恶妖道自炼阴风剑

话说众官人,各摆兵刃一截华云龙。这些人如何截得住?华云龙说:"挡我者死,闪我者生,尔等让路!"摆刀往下一蹿,手中刀乱砍官人。杀开一条大路,贼人闯出来往正北就跑。后面周瑞叫喊:"千万莫放走了他!众人追拿!"众人随后紧紧追赶。华云龙跑得紧,后面追得紧。周瑞、罗镳带领众人飞追,去①华云龙不多远。华云龙跑得热汗直流,腿也发了酸,实在跑不动了。后面仍自是追,华云龙又不敢站住。追上就没了命,自己尽命往前跑。眼前一道沙土冈,约有一丈多高。华云龙心里说道:"这土冈我要两腿一发软上不去,一跌下可就没了命了。"自己来到土冈,用力往上跑,焉想到土冈北边有五个人在那里站着。乃是威镇八方杨明,同风里云烟雷鸣,圣手白猿陈亮,矮脚真人孔贵,万里飞来陆通。书中交代,这五个人,怎么会来到这里呢?原来这五个人,在蓬莱观庙里住着,济公叫他五个人,一个月之内不准出庙。要一出庙,就有性命之忧。别人都能行,唯有陆通,他在庙里不出来,急得了不得。没事他就拿着棍,在院里练棍,以为解闷。分为三十六手左门棍,四十八手右门棍,庄家六棍,他自己就耍开了。这天他正在耍着,一失手把花盆砸了。道童说:"陆爷你别练了,要练到庙门口练去。"陆通说:"对,我上庙门口练去。"雷鸣说:"我陪你去,咱们两个人练去。"杨明说:"陆通别出去!济公说,一个月不叫出去。出去有性命之忧,不可不信。"孔贵说:"庙门口又没人在山上头,有什么要紧?叫他出去瞧瞧,免得他发躁。"陆通就同雷鸣来到庙门口。一个练棍,一个耍刀。正练得高兴之际,就见山上跑过一只野猫来。陆通一瞧,拿棍就打,野猫往山下一跑,陆通同雷鸣两个人,随后就追。道童瞧见,去告诉杨明说:"陆通同雷鸣追野猫下山去了。"杨明、孔贵、陈亮不放心,赶紧带上兵刃,追下山来。焉想到陆通、雷鸣追这只野猫,一直追

---

① 去——离。

下去有五十里之遥。只见野猫钻进一座坟窟窿里。陆通追到这里一看说:“好球囊的,你快出来,你不出来,我把你的窝拆了!”拿着棍就要拆坟。这个时节,杨明、陈亮、孔贵赶到。杨明说:“陆通你还不躲开,要叫人看见,说你偷坟掘墓,就把你拿住。快跟我走吧。”正说着话,只听正南上人声喊嚷,说:“别叫贼人走了!”雷鸣往土冈一瞧,是华云龙被官人追下来。雷鸣说:“杨大哥,你瞧华云龙被官人追下来。咱们帮着官人,将他拿住,好不好?”陈亮说:“不用,咱们趁早躲开,依我说,不用多管闲事。”杨明说:“不要紧,我有主意,咱们不用明着过去拿他,跟他为仇。咱们暗中拿石子打他,把他打躺下,官人就将他拿了。咱们也不必见面。”雷鸣说:“对,杨大哥会打暗器,你打得准,你打吧。”杨明就拿一块石子,在沙冈后,见华云龙刚要上冈,杨明一抖手说:“云龙照打!”这石子照云龙打去。焉想到华云龙身往旁边一闪,这石子正打在小玄坛周瑞的华盖穴。周瑞“哎哟”一声,翻身栽倒,立刻“哇”的一口血吐出来。华云龙趁着周瑞一躺下,贼人连蹿带跳,越过土冈。抬头一看,是陈亮、雷鸣、杨明这五个人。华云龙只当是杨明暗中救他,拿石子打官人。华云龙赶紧过来,给杨明磕头,说:“多蒙兄长搭救,要不然,小弟今遭不测。”杨明也不好说我不是救你的,要帮官人拿你。只好随口应承说:“我救你倒是小事,你快逃命吧。”华云龙说:“兄长,你救人救到底,我要上古天山凌霄观,找我叔父九宫真人华清风去。求兄长把我送了去吧。”杨明说:“你上你叔叔庙里去,何必我送?”华云龙说:“兄长有所不知。我叔叔脾气太厉害,要见了我,知道我外面做的这些事,必要杀我。求兄长送了我去,给我讲讲情,我给兄长磕头。”杨明本是个热心肠的人,见华云龙苦苦哀求,杨明说:“就是吧,我送了你去。”雷鸣、陈亮众人都不愿意,又不好不跟着。无奈大众一直够奔古天山而来。相隔此地不过十数里之遥,众人来到古天山下。陆通就说:“杨大哥,你们去,我在这里等着。我不去见华清风。见了他,还得给牛鼻子老道行礼,我不愿意。我在这里等着,你一天不来,我等一天。两天不来,我等两天。总等杨大哥来了,咱们一同回去。”杨明说:“也好,你等着吧。”四个人这才同华云龙上山。来到庙门口,一叫门,道童出来。一开门说:“华二哥来了,你好呀。”华云龙说:“好。承问承问。师弟,祖师爷在家没有?”道童说:“在家。”众人这才一同进去。见庙中栽松种竹,清幽之极。正北是大殿五间,东西各有配房。道童带领众人,越过头层殿,由第二层院子出东角门,来到东跨院。这院中是北房三间,南房三间,东房三间。道童用手一指北上房说:“祖师爷在上房鹤轩里。”众人隔着帘子,往里一瞧,见里面有一张云床。上面有黄云缎子坐褥,在当中坐定一个老道,盘膝打坐,闭目垂睛。头戴青缎九梁道冠,身穿紫缎色道袍。上绣金八卦,安着乾三连,坤六段,离中虚,坎中满,当中太极图;腰系杏黄丝绦,白袜云鞋;背后背着宝剑,绿沙鱼皮鞘。检铜什件,黄绒穗头;面如生羊肝,押耳黑毫,海下一部黑胡子,微有几根白的。杨明、陈亮、雷鸣、孔贵四个人在外站着,华云龙先进去,跪倒行礼说:“叔父在上,小侄男给叔父叩头。”华清风一翻二目说:“你这逆子,在外面胡作非为!华氏门中,乃根木①人家,出了你这现眼的逆子。你还有何面目,前来见我!”说着话,伸手把宝剑拉出来。杨明一瞧,生怕老道杀他。杨明赶紧迈步进去说:“祖师爷,暂且息怒,饶恕他吧。”华清风抬头一看说:“你是什么人?”杨明说:“我姓杨,叫杨明。”华云龙说:“叔父,这是小侄男的恩兄,威镇八方杨明。”雷鸣、陈亮、孔贵也都进来。华云龙说:“叔父,这都是我的恩兄义弟。”华清风一听,说:“你这孽障,这就该打,既是你的恩兄义弟,为何不早禀我?众位请坐。这位道友贵姓?”孔贵说:“无量佛,弟子叫孔贵。”华清风说:“这二位贵姓?”陈亮说:“我姓陈。”雷鸣说:“我姓雷。”华清风说:“众位来此何干?”杨明说:“祖师爷要问,只因我义弟华云龙,他在临安闯下大祸,现在灵隐寺济颠和尚,到处拿他。他无地可躲,我等把他送到祖师爷这里,求祖师爷大发慈悲,将他收下。济颠和尚,也许不能来拿他。即使来了,祖师爷可以劝劝济公。僧赞僧,佛法兴。道中道,玄中妙,红花白藕青莲叶,三教原归一家人。祖师爷可以庇护他。”华清风一听,说:“你等来把他送到我庙里来,是怕济颠和尚拿他是不是?”杨明说:“是。”华清风:“你等敢是真心要救他,还是假心呢?”杨明听这话一愣,说:“祖师爷这话从何说起?我等要不是真心,为何我等跟着送上山来?”华清风说:“好,你们既是真心救他,我跟你们几位借点东西,肯借不肯借呢?”杨明说:“看是什么东西,除非是脑袋,在脖子上长着不能借,别的东西都可以借。”华清风说:“我倒不借脑袋。我要练五鬼阴风剑,练好了,能斩济颠罗汉的金光。要不练好法宝,济公来拿他,我也不

① 根本——清白,正经。

是他的对手,你们打算救他,把你们几位的人心,借给我练五鬼阴风剑,可以斩济颠和尚。”雷鸣一听,他先恼了,张嘴就骂:“好杂毛老道。满口胡说。给脸不要脸,爷爷走了。杨大哥跟我走!”杨明也是气得颜色更变,说:“你们是叔侄,爱管不管。”站起来就要走。华清风哈哈一笑,说:“你几个小辈要走,焉能由得了你?放着天堂有路你不走,地狱无门找进来。姜天瑞出来,把他等给我拿住!”一句话说出,金眼佛姜天瑞由屋中出来。用袍袖一点指,口念敕念。竟把这四位英雄,用定神法定住。要想逃走,比登天也难。不知性命如何,且看下回分解。

第九十二回

黑风鬼害人终害己　金眼佛杀人被人杀

话说姜天瑞，用定神法把四位英雄定住。华清风吩咐：去到西跨院，栽上五根柏木桩。把香烛桌案，应用东西预备好了。山人要练五鬼阴风剑。华云龙立在一旁，竟自不言。杨明说："好，姓华的，我们可是为你来的。你瞧我等死，这倒不错。"华云龙听杨明这话，他这才说："祖师爷，你老人家慈悲慈悲吧。这都是我的朋友，你看在我的面上，别杀他们。"华清风说："华云龙，你还给他等求？你打算他等是你的朋友？你可知在沙土冈，姓雷的他要帮着官人拿你。姓杨的说，他会打暗器，拿石头原是打你，错打了官人。你还在睡梦里。"杨明一听，心说："奇怪。我们说的话，老道怎么会知道。真是神仙，未卜先知！"雷鸣破口大骂。华清风立刻吩咐，把众人捆着搭着，来到西跨院。见那里栽着五根柏木柱，放着八仙桌，有香炉蜡扦、香烛纸马、五谷粮食、菜根、无根水、黄毛边纸、朱砂白芨笔砚等。一应的东西都预备好了，就把四个人往木桩上一捆。陈亮说："罢了，没想到今天死在这里。哎呀，应了济公的话了。他老人家说，一个月不可出蓬莱观，要不听话，有性命之忧，他救不了咱们。这都是陆通不听话，连累了咱们几个人。"杨明说："事已至此，也就不必说了。"雷鸣、陈亮说："我们两个人死了倒不要紧，上无父母的牵缠，下无妻子的挂碍。孔二哥已然是出了家，死了万事皆休。就是杨大哥死不得，家有白发老娘、绿鬓妻子、未成丁幼儿。你要一死，是母老妻单子幼，无人照顾。"这一句话，勾起杨明心中一阵难过。叹了一声说："二位贤弟，倒不便提这个了。一则生有处、死有地，阎王造就三更死，谁敢留人到五更。二则你我弟兄，倒是一件乐事。"陈亮说："怎么要死倒是乐事呢？"杨明说："你没瞧见闲书，想当初三国志，宴桃园豪杰三结义，斩黄巾英雄首立功，刘关张结义之时说，不愿同年同月同日同时生，但愿同年同月同日同时死，尚且不能。现今你我弟兄岂不是同年同月同日同时死么？"正说着话，华清风吩咐："给我拿过一个瓶来，我可以把他等的阴魂拘来，收在瓶内。"姜天瑞说：

"师父,你练五鬼阴风剑,这是四个人,尚少一个人呢。"华清风一听,豁然大悟,说:"有理有理,山人一时懵懂住了。还少一个人,这不能练。"姜天瑞说:"今可下山,再找一个人去。"华清风说:"何必找去,你把厨房吃饭那人添上,不就得了。"书中交代:谁在厨房吃饭呢?乃是黑风鬼张荣。原是张荣在树林子等着华云龙去买镖。等到工夫大了,不见华云龙回来。正在心中焦躁,只见杨明、雷鸣、陈亮、孔贵、陆通这五个人,由正北往南跑。张荣大吃一惊,赶紧隐藏起来,生怕杨明瞧见他,必要他的命。自己正在暗中观看,见正南上官人追下华云龙来。雷鸣说要帮着官人把华云龙拿住。"杨明要拿石子打华云龙。张荣在暗中听得明明白白。这小子怕被杨明众人瞧见,他先回到古天山来。一见华清风,提说华云龙之事。要不然,华清风怎么会知道杨明拿石子打华云龙?他又不是神仙,焉能未卜先知?都是张荣说的。此刻张荣正在厨房吃饭,姜天瑞来到厨房说:"张荣,现在祖师爷要练五鬼阴风剑,少一个人。"张荣说:"我给下山诓去。"姜天瑞说:"你也不用诓去。祖师爷说了,把你添上就够了。你少活几年吧。"张荣一听,吓得颜色更变,说:"别把我添上呀。"姜天瑞说:"由不了你。"用袍袖一指,张荣不能动转,当时也把张荣搭到西跨院来。张荣口中直央求说:"祖师爷饶命。"杨明一瞧,见是张荣,心中咬牙愤恨。自己一想:"要不是出来找张荣,焉能离家在外,遇见这样的事。"杨明破口大骂,说:"张荣,你这厮,人面兽心。我姓杨的出来,原为找你这小辈报仇。没想到今天在这里会见你!"张荣只顾央求老道饶命,也不顾杨明骂不骂。张荣直说:"祖师爷爷饶命!"华清风本是个恶人,并不理他。吩咐姜天瑞:"你看我用宝剑挑起来符一烧,抖起来符落到谁头上,你先取谁的人心。"姜天瑞点头答应。华清风把符画好了,往宝剑尖上一粘。口中念念有词,把符点着,用宝剑一挥。这道符正落在黑风鬼张荣的头上。杨明一看,说:"罢了,我只要见着张荣一死,先死在我眼前,我就是死在九泉之下也甘心瞑目。"只听华清风那里吩咐行刑,姜天瑞拿宝剑,照定张荣胸前就是一剑。只听"扑哧"一响,张荣胸中冒出五股气来,是阴毒损坏狠。冒完了这五股气,血才往外流。姜天瑞用凉水一浇,伸手把人心取出来,一瞧,心中净是小窟窿,都烂了,没有一个好心眼。把人心递给华清风,老道用宝剑将人心一穿,口中念念有词。宝剑一晃,就把张荣的阴魂招了,去装在瓷瓶之内。老道说:"急急如律令敕。"用手一指,张荣的阴魂不能出来。华清风就把第二道符点着。口中一念咒，用宝剑一抖，这道符落在杨明的头上。杨明说："三位贤弟，愚兄头里走了。你我弟兄在枉死城见吧。"雷鸣、陈亮瞧着难过，如乱箭穿心一般。华清风吩咐姜天瑞行刑。杨明把眼睛一闭，牙关一咬，姜天瑞伸手一解杨明的衣服，用宝剑照定杨明胸前就刺，只听"扑哧"一响，红光崩溅，鲜血直流，姜天瑞的死尸，栽倒在地。书中交代，姜天瑞拿宝剑杀杨明，怎么他倒被杀死了？书有明笔、暗笔、伏笔、记笔、倒岔笔、惊人笔，这乃是惊人笔。姜天瑞拿宝剑正要刺杨明，焉想到由墙外蹿进一人，正是万里飞来陆通。人到棍到，竟把姜天瑞脑袋打碎了。陆通原本是在山下等候杨明，工夫大了，不见杨明回来。傻人也有傻心眼，陆通一想说："我等杨大哥，回头饿了，怎么办？没地方吃饭。"正在思想之际，由那里来了个卖馒头的。一瞧陆通身高九尺以外，犹如半截黑塔一般，旁边搁着一条铁棍。卖馒头的只打算陆通是打杠子的，吓得颜色更变，说："大太爷要什么？"陆通把英雄氅往地下一铺说："爷爷要馒头。"卖馒头的赶紧就数，一五一十全数完了，一百零五个。把馒头搁下，挑起担子就走。陆通说："回来。"卖馒头人说："大爷，你还要剥我的衣裳么？"陆通说："爷爷给你银子。"掏出一锭有五两，递给卖馒头的。他这才知道陆通是好人。卖馒头的说："这些馒头用不着这许多银子。"陆通说："你滚吧。"他才挑起担子走了。陆通瞧着馒头，给风一吹，皮一干裂了口。陆通说："你乐了，先吃你。"拿起来就吃。再一瞧又裂一个，他说："你也乐了，该吃你。"自己自言自语说："他们来了，就够吃的了。"陆通正在说这话，一瞧和尚来了，还同着一个人。济公说："陆通，你还不瞧瞧去，你杨大哥在庙里被人害了，要开膛摘心哪。"陆通说："真的吗？"和尚说："真的。"陆通拿起铁棍大氅就往山上跑，馒头滚了一地，也不要了。来到庙界墙，往里一看，墙有八尺高，他身材九尺。探头往里一瞧，果然已把杨明捆上。陆通真急了，蹿进去，手起棍落，竟把姜天瑞打得脑袋崩裂。华清风一看，眼就红了。说："好一个胆大的囚徒，竟敢把我徒儿打死。"陆通摆棍就跟华清风动手。华清风用手一指，把陆通定住。老道拉出宝剑，照陆通脖颈就是一剑，砍了白印一条，陆通哈哈一笑说："爷爷身上有金钟罩，就是不告诉你。就把火烧、活埋、开水煮，这三样不告诉你。你不知道。"他本是浑人。说不告诉，全说出来。老道一听，吩咐童子："把两捆干柴，将他烧死，给我徒儿报仇。"童子立刻搬了干柴,陆通一瞧,说:“这着真不好了。谁告诉你的?”杨明瞧着,深为叹息,说:“陆通是个浑人,肉眼佛心。一世不懂奸滑。怎么会遭这样惨报,可见上天不睁眼。”陆通也是真急了,口中直嚷:“师父快来救命!”只听外面答话:“来了。好东西,要烧我徒弟,徒弟不必害怕。”大众睁眼一看,乃是济公,说来搭救众人。不知罗汉爷从何处而来,且看下回分解。

第九十三回

古天山华清风炼剑　铁佛寺济禅师救人

话说华清风正要火烧陆通，济公赶到。书中交代，济公由古佛寺追走了华云龙，和尚复返回去。掏了三块药，把飞天火祖秦元亮、立地瘟神马兆熊、千里腿杨顺三个人的镖伤治好。这三个人给济公行礼说："多蒙师父救命之恩，未领教圣僧尊姓大名。"济公通了名姓。这三个人说："师父搭救我等再生，我等铭感五中。青山不改，绿水长流。他年相见，后会有期，我等必要报答。"济公说："你三个人去吧，我和尚还有事呢。"三个人千恩万谢，告辞去了。和尚复又到庙内，把刘四放开，叫李刘氏跟他兄弟回家，姊弟二人谢了济公走了。和尚叫本地官人报官，将古佛寺入宫，另招住持僧人，济公这才回铁佛寺。来到寺里一看，众人正在埋怨和尚："要不是和尚把大蟒赶走，大众虽花些钱，可以把臌症治好。这一来，病人多得很，没人治了。"济公在铁佛寺一听这话，说："众位不必埋怨，我可以在这庙内舍圣水。有病的，只管来吃，吃了包好。"立刻派人挑了几十担水，倒了十大缸。和尚掏了十块药，放在水缸里。大众闻这水，有一阵清香。大众传出去，和尚舍圣水。果然有得臌症的，来此喝口水就好。不但治臌症，百病都得好，开化县的黎民没有不感激济公的。次日和尚说："我可不能看着舍水，我还有事呢。"这才回到巡检司，叫四位班头把冯元志送到开化县。和尚来到开化县，知县郑元龙立刻迎接济公，进到书房，知县说："多蒙圣僧给我地面除害，搭救黎民，本是实深感激。"和尚说："那倒是小事。"知县说："圣僧这是由哪里来，这个贼人，是怎么一段事？"和尚说："这个贼人，是盗公文的。现在龙游县还有一个贼，叫小神飞徐沛，跟那个贼是一案。我带着这两个班头，杨国栋、尹士雄，就是龙游县的原办。求老爷办一角文书，派几个官人，把这个贼人解到龙游县去完案。"知县郑元龙点头应允。旁边贼人冯元志一听这话，心中一动。心说："只要把我解了走，遍地是绿林的朋友，只要碰见，定可以把我救了。"他是心中的话，和尚答应了，说："好东西。你心里倒想得不错。只要把你解了走，路上就有人夺了你去。我和尚更有主意。老爷，你叫人把黄土泥用水合了，把贼人的脑袋脸上都抹了，就给他留着眼睛、鼻子、嘴出气，少得有人认得他。”知县立刻办了一角文书，派了四个解差，同尹士雄、杨国栋把贼人解走。尹士雄、杨国栋谢了知县，又谢了济公，这才押解起来。和尚领柴、杜二位班头也告辞。知县送出衙门，和尚拱手作别。柴头说：“师父，你老人家由临安带我二人出来拿华云龙。今天也拿他，明天也拿他，到如今也没拿住。我们家中，上有老，下有小，指着这份差事度日子。这些日子，披霜带露出来，倒是拿他拿不了！”和尚说：“你两个人，不用着急。跟我走，准把华云龙拿住。”二位班头无奈，跟了和尚往前走。和尚说：“了不得了，我这身上的虱子太多了，咬得我实在难受。”说着话，和尚用手一掏，掏出一把虱子来。由前头掏了一把来，放在后身。由后掏出一把来，搁在前面。柴头说：“师父，还不把虱子捺了！还往身上放着，这有多脏！”和尚说：“你不知道，我给虱子搬搬家，它一不服水土就死了。”柴头说：“师父，别胡闹了，一个人身上的虱子，还不服水土？依我说，快捺了吧。”和尚说：“这虱子还得拿水饮饮它。”说着话，眼前有一道河，和尚“扑咚”跳下河去。柴头就知道和尚又要走，说：“师父又要走啦？咱们哪里见？”和尚说：“咱们常山县见。”说完了，和尚一使验法，柴、杜二人瞧不见和尚了。两个人抱着怨恨，往前走了。和尚见他二人走了，由水内上来，一直够奔古天山来。正往前走，见眼前一个乞丐，扛着一个钱叉子。上写：“日吃千家饭，夜住古庙堂。不做犯法事，哪怕见君王。”和尚说：“你上哪里去要饭吃？”乞丐说：“我去给人家念喜。”和尚说：“咱两个人一同走吧。”乞丐说：“和尚，你去做什么？”和尚说：“我也给人家念喜歌去。”这乞丐一听，说：“人家办喜事，你是个和尚，一去人家准不愿意。”和尚说：“不要紧。和尚安口锅，也比在家差不多。”说着话，二人一同往前走。刚到古天山下，就见陆通正瞧着馒头自言自语。和尚说：“陆通，你还不瞧瞧去，你杨大哥在庙里被人害了，要开膛摘心哪。”陆通说：“真的吗？”和尚说：“真的。”陆通拿起铁棍鏊就往山上跑。馒头滚了一地。和尚说：“朋友，你把馒头捡了去罢。”乞丐一看说：“和尚你不要么？”和尚说：“我不要，你拿了吃去吧。”和尚叫这个要吃的来，所为怕是这些馒头糟蹋了。在山下捺着，没人捡，所以叫要饭的把馒头捡了走。和尚上山，刚到凌霄观，就听陆通那里嚷：“师父快来救我！”和尚说：“来了。”立刻用手一摸天灵盖，把佛光、灵光、金光三光闭住。和尚跳进去一看，华清风正要点火烧陆通。和尚说："好杂毛老道，你无缘无故害人，待我来拿你！"华清风气得"哇呀呀"直嚷，说："你是何人？"和尚说："我乃西湖灵隐寺济颠是也。你既是出家人，三清教的门徒，你就该戒杀、盗、淫、妄、酒。你无故要杀害性命，我和尚焉能容你。"华清风一听是济颠，老道眼睛一看，见和尚身量不高，体瘦不大，一脸的油泥，短头发有一寸多长。破僧衣短袖缺领，腰系绒绦，疙里疙瘩，褴褛不堪，原是 丐僧。华清风心里说："闻名不如见面，见面胜似闻名。听说济颠乃是罗汉。要是罗汉，头上必有金光。要是带路金仙，头上必有白光。要是妖精，必有黑气。看他头上一无金光，二无白气，乃是凡夫俗子。"他焉知道和尚把三光按住。老道说："济颠气死我也。"和尚说："我气死你，你死吧。"老道说："济颠，你这厮好大胆量，屡次欺我太甚。我徒弟张妙兴，在五仙山祥云观，被你给烧死。你又无故搅闹铁佛寺，常道友给我托梦，说你打去他五百年道行。你又把我徒弟姜天瑞的胡子给揪了去，羞臊他的脸面。你还要捉拿我侄儿华云龙，今天你还敢来管我的事。你岂不是飞蛾投火，自来送死。你要知事务，你跪下给山人磕头，叫我三声祖师爷，山人有好生之德，饶你不死。"和尚哈哈一笑说："好老道，满口胡道。你跪下给我和尚磕头，叫我三声祖宗爷，我也不能饶你。"华清风一听，不由怒从心上起，气向胆边生，举宝剑照定和尚劈头就剁。和尚一闪身，滴溜绕在老道身后，拧了老道一把。老道回头，用宝剑照和尚分心就扎，和尚闪身躲开，左手一晃，右手照定老道，就是一个嘴巴。老道气得"哇呀呀"直嚷。和尚身体灵便，拧一把，捏一把，摸一把，拉一把，老道的宝剑终到不了和尚的身上。老道真急了，身子往圈外一跳，说："好济颠，你真是找死！休怨山人，待山人拿法宝取你，叫你知道祖师爷的厉害！"说着话，由兜囊掏出法宝，就往地下一撒，老道口中念念有词，用手一指说："太上老君，急急如律令敕。"展眼之际，只见平地忽起一阵怪风。怎见得？有赞为证：

无影又无踪。卷杨花，西复东。江湖常把扁舟送。飘黄叶舞空。
推白云，过山峰。园林乱摆，花枝片子，送你掌帘入户。银烛影摇红。

一阵狂风大作。和尚一看，有许多獐猫野鹿兔鹤狐群，直奔和尚而来。和尚用手一指，口念六字真言："唵嘛呢叭咪吽。"这群野兽一道黄光，显出原形，都是纸的。老道一看，说："好和尚，胆敢破我的法宝。"老道口中一念咒,用手捏剑一指,只见来了许多毒蛇怪蟒,要咬和尚。和尚哈哈一笑,用手一指,口念六字真言。这毒蛇怪蟒,一道黄光全化没了。老道见和尚连破了两种法宝,真急了,要下毒手。当时把柴火点着。老道用咒语一催,眨眼烈焰飞腾,三昧真火把和尚围上。不知济公如何破法,且看下回分解。

第九十四回

僧道斗法凌霄观　弟兄送信马家湖

话说九宫真人华清风，点着火，用咒语一催，要烧济公。焉想到和尚口念六字真言："唵嘛呢叭迷吽。唵，敕令赫。"用手一指，这团火就奔老道去，立刻老道衣裳着了。华清风一瞧，势头不好，赶紧拧身蹿进烟云塔去。和尚一念咒，这火越烧越旺，就把烟云塔围了。华清风胡子也烧了，头发也烧了，衣裳也着了，火往塔里直扑。老道直嚷："圣僧慈悲饶命，弟子再不敢了！"济公本是佛心人，一听华清风央求，和尚赶紧用手一指，火就灭了。华清风由塔里出来，架起趁脚风，竟自逃走。和尚并不追他，这才把杨明众人放开。再一找，华云龙早已逃走。庙里就剩下四个小道童，吓得战战兢兢。和尚不忍伤害，说："你等不必害怕。我且问你，庙里还有什么人？"道童说："还有二师兄刘妙通，他病着呢。"和尚说："好。少时我给他治病。"杨明众人，过来行礼。齐说："多谢济公救命之恩。你老人家要不来，我等性命休矣。"和尚说："杨明、雷鸣、陈亮，你三个人给我办事去。我这里有一信，你三个人送到常山县马家湖，找白脸专诸马俊，交给马大官人。明天可务必掌灯以前送到，别等落太阳送到才好。此关重大之事，你三个人无论有什么要紧的事，可别办，先给我送信要紧。"杨明说："是了。这点小事，我三人决不会办错了。"济公把书信交给杨明带好。和尚说："你们这就起身吧。在道路上，千万别管闲事。"杨明说："师父不必嘱咐，我们必给送到。"立刻三位英雄告辞，由凌霄观出来，顺着山坡下了古天山，往前紧走。大约走了有数十里之遥。正是天有不测风云，人有旦夕祸福。朗朗红日在天，顷刻雾锁云漫，霹雷交加。震动蛟龙，沧海何安。白云童子拥出，霎时雨落人间。闪电雷鸣缠绵，天地连连染染。展眼之际，狂风暴雨。这三人紧跑，见眼前有一座小村庄，人家不多。三个人来至切近一瞧，路北一座大门。三位英雄无法，只好来到大门洞避雨，打算等雨住了再走。哪想到越下越大，沟满河平，平地水深数尺，山水响得可怕。转眼之际，天又黑了。三个人正在着急，由里面出来一个庄客，说："三位快走吧，我们要关门了。"杨明见外面雨尚未住，说："借光，请问这方有店么?"这个人说："没有。过了这个小村庄，金家庄那里有店。"杨明说："有庙没有?"这人说："也没有。"杨明说："我等是远方行路之人。此刻下雨，又无客店。望求庄主，这里可以方便方便，我等借宿一宿吧。"这人说："那可不行。倒不是别的，前人撒土迷了后人眼。前者有一位，走在这里央求要投宿，我们庄主还给他一分铺盖。次日天没亮，他连铺盖都拐了走，还偷了好些东西。这不是烧纸倒引鬼了。看你们三位，也不是歹人，可就怕我们庄主不敢留了。"杨明看了实不能走，无奈说："尊驾说的这话，可也是难怪，不得不留神。我三个人原是江西保镖的，谁想到今天赶上雨了，求庄主方便方便。我等必有一份人心。天下人交遍天下友，人也不能一概而论。"这人说："你几位且候一候，我去回禀庄主。我也不能做主。"说着话回身进去。少时出来说："三位，我家庄主有请。"三个人立刻跟着进去。一瞧，是北房五间，东西配房各三间，一打北上房的帘子，三人进来一看，有一位老庄主，年过古稀。一部银髯，头戴宝蓝缎员外巾，身穿宝蓝缎团花大氅。见三人进来，老员外举手抱拳说："三位壮士请坐。方才我听我的庄客说，三位是保镖的，未领教三位贵姓?"杨明三个人各通了名姓。说："未领教老庄主尊姓，我等今天来此叨扰。"老丈说："三位说哪里的话来。四海之内，皆兄弟也，小老儿姓金，名叫金荣。三位请坐。"杨明瞧了一瞧，这屋里很讲究，都是花梨紫檀、楠木雕刻的椅桌。墙上名人字画，条山对联，山水人物，花卉翎毛，摆着都是商彝周鼎、秦环汉玉、上谱古玩，家里是个财主的样子。有人送上茶来，金老丈立刻吩咐摆酒。当时家人擦抹桌案，杯盘连落，摆上酒菜。金员外说："三位吃酒吧，老汉这里可没有什么好的，三位今天多受屈吧。"杨明说："老员外说哪里话来，我三个人就感恩不尽了。"说着话，大众落座吃酒，菜蔬也俱可口。众人吃着酒，只见老员外面带忧郁，愁眉不展。雷鸣是个口快心直的人，说："老丈，你这就不对了。你既让我们吃，你就别心疼。你要舍不得，就别叫我们吃。"老员外一听说："雷壮士，你这话从何而来?我要舍不得，早就不让你们三位进来了。"雷鸣说："我见你脸上带着不愿意，为什么呢?"金员外说："三位有所不知。我面带愁容，并非心疼这饭，我实有忧心之事。老汉今年六十八岁，膝下无儿，只生一女，名叫巧娘，今年一十九岁，尚未许配人家，老汉爱如掌上明珠。现在我女被妖精迷住了,病得不成样子。听我女儿说,这个妖精是女妖。我贴告白,打算请能人把妖捉了,情愿谢银五百两。但是总请不到人,故我时刻为此事发愁。”雷鸣一听,说:“这件事不要紧,我师父会捉妖的。”金老丈说:“尊驾的师父是哪一位?”雷鸣说:“我师父是灵隐寺济公,我也会捉妖。”老丈说:“尊驾捉妖,是跟谁学的?”雷鸣说:“我跟江西信州龙虎山铁冠老道张天师学的。”老员外一听,心中甚为喜悦,说:“雷法官既会捉妖,回头求你老人家辛苦辛苦吧。只要把我女儿救了,我老汉必有一份人心。”雷鸣说:“不要紧,回头我们上后面给你捉妖去。”老丈立刻吩咐家人送信,叫姑娘搬出去,让三位到姑娘屋中去捉妖。家人答应,少时回来说,姑娘搬出去了。老丈这才让着三个人来至后面,是北房三间。三人来到屋中一瞧,东里间屋中,是姑娘的卧室,屋中有一阵香粉扑鼻。老丈退回前面去。杨明说:“雷二弟,你疯了。”雷鸣说:“没疯。”杨明说:“你没疯,你怎说会捉妖?”雷鸣说:“不要紧,我见这个老丈太悭吝,我一说会捉妖,你瞧他又添出许多鸡鸭鱼肉。先且饱餐一顿再说。妖精来了,你我上房再走。”杨明说:“那如何使得。”雷鸣说:“不要紧,我在屋里等着。妖精不来便罢,它要来了,就拿刀砍它,管它什么妖精。”杨明说:“也好,只要胆子正正的。凡事人心一正,百邪远离,邪不能侵正。圣人云,致中和,天地位焉,万物育焉。也许你我的正气,能把邪赶走。”雷鸣说:“对。人有十年旺,神鬼不敢傍。”陈亮说:“对。我在门后头拿刀等着。”雷鸣说:“我在帐子里一躺,装作姑娘。”杨明说:“我总担心,我就在外间屋里坐着吧。”雷鸣说:“杨大哥,你上西里间睡去吧,你不用管。”杨明就在西里间坐着,也不敢睡。三个人等来等去,天有二鼓以后,就听一阵风响。再一听,外面有脚步声音,似乎木头的响。说:“贤妹,你睡了,我特意来找你谈话。”妖精进了屋说:“哟,生人味,什么人敢在这屋里?”雷鸣一听,要伸手拉刀捉妖。不知后事如何,且看下回分解。

第九十五回

三英雄避雨金家庄　猛豪杰正气惊妖女

话说雷鸣、陈亮听外面说生人味，雷鸣也不答话，拉出刀来。只见帘子一起，是一个女子，刚要往里进去。雷鸣说："什么东西！"抡刀就是一刀。只见一道火光，妖精竟自逃走。这一刀当真砍着了，只见地下有血，有黄毛，也瞧不出是狼毛是狐狸毛。雷鸣这里一嚷，老员外早有预备。同家人点灯了，过来一瞧，见地下有血有黄毛，也不知是什么妖精。书中交代，这个妖精，乃是黄鼠狼，有一千二百年的道行。前济公传，有济公九渡黄鼠女，就是这个黄鼠狼。它仍然不改，今天被雷鸣砍了一刀。这一逃走，逃到立空山，去拜立空和尚为师。到下文书里，有五云老祖摆群妖五云阵，它也在其内，以报今天一刀之仇，跟济公作对。这三个人总算是济公的徒弟。此是后话，暂且不表。金老员外见雷鸣把妖精赶走，果然地下有血迹，当时谢过雷鸣。大众说着话，天光大亮。金员外拿出二百银子送给雷鸣，雷明不肯要。老丈执意相送，不收不行。这三个人无法，把银子收了。三个人分着，各带六十余两这才告辞，出了金家庄。雷鸣说："大哥、三弟，你瞧这倒不错，白吃白喝，一个人白得六十多两银子。"杨明说："往后你再别办这宗险事。倘若妖精青脸红发，就许把你吃了。你有什么能为，这也是济公他老人家暗中保护的。"说着话往前走。相离常山县不远，眼前道旁有一道土冈，有几棵树，陈亮说："大哥、二哥，头里慢走，我要出恭。"杨明、雷鸣点头答应。陈亮来到土冈下，蹲下出恭。焉想到后面来了一人，身高八尺，黑脸膛，头挽牛心发髻。穿着青布单坎肩，青中衣，靸鞋。手提钢刀，由陈亮身背后照定陈亮就是一刀。陈亮正在出恭，瞧见了，又不能站起来。身子往前一趴，抬腿照贼人就是一腿，把贼人踢了一溜滚。陈亮这才赶过去，把贼人按住，陈亮说："你这厮，好生大胆，这幸亏是我，你真不睁眼。"这贼人口中直央求说："大太爷饶命。"陈亮说："你大概久惯为贼，必有案，你姓什么？哪里人？老实说，我便饶你不死。"贼人说："我是镇江府丹阳县人。"陈亮一听，他说是丹阳县人，这音也像。陈亮一想是乡亲,可就有意不杀他。陈亮说:“你是丹阳县人,姓什么?在什么村住?”贼人说:“我在陈家堡住。”陈亮一听,心说:“他在陈家堡住,我怎不认识?”又问贼人姓什么,在陈家堡哪边住,贼人说:“我在陈家堡十字街路北,我姓陈,叫陈亮,外号叫圣手白猿。”陈亮一听,气往上冲,照定贼人,就是一个嘴巴。杨明、雷鸣尚未走远,也跑回来。杨明说:“老三,怎么回事?”陈亮说:“我蹲着出恭,他由背后拿刀砍我,被我拿住。这还不算,大哥问问他姓什么?”杨明说:“你姓什么?”贼人说:“我姓陈,叫陈亮,外号叫圣手白猿。”雷鸣“扑哧”一笑说:“你小子冒充名姓,当着陈亮,你还叫陈亮。”贼人“呀”了一声说:“我可是瞎了眼了。我可是丹阳人,我不姓陈,我姓宋,叫宋八仙。只因我知道有一位陈三爷是英雄,我故此充他老人家的名姓。你们二位贵姓?”杨明说:“我叫杨明,他叫雷鸣。”贼人一听,说:“你就是威镇八方杨大爷,你就是风里云烟雷二爷么,我可是瞎了眼了。三位饶了我吧。”杨明说:“我给你几两银子,你做个小本经营,别做贼人了。”陈亮说:“大哥,别胡闹了,亮清字把瓢给摘了就得了。”贼人说:“求求三位爷饶命吧。三位上哪里去?”杨明说:“上马家湖。”贼人说:“是了本会,风字万水多鱼旺,荤天汪钻越马肘局密,急付流扯活,对不对?”他说的这是江湖黑话。本会是本村,风字万是姓马,水多鱼旺是银子多。荤天汪钻越马肘局密,是晚上跳墙偷银子。他只当这三个人上马家湖做买卖去。雷鸣一听,说:“这是谁教给你的这些话?”踢了贼人一脚说:“你滚吧。”贼人立起来,竟自逃走。只今天雷鸣、陈亮跟那贼人一为仇,下文书大闹丹阳县,陈家堡双雄搭救陈玉梅,几乎雷鸣、陈亮死在宋八仙之手,那就是贼人报今日之仇。这话休提。且说三位英雄放走了贼人,这才够奔马家湖来。到马家湖天光尚早。一打听马大官人,是人人皆知。说在十字街路北大门,门口有“方孝廉正义重乡里”的匾。三个人问明白,来到十字街一瞧,果然不错。上前叩门,由里面出来一位管家。有三十多岁,很透和气,说:“三位找谁?”杨明说:“我等奉济公之命,前来送信。找马大官人马俊面交。”管家说:“是。三位在此少候,我到里面通禀一声。”转身往里就奔。马俊正同铁面天王郑雄在书房谈话,听家人到常山县买东西回来说,常山县狱里收着一个贼,叫蓬头鬼恽芳。夜晚去了有几百个江洋大盗,劫牢反狱,把贼人救走,砍死门军,持刀押颈,要钥匙出东门逃走。马俊说:“郑大哥,你我晚上把兵刃须备好,恐其贼人记恨前仇,来找你我报仇。”郑雄说:“不要紧,你我夜里留神就是了。”正说着话,家人进来回话,说:“回大官人,现在外面来了三个,说是灵隐寺济公派来投书信于大官人,要面交的。”马俊说:“你到外面问问,是济公特派哪三位来送信,还是顺便带来的,还是济公花钱雇他们来呢?问明白进来禀我知道。”管家点头答应。马俊为什么这样问呢?原来马俊乃是世路通达的人。要是济公花钱雇的人,必须多给赏钱。要是托人顺便带来的,也另有一番的恭敬。要是济公特地派来的,必须亲自迎接。故此叫家人问明白了。管家到外面说:“我家大官人叫我问问三位,是顺便带来的信,还是济公特叫三位为此事而来,还是济公花钱雇三位来的?”杨明说:“是济公特派我三人前来下书,有要紧事情。”管家立刻回到里面说:“回禀大官人,这三位是济公特派来的。”马俊同郑雄,赶紧往外相迎。来到外面一看,见杨明头戴宝蓝缎壮士巾,宝蓝缎大氅,眉分八彩,目如朗星,鼻如梁柱,四字方海口,一部黑胡须,飘洒胸前,仪表非俗。见雷明是红胡子蓝靛脸,壮士打扮,精神百倍。陈亮是穿白爱素,也是壮士打扮,俊品人物。管家用手一指,说:“我家大官人迎出来了。”杨明一看,见马俊头戴粉绫缎武生巾,双垂灯龙走穗,垂头珠在两肩头飘摆,双飘乡带上乡三蓝花朵。身穿翠蓝色窄领瘦袖箭袖袍,周身走金线,掏金边,腰系丝鸾带,套玉环,佩玉珮,单衬衫,薄底靴子,闪披一件西湖色英雄大氅,上绣大团花朵。三十以外的年岁,淡黄的脸膛,两道粗眉,一双虎目,准头丰满,未长髭须。后面跟着一人,身高八尺,穿黑褂,皂黑脸膛,粗眉大眼,虎背熊腰。马俊先举手抱拳说:“三位虎驾光临,有失远迎,望乞恕罪。”杨明三个人也答礼相还。马俊指手往里让,三个人往里够奔。进了二道门内一瞧,是北房明三暗五,东西各有配房。家人一打北上房帘子,众人来到里面。马俊让杨明上座,雷鸣、陈亮也落座,马俊主位相陪,家人进上茶来,马俊说:“未领教三位尊姓。”杨明说:“我姓杨,名明。”雷鸣、陈亮也各通名姓。马俊说:“久仰,久仰!三位由哪里来?”杨明说:“我等在古天山凌霄观遇见济公禅师,特派我三个人来给马兄台送信。”说着话,把书信掏出来。一看,上面画着一个酒坛子,钉着七个锔子,这是济公的花样,马俊打开书信一看,立时吓得颜色改变。不知上写何话,且看下回分解。

第九十六回

奉师命投书马家湖　赛专诸见字防贼盗

话说白脸专诸马俊，打开书信一看，立刻吓得颜色改变。铁面天王郑雄就问："贤弟什么事？缘何这般景况。"马俊说："了不得了。兄长你看看，这是八句偈语。"郑雄接过一看，上写的是：

为救行人秉义侠，惹起是非乱如麻。群贼大众齐聚会，各逞强霸入官衙。前来劫牢反过狱，今夜难免到汝家。马俊若不速防备，全家老幼被贼杀。

郑雄看罢说："济公他老人家，未卜先知。贤弟你打算怎么样呢？"马俊说："这件事，可不大好办。"郑雄说："杨兄长，素常你们三位，做何生理？"杨明说："我们在外面保镖为业。未领教专驾贵姓？"马俊说："真是，我也忘了，这是我拜兄，他姓郑名雄，名号人称铁面天王。"杨明说："久仰久仰。"马俊说："杨兄长，你们三位既是保镖，我今天有一事奉求。"杨明说："什么事？"马俊说："你看济公这封信，我前者得罪绿林的贼人，今天贼人要来杀我满门家眷。我这里人单势孤，求三位可以拔刀相助，不知意下如何？"杨明接信一看，心中明白。自己忖度了半天，说："马大官人，这件事我可不敢从命，又不知是哪路的贼人。要是玉山县的一路人，我要出头，许我一拦就完了。倘若西川路的贼人，不但我管不了，他等认准了我，且要跟我为仇。"马俊一听，说："我久闻杨兄长是慷慨人，挥金如土，仗义疏财，在外面行侠仗义，剪恶安良，故此今天才敢直言奉恳。不然，你我今天才算初会，也不敢求兄长分神。"杨明说："在下也不敢侠义自居，无非是常常爱管闲事。你我彼此一见如故。既是马大官人不嫌，我可从命。但有一节，晚上你叫人预备灶锅烟子，我等把本来面目遮住，倘有认得的人，丢不下脸来动手。"马俊说："是，那倒好办。你我商量商量，怎么预备。"杨明说："你家里可有多少家人？"马俊说："我家里连长工佃户打杂到更夫都算在内，共有百余人。"杨明说："好。你都把他们叫来，我有话说。"当时马俊叫家人去把家众齐集。杨明一见，汰去幼弱，除去老者，先得六十人，都是年少力壮的。杨明向众人说：“你们大官人得罪了绿林人，今天晚上有群贼来明火执仗，你等可愿意齐心努力，护庇你家主人？”众家人同声一口说：“我等情愿跟贼人以死相拼！”杨明一听，知道马俊平日待人宽厚，才能大众同心。杨明说：“你等把内宅收拾出来，叫夫人、老太太、小姐俱搬出空房去，不要点灯。后院有多少房？”马俊说：“后院也是四合房。”杨明说：“既然如此，你等各执兵刃，在南屋里藏着，点上灯，把门扣上，听外面我一喊嚷，你等各执兵刃齐出。不用你等拿贼，只仗你等助威。”家人各自点头答应。杨明说：“马大官人，你同郑爷在北上房收拾好了，把兵刃预备在手底下等候。我三个在东配房屋里，西配房锁上。”马俊一听杨明调度有方，心中甚是佩服，立刻叫家人安置。当时吩咐摆酒，大众吃喝完毕，天已掌灯。马俊这才带领杨明众人，来到内宅。众家人皆在南屋里，马俊同郑雄在北屋里，收拾落座，把兵刃放在手底下。杨明、雷鸣、陈亮都用锅烟子把脸抹了，在东配房屋中一坐，开着门，往外瞧着。等有二更以后，忽见由房上蹿下一个人来。头上是透风马尾，身上穿三叉通口寸帕夜行衣，周身骨纽寸绊，胸前罗汉股丝绦，双拉蝴蝶扣，皂缎子兜裆襌裤，蓝缎袜子，打花绷腿。倒衲千层底，鱼鳞靸鞋，手中拿着一口刀。跳下来东张西望，见东配房开着门，贼人迈步就要上台阶。杨明抖手一镖，正打在贼人嘴里，雷鸣赶出来一刀，就把贼人杀了，也不知贼人是谁。刚把这个贼一杀，就听见北房上有人说话：“了不得，咱们合字给人把瓢摘了！”贼人说：“好马俊，你敢跟我们绿林中作对，今天将你家中刀刀斩尽，剑剑诛绝。合字上！”只一句话，北房上也是人，南房上也是人，东西房上也是人。众贼人往下就跳。有一个贼人，叫双刀无敌李泰，过来就奔东房。东房杨明看见，这才一声喊嚷：“好贼，竟敢明火执仗！”跳出房外。到院内一看，四角房上贼人不少。雷鸣、陈亮二人，也出来站在院中。只见过来一个人，名叫李泰，一摆双刀，照杨明一剁。杨明、雷鸣、陈亮三人香炉脚脊背。杨明见李泰把刀一剁，杨明一闪身，使了个拔草寻蛇，竟把贼人杀死。旁边又过来一个贼人，叫铜臂猿李祥。这个贼，很有名的，看见李泰一死，摆刀照杨明劈头就砍。杨明真是手疾眼快，海底捞月，用刀往上一迎，贼人把刀刚往回一撤，杨明一偏腕子，照贼人脖颈就砍。贼人缩颈藏头，大闪身刚一躲开，杨明跟进身一腿，踢在贼人腰上，贼人翻身倒栽。杨明赶过来一刀，将贼人结果了性命。杨明一连杀了三个。

忽从对面又来了一个，也是一身夜行衣。杨明一看，黑脸膛，是夜行鬼郭顺。杨明一想："是郭贤弟，不可跟他动手。既有他在内，我赶紧把他调出去，问他为什么跟群贼来打群架，我可以给说合说合。"想罢，杨明一捏嘴，一声胡哨，这是凤凰岭如意村的暗号，果然贼人也一捏嘴，一声胡哨。杨明头里走，贼人跟着也出来，来到村外。杨明说："对面是夜行鬼郭贤弟么？现在愚兄杨明在此。"书中交代，杨明错认了人，这个贼不是郭顺，乃是白莲秀士恽飞。他拿锅烟子抹的脸，故此是黑脸膛。恽飞一听是杨明叫郭贤弟，贼人一想："了不得，这是杨明，我要动手，不是他的对手。我要一跑，他必拿刀砍我。莫若我先下手的为强。"想罢，掏出囊沙迷魂袋，照定杨明一捺。杨明闻见一股异香，说："恽飞。"这句话还没说完，翻身栽倒。贼人哈哈一笑说："杨明，你就是这等的英雄，待我结果你性命。"忽听后面有人嚷："合字，这个交给我杀。"恽飞说："何必你。"赶上去提刀就剁，只听"扑哧"一响，红光崩现，鲜血直流。这个时节，就听树林内有人说话："哎呀，好快呀，给杀了，阿弥陀佛。"来者乃是济公禅师。书中交代，济公从何处而来？只因和尚跳下河去洗虱子，说常山县见。柴、杜二位班头又恨又气，连夜够奔常山县而来。天有巳正。二班头到了十字街只见路西酒铺门口，站了一个人，身高八尺，黑脸膛，头戴鹦翎帽，青布靠衫，皮挺带，青布快靴，有两个人扶着。柴头说："杜贤弟，你看这个班头好样子。"这位班头是小玄坛周瑞。前者追拿华云龙，被杨明打了一石子，当时就吐了口血。罗镳忙把周瑞扶到家去，燕南飞周熊一瞧就急了，说："我这大的年纪，只有一子。罗镳你到衙门去给他告假。"罗镳去后，焉想到老爷不信，说："我这地方，丢了这样大案，他要告假，我要瞧瞧他是真是假。"罗镳无法，到家里叫家人扶着周瑞，来到衙门。周瑞一见老爷，叩头说："下役追贼，被贼党拿石子打了，现在大口吐血。"老爷一验，果真被伤了。周瑞一连又吐了几口血，老爷这才赏了二十两银子，赏了十天假，叫他调理。有人扶周瑞出了衙门，走在十字街酒店门口周瑞要歇歇，有许多朋友同他说话。忽见酒店内出来一人，头上粉绫缎六瓣壮士帽，粉绫缎箭袖袍，手中拿着包裹。三十多岁，白脸膛。周瑞一看是华云龙，赶忙说："伙计们快拿，他是华云龙！"这人微然一笑说："你拿谁呀，你养病吧。"贼人往北就走，柴元禄、杜振英听得明白，一看果然是华云龙。当时二位班头，拉出铁尺，要捉拿华云龙，不知后事如何，且看下回分解。

第九十七回

杨明助友战群贼　恽飞智捉镇八方

话说小玄坛周瑞，正在小酒店门口，站着歇歇。有许多的朋友，都问他怎么病了。周瑞说："我只因捉拿乾坤盗鼠华云龙，被贼人的余党，用石子暗中伤了我，打得吐了血。"众朋友一个个都说："慢慢养着，别受累了。"周瑞这人，最好交友，平素的朋友最多，常山县认得周瑞的不少。正在说话，忽见酒店内出来一人，正是华云龙。周瑞赶忙说："伙计们快拿，他是华云龙。"柴元禄、杜振英一看，果然是华云龙。二位班头过去截住说："朋友，你别走了，这场官司你打了吧。我叫柴元禄，他叫杜振英，我二人由临安出来，披霜带露，所为拿你。你在临安，做了多少案。"杜振英说："华云龙，你还叫我们费事么？你跟我们走吧。"贼人一瞧二班头，微然一笑说："你二位是奉命拿华云龙的原办？"柴头说："不错。"贼人说："我可是华云龙。你们二位，就这么一说要拿我，我倒愿意跟你走，我有一个朋友，他不答应。"柴元禄说："你的朋友在哪里？"贼人说："远在千里，近在眼前。"说着话，把刀拉出来。柴元禄说："好贼人，你敢拒捕么？"贼人说："我看看你两个人，有什么能为。你要赢得我手中这口刀，我就跟你去打官司。"柴、杜二人说："好。你我比并①比并。"伸手拉出铁尺，照贼人搂头就打，贼人摆刀相迎。柴、杜见贼人这口刀上下翻飞，门路精通，只二人拿不了。柴头心说："这贼人果然武艺高强，怪不得在临安做案杀人，盗了玉镯凤冠。今天要不是我两个人，就死在贼人之手。"柴元禄心中暗恨和尚，早也不分手，偏巧这个时候分了手，就遇见华云龙动了手。柴元禄说："杜头，你瞧和尚可恨不可恨，这时节他也不来了。"杜振英说："济公此时来了可不好。"这两人话未说完，只听半空中说："我来了。我下不去，要摔死。"柴头一瞧，见济公在药铺的冲天招牌上站着，也不知道怎么上去的。大众都抬头说："了不得，和尚要摔死。"书中交代，

---

① 比并——即"比试"之意。

济公打哪里来？原来济公在五仙山凌霄观，给陆通、孔贵医了病，叫这两人走了，然后来找华云龙。到了东跨院，见屋中病了一个老道刘妙通。济公给他把病治好，叫刘妙通看庙，和尚这才来到常山县。一到十字街，见柴、杜二班头，正跟贼人动手。和尚一使验法，上了冲天招牌。柴头说："师父快下来拿贼。"和尚在上面说："我也不要命了，我就往下跳。"大众都说："和尚定要摔死了！"焉想到和尚往下一落，脚离地还有二尺。大众说："这个和尚真怪。"柴头一瞧说："师父快念咒拿贼。"和尚说："我把咒忘了。"贼人此时一摆兵刃，打算要逃命，正往房上一蹿。和尚说："我的咒又想起来了。唵，敕令赫。"贼人脚刚落到房檐上，仿佛有人揪住贼人脊背，把贼人按住，扔下房来，止掉在小玄坛周瑞的面前。周瑞过去，将贼人按住。柴、杜一瞧，暗恨和尚："这样的好差事，单叫病人拿住。"有心过去就锁，又怕人家不答应。二位班头这才上前说："朋友辛苦，我叫柴元禄，他叫杜振英，我二人是临安太守衙门的马快。奉堂谕捉拿华云龙，你把贼人赏我锁了吧。"小玄坛周瑞，真是宽宏大量，并不争竞。说："二位，你们锁吧。"柴元禄这才抖铁链，把贼人锁上。和尚说："你们两个人大喜呀，拿了华云龙，回去一销差，得一千二百银赏格。"柴头说："师父不喜吗？"和尚说："你们二位大喜，这一拿着华云龙，回去得一千二百银子赏。"柴头说："师父你不喜吗？"和尚说："你们二位大喜呀。"和尚一连说了五遍。柴头说："师父走吧，别说了。"和尚说："你们先到衙门去，我还要出恭。"二班头押解贼人，来到常山县衙门。往里一回禀，知县立刻坐堂。柴、杜二人带贼人来到公堂，柴头给知县请安说："下役柴元禄给老爷行礼。"杜头也报名请安。柴元禄说："回禀老爷，下役在临安太守衙门充马快，现奉太守谕，出来捉拿临安盗玉镯、凤冠之贼乾坤盗鼠华云龙。今在本地面已把贼人拿住，前来回禀老爷。"知县冯老爷说："你可有海捕公文？"柴头说："有。"立刻把公文递上去。知县一看不错，这才问道："下面贼人可是华云龙？"贼人说："我姓华，叫华云龙。"老爷问："你叫什么外号？"贼人说："我叫乾坤盗鼠。"知县说："你在临安做的什么案？"贼人说："我在尼姑庵因奸不允，杀死少妇，砍伤老尼。在泰山楼因口角，伤人命。在秦相府盗玉镯、凤冠。粉壁墙题诗。都是我做。"知县说："你题的什么诗？"贼人说："题的是藏头诗，头一个字是乾坤盗鼠华云龙偷。"知县说："你在我地面南门外抢当铺，明火执仗。东门外路劫，杀伤人命。在我衙门劫牢反狱，抢去蓬头鬼恽芳，拐去七股差事，这大概有你呀。”贼人说：“我并没在这本地做案。这些事，我一概不知。”老爷一听，勃然大怒，说：“大概抄手问事，你不肯应。拉下去，给我打！”贼人说：“老爷。我一个人有几条命案，已然把临安城所做的事情，都招出来，我也是死罪。这本地我并没做案，你要叫我承认，那可不行。老爷，你打算叫我一个人承认起来，省得你地面上背案，你打算保住你的纱帽，对不对？你要叫我给你打一妥案，你说明白，那也可行。”老爷一听，气得须眉皆竖，说：“你这厮，必是个惯贼。我不打你，你是不肯直招的！”老爷正要打贼人，这时节，只见由外面脚步踉跄，济公禅师赶到。柴元禄一瞧说：“回禀老爷，济公来了。”知县站起身来迎接。一瞧，和尚后面带了一个人，两眼发直，直奔公堂而来。书中交代，济公由十字街跟二位班头分手之后，和尚随后也够奔常山县而来。正走到衙门口，和尚抬头一看，见衙门对过有一座酒铺，是“一条龙”，和尚一看，有一股怨气，直冲霄汉。和尚一掀帘子进去，见柜里坐着一人，有四十多岁，一脸的横肉，长得凶眉恶眼。和尚说：“掌柜的，借支笔墨使使。”掌柜的说：“做什么？”和尚说：“我喝酒，借笔写字。”掌柜的把笔递给和尚。和尚在手心写了几个字，写完了在旁边坐下，要好酒两壶，一碟菜。旁边有人说：“今天济公长老在十字街拿贼，你没瞧见么？”那人说：“没瞧见。”这个说：“我瞧见了。和尚身高一丈，头如麦斗，赤红脸，穿着黄袍，手拿一百零八颗念珠，真是罗汉的样子。”他人又说：“你别胡说了，济颠僧是酒醉疯癫，一脸油泥，破僧衣，短袖缺领，头发很长才是呢。”用手一指，说：“就跟这位和尚仿佛①。”那人说：“你怎么知道？”这个说：“我跟济颠有交情。”和尚答了话说：“你认识他？何时认识的？”那人说：“去年春天，我在临安见过，一同吃过饭。”和尚说：“去年春天，你不是在镇江府做买卖吗？”这人一想：“怪呀，他怎么知道我在镇江府做买卖？”问他说：“和尚，你怎么知道我在镇江府做买卖呢？”和尚说：“我在镇江见过你。”正说着话，外面有人吆喝：“好肥狗，谁要买？”和尚一看说：“卖狗的，你这条狗，要多少钱？”那人叹了一声说：“大师父要留下甚好。我们家里三个人，我母亲病得甚厉害。家内实在当也当尽了，卖也卖完了，就剩这一条狗了。你要留下甚好，实给一吊钱吧，你只当行好。”

---

① 仿佛——相像，相似。

和尚说:“不要。”这人说:“九百吧。”和尚说:“不要。”这人说:“八百你留下吧。”和尚说:“不要。”卖狗的想:“好容易有个主顾了,也罢,算七百吧。”和尚说:“不要。”这个人没法,说:“六百吧。”和尚说:“不要。”旁边有人瞧不过,说:“大师父,你到底多少钱才要?”和尚说:“我还一个价,你可别恼。”那人说:“不恼。”和尚说:“给你五吊钱。”旁有人说:“和尚是个疯子。”那卖狗的说:“卖了。”和尚说:“你既卖了,掌柜的给五吊钱吧。”掌柜说:“我凭什么给五吊钱?”和尚一扬手说:“你瞧,就凭这个。”掌柜的一瞧,吓得连忙说:“我给五吊。”不知所因何故,且看下回分解。

第九十八回

董士元欺心求圣僧　孔烈女被逼投古井

话说济公一扬手说："你瞧，就凭这个。"掌柜的一瞧和尚的手心，吓得颜色改变，忙说："我给五吊钱。"立即拿出五吊钱来，交给和尚。大众也不知是怎么样事。和尚说："卖狗的，你把狗放开，我听它叫唤一声，就把五吊钱给你。"卖狗的说："一放开就跑了，它还是跑回我家去。"和尚说："不要紧，跑了算我的。"那人就把狗放开，狗竟自跑去了。和尚就把银子给了卖狗的，卖狗的拿了走了。掌柜的说："大师父，我这件事，你可别说，咱们两个人尽在不言中，我给你买菜去。"和尚说："你买去吧。"掌柜的立刻买了许多菜来，给和尚喝酒。和尚说："这场官司我要不跟你打，屈死的冤魂也不答应。"和尚手一指往外走。掌柜的两眼发直，就跟着和尚，出了"一条龙"酒馆，一直来到常山县大堂。知县站起来说："圣僧佛驾光临，弟子失迎，望乞恕罪。圣僧请坐。圣僧带来这个人，是做什么的？"和尚说："老爷派人先把这个人看起来，少时再问。"老爷立刻吩咐："把这人看起来。"手下官人答应。和尚说："老柴、老杜，二位大喜呀，拿住华云龙，只一到临安，得一千二百银子赏。大喜，大喜！"柴元禄、杜振英说："师父不喜吗？"和尚说："贼人你姓什么？"贼人说："我叫华云龙。"和尚大笑说："你姓华，有什么便宜？"说着话，和尚过去把贼人的衣裳一剥，和尚说："你们来看，这就是他的外号。"柴、杜二人一瞧，贼人背脊上，有洋钱大小九个疤瘌。和尚这一做，贼人说："罢了，和尚你既认得我，我不姓华了。"老爷说："你到底姓什么？"贼人说："我姓孙，叫孙伯虎。外号叫九朵梅花。我在恶虎山玉皇庙里住着。我是西川人。"玉皇庙里，有西川绿林人在那里啸聚。南门外抢万兴当，明火执仗，是蓬头鬼恽芳率领，有桃花浪子韩秀，有白莲秀士恽飞，双手分云吴多少，低头看物有得横，恨地无环李猛，低头看塔陈清，造月蓬程智远，西路虎贺东风，跳涧虎陈达，白花蛇杨春连，一共三十一个人。那天抢的东门外路劫，是我同无形太岁马金川，我二人做的。前者只因蓬头鬼恽芳被官人拿来，他兄弟白莲秀士恽飞撒绿林帖，传绿林箭，请了绿林的朋友，来劫牢反狱，共七十三个人，来把恽芳救走。拐走了七股差事，砍死门军。大众一同出的东门，把恽芳救回去。他的腿被夹棍夹坏了，他说："常山县的老爷是他的仇人，马家湖的白脸专诸是他的仇人，今天众绿林的朋友，到马俊家去，杀他的满门家眷。我跟恽芳是拜兄弟，他派我来杀官盗印，没想到被官人拿住。华云龙他也没在玉皇庙跟这些人在一处，我可认识他。我打算替华云龙打一妥案，没想到和尚认识他。这是以往真情实话。"老爷吩咐把贼人钉镣入狱，官人答应，将贼人带下去。柴头、杜头此时气大了。和尚说："你两个不必着急，早晚我必给你二人把贼捉住。"知县这才问道："圣僧，方才带来那个人，是怎么一段事故？"和尚一扬手说："老爷你看。"知县一看，方才明白，立刻吩咐把那人带过来。书中交代，这个酒铺掌柜的，姓董名叫士元。当初这座"一条龙"酒店的东家，姓孔，行四，跟董士元乃是拜兄弟，患难相交的朋友。董士元就是孤身一人。孔氏家中，有妻子周氏，跟前有一儿一女。董士元帮着孔四照料买卖。后来孔四身染重病，病至垂危之际，就把董士元叫了家去。孔四说："董贤弟，你我弟兄如手如足，现在我不久于人世了。我一死，你嫂嫂带着侄男侄女度日，无依无靠。我这酒店，就交给你照管。我死了之后，别叫你嫂子冻饿着。能把孩子养大成人，接了我孔氏门中的香火。我就是死在九泉之下，也甘心瞑目了。"董士元说："兄长，你养病吧，不必担忧。倘兄长要有不测，嫂子侄男侄女我必然照应。"说话之后，果然孔四呜呼哀哉了。董士元帮着办理丧事，将孔四埋葬，"一条龙"酒铺，就归董士元承管。他时常给周氏家中去送钱。周氏的女儿，名叫小鸾，年长十七岁，尚未许配人家，长得十分美貌。董士元本是酒色之徒，自孔四死后，他就打算要占姑娘，时刻惦念在心。这天周氏带着孩儿上姥姥家去，家内留下姑娘看家。董士元知道后，买了许多的东西，到周氏家去，见家中就是姑娘一个人。董士元说出无理之话，伸手拉姑娘，意欲强奸。焉想到姑娘乃是贞烈女，见董士元一拉，姑娘急了，往后院就跑。后院有一口井，是浇花井，姑娘就跳下井去。董士元跑回铺子，故作不知。周氏晚上回到家中，不见了女儿，各处找寻，并无踪迹。直到三天，见井里姑娘死尸漂上。周氏想着，必是姑娘浇花打水，失脚坠落井内。并不知是董士元因奸不允，逼死姑娘，立刻把尸捞起，给董士元送信。董士元帮着买棺材，把姑娘埋了。他以为这件事人不知、鬼不觉。焉想到今天跟他要五吊钱的和尚,手中写的是“强奸逼死孔小鸾”,故此董士元忙给五吊钱。他打算给和尚几个钱,就把这件事瞒过。焉想到和尚用验法,把他带到衙门。老爷一瞧和尚的手心,方才明白。立刻把惊堂一拍,老爷说:“你这厮好大胆量,因何强奸逼死孔小鸾?快实说来。不然,本县要重办你!”董士元这时明白过来,一瞧到了公堂。自己一想:“我这件事没人知道,这可怪了。”想罢,说:“老爷在上,小人叫董士元。我是买卖人,并不认识谁叫孔小鸾。”和尚说:“这厮好大胆量,你还不肯承认!屈死的冤魂,已然在我眼前告了你。老爷用大刑拷打,他就认了。”老爷立刻吩咐:“用夹棍夹起来问。”官人就把董士元夹起来。董士元实在疼痛难禁,这才说:“老爷不必动刑,小人愿招。”老爷说:“你招。”董士元就把同孔四交友,孔四托妻寄子,因姑娘美貌,他谋奸不从,跳井自尽,从头至尾一说。老爷说:“你这东西,真是无伦无礼,做出这等伤天害理之事。”立刻吩咐:“先将他钉镣入狱,候把尸亲传来对质,再照例定罪。”老爷退堂说:“请圣僧书房里坐,本县还有事相商。来人摆酒伺候。”手下人答应,知县说:“圣僧,今天晚上,有群贼夜入马家湖。倘若杀伤人命在我地上,本县也要担忧。圣僧可有什么高见?”和尚说:“这倒是小事,喝酒是大事。”柴头、杜头此时气得傻了。和尚说:“二位大喜。”柴头说:“不是华云龙,喜什么?”和尚说:“你二人不必着急,回头我带别人去拿华云龙,把贼拿来交给你两个人,论功受赏,好不好?你二人在这衙门等着,我和尚绝不说瞎话。老爷,你派小玄坛周瑞、赤面虎罗镳选二十名快手伺候。少时叫他等跟我和尚到马家湖拿贼。”知县点头,立刻传谕。小玄坛周瑞一听派差上来,回禀说:“下役已然蒙老爷赏假,现在大口吐血,不能跟济公出去办案,求老爷派罗镳一人去吧。”和尚说:“周瑞,你吐血愿意好还是愿意死?”周瑞说:“愿意好,谁肯愿意死?”和尚说:“我给你一块药吃,试试看。”周瑞说:“好。”和尚立时给了一块药。周瑞吃下去,少时气血化开,当时觉着好了,连说:“好药,好药!”和尚说:“你好了,同罗镳带二十名快手,在书房外伺候。每人要一根白鹅翎,听我说走就走。”周瑞答应。家人说:“酒菜齐了。”知县请和尚来到书房,和尚说:“老爷,这个酒我不喝。”知县说:“圣僧要喝什么酒?可以吩咐。”和尚说:“先把菜都拿下去,上一样菜,叫手下人叫嚷:‘老爷同圣僧在书房喝酒。’大众答话,伺候端菜。我和尚要听热热闹闹的。”老爷说:“是。”来人先把菜撤下去,上一个菜。大众说一遍,家人又把菜撤下去。往里端一样,说:"老爷同圣僧在书房喝酒,你等端菜上来。"大众答应说:"是。"和尚这才落座喝酒。酒过三巡,和尚说:"老爷,我变个戏法你瞧瞧。我要做玉女临凡。"用手一指,下来几个美女,弹唱歌舞。和尚又说:"我要变平地抓鬼。"说着话,和尚伸手往桌底下一抓,抓出一个贼人来,倒把老爷吓得目瞪口呆。不知后事如何,且看下回分解。

第九十九回

常山县柴杜拿贼犯　马家湖济公救杨明

话说济公说变戏法，平地抓鬼。一伸手往桌底下一抓，抓出一个贼人来。和尚说："老爷你瞧，抓出鬼来了。"老爷立刻吩咐手下人，将贼人捆上。老爷一问，贼人说："我叫无形太岁马金川，前来杀官盗印。"原是蓬头鬼恽芳派九朵梅花孙伯虎、无形太岁马金川两个人，一个杀官，一个盗印。马金川受过异人的传授，他有十二道隐身符。按着子、丑、寅、卯、辰、巳、午、未、申、酉、戌、亥十二个时辰贴在脑袋上，谁也看不见他。今天贼人来，听家人说，老爷同济公在书房喝酒，贼人就奔书房来了。又听见济公说要变玉女临凡，贼人要瞧着学学戏法，他迈步进了书房。别人都瞧不见有人进来，可和尚瞧见了。贼人刚往桌底下要钻，和尚一伸手，就把他那道符揭下来。大众这才瞧见，把贼人捆上。老爷问明白，把贼人钉镣入狱。和尚吃了个酒足饭饱，站起身来说："周瑞、罗镳你等跟我走。"众班头跟着出了衙门，一直奔马家湖。和尚叫周瑞附耳说，如此如此，周瑞点头。来到马家湖村口，正听见说，现在杨明在此。白莲秀士恽飞，用囊沙迷魂袋把杨明打倒。后面有人说："合字。这个交给我。"恽飞说："何必你，我杀吧。"赶上前"扑哧"一声，红光崩见，鲜血直流，人头落地。和尚说："好快。杀了么？"可是杨明并没有杀死，乃是白莲秀士恽飞被小玄坛周瑞杀了。恽飞听后面说："合字。这个交给我。"恽飞回头瞧了一瞧，见周瑞鬓边有白鹅翎，故此贼人没留神。今天来的这一群贼，都是白鹅翎为记。焉想到济公也叫周瑞等插上白鹅翎，这叫鱼目混珠。有这么两句话：浑浊不分鲢共鲤，水清才见两股鱼。小玄坛周瑞把恽飞杀了。和尚过来一瞧，杨明躺着，人事不知。和尚叫周瑞找了一碗水来，捏了一块药，给杨明灌下去。当时杨明醒过来。爬起来一瞧，说："原来师父来了。可了不得了，群贼来到马家湖，明火执仗，这个乱大了。"和尚说："你到马俊家去瞧瞧，乱子还大。"杨明赶紧复返回来，蹿房越脊，来到里面一瞧，只见群贼升殿，雷鸣、陈亮、郑雄、马俊，俱被贼人捆上。书中交代，杨明走后，马俊等四个人,跟贼人动手。群贼之中,也有能人。内中有皂托头彭振,万花僧徐恒,这两个人在暗中瞧着,先没下来。要瞧着马俊家内有能人,这两个就不下来了。要没有能人,再下来动手。暗中一瞧,就是这四个人来往动手。众贼人拿刀把南屋里堵住,众家人都没敢出来。皂托头彭振、万花僧徐恒瞧明白。二人下来一施展邪术,把四个人拿住。群贼把北上房屋中点上灯,群贼大家落座。桃花浪子韩秀一瞧,说:"这两个人,拿锅烟子抹着脸,必是熟人,拿水来给洗洗。"正说着话,外面杨明一声叫喊:"好贼人,真乃大胆。今有威镇八方杨明在此!"众贼人一听大乱。本来杨明的名头高大①,故此群贼一乱,皂托头彭振说:"众位别乱,都有我呢。看我略施小术,保管来一个,拿一个。来两个,拿两下。"这句话尚未说完,群贼出来一瞧,见济公一溜歪斜,脚步仓皇,口念"阿弥陀佛。善哉善哉"。皂托头彭振,万花僧徐恒,也不吹牛了。他两个人先自逃生。群贼都知道济公在铁佛寺法斗铁佛,神通广大。大众焉敢动手,群贼全往房上蹿。济公用手一指,口念"唵,敕令赫",用定神法定了十六个贼人。杨明这才同济公到屋中把马俊、郑雄、雷鸣、陈亮放开。马俊立刻给济公行礼。和尚说:"不用行礼,你们先把这些贼人杀了,不杀也是后患。留几个别杀,我是带着常山县的班头,留几个活口,交到常山县去完案。"杨明众人这才拿刀把贼人杀了十三名,留下三个贼人没有杀。一问这三个人,叫桃花浪子韩秀、粉蝴蝶杨志、燕尾子张七。问明白了,把三个贼人捆上,和尚说:"马俊,你给我找一条好扁担,拿两根绳子。"马俊说:"做什么呀?"和尚说:"我去办案去。把这三个贼人交给常山县两位班头小玄坛周瑞、赤面虎罗镳,天亮解到常山县去。"马俊立时叫家人找了一条山榆木的扁担、两条绳子,交给济公。和尚拿着,出了马家湖村口一直往北。离马家湖八里地,有个镇店,叫八里铺。和尚扛着扁担,来到八里铺,天刚太阳出来。八里铺这里有个闹市口。怎么②叫闹市口呢?皆因早晨有几个卖力气的,都在这里会齐。可不许外人来卖力气,都是本地的自己人,在这里担着肩着。和尚到闹市口,把扁担一放,往地就一蹲,也不言语。旁边这些卖力气的就问:"大师父,你是做什么?"和尚说:"我是卖力气担肩的。"

① 高大——出名,有名气。
② 怎么——为什么。

这人说:“你要挑担上别处去,我们这里不许外人在这里卖力气。”和尚说:“你们在这里卖力气,司里有帖,府里有牌,县里有告示?”这人说:“没有。”和尚说:“既没有,许你们卖力气,不许我卖力气?我偏在这里定了!”那人就说:“你们不用理他,大概这和尚是半疯。”这个说:“和尚,你在这里吧,我不管好不好!”和尚说:“你叫我在这里,我偏不在这里,我走了。”那人说:“你瞧,是半疯不是?”和尚往前走了不远,一瞧路西有一座大酒饭馆。和尚迈步进去,就跑到后堂。走堂的心里说:“这个穷和尚,他也到这个大饭馆里来。一个菜,三百二、二百四。一顿饭,总共好几吊钱,自己换换衣服岂不好?”见和尚坐下,把扁担一放。跑堂的一瞧,这条扁担倒不错,山榆木的,值二两银子。心里说:“和尚吃完了饭要没钱,留他这条扁担也好。”想罢跑堂的说:“大师父来了,要什么酒菜?”和尚说:“你瞧着办吧。”跑堂的说:“你吃东西,怎么我瞧着办?”和尚说:“你不是要留我这条扁担么?你瞧值多少钱,给我多少钱的酒菜。好不好?”伙计说:“没有,我不要扁担。”和尚说:“你别瞧我穿得破,包子有肉,不在褶上。好主顾,不赊不欠,给现钱,是你们的财神爷。”跑堂的说:“是,是。大师父要菜吧。”和尚说:“你煎炒烹炸,给我配四个菜来,两壶人参露。”跑堂的说:“人参露可卖一吊二百钱一壶!”和尚说:“不多。我们那地方,都卖两百吊一壶,这还便宜一半呢。我今天得多喝两壶。”跑堂的说:“是,是。”立刻给和尚把酒菜拿来。和尚正在自斟自饮,忽听外面一声“阿弥陀佛”,声音洪亮,帘板一起,进来两个脱头和尚,乃是皂托头彭振、万花僧徐恒。这两个贼人,由马家湖逃走。先往北跑,一走山弯走迷了,又往南跑。跑走半夜,天亮来到八里铺。两个人要喝酒息歇。刚一进来,瞧见济公,吓得惊魂失措,就要跑。济公用手一指,把两个贼人定住。济公过去,就打彭振嘴巴,说:“好东西,我两座庙,二十顷地的银子,叫你二人拐走了。今天咱们是一场官司。”济公给每人打了十个嘴巴,众人瞧着说:“这两个和尚,怎么这个穷和尚打他,也不言语?”那人说:“想必他们是没理。”和尚由彭振兜囊里,掏出十几两银子,由徐恒兜中掏出有四十余两银子,和尚说:“这是偷的我的银子,还没花完呢。”和尚拿银子给酒饭账。把这两个人一捆,用扁担一挑。大家也没人敢问。和尚挑着出了酒店，街市上瞧着都觉新闻①。说："一个穷和尚，挑着两个和尚，这是怎么回事？"济公说："你们不开眼，这是我庙里搬家。"和尚挑着到了闹市口。众卖力气的说："你们瞧，和尚揽了买卖。"正说着，和尚来至切近。众人瞧着，挑了两个和尚，大众纳闷。济公伸手把银子掏出来说："你们瞧，他雇我挑到马家湖，给了五十两。你们谁去，一个人我给一两银子，挑到马家湖。"大众一听说："去，我们八个人，四个人倒换，两人抬一个。"和尚说："就是。"大众抬起来往前走。刚到马家湖村口，就听那边有人喊："好老道，你敢劫杀差事，济公快来！"和尚抬头一看，是一个老道，手执宝剑。罗汉爷这才赶奔上前，要跟老道斗法，且看下回分解。

---

① 新闻——稀奇，奇怪。

第一百回

济公火烧孟清元　贼道智激灵猿化

话说济公雇人搭着皂托头彭振、万花僧徐恒，刚来到马家湖村口。只听对面有人嚷："好老道，你敢劫杀差事，济公快来。"和尚一看，乃是一个老道，截住小玄坛周瑞一干众人。书中交代，济公夜内由马家湖走后，小玄坛周瑞、赤面虎罗镳带领二十个伙计，一见马俊，马俊说："二位班头，现有济公的吩咐，这里有三个贼，叫你们二位等候天亮，把贼人押回衙门，请老爷前来验尸。还叫你们等他老人家回来你们再走。"周瑞、罗镳点头答应。等到天亮，有常山县衙门的二爷，骑着马，来到马俊家来打听。原来知县不放心，一夜未见周瑞等回衙门，又不知出了多少人命，总算是常山县的地面。故此老爷派管家，到马俊家来打听。管家一见周瑞，周瑞就把夜内杀贼的话一说。管家说："周头，你们快回去吧。老爷甚不放心，叫我来访问。你等回去，老爷就放了心了。"周瑞说："也好，我先押解贼人回去。"马俊说："周头，你赶紧请老爷来验尸。"周瑞说："是。"立刻雇了一辆车，把三个贼人搁在车上。大众班头衙役，押解着出了马俊家中。正走到马家湖村口，只见对面来了一个老道。披散头发，身穿蓝缎道袍，白袜云鞋，手中提着宝剑，长得凶眉恶目，一部刚髯。老道口念无量佛，把车辆截住，说："你们是做什么的？"周瑞说："我们是常山县的官人，在马家湖拿着的明火贼犯，往衙门解。"老道说："我瞧瞧拿住的贼。"周瑞说："老道，你瞧什么？你是哪里的？"老道说："山人姓孟，叫清元。"这个老道，原是华清风的二师弟。他在二狼山三清观修行。只因前者，有古天山凌霄观内的两个小道童，逃到二狼山去，提说他师父被济颠和尚烧跑，不知生死存亡。孟清元一听，说："好，哪时我见着济颠和尚，我有周天烈火剑，活活要把济颠烧死，必要给我兄报仇。"今天他上山砍木头，有几个做活的，是马家湖的居民，到二狼山去做活，丢开闲话，说道："老道，昨天晚上，我们马家湖热闹了，白脸专诸马俊马大官人家中，闹明火执仗，闹得甚凶，听说都是济公和尚杀了。"这个说是无心，老道却是有心。孟清元一听济颠和尚到马家湖来了，“我去找他，给我师兄报仇。”老道把发髻披散，带了宝剑下山。老道走到马家湖村口，碰见周瑞众人，押解差事。老道说：“我要瞧瞧。”这三个贼人，都认得老道。桃花浪子韩秀说：“孟道爷救我吧。”杨志说：“孟道爷救我吧。”张七说：“孟道爷救我吧。”孟清元一听，说：“你三个人待我有什么好处，我救你们？”老道跟杨志素常不对①，孟清元说：“杨志，你也有今日。”杨志一听说：“老道，你少称雄，我大老爷不怕死。打受了国法王章，再有二十年，我又二十多岁。你少说便宜话，趁此滚开，不然，我可骂你。”老道一听，气往上冲，拉出宝剑竟将杨志杀了。周瑞一瞧说：“老道你好大胆量！这是明火执仗的要犯，你敢给杀了。伙计们，把他锁上！”众人正奔老道，老道用手一指说：“前来送死。”用定神法把众人全都定住。周瑞正在着急叫喊，只见济公来了，周瑞喊道：“济公来了！”和尚说：“来了。”和尚用手一指，把众人的定神法撤了，叫周瑞把彭振、徐恒搁在车上，一并解到衙门去，给了挑担的八两银子。和尚过来说：“孟老道，你认得我不认得？”老道说：“你是谁？”济公说：“我是灵隐寺济颠。”孟清元一听说：“我想是怎么个济颠！项长三头，肩生六臂，原来是一个丐僧。今天你休想逃命。”和尚说：“孟老道，你不服，咱们两个人到无人之处去说。”老道说：“好。”立刻同着和尚，来到山口以外。和尚说：“杂毛老道，你打算怎么样？”孟清元说：“好济颠，你把我师侄张妙兴烧死，你又把我师侄姜天瑞置死，你把我师兄华清风烧走，不知生死。我特要找你报仇。今天你要认罪服输，跪倒给我磕头，叫我三声祖师父，我饶你不死。如要不然，当时叫你死无葬身之地。”和尚哈哈大笑说：“杂毛老道，你这厮不知奉公守分，无故前来找我。你跪倒给我磕头，叫我祖宗爷，我也不能饶你。”老道一听，气往上撞，摆宝剑照定和尚劈头就剁。和尚滴溜走到老道身后，拧了老道一把。老道一转身，和尚又捏了老道一把。和尚围着老道直转，掏一把，拧一把，掏一把，抓一把。老道真急了，往旁一跳，口中念念有词。当时三昧真火，平地一起，连山坡柴草都着了，一片火扑奔和尚而来。和尚口念六字真言：“唵嘛呢叭迷吽。唵，敕令赫。”用手一指，这片火光直奔老道，立刻胡子也着了，头发也烧了，衣裳也着了，老道急忙驾趁脚风逃走。眨眼衣裳都烧没了，赤身露体。老道见

① 不对——不和。

前面一个石洞,打算要躲避躲避。刚来到石洞口,只见里面有一个赤身露体的老道,正是华清风。孟清元一瞧说:“师兄,你怎么这个样子?”华清风说:“我被济颠和尚烧的。师弟你打哪里来,为何这个样子?”孟清元说:“我也是被那济颠烧的。”华清风说:“好济颠和尚,我跟他势不两立。”孟清元说:“你我不是他的对手,咱们老道,还有比你我强的。咱们三清教要算谁?”华清风说:“头一位就是万松山云霞观紫霞真人李涵陵,第二就是天台山上清宫东方太悦老仙翁昆仑子,第三就是八卦山坎离真人鲁修真,第四就是梅花山梅花岭梅花真人灵猿化。”孟清元说:“咱们找梅花真人去,求他老人家,给我们报仇。”华清风说:“赤身露体,怎么去得?”正说着话,只见由对面来了一个老道。挑着扁担,上面有两个包裹,青布道冠,蓝布道袍,白袜云鞋,面如古月,三绺黑胡须。华清风一看,不是外人,正是他三师弟尚清云。这个老道,可不像他们,乃是正务参修,到处访道学仙。华清风连忙说:“师弟快来!”尚清云一看,说:“二位师兄,因何这般光景①?”华清风说:“我二人被济颠和尚烧了,跟我二人为仇作对。”尚清云一听说:“济颠和尚,他乃是好人,普救众生。大概必是二位师兄的不是。”华清风一听,勃然大怒说:“你是我师弟,你不说给我报仇,反倒说我不好。我非得跟济公以死相拼,找他报仇不可!”尚清云说:“二位师兄,找济颠,我也不管。不找,我也不管。我给二位师兄留两身衣裳就是了。”说着话,打开包裹,留了两身衣服,立刻告辞。尚青云挑起扁担往前就走,信口说道:

红尘白浪两茫茫,忍辱柔和是妙方。
到处随缘延岁月,终身安分度时光。
休将自己心田昧,莫把他人过失扬。
谨慎应酬无懊悔,耐烦做事好商量。
从来硬弩弦先断,未见钢刀身已伤。
惹事尽从闲口舌,招殃多为热心肠。
是非不必争你我,彼此何须论短长。
吃些亏处原无害,让几分时也不妨。
春日才逢杨柳绿,秋风又见菊花黄。

---

① 光景——境况;状况;情景。

荣华总是三更梦，富贵还同九月霜。
人为贪财身先死，蚕因夺食命早亡。
一副养生平胃散，三分顺气太和汤。
休斗胜来莫逞强，百年涸事戏文场。
离合悲欢朝朝乐，好丑嫫妍日日忙。
行客戏房花鼓懈，不知何处是家乡。

尚清云唱着山歌，竟自去了。他唱这段歌，所为劝解华清风二人。焉知道他二人恶习不改，痴迷不悟，当时穿上衣衫，驾起趁脚风，要到梅花山梅花岭找梅花真人灵猿化，跟济公为仇。不知后事如何，且看下回分解。

第一百零一回

施佛法智捉蓬头鬼　仗妖术炼剑害妇人

话说华清风、孟清元见尚清云走后，两个人把衣裳穿好，立刻驾起趁脚风，够奔梅花山而来。来到洞外一看，见有两个童子在那里把守洞门。华清风说："童子，祖师可在洞内？"童子说："现在洞内。"华清风二人立刻往里走。一瞧里面有一云床，梅花真人灵猿化在上面打坐。头戴鹅黄道冠，赤红脸，一部白髯。华清风、孟清元跪倒行礼，说："祖师爷在上，弟子华清风、孟清元给祖师爷叩头。"梅花真人一翻二目，口念："无量佛，你两个人来此何干？"华清风说："我二人来求祖师大发慈悲，替三清教报仇。世上出了一个济颠和尚，兴三宝，灭三清。他跟我二人为仇，无故把徒弟张妙兴烧死，又把我徒弟姜天瑞逼死，把我二人用火烧得这个样子。他说咱们三清教里没人，都是披毛带角脊，背朝天，横骨叉心，不是四造所生，要灭三清教，实在可恶已极。求祖师爷大发慈悲，一来替我二人报仇，二则把济颠除了，也给三清教转转脸。"灵猿化一听说："你两个孽障，必是前来搬弄是非，无故济颠焉能跟你等作对？必是你二人招惹了济颠。"华清风说："祖师爷，你老人家倒不信，实是济颠和尚无故欺辱三清教的人。"灵猿化说："既然如此，你两个人下山，见了济颠，你们跟他说，不用跟我们作对。叫他来见我，我将他结果了性命。我不能下山去找他去。"华清风说："就是。师弟你我去找济颠去。"说着话，二人出来。刚出一洞门，只见济公彳亍彳亍，脚步仓皇，直奔梅花洞而来。和尚说："我来找你们的老道来了，叫他出来我瞧瞧。"华清风一见，赶紧就喊："祖师爷快出来，济颠来了！"灵猿化立刻由洞里出来。抬头一看，见和尚头上并无金光白气，褴褛不堪，原来是一乞丐。老道说："济颠僧，我且问你，你为何烧死张妙兴，逼死姜天瑞，跟华清风二人为仇？"和尚说："你也不必说，皆因他等行凶作恶，早就该剐之有余。你怎么样的老道，要跟我老人家怎么样？"灵猿化说："看你有多大能为。"立时老道一撒肚子，一张嘴，喷出一道黄光。和尚"哎呀"一声，翻身栽倒，当时气绝身亡。灵猿化一瞧，叹了一声说："华清风，你二人无故搬弄是非，他乃是凡夫俗子，叫我作这个孽。一来不要紧，万松山紫霞真人李涵陵、九松山灵空长老长眉罗汉来查山，必不答应我。"老道颇为后悔。原来这个老道不是人，乃是猿猴。在山中修炼多年，化去横骨，口吐人言。李涵陵同灵空长老，是十年一查山，他必要预备鲜桃美酒，给李涵陵、灵空长老喝。他是一片恭敬之心，后来他要认李涵陵为师，李涵陵说："不行，我们老道修行都是人，焉能收你猿猴？"他苦苦哀求。李涵陵无法，说："我赐你一姓，姓灵吧。"灵空长老说："我赐你一个名字，叫猿化。"故此他才叫灵猿化。平时他永不下山，在山中采草配成丹药，出去普救四方。倒是正务参修，打算要成其正果，也跟李涵陵炼了些能为。今天把济公喷倒，自己倒也懊悔起来，怕将来李涵陵不答应。华清风见和尚躺下，他乐了，说："祖师爷把宝剑给我，我杀他。"孟清元说："我杀他。"灵猿化说："不能叫你等杀他，我这就作了孽了。我将他置倒，非我给他丹药吃，不能起来。一天不给他药吃躺一天，两天不给他药吃躺两天，永不给他药吃，他就得在这里躺死。"这句话还未说完，和尚一翻身爬起来了，灵猿化大吃一惊，说："和尚，我没给你药吃，你怎么起来了？"和尚说："我再躺下，等你给我药吃。我倒有心给你做个脸，等你给我药吃再起来，无奈地下太凉。你也不认得我和尚是谁，我给你瞧瞧。"说着话，和尚用手一摸天灵盖，口念："唵，敕令赫。"灵猿化再一瞧，和尚身高丈六，头如巴斗，面如蟹壳，身穿直缀，赤着两条腿，光着两只脚，穿着草鞋，是一位活知觉罗汉。吓得猿化跑进洞去，将洞门一闭，不敢出来，和尚也不去赶他。那华清风、孟清元吓得掉头就跑，和尚也不追他。一直往东够奔恶虎山。和尚来到玉皇庙内，蓬头鬼恽芳正在盼想无形太岁马金川、九朵梅花孙伯虎杀官盗印，还不回来。众人到马家湖去，杀马俊的满门家眷，也不见回来。天光不早了，自己正在着急之际，和尚由外进来说："合字。"恽芳一瞧，是个穷和尚，不认识。恽芳说："什么叫合字？"和尚说："我也是线上的人。"恽芳说："我不懂。"和尚说："你这可不对。你不认得我了？你兄弟白莲秀士恽飞，撒绿林帖，传绿林箭，请我们来的。那一天劫牢反狱，有我由常山县把你救出来，我还背了你二里多路，你怎么忘了？"恽芳一听，说："我可实在眼钝。那天黑夜景况，人也太多，我实没瞧出来。你叫什么呀？"和尚说："我叫要命鬼呀。"恽芳说："你是要命鬼，你是哪路的？"和尚说："我是东路的。"恽芳说："我怎么没听见说过,你们头儿是谁?”和尚说:“我们头儿是阎王爷。”恽芳说:“我也不认得。”和尚说:“你不认得,我领你去见见。昨日晚上,无形太岁马金川,把印也盗了。九朵梅花孙伯虎,把知县也杀了。我们大众到马家湖把马俊全家老幼都杀了。大众都得了金银细软,大众商量着要回西川。你兄弟白莲秀士恽飞想起来说,庙里还有我们大爷等着我们,谁去背他来?大家都不愿意来。你兄弟就叫我说,要命鬼,你去到恶虎山玉皇庙内,把我哥哥背来,咱们一同回西川。故此我这才来。他们大众都在半路等着呢,你快跟我走吧。”恽芳信以为真,就说:“要命鬼,你背得动我么?”和尚说:“背得动。你别瞧着我身材矮小,我可有气力。”立刻和尚背起恽芳,下了恶虎山,一直够奔常山县。恽芳说:“要命鬼,你往哪里走?那是常山县。要碰见官兵,你我二人就没命了。”和尚说:“不是,你错认了。”说着话,来到常山县衙门口。恽芳说:“要命鬼,你怎么背我上常山县衙门哪?”和尚说:“不背你上衙门上哪里去,你舍了命吧。”恽芳一听说:“好,你是我的要命鬼呀!”和尚说:“对了。”说着话,来到公堂。老爷正审问桃花浪子韩秀、燕尾子张七、皂托头彭振、万花僧徐恒。老爷见济公来了,赶紧说:“圣僧请坐。”和尚把恽芳放下落座。周瑞说:“圣僧方才同那老道士上哪里去了?”和尚就把方才之事述说一遍。老爷这才说:“恽芳你也有今日。你们劫牢反狱,共多少人?”恽芳说:“老爷要问,我也不知道。劫牢反狱,也不是我要他们劫的。”老爷又问韩秀众人,到马家湖去明火执仗共多少人,韩秀众人俱皆招认。老爷吩咐将他等全行钉镣收牢。一面给济公道谢行礼。这时,只见由外面进来一个老道,两眼发直,直奔公堂。周瑞一瞧说:“回老爷,这个老道,方才劫差杀杨志就是他。”老爷吩咐:“把他锁上带过来。”老爷一拍惊堂木说:“你这道人叫什么?”孟清元此时明白过来,即然①到了公堂。方才由梅花山逃走,心中一迷,也不知怎么来到衙门。老道一齐俱皆招认,老爷也吩咐一并入狱。柴头过来说:“圣僧,临安太守行礼求你,秦相作揖打恭求你,你老人家带我们出来拿华云龙。今天也拿,明天也拿。龙游县那个样的为难案,你伸手就办。这常山县这么大事也办了,倒是华云龙还拿不着。”和尚说:“你二人不必着急,跟我走,去拿去。要拿不着,你二人就拿我,好不好?”柴头说:“拿你做什么?”和

---

① 即然——原来。

尚立刻告辞。知县说:“圣僧,住几天再走。”和尚说:“不用。省得他二人着急。我带他们拿华云龙去。”这才带领二位班头,出了常山县。往前正走。刚走到山里,只见眼前树林子中,杨明、雷鸣、陈亮在地上躺着。华清风正要拿宝剑杀这三个人,和尚赶到。不知何故。且看下回分解。

第一百零二回

杨雷陈仗义杀妖道　十里庄雷击华清风

话说济公带领二位班头，正走到山内。只见华清风手举宝剑，要杀杨明、雷鸣、陈亮。书中交代，华清风由梅花山逃走，自己一想，非要把济公杀了不可。他打算要练子母阴魂剑，能斩罗汉的金光。要练子母阴魂剑，须得把怀男胎的妇人开膛取子母血，抹在宝剑上，用符咒一催，就可以练成了。华清风自己想罢，一施展妖术，弄了点银子。买了个药箱，买了些丸散膏丹，打算到各乡村庄里以治病为名，好找怀男胎的妇人。华清风拿着药箱，走到一座村庄。只见有两个老太太在那里说话。这位说："刘大娘，吃了饭了？"这位说："吃了。陈大姑，你吃了？"这位说："吃了。"两位老太太，一位姓刘，一位姓陈。这位刘太太说："大姑你瞧，方才过去的，那不是王二的媳妇么？"陈老太太说："是呀。"刘老太太说："不是王二他们两口子不和美呀，怎么他媳妇又给他送饭去？"陈老太太说："刘大娘你不知道，现在王二的媳妇有了身孕，快生养了，王二也喜欢了。他自己种两顷稻田，他媳妇给送饭去。现在和美了。"华清风一听，那妇人怀着孕，赶紧往前走。追到村头一瞧，那妇人果然怀的是男胎。书中交代，怎么瞧得出来是男是女呢？俗话说，世上无难事，只怕用心人。要是怀胎的妇人印堂发亮，走路先迈左脚，必是男胎。要是印堂发暗，走路先迈右脚，必是女胎。华清风看明白了，赶过去一打稽首，口念："无量佛。这位大娘子，我看你脸上气色发暗，主于家宅夫妇不和。"娘子们最信服这个，立刻站住说："道爷你会相面么？真瞧得对，可不是我们夫妇不和么。道爷你瞧，有什么破解没有？你要能给破解好了，我必谢你。"华清风说："你把你的生辰八字告诉我，我给你破解。"这妇人说："我是某年某月某日某时生人。"华清风听得明白，照定妇人头顶，就是一掌，妇人就迷糊了。老道一架妇人的胳膊，带着就走。村庄里有人瞧见说："可了不得，老道不是好人，要把王二的妻子拐去了。咱们赶紧聚人把老道拿住，活埋了。"一聚人，老道驾着趁脚风，早不见了。华清风来到山内找了一棵树，把这妇人缚上，由兜囊把应用的东西拿出来。刚要练剑，把妇人开膛，只见由那边来了三个人，正是威镇八方杨明同雷鸣、陈亮。这三个人在马俊家见事情已完，杨明说："我该回家了，恐老娘不放心。我出来为找张荣，张荣已死在古天山，我该回去了。"雷鸣、陈亮说："大哥咱们一同走。"马俊给三个人道谢。拿出几十两银子，给三个人做盘盘。三个人也不好收，回送了银子，告辞出了马家湖。马俊送到外面说："你我青山不改，绿水长流。他年相见，后会有期。"彼此拱手而别。这三个人正往前走，只见老道要谋害妇人。雷鸣是侠肝义胆、口快心直的人。立刻一声喊道："好杂毛老道，你在这里要害人，待我拿你！"华清风一看说："好雷鸣，前者饶你不死，今又来多管闲事。这可是放着天堂有路你不走，地狱无门要找寻。待山人来结果你的性命。"雷鸣刚一摆刀剁，老道用手一指，竟把雷鸣定住。陈亮见老道要杀雷鸣，自己急了，说："好华清风，我这条命不要了，跟你以死相拼。"摆刀就砍。老道一闪身，用手一指点，也把陈亮定住。杨明一想："罢了，今天当我三人死在老道之手。"立刻过去一动手，老道又把杨明定住。老道哈哈一笑，刚要动手杀人，就听济公一声叫嚷："好东西，杂毛老道，你敢要杀我徒弟！"华清风一瞧，吓得魂也没有了，立刻驾起趁脚风，竟自逃走。和尚不再追他，过来救了杨明三人，叫把那妇人放下来。和尚用手一指点，那妇人也明白过来。大众复返出了山口。只见来了许多的乡人，来追老道。和尚说："老道已被我们打跑了，你们把这妇人送回去吧。"众乡人把妇人带了走。和尚说："杨明你回家吧。"杨明立刻辞告，竟自去了。和尚说："雷鸣、陈亮跟我来。"二人点头，跟着和尚，来到十里庄。这里有一座茶馆，搭着天棚茶座。和尚说："咱们进去歇息歇息。"众人点头。和尚进了茶馆，不在天棚底下坐，一直来到屋内落座。陈亮说："师父你看天气甚热，怎么不在外头凉快，在屋里有多热。"和尚说："你瞧外头人多，少时都得进来，屋里就坐不下了。"陈亮说："怎么？"和尚说："你瞧着。"说完了话，和尚来到后院，恭恭敬敬朝西北磕了三个头。陈亮心里说："我自从认济公为师，也未见他磕过头。他在庙里也永没烧过香，拜过佛。这是怎么了？"只见和尚磕完了头进来。伙计拿了一壶茶过来，刚吃了两三碗，见云生西北，展眼之际，下起暴雨来了。外面吃茶的人，全跑进屋子里来避雨。只见狂风暴雨，霹雳雷电，闪一个电，跟着一个雷，电光围着屋子不住。内中就有人说："咱们这里头人谁有亏心事，可趁早说，莫连累了别人！”和尚也自言自语说：“这个年头，真是现世现报，还不劈他，等什么！”旁有一个人吓得颜色更改，赶紧过来给和尚磕头说：“圣僧，你老人家给求求吧，原来我父亲有了疯癫，我那天吃醉了，是打了我父亲两个嘴巴。圣僧给我求求，我从此改过自新。”和尚说：“你准改了，我给你求求，不定行不行。”说着话，和尚一抬头，仿佛望空说话：“我给你求，要不改还要劈你。”这人说：“改。”和尚说：“不但要劈一个人，还有一个人，谋夺家产的，他把他兄弟撵出去。祖上的遗产，他一个人占住，心地不公，也要劈他。”旁有一人，听了这句话，也过来给和尚磕头说：“圣僧你老人家给我求求吧。我倒不是霸占家产，只因有一个兄弟是傻子，我把他撵出去。只要圣僧给我求求，我定把兄弟找回来。”和尚说：“我给你求着，可说不定雷公爷答应不答应。”说着话，和尚望空祷告了半天。和尚说：“我给你求明白了，给你三天限，你要不把你兄弟找回去，还是要劈你。”这人说：“我准把兄弟找回来。”和尚说：“随你吧。”大众一听，真是报应循环，了不得。众人纷纷议论。陈亮说：“师父，像华清风这样为非作恶，怎么这上天就不报应他么？”和尚说：“少时，他就现事现报，叫你瞧瞧。”正说着话，只见由远来了一老道，大概要到茶馆来避雨的样子。正走到茶馆门口，瞧见一道电光，照在老道脸上，跟着一道火光，山崩地裂一声响，老道面朝北跪，竟被雷击了。大众一乱说：“劈了老道了！”一个霹雳，雨过天晴。露出一轮红日，将要西沉。陈亮出来一瞧，认识是华清风，被雷打了，雨也住了。和尚说：“雷鸣、陈亮，我这里有一封信，一块药。你两个人顺着常山县大道，够奔曲州府。离曲州府五里地，在五里碑东村口外有座庙，庙门口躺着一条大汉。你把我这药给他吃了，把这信给他，叫他照我书信行事。你两个人在道路上可别多管闲事。要一管闲事，可就有大祸。”陈亮说：“咱们在哪里见呀？”和尚说：“大概曲州府见，你们到了曲州府，瞧见什么事，瞧在眼里，记在心里，可别伸手管是管非。要伸手管，可就找不自在。”雷鸣、陈亮听和尚说话半吞半吐，也测不透①。两个人拿着书信，别了济公，顺大路行走。来到常山县北门外，天色已晚。陈亮说：“咱们住店吧。”雷鸣说：“好。”立刻见眼前有一座德源店。二人进去，住的是北上房三间。喝吃完毕，陈亮睡了。觉天气太热，雷鸣出来

① 测不透——猜不透。

到院中乘凉。店中人都睡了,院里还没凉风。雷鸣一想,高处必有风,立刻蹿上房去,果然凉快。雷鸣正打算要在房上躺躺,忽听有人叫喊:“杀人了！杀人了!”雷鸣一想,必是路劫。立刻带了刀,蹿房越脊,顺着声音找去。找到一所院落,是四合房。见北上房东里间有灯光,屋中有人喊叫:“杀人了,杀人了!”雷鸣蹿下去,湿破纸窗一瞧,气得须发皆竖。伸手拉刀,要多管闲事。焉想到惹出一场横祸非灾。不知后事如何,且看下回分解。

第一百零三回

雷鸣夜探孙家堡　陈亮细问妇人供

话说雷鸣湿破纸窗一看，只见屋里是顺北墙的一张床，靠东墙是衣箱立柜，地下有八仙桌、椅子、梳头桌，屋中很是齐整。床上躺着一个妇人，有二十多岁，脸上未擦脂粉，穿着蓝布褂裤，窄小宫鞋，长得倒是蛾眉杏眼，俊俏无比。地下站定一个二十多岁男子，头挽牛心发髻，赤着背，穿着单坎肩月白中衣。长得一脸横肉，凶眉恶眼。左手按着妇人的华盖穴，右手拿着一把钢刀，口中说："你就是给我说实话。不说实话，我把你杀了，那便宜你，我一刀一刀把你剐了。"就听那妇人直嚷说："好二虎，你要欺负我。我这是烧纸引了鬼。我跟你有何冤何仇，你敢来持刀威吓。"雷鸣一听，气往上冲，有心要进去。自己一想："我别粗鲁。老三常说我，要眼尖。我去跟他商量商量，可管则管，不可管别管。"想罢，拧身上房，仍蹿到店内，来到屋中，一推陈亮。雷鸣说："老三醒来。"陈亮说："二哥叫我什么事？"雷鸣说："我瞧见一件新鲜事。因为天热，我在院中乘凉。院中甚热，我就上房去，可以得风。我刚要躺躺，就听有人叫喊：杀人了，杀人了！我只打算是路劫，顺着声音找去，找到一所院落。见一个男子拿着刀，按着一个妇人，直叫妇人说。我也不知什么事，我有心进去，怕你说我粗莽。我跟你商量商量，是管好，不管好？"陈亮一听，说："二哥，你这就不对。无故上房，叫店里人看见，这算什么事？再说这件事，要不知道，眼不见，心不烦。既知道要不管，心里便不痛快。你我去瞧瞧吧。"说着话，两个人穿好衣服，一同出来，仍不去惊动店家，拧身上房，蹿房越脊，来到这院中。一听，屋里还喊救人，二人下去。陈亮趴窗户一看，就听有人说："好二虎，你要欺负死我。我这是烧纸引鬼，你还不撒开我。快救人哪！"那男子说："你嚷，我就杀了你。"拿刀背照定妇人脸上就砍，一连几下，砍得妇人脸上都血晕了。妇人放声大哭，还嚷救人。陈亮一瞧，不由怒从心上起，气向胆边生。当时说："二哥跟我来！"二人来到外间屋门一瞧，门开着。二人迈步进去，一掀里间帘子，陈亮说："朋友请了。为什么半夜三更拿刀动仗?”这男子一回头,吓了一跳。见陈亮是俊品人物,见雷鸣是红胡子蓝靛脸,相貌凶恶。男子立刻把刀放下说:“二位贵姓?”陈亮说:“姓陈。”雷鸣说:“姓雷。”这男子一听说话,俱都是声音洪亮。陈亮说:“我二人原是镇江府人,以保镖为业。由此路去,今天住在德源店。在院中纳凉,听见叫喊杀人救人。我二人只打算是路劫。出来一听,在院中喊叫。我二人自幼练过武艺,故此跳墙进来。朋友,为什么在这里拿刀行凶?”这男子说:“原来是二位保镖的达官。要问,我姓孙,叫孙二虎。我们这村庄叫孙家堡。小村庄倒有八十多家姓孙的,外姓人少。她是我嫂嫂。我兄长在日开药店,我兄长死了三年,她守寡。你们瞧她这大肚子,我就要问问她,这大肚子是哪里来的。因为这个,她嚷喊起来,惊动了二位达官。”陈亮一听,人家是家务事,这怎么管。陈亮说:“我有两句话奉劝。天子至大,犹不能保其宗族,何况你我平民百姓?尊驾不必这样。依我劝,算了吧。”孙二虎一听说:“好。既是你不叫管,我走了。你二位在这里吧。”雷鸣一听,这小子说的不像人话。雷鸣说:“你别走,为什么你走,我们在这里?这不像话!”孙二虎看这两人的样子,他也不敢惹。赶紧说:“你我一同走。”雷鸣、陈亮正要往外走,那妇人说:“二位恩公别走。方才他说的话一字也不对。”陈亮一听诧异,说:“怎么不对?”这妇人说:“小妇人的丈夫,可是姓孙。在世开药铺生理,今年已故世三载。我娘家姓康,我过门时就不认得他。后来才听见说,就是这么一个当家的兄弟,已然出了五服①。平素我丈夫在日,他也不常来,只因我烧纸引鬼。我那一日在门前买线,瞧见他,十月的天气,尚未穿棉衣。我就说,孙二虎,你怎么连衣裳都没了?他说,嫂嫂,我肩不能挑担,手不能提篮,分文的进项没有,哪里能置衣裳?我见他说的好苦,我是一分恻隐之心,把他叫进来。将我丈夫留下的旧衣裳,给了他一包袱,还给他两吊钱。我说叫他做个小本营生。焉想到他后来没钱,就来找我借钱,我也时常周济他。焉想到慈心惹祸,善门难开。一次是人情,两次是例,后来习以为常。他就来劝我改嫁,我把他骂出。今天我的仆妇告了假,他无故拿刀来欺负我。问我肚子大,是哪里来的。我对二位大恩公说,我的肚子大,实在是

---

① 五服——旧时的丧服制度,以亲疏为差等。此处说孙二虎与这个女人的亲戚关系较远,不是至亲。

病，他竟敢胡说。他又不是我亲族兄弟，今天我家里没人，只有一个傻子丫头。我这里嚷，她都不来管。”外面听得有人答话说：“大奶奶，你叫我怎么管？”说着话进来。陈亮一看，是个丑丫头，一脑袋黄头发，一脸的麻子。两道短眉毛，一双三角眼，蒜头鼻子，雷公嘴，一嘴黄板牙，其脏无比。陈亮说：“孙二兄，你自己各扫门前雪，休管他人瓦上霜。你我一同走吧。”孙二虎说：“走。”立刻三个人出来，丫头关门。三个人走到德源店门首，陈亮说：“孙二兄，你进来坐坐。”孙二虎说：“你们二位在这店住，我走了。劳驾，改日道谢。”陈亮说：“不必道谢，你回房吧。”孙二虎说：“我还要进城。”陈亮说：“半夜怎么进城？”孙二虎说：“城墙有塌了的地方，可以能走。”说着话竟自去了。雷鸣、陈亮二人，仍不叫门，蹿到里面，到了屋中。陈亮说：“这件事总救了一个人。明天你我可得早走，恐怕有后患。”雷鸣说：“没事，睡吧。”二人安歇。次日起来，陈亮说：“伙计，我们上曲州府，这是大道不是？”伙计说：“是。”陈亮说：“你赶紧给我们要酒菜，吃完了，我们还要赶路。”伙计答应，立刻要了酒菜。雷鸣、陈亮吃喝完毕，算还①店账。刚要走，外面来了两个头儿，带着八个伙计，是常山县的官人。来到柜房说：“辛苦。你们这店里，住着姓雷的姓陈的，在哪屋里？”掌柜的说：“在北上房。”官人说：“你们言语②一声。”掌柜的说：“雷爷、陈爷，有人找。”雷鸣、陈亮出来，说：“谁找？”官人说：“你们二位姓雷姓陈呀？”陈亮说：“是。”官人说：“你们二位，这场官司打了吧。”陈亮说：“谁把我们告下来？”官人说：“你也不用问，现在老爷有签票，叫我们来传你。有什么话，衙门说去吧。”掌柜的过来说：“众位头爷什么事，跟我说说，都有我呢。这二位现住在我店里，他们有什么事，如同我的事。众位头儿先别带走。”官人说：“那可不行。现在老爷有签票，我们不能做主意。先叫他们二位去过一堂，该了的事，必归你了，你候信吧。雷爷、陈爷跟我们走吧。”雷鸣、陈亮也不知什么事。这两个人，本是英雄，岂肯畏刀避刑，怕死贪生。无论什么事，也不能难买难卖。陈亮说：“掌柜的，你倒不必担心。我二人又不是杀人的凶犯、滚了马的强盗，各处有案。这个连我二人也不知哪儿的事，必是旁人邪火。你只管放心，无论天大的事也不能连累

① 算还——算清。

② 言语——通报，告诉。

你店家。”掌柜的说：“我倒不是怕连累。能管得了，焉能袖手旁观。既是二位要去，众位头儿多照应吧。”官人说：“是了。”雷鸣、陈亮立刻跟着来到衙门。偏巧小玄坛周瑞、赤面虎罗镳告了假没在衙门里。官人将雷鸣、陈亮带到，往里一回禀，老爷立刻升堂。这两个人上去，给老爷行礼。老爷勃然大怒，说出一席话，把雷鸣、陈亮气得颜色改变。不知这场官司所因何故，且看下回分解。

第一百零四回

孙二虎喊冤告雷陈　常山县义士闹公堂

话说雷鸣、陈亮来到公堂，二人给老爷行礼，老爷说："你两个人姓什么？哪个姓陈？"二人各自通名。知县说："雷鸣、陈亮，你两个人跟孙康氏通奸有染，来往有多少日子？现在有孙二虎把你二人告下来。"雷鸣、陈亮一听，气得面色更改。书中交代：孙二虎由夜间分手，这小子连夜进城。有人撺唆他，用茶碗自己把脑袋拍了，天亮到常山县喊冤，说雷鸣、陈亮跟他嫂子通奸被他撞见。雷鸣、陈亮持刀行凶，拿茶碗把他脑袋拍了，现有伤痕。他在衙门一喊冤，故此老爷出签票，把雷鸣、陈亮传来。老爷一问跟孙康氏通奸有多少日子，陈亮说："回老爷，小人我是镇江府人，雷鸣是我拜兄。我二人初次来到常山县，昨天才到德源店。只因晚上天热，在院中纳凉。听见有人喊嚷杀人了，救人哪！我二人原在镖行生理，自幼练过飞檐走壁。只当是有路劫，顺着声音找去。声由一所院落出来，我二人蹿进院中一看，是一个男子拿着刀要砍妇人。我二人进去一劝解，方知是孙二虎要谋害他嫂嫂。我等平日并不认识他，把孙二虎劝了出来，不想他记恨在心。他说我二人同孙康氏有奸，老爷想情，我二人昨天才住到德源店。老爷不信，传店家问再说。我等与孙康氏一不沾亲，二不带故，并不认识，老爷可把孙康氏传来讯问。再说我们是外乡人，离此地千八百里，昨天才来，怎么能跟孙康氏通奸。要在这里住过十天半月，就算有了别情。"正说着话，老爷早派人把孙康氏传到。原来今天早晨，孙康氏正在啼哭，仆妇回来一问缘由，仆妇说："大奶奶别哭了，何必跟孙二虎一般见识，他乃无知的人。"正在劝解，外面打门，仆妇出来一看，是两个官媒①、两个官人。仆妇问："找谁？"官媒说："孙二虎把孙康氏告下了，老爷叫传孙康氏去过堂。"孙康氏一听说："好，孙二虎他把我告下来了，我正要想告他去。"当时雇了一乘小轿，带了一个仆妇，来到衙门下了轿，仆

---

① 官媒——旧时官衙中的女役，承办女犯发堂择配及看管解押诸役。

妇搀着上堂。知县一看,见孙康氏脸上青黄,就知道她必是男人久不在家,或者是寡妇。做官的讲究聆音察理,鉴貌辨色。孙康氏在堂上一跪。老爷问道:“你姓什么?”孙康氏说:“小妇人姓孙,娘家姓康,我丈夫故世三年,小妇人居寡。”老爷说:“现在孙二虎把你告下来,说你私通雷鸣、陈亮,被他撞见。要说实话。”孙康氏说:“我并不认得姓雷姓陈的。孙二虎他是一个出五服的本家,也是我烧纸引鬼。”就把已往从前之事,如此如此一说。老爷吩咐,暂把孙二虎、雷鸣、陈亮带下去。老爷说:“现在没有外人,这都是我的公差。你这肚子,是怎么一段情节,你要说实话。本县我要存一分功德,我必定要救你,你到底是胎还是病?”孙康氏说:“回禀老爷,小妇人实在是病。”老爷吩咐立刻把官医找来。老爷吩咐当堂给孙康氏看脉,看看是胎是病。这个官医,本是个二五眼的先生。当时一瞧脉,他回禀老爷:“吾看她是个喜脉。”孙康氏一听,照定官医“呸”啐了一口,说:“你满口胡说。我丈夫已然死了三年,我居孀守寡,哪里来的胎?你满嘴放屁!”官医一听,说:“混账,我说你是胎,必定是胎。”老爷说:“孙康氏,我且问你,你跟孙二虎在家辩嘴,为何雷鸣、陈亮来给你们劝架呢?”孙康氏说:“小妇人我也并不认识姓雷姓陈的。皆因孙二虎要杀我,我叫喊救人,姓雷的姓陈的就来了。我并不认识。”老爷吩咐把雷鸣、陈亮带上来。这两个人上来,老爷说:“雷鸣、陈亮,你二人为何无故半夜三更跳到人家院中去多管闲事?”雷鸣说:“我二人是为好,焉见死有不救之理?”孙康氏说:“可恨。”老爷说:“你恨什么?”孙康氏说:“可恨这里没有刀。要有刀,我开开膛,叫老爷瞧瞧是胎是病。”雷鸣一听说:“那一妇人,你真有这个胆量开膛,我这里有刀给你开开膛。要是病,必有人给你来报仇。要是胎,那可是你自己明白跟谁通奸的。”说着话,伸手把刀拉出来,往地下一捺,孙康氏就要拈刀。幸旁边官人手疾眼快,把刀抢过去。老爷一见,勃然大怒,立刻把惊堂木一拍说:“好雷鸣,你真是胆大妄为,竟敢目无官长,咆哮公堂。在本县公案之前,竟敢亮刀行凶。来人,给我打!”说着话,老爷一抽签。方把签抽出来,只见签上拴着一个纸包。老爷打开一看,勃然变色,“呵”了一声。立刻点头发笑说:“雷鸣,老爷看你倒是一个直人,极其爽快。来人,快摆一桌酒,本县赏给你二人去吃,少时本县定要替你二人做主。”雷鸣、陈亮谢过老爷,立时下堂,来到配房。有人伺候,把酒席摆上。陈亮说:“二哥,你瞧,了不得,老爷赏你我这席酒,必定有缘故，大概必是稳计。要拿你我，怕当时拿不了。”雷鸣说：“我全不懂，吃饱了再说。”书中交代：陈亮真猜到了。老爷抽出签来看上面字柬，写的是：

雷鸣陈亮恶贼人，广结天下众绿林。前者劫牢反过狱，原为恽芳系至亲。

老爷看了这个字柬，心中暗想：“好怪，这字柬是哪里来的？”当时要拿雷鸣、陈亮，看看手下官兵，没有一个有能为的。故此以怒变喜，赏二人一桌酒席，用稳军计稳住，暗派官人看着两个人。一面赶紧遣人去把小玄坛周瑞、赤面虎罗镳找来，可以拿雷鸣、陈亮。老爷越想越觉这四句话来得怪异。又一看雷鸣这口刀，跟马家湖明火执仗贼人拿的刀一样，更觉生疑。知县一想：“把蓬头鬼恽芳提出，叫他认识。他要不认得雷鸣、陈亮，这其中必有缘故。他要认得，必是雷鸣、陈亮跟他等是一党。前者劫牢反狱必有他二人。”其实这件事要真把恽芳提出来，恽芳跟玉山县的有仇，他必说认识。贼咬一口，入骨三分。雷鸣、陈亮跳进黄河也洗不清。凡事该因。老爷正要标监牌，就听外面叫喊：“阴天大老爷，晴天大老爷，我冤枉，冤苦了我了！”老爷正要问外面什么事喧哗，只见济公由外面走进来，拉着一位文生，直奔公堂。书中交代：济公由哪里来呢？和尚由十里庄打发雷鸣、陈亮走后，带领柴、杜二位班头正往前走，只见眼前来了一乘小轿，走得至急。和尚一瞧，说：“哎呀，阿弥陀佛，你说这个事，焉能不管。”说着话，和尚带着二位班头，跟着小轿，进了一座村庄。只见路北大门，小轿抬进去。和尚说：“老柴、老杜，你们两个人在外面等等。”和尚来到大门里说：“辛苦，辛苦。”由房门出来一位管家，说：“大师父，你要化缘别处去吧。你来得不巧，你要头三天来，我们员外还施舍呢。此时我们员外心里烦着呢，僧道无缘，一概不施舍了。”和尚说：“你们员外为什么事情，烦你跟我说说。”管家说：“你是出家人，跟你说也无用，你既要问，我告诉你。我们三少奶奶要临盆，现在三天没生养下来，请了多少收生婆都不行。有说保孩子不保大人的，有说保大人不保孩子的。方才刚用轿子把刘妈妈接来。我员外烦得了不得。”和尚说：“不要紧，你回禀你们员外，就说我和尚专会催生。”管家说：“和尚你找打了！谁家叫和尚进产房催生。”和尚说：“你不明白，我有催生的灵药，吃下去立刻生下。”管家说：“这就是了。我给你回禀一声。”立刻管家进去，一回禀，老员外正在病急乱投医,赶紧吩咐把和尚请进来。管家出去说:"我们员外有请。"和尚跟着来到书房。老员外一瞧,是个穷和尚,立时让坐,说:"圣僧,可能给催生的药?"和尚点了点头,罗汉爷施佛法要搭救第一的善人。不知后事如何,且看下回分解。

第一百零五回

论是非砸毁空心秤　讲因果善度赵德芳

话说济公来到书房。老员外说:“大师父宝刹在哪里?”和尚说:“西湖灵隐寺。上一字道,下一字济,讹言传说济颠僧,就是我。老员外怎么称呼?”老员外说:“我姓赵,名叫德芳。方才听家人说,圣僧有妙药,能治催生即下。圣僧要能给催生下来,我必当重谢。”和尚说:“我这里有一块药,你拿进去,用阴阳水化开,给产妇吃下去,包管立见功效。”赵德芳把药交给家人拿进去,告诉明白①,这里陪着和尚说话。少时,仆妇出来说:“老员外大喜,药吃下去,立刻生产,你得了孙子。”赵德芳一听甚为喜悦,说:“圣僧真是神仙也。”立刻吩咐摆酒。和尚说:“我外面还带着两个跟班的,在门口站着。”老员外一听,赶紧叫家人把柴、杜二位班头让到屋里。家人把酒摆上,众人入座吃酒。赵德芳说:“我有一事不明,要在圣僧跟前请教。”和尚说:“什么事?”赵德芳说:“我实不瞒圣僧,当初我是指身为业,要人出身。瞒心昧己,白手成家,我挣了这个家业。去年我六十寿做生日,我有三个儿女、三房儿媳妇,我就把我儿叫到跟前。我说,儿呀,老夫成立家业,就是一根空心秤,买人家的,能买十二两算一斤,卖给人家十四两算一斤,秤杆里面有水银。前者我买了几千斤棉花,有一斤多得四两,那卖棉花的客人赔了本钱,加气伤寒死了,我就心中抱愧。现在我儿女满堂,从此不做亏心事了。当时把这秤杆砸了,我打算改恶向善。焉想到上天无眼,把秤砸了,没有一个月,我大儿子死了,大儿媳妇改嫁他人。事情刚办完,我二儿子也死了,二儿媳也往前走了。过了没两个月,我三儿子也死了。我三媳妇怀有孕,尚未改嫁。圣僧你看,这不是修桥补路双瞎眼,杀人放火子孙多,怎么行善倒遭恶报呢?”和尚哈哈一笑说:“你不必乱想。我告诉你说,你大儿子原是当初一个卖药材的客人,你算计他死了,他投生你大儿子,来找你要账,你二儿子是给你败家来的,你三

---

① 明白——清楚。

儿子要给你闯下塌天大祸，你到年老该得饿死。皆因你改恶向善，上天有眼，把你三个败家子收了去。你这是算第一善人，比如寡妇失节，不如老妓从良。”赵德芳一听，如梦方醒，说：“多蒙圣僧指教。现在我得了一个孙男，可能成立否？”和尚说：“你这个孙子，将来能给你光宗耀祖，改换门庭。”赵德芳说：“这就是了，圣僧喝酒吧。”喝完了酒，天色已晚。和尚同柴、杜二位班头就住在这里。次日天光一亮，和尚起来说：“出恭。”由赵宅来到了常山县城内十字街。见路北里有一座门楼，门口站着二十多人，吵吵嚷嚷。和尚说：“众位都在这里做什么呢？”大众说：“我们等瞧病的。这里许先生是名医，一天就瞧二十个门诊，多了不瞧。来早了，才赶得上呢，我们都早来等着上号，先生还没起来。”和尚说：“是了，我去叫他去。”说着话，迈步来到门洞里，和尚就嚷：“瞧病的掌柜的没起来！”管家由门房出来说：“和尚你别胡说。瞧病的哪有掌柜的？”和尚说：“有伙计？”管家说：“也没伙计，这里有先生。”和尚说：“把先生叫出来，我要瞧病。”正说着话，先生由里面出来。和尚一瞧，这位先生头戴翠蓝色文生巾，身穿翠蓝色文生氅，腰系丝绦，厚底竹履鞋。这位先生乃是本地的医生，名叫许景魁。今天才起来，就听外面喊叫瞧病的掌柜的，故此赶出来，一瞧是个穷和尚。许景魁说：“和尚什么事？”和尚说：“要瞧病。”许先生一想：“给他瞧瞧就完了。”这才走到门房来瞧。来到门房，和尚说：“我浑身酸懒，大腿膀硬。”许先生说：“给你诊诊脉。”和尚一伸大腿。许先生说：“伸过手来。”和尚说：“我只打算着脉在腿上呢。”这才一伸手。先生说：“诊手腕。”和尚说：“不诊手脑袋？你诊吧。”许先生诊了半天，说：“和尚你没有病呀。”和尚说：“有病。”许先生说：“我看你六脉平和，没有病。”和尚说：“我有病。不但我有病，你也有病。你这病，非我治不行。”许先生说：“我有什么病？”和尚说：“你一肚子阴阳鬼胎。”许先生说：“和尚你满口胡说。”和尚说：“胡说？咱们两个人是一场官司。”说着话，和尚一把把许先生丝绦揪住，就往外拉。大众拦着说：“什么事打官司？”和尚：“你们别管。”拉了就走，谁也拉不住。和尚力气大，一直拉到常山县。和尚就嚷：“阴天大老爷，晴天大老爷，我冤枉，冤苦了我了。”官人正要拦阻，老爷一看是济公，赶紧吩咐把孙康氏等带下去。说：“圣僧请坐。”知县也认识许景魁，他到衙门看过病。知县说：“圣僧跟许先生什么事？”和尚说：“老爷要问，昨天我住在赵德芳家，我病了。赵员外见我病了，提说请名医许景魁给我瞧。就是他的马钱太贵,一出门要六吊,一到关乡就是二十吊,一过五里地就要二十四吊。我说:我瞧不起,我自己去吧。今天早晨,赵员外给了我五十两银子。我由赵家庄自己走了二十里路,才进城到许先生家里去瞧门诊。他就问我有钱没有?我说有银子,我把五十两银子掏出来放在桌上。他把银子揣在怀里,他说我是有银子折受的,把银子给他就没病了。他叫我走。我要银子,他不给我。因此我揪他来打官司。"知县一听,这也太奇了,说:"许景魁你为何瞒昧圣僧的银子?"许景魁说:"回禀老爷,医生也不致这样无礼。我原本因家务缠绵,起得晚些。刚起来,听外面有人喊。我出来一瞧,是这个和尚。他叫我瞧病,我瞧他没有病。他说我有病,有一肚子阴阳鬼胎,他就说我来跟他打官司。我并没见他的银子。"和尚说:"你可别亏心,你在怀里揣着呢。老爷不信,听他解下丝绦抖抖。"老爷说:"许景魁你怀里有银子?"许景魁说:"没有。"老爷说:"既没有,你抖抖。"许景魁果然把丝绦解下,一抖,掉在地下一个纸团。许景魁正要拈,和尚一伸手拈起来说:"老爷看。"老爷把这纸团打开一看,是个草底子,勾点涂抹,上写是:

雷鸣陈亮恶贼人,广结天下众绿林。前者劫牢反过狱,原为恽芳是至亲。

老爷一看说:"许景魁,你这东西哪里来的?"许景魁说:"我拈的。"老爷说:"你早晨才起来,哪里拈的!"许景魁说:"院里拈的。"老爷说:"怎么这样巧?"和尚说:"老爷把孙康氏带上来。"知县立刻叫人带孙康氏。孙康氏一瞧说:"许贤弟,你来了。"许景魁说:"嫂嫂你因何在此?"老爷说:"孙康氏,你怎么认得许先生?"孙康氏说:"回老爷,我丈夫在日开药铺,跟他是拜兄弟。我丈夫病着,也是他瞧的。我丈夫死,有他帮着办理丧事。出殡之后,小妇人向他说,寡妇门前是非多,我有事去请你,你不必到我家来,他从此就没来。故此认识。"和尚又说:"把孙二虎带上来。"孙二虎一上堂说:"许大叔,你来了。"老爷说:"孙二虎,他跟你哥哥是拜兄弟,你何以叫他大叔?"孙二虎说:"不错,先前我同许先生论弟兄。只因我常找许先生借钱,借十吊给十吊,借八千给八千,我不敢同他论兄弟,我叫大叔。"和尚说:"把他们都带下去。"立刻把众人都带下去。和尚说:"单把孙二虎带上来。"孙二虎又上来。和尚说:"孙二虎,方才许景魁可都说了,你还不说?老爷把他夹起来!"知县一想:"这倒好,和尚替坐堂。"立刻吩咐把孙二虎一夹。孙二虎说："老爷不必动刑。许景魁既说了，我也说。"老爷说："你从实说来！"孙二虎这才从头至尾述了一遍。老爷一听，这才明白，不知说出何等话来，且看下回分解。

第一百零六回

找医生鸣冤常山县　断奇案烈妇遇救星

话说孙二虎听说许景魁已然招了，他这才说："老爷不必动刑，我招就是。原本我时常去找许先生借钱。他那一天就说，孙二虎，你是财主。我说，我怎么是财主？他说，你叔伯哥哥死了，你劝你嫂子改嫁，他家里有三万银子家主。她带一万走，分给各族一万，你还得一万呢。你岂不是财主？凡事谋事在人，成事在天。我就向我嫂子一说，我嫂子骂了我一顿。从此不准我再说这话。后来许先生常问我说了未说。我一想，他媳妇死了，他必是要我嫂子，我就冤他。我说，我给你说说。他说是为我发财，他倒不打算要我嫂子。我又一说，他说怕我嫂子不愿意。我说，我给你说着瞧。他就答应了。我仗着这件事，常去向他借钱。这天他说，二虎你常跟我借钱，你倒是跟你嫂子说了没有？我说，你死了心吧，我嫂子不嫁人。他说他瞧见我嫂子门前买线肚子大，其中必有缘故。他又说，二虎，我给你一口刀，你去问你嫂子，她这肚子大是怎么一段情节？你嫂子要说私通了人，你把她撵出去，家私岂不是你的？我一想也对。我这才拿刀到我嫂子家去，偏巧仆妇都没在家。我正在问我嫂子，雷鸣、陈亮把我劝出来。我跟许先生一提，他说不要紧。他跟刑房杜先生相好，他叫我把脑袋拍了来喊告。他暗中给托，管保我官司打赢了，把雷鸣、陈亮治了罪。这是已往从前真情实话。"老爷叫招房先生把供写了，立刻连孙康氏、许景魁一并带上堂来。叫招房先生当了大众一念供，许景魁吓得颜色改变。老爷把惊堂木一拍说："许景魁，你是念书的人，竟敢谋夺孀妇，调唆人家的家务，你知法犯法，你是认打认罚？"许景魁说："认打怎么样？认罚怎么样？"老爷说："认打我要重重地办你。认罚我打你一百戒尺，给你留脸，罚你三千银子，给孙康氏修贞节牌坊。"许景魁说："医生情愿认罚。"老爷吩咐，立刻打了许景魁一百戒尺，当堂具结，派官人押着去取银子。老爷说："孙二虎，你这厮无故妄告，持刀行凶，欺辱寡妇，图谋家产。来人！拉下去打四十大板！"照宋朝例，枷号一百日释放。知县这才说："圣僧，你看孙康氏这肚子怎么办?”和尚说:“她这肚子是胎。”知县说:“圣僧不要取笑,她是三年的寡妇,哪里有胎?”和尚说:“老爷不信,叫她当堂分娩。此胎有些不同。”老爷说:“别在大堂分娩。”和尚给了一块药,派官媒带到空房去生产。官媒带下去,来到空房,把药吃下去,立刻生下了一个血胎,有西瓜大小,血蛋一个。官媒拿到大堂,给老爷瞧。和尚一掩面说:“拿下去。”知县说:“这是什么?”和尚说:“此是血胎,乃是气裹血而成。妇人以经血为主,一个月不来为疾经,两个月不来为病经,三个月不来为经闭,七个月不来为干血痨。这宗血胎,也是一个月一长。”老爷这才明白,吩咐把孙康氏送回家去。知县又问:“圣僧,现在雷鸣、陈亮这二人又怎么办。方才在大堂之前,雷鸣咆哮公堂,亮刀行凶,我正要提恽芳,正值圣僧来了。”和尚说:“那一天我走时,在签筒底下留了一张字柬,老爷一看就明白了。”知县挪开签筒一瞧,果然有一张字柬。老爷打开一看,上面写的是四句话:

字启太爷细思寻,莫把良民当贼人。马家湖内诛群寇,多亏徒儿杨、雷、陈。

老爷一看,心中明白,说:“原来是圣僧的门徒,本县不知。”立刻先出革条①,把刑房杜芳假公济私、贪赃受贿、捏写假字、以害公事,把他革了。这才派人叫雷鸣、陈亮上来。老爷把刀还给雷鸣,赏给二人各十两银子。雷明、陈亮给师父行礼。和尚说:“我叫你们两个人去办事,你二人要多管闲事。”陈亮说:“要不是师父前来搭救,我二人冤枉何以得伸。”和尚说:“你两个人快走吧。”雷、陈谢过老爷,辞别和尚,出了衙门。二人顺前大路往前直走。走到日落西沉,见自前有一座村庄。东西的街道,南北有店有铺户。二人进了一座店,这店字号“三益”。伙计把两个人让到北上房,打过洗脸水,倒过茶来。二人要酒要菜,吃喝完毕。因日间走路劳乏,宽衣解带安歇了。次日早晨起来,雷鸣一看,别的东西不短,就是裤子没有了。雷鸣说:“老三,你把我的裤子藏起来了?”陈亮说:“没有。”陈亮一瞧,自己裤子也没了。陈亮说:“怪呀,我的裤子也没了。”二人起来,围着英雄氅坐着。心中一想,有心叫伙计,又不好说把裤子丢了。陈亮说:

---

① 先出革条——“先”,做“取”解。“革条”,“革职文笺”。“先出革条”即“拿取革职文笺”。

“二哥，不用找了。叫伙计给买两条裤子，不拘多少钱。”伙计说：“好，要买裤子倒巧了。早起东跨院有一个客人，拿出两条裤子，叫我给当也可，卖也可，要二十两银子。我没地方卖去，我瞧他有点疯了。”陈亮说：“你拿来我们瞧瞧。”伙计出去，少时拿了两条裤子来。陈亮一瞧，原是他二人的裤子。两个人拿起来就穿上。伙计一瞧，心说：“这两位怎么没裤子？”雷鸣说：“伙计，这个卖裤子的在哪屋里？你带我们瞧瞧去。”伙计点头，带着雷鸣、陈亮来到东跨院。正到院中，就听屋里有人说话，是南边人的口音，说：“唔呀，混账东西，拿裤子给哪里卖去，还不回来。”伙计说：“就是这屋里。”二人迈步进去一看，见外间屋靠北墙，一张条桌，头前一张八仙桌，旁边有椅子，上手椅子上坐着一个人。头戴翠蓝色武生公子巾，双垂烛笼走穗。身穿翠蓝色铜氅，腰系浅绿丝鸾带，薄底靴子。白脸膛，俊品人物，粗眉大眼。雷鸣一看说：“你这东西，跟我们两个人玩笑！”书中交代：这个人姓柳，名瑞，字春华，绰号人称踏雪无痕。也在玉山县三十六友之内，跟雷鸣、陈亮是拜兄弟。这个人虽系儒雅的相貌，最好诙谐。柳瑞是由如意村出来，奉杨明的母亲之命，找杨明。他来到这北新庄，住了有几天了。皆因风闻此地有一个恶棍，叫追魂太岁吴坤。柳瑞要访查访查这个恶棍的行为，如果是恶棍，他要给这一方除害。在这店住了好几天，也没访出有什么事。昨天雷鸣、陈亮来，他瞧见，故意要跟雷、陈耍笑。今天雷、陈二人过来，柳瑞这才说：“雷二哥、陈三哥，一向可好？”上前行礼。陈亮说：“柳贤弟，为何在这里住着？”柳瑞说：“我奉杨伯母之命，出来找杨大哥。”陈亮说：“现在杨大哥回去了。我们前天由常山县分手，大概一两天就许到家了。”柳瑞说：“你们三位怎么会遇见？”陈亮叹了一声说：“一言难尽。”就把华云龙为非作恶、镖伤三友的事，如此如此一说。说毕，柳瑞一听，咬牙忿恨，说：“好华云龙，真是忘恩负义。杨大哥撒绿林帖，成全他，待他甚厚，他竟施展这样狠毒之心！我哪时见了他，必要结果他的性命。”陈亮说：“不必提他了，你这上哪里去？”柳瑞说：“我听说此地有个恶霸，我要访访。”陈亮说：“我二人一同出去访去。”三个人一同来到上房，吃了早饭，一同出去。出了村口，往前走不远，只见眼前有一人要上吊。口中说：“苍天，苍天，不睁眼的神佛！无耳目的天地！罢了罢了。”陈亮三人一瞧，见一人头戴蓝绸四楞巾，蓝绸子铜氅，不到四十岁。三个人赶过去，陈亮说：“朋友，为何上吊？看尊驾并非浊人，所因何故？

你说说。"那人叹了一声，说："我生不如死。"三位问这人为何上吊，那人从头至尾一说。三位英雄一听，气往上冲，要多管闲事，焉想到又勾出一场是非。不知后事如何，且看下回分解。

第一百零七回

雷鸣陈亮双失盗　踏雪无痕访贼人

话说雷鸣、陈亮、柳瑞三个人一问这人为何上吊，这人说："我姓阎，名叫文华。我乃是丹徒县人。我自幼学而未成，学会了丹青画。只因年岁荒乱，我领妻子曹氏、女儿瑞阴，来到这北新庄店中居住，我出去到人家画画度日。那一日走到吴家堡，有一位庄主，叫追魂太岁吴坤，他把我叫进去，问我能画什么。我说，会画山水人物、花木翎毛。他问我会画避火图不会，我说也行。他叫我给他画了几张。他一瞧愿意，问我要多少钱一工，我说要一吊钱。他说我明天到店里找你去，次日他就骑着马来了。我店中就是一间房，也无处躲避。他进来就瞧见我妻子女儿。我女儿今年一十七岁，长得有几分姿色。焉想到他这一见，竟暗怀不良之心。他向我说，叫我开一座画儿铺，他借我二百银子。我一想很好，就在这村里路北，开了一间门面的画铺，字号古芳阁，后面带住家。我就给他画了许多画儿。开张有两个多月，昨天他骑马出来，到我铺子，拿着一匣金首饰、一对金镯子，说寄存在我铺子，回头拿。我想这有何妨？他昨天晚上也没来拿，我把东西锁在柜内，今天早晨，他来取东西，我开柜一瞧，东西没了，钥匙并未动。他立刻反了面①，说我昧起来，叫手下人打了我几下，把我妻子女儿抢了去，他说做押账，让我拿东西去赎回。不然，不给我。我实不是瞒心昧己，我又惹不起他，故此我一回想，死了就罢了。"陈亮说："你别死。你同我们到你家去，我们自有道理②。"阎文华点头，同了三个人来到古芳阁。陈亮说："你把应带的东西，收拾好了。今天夜里，我去把你妻子女儿抢回来。给你点金银，你逃走行不行？"阎文华说："三位要能把我家口找回来，我情愿离开此地。"柳瑞说："你等着三更天见。"三个人复又出来。到吴家堡一看，这所庄院甚大，四面占四里地，墙上有鸡爪钉，周围

---

① 反了面——翻了脸。

② 道理——办法。

有护庄濠岸,上栽着垂杨柳。南庄门大开,里面有几个恶奴。头前有吊桥,后面有角门。三个人探明白了道路,这才回店。到店里要酒菜,吃完了夜饭,候到天有二鼓,店中都睡了,三个人换好了夜行衣,把白昼的衣服,用包裹包好,斜插式系在腰间,由屋中出来,将门倒带,画了记号,拧身蹿房越脊,出了北新庄三里路,来到吴家堡。到了庄墙下,由兜囊掏出百链套锁扔上去,抓住墙头,揪绳上去。摘了百链套锁,带了兜囊。三个人抬头一看,见这所庄院,真是楼台亭阁,甚是齐整。三个人蹿房越脊,各处哨探。到一所院落,是四合房,北房三间,南房三间,东西各有配房。北上房西里间灯影闪闪,人影摇摇。三个人来到北房,珍珠倒卷帘,夜叉探海式,往屋中一看,顺前檐的炕,炕有小桌,点着蜡灯。炕上搁着两包袱衣裳,桌上有金首饰、银首饰、珍珠翡翠首饰。炕上坐着一位妇人,有四十来往的年岁,旁有一个女子,不过十七八岁,长得十分美色。地下有四个仆妇,正然说:“你不要想不开,在你们家里,吃些个粗茶淡饭,穿些个粗布破衣。只要跟我们庄主,岂不享荣华富贵?我们劝你为好,你叫你女儿别哭了,抹点粉,我们庄主为你们不是一天的心机,你要把我们太岁爷招恼了,一阵乱棍,把你母女打死,谁来给你们报仇?莫说你们,就是这本地人,谁家姑娘媳妇长得好,太岁爷也是说抢就抢。本家找来,好情好理,还许给几十两银子。要不答应,就是一顿乱棍打死,往后花园子一埋。”这女子说:“我情愿死。活着跟我娘为人,死了一处做鬼。”雷鸣、陈亮听得明白,一拉柳瑞说:“跟我来。”三个人跳下去,亮出刀冲进屋中,吓得四个仆妇战战兢兢。柳瑞说:“你们谁要嚷,先杀谁。”仆妇说:“大太爷饶命不嚷。”柳瑞把这些细软金银,打了一个包袱,把两个仆妇的嘴堵上,叫这两个坚壮的仆妇,背起她母女来,跟了走。“你们要一嚷就杀!”仆妇只得点头答应。柳瑞说:“二位兄长,在此暗中少候。我先把她母女送回去,少时就来。”雷、陈点头,叫仆妇背了这母女,柳瑞拿着包裹后面跟着。开了后花园子角门,一直来到古芳阁。柳瑞上前叫门,阎文华正在心中盼想,听外面打门,出来一瞧,是柳瑞。柳瑞叫仆妇背进去放下。柳瑞说:“本来要把你们杀了。你两个人已背了一趟,就不杀你了。先把你两个捆上,口堵上,等我回头再放你们。”这才说:“阎文华,你赶紧带你妻子女儿逃命吧。这一包袱是细软金银,我再给你三十两银子,你们快走,我还要回去杀恶霸。”阎文华千恩万谢。柳瑞说:“你也不用谢。青山不改,绿水长流。他年相见,后会有期。"阎文华立刻带领家眷逃走。柳瑞复返回到吴家堡,找着雷鸣、陈亮。三个人复又哨探,来到一所院落,见北大厅五间,屋中灯光明亮,有八仙椅子,上手坐定一人,头戴青绸四楞巾,身穿大红缎箭袖袍,周身绣三蓝牡丹花,面如油粉,两道黑剑眉,一双环眼,押耳墨毫,一部钢髯,长得凶恶无比,手里拿着一把折扇,这个正是恶棍追魂太岁吴坤。他原先也是西川绿林人,因为发了一件邪财,自己来到这里隐蔽,仍然恶习不改。在外面交结官长,走动衙门,杀男掠女,无所不为。雷鸣、陈亮、柳瑞今天在暗中一看,就知是恶棍。就听恶棍在那里说:"孩子们,天有什么时光?"家人说:"不到三鼓。"正说着话,只见由外面进来一个恶奴说:"回禀太岁,外面来了你的一位故友。西川路的乾坤盗鼠华云龙,来拜你老人家。"吴坤一听说:"哎呀,华二弟来了!我正在想念他。孩子们,开庄门,待我前去迎接。"雷鸣等在房上听得明白。少时就见把华云龙让进来了。书中交代:华云龙自从古天山逃走,自己一想无地可投,有心回西川,西川又没有窝子了;有心回玉山县,又怕杨明不能留他。自己悔恨当初做事不该狠毒,到如今只落得遍地仇人。华云龙此时坐如痴,立如呆,如同雷轰顶上时。饥不知,饱不知,如热锅上蚂蚁。自己信步往前走,忽然想起吴坤,听说在吴家堡很有声气①。他打算来躲避,可以安身。白天不敢来,怕有人瞧见,故此晚上来找吴坤。叫家人往里一回禀,吴坤把他迎接进去,雷鸣、陈亮在房上一瞧,见华云龙又黄又瘦,不似从前。吴坤把华云龙迎到屋中落座。吴坤说:"华二弟,你从哪里来?"华云龙说:"一言难尽。你我兄弟,自西川分手,倏经几载。我在玉山县,有威镇八方杨明的引荐,交了几个朋友。现在皆因我逛临安,惹了祸,闹得无地可投。"吴坤说:"什么祸事?"华云龙就把秦相府偷盗玉镯凤冠、泰山楼杀人、乌竹庵强奸,如此如此一说。吴坤说:"你在我这里住着吧。即使有人来拿你,都有我呢。现在你有一个知己的朋友发了财,你知道不知道?"华云龙说:"哪位?"吴坤说:"在西川坐地分赃的镇山豹田国本,现在曲州府大发财源。结交官长,走动衙门,手下人也多,财也厚,听说跟秦相府还结了亲。我知道跟你知己。"华云龙一听说:"吴大哥,你给我点盘费,我先到田大哥那里住些日子,我再来到兄长家住着。只要有你们二

---

① 声气——名望,名气。

位，我就不怕了。”吴坤说：“不要紧。孩儿们开库拿银子。”这个时节，雷鸣在房上一想：“趁此机会，可以拿华云龙。一则给众朋友报仇，二则交给济公，以完公事。”想罢才要伸手拿刀，捉拿淫贼。不知后事如何，且看下回分解。

第一百零八回

三豪杰偷探吴家堡　恶太岁贪色设奸谋

话说雷鸣、陈亮一见华云龙，气直往上冲。伸手拉刀，要下去捉拿淫贼。柳瑞一手把雷鸣揪住，说："二哥、三哥，打算怎么样？"雷鸣说："你我下去，将华云龙拿住。"柳瑞说："二位兄长且慢。依我相劝，不必这样。一则你我人力不多，他这里余党甚众。二则你我又不在官应役，即便把华云龙拿住，又往哪里送？再说咱们总跟他当初神前一股香。既有今日，何必当初。只可叫他不仁，你我不可不义。他为非作恶，自有济公拿他。你我何必跟他为仇？况且也未必拿得了他。"陈亮一听也有理，说："二哥，不用管他，由他去吧。"雷鸣也只可点头。三位英雄在暗中观看。就听华云龙说："吴大哥，你给我点盘费，我先到田大哥那里住些日子，我再来到兄长家里住着。只要有你们二位，我就不怕了。"吴坤说："不要紧。孩儿们开库拿银子。"管家吴豹，点上了灯笼，寻着钥匙，出了大厅。三位英雄在暗中一听，恶棍家里还有库，三个人一商量，遂在暗中跟随。只见吴豹打着灯笼，由大厅的东箭道，往后够奔。来到第二层院子，往东有一个角门，一进角门，这里有间更房，里面有几个打更的。吴豹说："辛苦众位。"打更的一瞧说："管家什么事？"吴豹说："我奉庄主之命，来开库拿银子。庄主爷来了朋友了。"打更的王二说："什么人来了？"吴豹说："西川路的乾坤盗鼠华云龙二太爷来了。"王二说："管家去吧。"吴豹来到北房台阶，把灯笼搁在地上，拿钥匙开门，把门打开了。回头一瞧，灯笼没了。吴豹一想："这必是打更的王二跟我耍笑。"自己复返回到更房门口。一瞧灯笼在更房门口地上搁着，也灭了。吴豹说："王二，你们谁把灯笼给我偷来？"众打更的说："没有。我们大众都没出屋子，谁拿你的灯笼。"吴豹说："你们不要不认，没拿，灯笼怎么会跑到这里来？"说着话，又把灯笼点上，复返够奔北房。焉想到这个时节，雷鸣、陈亮、柳瑞早进了屋子。三个人来到屋中一瞧，都是大柜躺箱。三个人正要开箱子拿银子，见吴豹来了。三个人赶紧藏到东里间屋中柜底下。吴豹进来开柜，拿了两封银子。

转身出去,把门带上锁了。三位英雄也在柜里,每人拿了两封银子,想要出去,一瞧门已锁住。用手一摸,窗都是铁条,墙前都是用铁叶子包的闸板。雷鸣、陈亮一摸,说:“这可糟了,出不去了!”柳瑞急中生巧说:“不要紧。”立刻柳瑞一装猫叫。打更的一听,说:“管家回来。你把猫关在屋里了。”吴豹一听,复返回来。说:“这个狸花猫真可恨,它老是跟脚。”说着话,用钥匙又把门打开。在外间屋用灯笼一照,没有。吴豹进了西里间。三位英雄由东里间早溜出去,上了房。柳瑞又一学猫叫。打更的说:“猫出来上了房了。”吴豹这才出来,把门锁上,够奔前面。三位英雄在暗中观看,家人把银子拿到大厅,交给华云龙,贼人立刻告辞。吴坤一直送到大门以外说:“华二弟,你过几天来,愚兄这里恭候。”华云龙告辞去了。吴坤迈步回家。刚一进大门,焉想到柳瑞早在门后藏着。冷不防照贼人一刀,竟把吴坤结果了性命。家人一阵大乱,柳瑞早拧身蹿出来。家人次日报官相验,再拿凶手,哪里拿去?柳瑞把恶棍除了,三位英雄就回了店中安息。次日早晨起来。柳瑞说:“二位兄长上哪里去?”雷鸣、陈亮说:“我们上曲州府给济公办事。”柳瑞说:“我还要访几位朋友,你我兄弟分手,改日再见。”三个人算还店账,由店中出来。不表柳瑞,单说雷鸣、陈亮,顺大路够奔曲州府。刚来到五里碑东村口外,只见路北有一座庙,庙门口站着一条大汉,穿青皂褂,形色枯槁,站立不稳,口中喊叫:“苍天苍天!不睁眼的神佛,无耳目的天地,没想到我落在这般景况!”雷鸣一瞧认识,说:“原来是他。”二位英雄赶奔上前。说:“二哥,为何这般景况?”这大汉一瞧说:“你两个是牛头马面,前来拿我?”雷鸣说:“你是疯了。我二人是雷鸣、陈亮。”这大汉说:“你二人不是牛头马面,是黄幡童子,接我上西天。”陈亮说:“二哥,你不认识人了。我二人是雷鸣、陈亮。”这大汉心中一明白说:“原来是雷鸣、陈亮二位贤弟,痛死我也。”说完话,翻身栽倒,不能动转。陈亮赶紧到村口里有一家门首叫门。由里面出来一位老者说:“尊驾找谁?”陈亮说:“老丈,借我一个碗,给我一口开水,那庙门口有我一个朋友,病得甚重,我给他化点药吃。”老丈说:“原来如是,那大汉是尊驾的朋友。他在我们这村口外,病了好几天了。头两天,我还给他送点粥吃。这两天,见他病体甚重,我们也不敢给了。尊驾在此少候,我去拿水去。”说着话,回身进去。端出一碗水来,递给陈亮。陈亮拿了来,把济公那块药化开,给那人灌下去,少时就听他肚腹一响,气引血走,血引气行,当时五脏六腑觉得清爽,去了火病,当时翻起身来,说:“陈、雷二位贤弟,你们由哪里来?”陈亮说:“郭二哥好了。”书中交代:这个人不是别人,他姓郭,名顺,外号人称小昆仑,又叫夜行鬼。当年也在玉山县三十六友之内。自己看破了绿林,拜东方太悦老仙翁为师,出家当了老道。在外面云游四方,要赎一身之冤孽。焉想到来到这五里碑竟病了。自己在外面化缘,手中又无钱住店,就在这庙门口躺着。头两天,村口还有人给点吃的,这两天病得沉重,都不敢给了,怕他死了担不是。今天雷鸣、陈亮来给他把病治好。郭顺这才问二位贤弟从哪里来。陈亮说:“由常山县,济公特派我二人来救你。现有济公一封信,交给你,叫你照信行事。”郭顺接过书信一看,这才明白。当时向北叩头,谢济公救命之恩,说:“二位贤弟,盘费富余不富余?”陈亮说:“富余。”郭顺说:“我到临安去给济公办事。”陈亮、雷鸣给郭顺一封银子。郭顺说:“二位贤弟受累。改日再谢。”告辞竟自去了。且说雷鸣、陈亮够奔曲州府来。到城内十字街,往北一拐,见路西有一座酒店。二人掀帘子进去,一瞧有楼,二人这才上楼,见楼上很清洁,二人找了一张桌坐下。跑堂的过来说:“二位大爷喝酒么?”陈亮说:“喝酒。”跑堂的说:“二位要喝酒,楼下去喝吧。”陈亮说:“怎么今天楼上不卖座呢?”跑堂的说:“今天这楼上,有我们本地三太爷包下了。二位请下面去喝吧。”雷鸣一听这话,把眼一瞪说:“任凭哪个三太爷,今天二大爷要在这楼上喝定了!”跑堂的说:“大爷别生气,凡事有个先来后到。比如你老人家要先来定下座,我们就不能再卖给别人。”陈亮说:“二哥不要粗鲁,你我楼下喝也是一样。”雷鸣这才同陈亮复返下了楼。来到后堂,找了一张桌坐下。伙计赶紧过来,揩抹桌案,说:“二位大爷要什么酒菜?”陈亮说:“你们这里卖什么?”跑堂的说:“我们这里应时小卖,煎熹烧烤,大碟小碟中碟,南北碗菜,午用果酌,上等高摆海味席,一应俱全,要什么都有。二位大爷,随便要吧。”陈亮说:“你给煎炒烹炸配四个菜来,两壶女贞陈绍。菜只要好吃,不怕多花钱。”伙计说:“是。”立刻给要了。少时把酒菜端上来,陈亮就问:“伙计贵姓?”跑堂的说:“我姓刘。二位大爷多照应点。”陈亮说:“我跟你打听一件事。这楼上三太爷请客,是你们西安县知县的兄弟,称呼三太爷,是吗?”伙计说:“不是。”陈亮说:“要不然,必是一位年高有德、是一位好人,大家以三太爷呼之。”伙计说:“不是。”陈亮说:“怎么叫三太爷呢?”伙计说:“二位大爷不是我们本地人,不知道详细[1]。我看看要没来，我告诉二位大爷。”说罢，他往外一看没来，刘二过来说：“我跟你说。”陈亮说：“你说吧。”伙计低言对陈亮如此如此一说。二位英雄一听，气得三尸神暴跳，五灵豪气腾空。不知所因何故，且看下回分解。

---

① 详细——详情。

第一百零九回

五里碑医治小昆仑　曲州府巧遇金翅雕

话说雷鸣、陈亮一问跑堂的，这个三太爷是何许人。跑堂的说："二位大爷要问，这三太爷，是我们本地的恶霸。在本地结交官长，走动衙门，本地没人敢惹。家里打手有一百八十个。"陈亮说："这个三太爷姓什么？"伙计说："姓杨，名庆，外号人称金翅雕。"陈亮说："他们必是亲哥三个，还有大太爷、二太爷吗？"伙计说："不是亲哥们，听说是异姓兄弟。大爷叫镇山豹田国本，二爷叫鹞子眼邱成。"雷鸣、陈亮听得明白，正喝着酒，只见由外面进来一个管家，歪戴着帽子，闪披着大氅，进来说："掌柜的，菜齐了没有？三太爷少时就来。"掌柜的说："齐了，请三太爷来吧。"雷鸣、陈亮往外一看，就知道这个人是个恶奴的样子。少时，外面又进来一个恶奴。说："三太爷来了。"跑堂的赶紧按着告诉桌上："众酒座站起来，三太爷来了。"伙计一说，众酒座全都站起来。伙计一告诉雷鸣、陈亮，也叫这二位英雄站起来，三太爷来了。陈亮说："三太爷来，我们怎么站起来，三太爷替我给饭账么？"伙计说："不给。"陈亮说："既不给，我们不能站起来。"伙计说："我可是为你们好，你们二位要不站起来，可了不得。"雷鸣说："我自生人以来，老没找着了不得，今天我倒要瞧瞧了不得怎么样。"伙计怕惹事，叫众客人在头里站着，挡着他们。雷鸣、陈亮又要瞧瞧恶霸什么样，不站起来，头里挡着瞧不见，二位也只好站起来。见外面进来三个人，头二位都是蓝绸四楞巾，蓝绸子铜氅，篆底官靴，都是拱肩梭背。这两个本是本县的刀笔先生，一位姓曹，一位姓卢。后头跟着这位三太爷，是身高七尺，头戴宝蓝逍遥员外巾，身穿宝蓝缎宽领阔袖袍，周身绣团花，足下薄底靴子，打扮得文不文，武不武。三十多岁，黄尖尖的脸膛，两道细眉，一双三角眼，明露着精明强壮，暗隐着鬼计多端，不是好人的样子。雷鸣一看就说："老三，原来是这小子。当初他也是西川路的贼，怎么此时会这么大势利。"陈亮见恶霸众人上了楼，把伙计叫过来。陈亮说："这个三太爷来，为什么都站起来，莫非全都怕他？"伙计说："告诉你吧，他跟秦丞相是亲戚。慢说乡民，就是本地知府，也不敢得罪他。他要稍不愿意，给秦丞相一封信，就能把知府撤调了。”陈亮一听，这还了得。又问伙计：“你三太爷在哪里住？”伙计说：“由我们这铺子往北走，到北头往东，一进东胡同路北大门，门口八字影壁，就是他那处，房子很高大。”陈亮打听明白，吃喝完毕，给了酒饭账，出了酒铺往北，到北头往东一拐，果见路北大门。二位英雄探明白了道路，就在城内大街找了一座店，字号是“亿魁老店”，坐西朝东。二人来到店中，找了北院西房。伙计打洗脸水倒茶，陈亮说：“二哥，你看这恶霸，大概必是无所不为。今天晚上，咱们去哨探①哨探。”雷鸣点头答应。二人直候到天交二鼓，店中俱各安息，二位英雄这才把夜行衣换好，收拾停当，由屋中出来，将门倒带，画了记号，当时探身蹿房越脊，转眼之际，二人来到恶霸的宅院。蹿房越脊，在暗中暗探，来到一所院落。是北房五间，南房五间，东西各有配房五间。北上房廊檐下，挂着四个纱灯，屋中灯光闪烁。雷鸣、陈亮在东房后房坡往下瞧，见屋中有两个家人，正在擦抹桌案。这个家人说道：“咱们庄主爷来了朋友了。”那个家人说：“谁来了？”这个家人说：“乾坤盗鼠华云龙华二太爷来了。少时咱们庄主陪着华二太爷，在这屋里吃饭。”雷鸣、陈亮在暗中听得明白。工夫不大，只见上房西边角门，灯光一闪，有两个家人，头前打着灯笼，后面跟着四个人。头一个就是华云龙，第二个这人，身高九尺，膀阔三停，头戴鹅黄色六瓣壮士巾，上安六颗明镜，绣云罗伞盖花贯鱼长，身穿翠缎窄领瘦袖箭袖袍。腰系五彩丝鸾带。蛋青衬衫，薄底靴子，披一件鹅黄色英雄大氅，上绣三蓝富贵花。再往脸上看，面如白粉，两道剑眉，一双环眼，裂腮，押耳黑毫，颏下一部钢髯，这个就是镇山豹田国本。第三个穿白爱素，黑脸膛，乃是鹞子眼邱成。第四个穿蓝挂翠，就是金翅雕杨庆。四个人一同来到北上房屋中落座。就听田国本说：“华二弟，自从你我分手，倏经四载，愚兄念你非是一天。你在临安做的那点小事，你要早到我这里来，给临安秦相写一封信，把海捕公文追回去，把和尚追回去，早就完了案。你不来，我哪里知道你的事？”华云龙说：“兄长在这里，你哪里知道，我新近听见追魂太岁吴坤吴大哥说，我才知道兄长在这里住着。我这有两件东西，送给兄长留着吧。”田国本说：“什么呀？”华

① 哨探——打探。

云龙说："我在秦相府得的奇幻玲珑透体白玉镯，十三挂嵌宝垂珠凤冠。这两件东西，是价值连城，无价之宝，可就是没处卖去。"田国本说："贤弟，你先带着，等我生日那时，还有旧日绿林的几位朋友来，你当了众人，你再给我，也叫他等开开眼。你我弟兄认识多年，也不枉我常夸奖你。我常跟朋友提你武艺超群，做这样惊天动地之事。你在我这里住着，我给秦相一封信，管保叫官司完了。"华云龙说："兄长怎么跟秦相有往来？"田国本说："贤弟，你不知道，我跟秦相是亲戚。慢说你这点小事，告诉你说，前任知府不合我的意，我给秦相写了一封信，就把他调了任。现在这个知府姓张，自他到任，我去拜他，他不但不见我，反说了些不情由[①]的话，我又给秦相写了一封信。我们是亲戚，给我写了回信来，叫我查他的劣迹。再给秦相写信，好参他。我前者报了一回盗案。实对贤弟说吧，我这家里谁敢来？盗案原本我自己做的。那几个绿林的朋友，晚上来虚张声势。我写了一张大失单，交到知府衙门，叫他地面出这个案，他一个拿不着，我就可以叫他挪窝。我还想起一件事来：后面看花园的那老头，也是无用的人，邱二弟，你摘他的瓢，给知府送礼去。"鹞子眼邱成点头出去。这个时节，有家人来回禀："现有造月篷程智远、西路虎贺东风回来了。"田国本吩咐有请。家人出去，工夫不大，带进两个人来。一个穿白爱素，一穿蓝挂翠。来到大厅，彼此见礼。田国本说："程贤弟、贺贤弟，二人回来了。劣兄烦你二人，到临安西湖灵隐寺去，把庙里方丈、知客、监寺等全都杀了回来，行不行？"程志远、贺东风说："这乃小事，我二人立刻起身。"田国本说："好，带上盘费。你二人去吧。"这两个刚走，鹞子眼邱成，手提着一颗血淋淋的人头，到大厅说："兄长，你看杀了。"田国本说："你拿包裹包上，给知府送去吧。"雷鸣、陈亮在暗中瞧着不知他怎么给知府送礼去。陈亮说："二哥，咱们跟着。"雷鸣点头。只见邱成用包将人头包裹好，施展飞檐走壁的功夫，来到知府衙门的三堂。把人头包袱挂在房檐子上，竟自去了。雷鸣、陈亮看得明白。一数由西往东数，第十七根房椽子。雷鸣说："老三，咱们把人头拿回去，挂在田国本家去。"陈亮说："不用。师父说过，叫咱们记在心里，看在眼里，不可多管闲事。你我回去吧。"二人这才

① 不情由——不愿意。

回店。次日知府一起来,看见房檐上挂着包袱。叫人一数,由西往东数第十七根房椽子上拿下来。打开一看,是一个男子的人头。知府吓得惊慌失色。不知太守该当如何,且看下回分解。

第一百一十回

鹞子眼杀人头送礼　张太守派班头拿人

话说知府张有德叫人打开包裹，一看是人头，知府勃然大怒。立刻派人把安西县知县曾大老爷请来。知县一见太守行礼说："大人呼唤卑职，有何吩咐?"太守说："昨天衙内，竟有贼人在我这三堂房檐下，由西往东房椽子上，挂了一个包裹，里面是一颗血淋淋的人头。竟有贼人这样大胆，贵县赶紧派人，给我捉拿凶手。访查系何人被杀，尸身究落在何处。"知县一听，连说："是。大人不便动怒，候卑职赶紧派人缉拿。"太守说："贵县要急速办去，本府也派人缉捕。"知县点头回衙，立刻把手下快班刘春泰、李从福叫上来，吩咐："尔可即速给我拿贼，拿着我赏银五十两。拿不着，我要重重责罚你们。"刘春泰、李从福点头答应，立刻下来，聚集手下眼明手快的伙计，同府衙门的班头，在十字街路西酒店会齐。大众商量办案，众官人都来到酒店后堂。众伙计就问："什么案?"刘春泰说："在知府衙门三堂，由西往东数，第十七根房椽子上，挂着一颗人头。老爷说了，办着赏五十两银子，办不着要重重责罚。"众伙计官人一听，一个个紧皱眉头，都说："这案子不大好办。"众人正在议论之际，就听酒铺门口有人说话。说："都是你把包裹挂在由西往东数第十七根房椽子上。"又有人说："不是你叫我挂的么?"众官人一听，都一愣。只见由外面进来一个穷和尚，同着两个人，都是月白的裤褂，骨头纽子，左大襟，四只鞋四样：一只开口僧，一只山东皂，一只踢死牛，一只搬尖靸。众班头瞧着这一僧两俗，语音不对，面生可疑，说话有因。书中交代：来者非是别人，正是济公带领柴、杜二位班头。和尚由常山县，叫雷鸣、陈亮走后，和尚告辞，回到赵员外家中，柴、杜二位班头，正等急了。见和尚回来，赵员外就问："圣僧哪里去了?"和尚说："我在外面蹲着出恭，瞧见一个人，拿着钱褡裢直往外漏钱。我就后面跟着捡，直跟了有八里地。"赵员外说："大概圣僧捡了钱不少吧。"和尚说："我随着捡，随往怀里揣，捡完了，我一摸，怀腰里没系着带子，随着又都掉了，一个钱也没落着。"赵员外一听也乐了。立刻吩咐摆酒,又留和尚住了一天。次日和尚要告辞,赵员外还要留,说:"圣僧何妨多住几天。"和尚道:"我实在有事。"员外拿出五十两银子来说:"圣僧带着路上喝酒。"和尚说:"不要不要,拿着银子怪重的。"柴头说:"师父不拿着,回头咱们吃饭住店,又没钱。依我说,拿着吧。"和尚说:"拿着你拿着,用包袱包起。"柴头就用包裹包好,和尚说:"你们要拿华云龙,你们两个有什么能为?"柴头说:"我有飞檐走壁之能。"和尚说:"你们把这个银子包袱,由西往东数,第十七根房椽子,你要能给挂上了,我就带你们拿华云龙去。"柴头说:"那算什么。"当时拿着包袱,一纵身,一只手扒住房檐,一只手把包袱挂上。柴头说:"师父,你瞧是第十七根不是。"和尚说:"走吧。"柴头说:"把包裹拿下来呀。""别不害臊了。真拿人家的银子,跟人家有什么交情。走吧。"柴头一想:"你不怕饿着,我们岂怕饿。"赌气也不言语。和尚告辞,赵员外送到外面,和尚带领二位班头,出了赵员外的庄,一直来到曲州府。走到酒店门口,和尚说:"咱们进去喝酒。"柴头说:"进店喝酒,有钱么?"和尚说:"都是你把包袱挂在由西往东数第十七根房椽子上。"柴头说:"不是你叫我挂的么?"和尚说:"我叫你挂的?""这是冤魂不散,神差鬼使,叫你挂的。"柴头说:"什么神差鬼使。"和尚说:"走吧。"说着话,进了酒铺,坐下要菜。这时,安西县与府里的众官人,都看上了和尚。和尚吃得有八成饱了,和尚又说:"你把包袱给挂在第十七根房椽子上,这回走不了了。"柴头说:"不是你叫我挂的么?"刘春泰越听越是,这才过来说:"朋友,由西往东数,第十七根房椽子的包袱,是你挂的?"柴头说:"是我挂的。"刘春泰说:"好。这场官司你打了吧。"柴头刚要分辩,和尚说:"不用说了,官司打了,我们可没有饭钱。"刘头说:"饭钱我给。"柴头也不言语,就知道和尚不安好心,要吃人家一顿饭。直至吃喝完毕,一算账,和尚吃了十两零三钱。刘头说:"我给了,三位跟我们走吧。"和尚说:"好。"大众一同出了酒馆,来到知府衙门。刘头说:"朋友,你说说吧,在三堂第十七根房椽子上挂的人头,是杀的什么人?尸身现在哪里?你可说吧。"柴头一听说:"什么人头不人头!我不知道。"刘春泰说:"方才在酒馆,不是你说的,由西往东数,第十七根椽子上挂的包裹,是你挂的么?"柴头说:"不错。我告诉你说,我姓柴,叫柴元禄,他叫杜振英,我二人是临安的马快。这个和尚,是济公,奉秦丞相赵太守谕,出来办案,拿乾坤盗鼠华云龙。昨天我们住在赵家庄,今天早晨,济公问我们有什么能为,要办华云龙,我说,会飞檐走壁,济公叫我把五十两银子的包袱,挂在由西往东数第十七根房椽子上,看看我的能为,我挂得上挂不上。包袱是我挂的,可那是银子包袱。你要不信,我这里有海捕公文。”刘春泰一听,心说:“这顿酒钱白花了。”往里一回禀,知府在京中见过济公,知道济公是得道高僧,赶紧吩咐,把圣僧请到书房。和尚一见太守,彼此各叙寒温,太守说:“圣僧从哪里来?”和尚说:“我奉秦相所托,带着两个班头,出来办案,捉拿乾坤盗鼠华云龙。这个贼人,盗了秦相府的玉镯凤冠,在泰山楼杀死人命,乌竹庵因奸不允杀死少妇。这个贼人,现在老爷的地面窝藏。”知府说:“在哪里?”和尚说:“在镇山豹田国本家。”知府一听说:“原来如是。我自到任,上任官就跟我说,本地有一个势棍田国本,他跟秦相是亲戚,上任知府,就是他蛊惑秦相给他调任。我自到任,他来拜过我一次。我一问,是什么人,说是本地的民人。我说,他是黎民百姓,无官职,不应无故拜官,我也没见他。后来他家里报明火执仗,我也不知是真是假。昨天晚上,无故在我这三堂房椽子上挂了一个人头,我想其中必有缘故。”和尚说:“不要紧,老爷只要把田国本拿住,这案就都破了。可有一节,老爷要派官人去拿,可拿不了。田国本房子也多,外面一有信,打草惊蛇,贼就跑走了。老爷你坐轿子去拜他,我和尚扮作老爷的跟班,把贼人稳住,我可以拿他。”老爷说:“圣僧扮跟班行得么?”和尚说道:“行得。老爷把跟班的衣服,给我拿一身来。”立时给和尚打了洗脸水。和尚一洗脸,本来济公五官清秀,无非是脸上太黑。把僧帽揣在怀内,戴上皂缎色软帕包巾,穿上一件皂缎色大氅,把草鞋脱了,换上薄底靴子,打扮好了,知府一看很像。老爷自己换好了官服,吩咐外面打轿。柴元禄、杜振英、刘春泰、李从福,还有许多官人,一并跟随。老爷上了轿,鞭牌锁棍,及旗锣伞扇铜锣开道,一直来到田国本家门口拜会。家人进去一回,田国本正在大厅同邱成、杨庆、华云龙说话,家人回禀说:“现有知府来拜。”田国本一听一愣,说:“众位贤弟,前者我拜知府,他不见我。今天故他来拜我,恐是其中有诈。”邱成说:“兄长不必多疑,大概知府他知道兄长跟秦相是亲戚。他前者不见兄长,他这是来赔不是。”田国本一听也有理,说:“二位贤弟,在东西配房去躲着。要有动作,你二人再出来动手。华二弟你到花园子,摆桌酒,你喝酒去。待我见他。”众人点头,田国本这才出来迎接知府。不知济公如何捉贼,且看下回分解。

第一百十一回

知府定计拜贼人　济公巧捉华云龙

话说镇山豹田国本，听说知府来拜，立刻由里面出来迎接。到了大门外，一瞧，见许多的官人跟随，知府坐着大轿。田国本来到轿前，说："公祖大人驾到，草民田国本接待来迟，望乞大人恕罪。"知府张有德立刻吩咐轿子撤抬杆，去扶手，当时下轿。知府说："久仰田员外大名，今幸得会，员外何必太谦。"田国本说："大人请。"知府往里走，济公贴身随后跟着。从众班头，都在二门外站住，济公与知府来到大厅。田国本说："大人请坐。"知府坐下。田国本并不谦让，也坐下相陪，吩咐手下人献茶。田国本说："今天大人驾临，有何贵干？"知府说："本府久闻员外大名，特来拜访，借此畅谈。"说着话，济公站在知府身后，身上往隔扇上一靠，二目一闭，好似要睡。田国本一瞧说："大人尊管家，必是熬了夜，身体困倦，何妨到外面歇歇去。"济公借他这句话，一睁眼往外就走，知府也并不拦。和尚出了大厅，直奔花园。来到花园角门，探头往里一看，见花园齐整，暖阁凉亭，楼台小榭，正北是三间花厅，乾坤盗鼠华云龙，站在花厅门首，正往角门这边看。贼人原本在花厅里，摆了一桌酒，自己也喝不下去，终然①贼人胆虚，心中盘算："知府无故来拜，其中必有隐情。"自己一想："莫非前来拿我？"心中实属不安。站起身出了花厅，往外探头瞧见济公是跟班的打扮，又洗了脸，华云龙认不出来，点首叫济公，华云龙要问问知府带多少人，做什么来了。华云龙直叫："二爷，这里来。"济公也不言语。华云龙一想，这个跟班的，不是聋子，定是哑子，赌气也不叫了。进了花厅，济公随着，来到花厅门首，用两手把门一揸，说："华云龙，你这可跑不了了。"华云龙一听，是济公的口音。贼人吓得亡魂皆冒，华云龙说："师父，你老人家为什么拿我？"和尚说："我倒不打算拿你。我要拿你，在小月屯马静的夹壁墙也把你拿了。再不然，蓬莱观陆通攒住你腿的，我也就

① 终然——终究。

拿住你了。”华云龙一想:“是呀,这为什么拿我呢?”和尚说:“田国本到知府衙门去送信,叫我拿你来。”华云龙一听说:“好。田国本狗娘养的,真是人面兽心。”和尚说:“你就认了命吧。”即用手一指,已把华云龙用定神法定住。和尚转身出来,来到二门,把柴元禄、杜振英叫进去,来到花园,和尚说:“这是华云龙,就拿住了,你们去锁吧。”柴、杜二人喜出望外,来到花厅一瞧,果然不错,这才抖铁链把淫贼锁上。和尚一伸手,由华云龙兜囊,把奇巧玲珑透体白玉镯、十三挂嵌宝垂珠凤冠掏出来交给柴元禄。和尚说:“带着走,拿田国本去。”书中交代:田国本原本是西川坐地分赃的大贼头。他自己因为金银也存足了,手下绿林人,在外面做的案也多了,田国本恐怕一人犯案,牵连大众,自己携眷逃至曲州府。手里有银钱,就在那买房落户,同邱成、杨庆三个人,在这里隐遁。先前倒是循规蹈矩,后来皆因秦丞相的兄弟花花太岁王胜仙来到曲州府取租钱,在曲州府打了公馆。田国本去拜王胜仙,打算要走王胜仙的门子,看王胜仙喜爱什么。见王胜仙古玩字画金珠一概不爱,就是喜爱美女,除爱美女,别无所好,田国本一想,遂定了一个美女胭粉计。他花了三千银子,买了一个歌妓,这个歌妓长得十分美貌,名叫玉兰。田国本就把玉兰叫到跟前,说:“玉兰,我打算拿你走个门子,把你给秦丞相的兄弟。不知你意下如何?”玉兰说:“员外有什么话只管吩咐。”田国本说:“我明天请王胜仙来吃饭。你打扮淡妆素服,故意到厅房去,作为①找我,叫王胜仙看见你,他要问我,我就说你是我妹子,在家守寡。他要愿意,我把你聘给他,你也可以享荣华,受富贵,比跟我胜强百倍,我也得一门好亲戚。”玉兰点头,次日田国本就把王胜仙请来吃饭。正在厅房喝酒谈话,玉兰打扮好了,来到厅房门首说:“员外在屋里没有?”说着话,一掀帘子,故意说:“哟,这婆子丫环真可恨,这屋里有生客坐着,也不告诉我。”说罢,斜瞟杏眼,瞧了王胜仙两眼,放下帘子回归后面。王胜仙瞧得眼都直了,这才问:“田员外,这是你什么人?”田国本故意叹了一声说:“这是我的小妹。她出阁不到一个月,丈夫就死了。现在就在我家住着,倒是我一块病。”王胜仙说:“员外何不再给找个人家另聘呢?”田国本说:“没有合适的主,我也不肯给。”王胜仙也没肯再往下说。吃完了饭,告辞,自己回了公馆。王胜仙就对众家

---

① 作为——装作。

人说："我自生人以来,没见过这样的美女,就是田国本他的那个妹子,实在貌比西施。"旁边有家人王怀忠说："太岁爷,我去跟田员外说去,就提你老人家续弦①,大概他也愿意给。"王胜仙说："好。你若能给我说妥了,我给你二百两银子。"王怀忠说："就是吧。"立刻到田国本家,一见田国本,提说王胜仙求亲之事。田国本正愿意,就把玉兰给了王胜仙。过门之后,田国本从此倚仗跟秦相的兄弟结了亲,在本地无所不为,结交官长,走动衙门,包揽词讼。前任知府是清官,不合他的意,他给王胜仙一封信,王胜仙一见秦相,秦相奏折子,把知府调开。这个知府张有德,又不合他的心,又给王胜仙一封信,王胜仙又一见秦丞相,秦丞相就问："你怎么个亲戚,皇上家的命官,都不合他的意?焉能由他调遣。"王胜仙碰了秦丞相的钉子,就给田国本写回信,命他查知府的劣迹,再参他。田国本前次捏报盗劫,这次又派邱成送人头,打算要把知府毁了。焉想到天网恢恢,疏而不漏。贼人也是恶贯满盈,今天正在厅房陪知府谈话,见柴、杜二位班头,锁着华云龙,同济公来到厅房。田国本一见,勃然大怒。说："什么人胆大,敢在我这里办案!"贼人站起身,意欲动手。济公手一指,把田国本定住。刘春泰赶进来一抖铁链,把贼人锁上。鹞子眼邱成、金翅雕杨庆听见一乱,蹿出来拉刀要拒捕,也被济公用定神法定住,一并锁上。知府吩咐打道回衙,立刻押解贼人,一同回到衙门。老爷升堂,吩咐将放告牌搭出去,少时就有二十多人,皆来告田国本。有告他霸占房产的,也有告他抢夺妇女的,也有告他因账目折算田地的,种种不一。这个时节,安西县曾大老爷,派人来请济公,到衙门去喝酒。和尚去后,知府讯问了众贼的口供,暂为看押起来。候济公回来,再解了走。这曲州府街市上,吵嚷动了,都知道灵隐寺济公拿了华云龙、田国本、二太爷、三太爷。这一吵嚷不要紧,竟惊动了江洋大盗,一个叫追云燕子姚殿光,一个叫过度流星雷天化。这两个贼人,乃是玉山县三十六友之内的,正在曲州府这里住着,听说华云龙被济颠和尚拿到知府衙门,姚殿光说："雷贤弟,咱们跟华云龙金兰之好,不知道便罢,既知道,你我不能不管。咱们或是劫牢反狱,或是把济颠和尚杀了,给华二弟报仇,总得设法把华云龙救出来。"雷天化说："兄长言之有理,你我到外面探访探访去。"两个人由店里出来,在街市闲

① 续弦——旧时男人妻子死了,再娶妻谓之"续弦"。

游,天光已然点灯,只见由对面两个从人,搀着一个穷和尚。从人说:“师父,你是喝醉了吧。”和尚说:“没醉。我就是拿华云龙的济公和尚,有不服的,只管来对我。”姚殿光一听是济颠和尚,贼人要伸手拉刀,替华云龙报仇。不知后事如何,且看下回分解。

第一百十二回

众百姓公告田国本　二绿林行刺济禅师

话说济公由知县衙门吃完了酒饭出来，两个人搀着，正遇见两个贼人。和尚自言自语说："我就是拿华云龙的济颠。"姚殿光一听，意欲拉刀过去动手。自己又一回思："先别莽撞。华云龙既被和尚拿住，和尚必然能为不小，我二人明着过去，未必是和尚的对手。莫如暗中瞧和尚住在哪里，晚上再去行刺，叫他明枪容易躲，暗箭最难防。"贼人这是心里的话。和尚嘴里就说："对。瞧准了我和尚，我今天住府衙门西跨院内，要不服就去找我去。"两个贼人一想："真怪，我们心里的事，和尚给说出来，这个和尚许有点来历。"暗中跟着，见和尚进了府署。姚殿光、雷天化探明道路，二人回店。到店中吃喝完毕，候有二鼓以后，把夜行衣换好，由店中蹿房越脊，来到衙门。找到西院一瞧，屋中有灯光，两个人一看，和尚躺在床上睡了。姚殿光说："你巡风，我进去杀他。"雷天化点头。姚殿光刚要掀帘子进去，和尚一翻身爬起来，说："好东西，你往哪里走！"贼人吓得拨头就跑，和尚随后就追。这两个人跑出府衙门，和尚也追出府衙门。这两个人直跑了半夜，和尚也追了半夜。天光亮了，两个人跑出了城，好容易瞧后面没人追了。眼前一个树林子，靠左山坡，两个人要歇息歇息，刚一到树林子，和尚说："才来。"吓得两个贼人就要跑。和尚用手一指，把两个人定住。和尚说："我也不打你们，我也不骂你们。我拘蝎子把你们咬死。"正说着话，只听山坡一声"无量佛"。和尚一看，来了一个老道。头戴如意道冠，身穿蓝缎道袍，腰系丝绦，白袜云鞋，肋下佩着宝剑，画如童子一般。书中交代：这个老道，乃是铁牛岭避修观的。姓褚，名道缘，外号人称神童子。他师父叫广法真人沈妙亮，乃是万松山云霞观紫霞真人李涵陵的徒弟，褚道缘是李涵陵的徒孙。他在避修观出家，每逢早晨起来，他都要在外面闲游，借天地之正气，能精神倍长。今日闲游来至此地，姚殿光、雷天化一瞧，赶紧就嚷："道爷救人！"褚道缘抬头一看说："我为什么救你们，你们是哪里的？"姚殿光说："我二人是玉山县的人。因为我们有个拜弟兄,被这个和尚拿了,我二人要替朋友报仇,没想到被和尚把我们制住,要拘蝎子咬我们,道爷救命吧。”褚道缘一听说:“你二人既是玉山县的人,有一个夜行鬼小昆仑郭顺,你们可认识?”姚殿光说:“那不是外人,郭顺我们是拜兄弟。”褚道缘一听:“既然如是,这和尚是谁?”姚殿光说:“是济颠。”褚道缘一听,“呵”了一声。说:“原来是济颠僧!我山人找他,如同钻木取火,正要拿他,这倒巧了。我风闻济颠和尚在常山县捉拿孟清元,雷击华清风,火烧张妙兴,害死姜天瑞,屡次跟三清教为仇。我正要拿济颠给三清教报仇,今天颠僧你可来了!”和尚说:“杂毛老道,你打算怎么样?”褚道缘说:“好济颠,你若知道祖师爷厉害,跪倒叫我三声祖师爷,我饶恕你不死。”和尚说:“好老道,你跪倒给我磕头,叫我三声祖宗爷,我也不能饶你。”老道一听,气往上撞,拉宝剑照和尚劈头就砍。和尚一闪身,滴溜转在老道身后,拧了老道一把,老道回头摆宝剑,照和尚就扎,和尚围着老道直转,拧一把、捏一把、掏一把、捅一把,老道真急了,说:“好颠僧,真乃大胆,待山人用法宝取你。”伸手由兜囊掏出一个扣仙钟。这宗法宝,是他师父给他的,无论什么妖精扣上,就得现原形。老道往空中一祭,口中念念有词,钟能大能小,往下一落,眼瞧把和尚扣在底下。褚道缘一看说:“我打算济颠有多大能为,原来是一个凡夫俗子。”过去要救姚殿光、雷天化。就听身后有人说:“老道,你敢多管闲事。”老道回头一看,是和尚。老道暗说:“好颠僧,我把他扣在钟下,怎么会出来了!”老道立刻由兜囊掏出一根捆仙绳来,说:“和尚,我叫你知道我的厉害。”和尚一瞧说:“可了不得了,褚道爷,你饶了我吧。”褚道缘说:“和尚你无故欺负三清教,我焉能饶你!”说着话把捆仙绳一抖,和尚没躲开,竟把和尚捆上了。这个捆仙绳,也是无论什么妖精捆上,就现了原形。褚道缘见把和尚捆上,老道哈哈一笑说:“和尚,你叫我三声祖师爷,我放你逃走。如其不然,我当时把你捺到山涧里。”和尚说:“我叫你三声孙子。”老道一听,气往上撞。当时夹起和尚,往山涧一捺。和尚一把揪住老道的大领,“哧啦”一下,竟把蓝缎道袍撕下一半去。和尚落在万丈深山涧之内,老道见和尚掉下去,自己叹了一声说:“我师父叫我不要无故害人,今天我作了孽了。”自己愣了半天,大概和尚掉下去已死,不能复生,老道这才过来,把姚殿光、雷天化救了。老道说:“我已把和尚捺在山涧摔死,你两个人去吧。”姚殿光二人谢过老道,竟自去了。老道一想:“不必回庙去吃饭,我就在眼前镇店上找个酒铺，要一壶酒，要一个溜丸子，要半斤饼，一碗木樨汤，就得了。”想罢进了村口，只见路西是酒铺，酒铺门口，站着伙计，冲老道一指说：“来了。”老道回头，瞧后面并没人，老道也不知伙计说谁呢。自己来到酒铺，找一张桌子坐下，伙计道：“道爷来了。”褚道缘说：“来了。”伙计也并不问老道要什么菜，擦抹桌案，拿过一壶酒来、一碟溜丸子、一碗木樨汤、半斤饼。老道一想：“怪呀，真是思衣得衣，思食得食。”老道说：“伙计，你怎么知道我要吃这个？”伙计说：“那是知道。”老道说：“罢了，你们这买卖要发财。”少时吃喝完了，伙计一算账，三吊二百八。老道说：“溜丸子卖多少钱？”伙计说：“二百四。”老道说：“怎么算三吊二百八呢？”伙计说：“你吃了四百八，你师老爷吃两吊八，叫你给算一处。”老道说：“谁是我师老爷？在哪里？”伙计说：“是个穷和尚，走了，吃两吊八。不然，我们也不能叫他走，他给留下半件蓝缎道袍，还有一根丝绦。他说，教你给钱，把缎子丝绦给你。”老道气得瞪着眼说：“你满口胡说。他是和尚，我是老道，他怎么是我师老爷！”伙计说：“方才和尚说，你当老道当烦了。要当和尚，认他做师爷爷。他教你赶紧追，晚了他就不要了。你要不认两吊八百钱，我们留这丝绦和缎子，也可卖出钱来。”老道有心不要，又怕配去颜色不对，还得多花钱。老道无奈，把三吊二百八饭钱给了。出来，要追上和尚一死相拼。老道正往前追，对面来了一个走路的，说：“道爷姓褚不是？”老道说：“是呀。”这人说：“方才我碰见一个和尚，他说是你师爷爷，叫我给你带信，叫你快去追，晚了他就不要你了。”老道说：“你满嘴放屁！是你师爷爷！”这人说：“老道你真不讲理，和尚叫我给你带信，我好意告诉你，你又怎么骂我呢。”老道也不还言，气得两眼发赤，就追和尚，追来追去，见眼前有井，有几个人在井台上打水。老道也渴了，要喝点水。刚来到近前，老道说：“辛苦，赏我点水喝。”打水的人说：“道爷叫褚道缘么？”老道说：“不错。”这人说：“方才你师爷爷说了，留下话叫你少喝吧，怕你闹肚子。”老道说：“谁是我师爷？”这人说：“穷和尚。”老道说：“那是你师爷。”这人说：“老道你怎么出口伤人？你别喝了！”老道说：“不喝就不喝！”气得老道要疯，出门就跑。刚来到一个村头，老道正往前走，只见由村口里出来二十多人，一个个拧着眉毛，瞪着眼睛。老道也不留神，焉想到这些人过来，把老道围住，揪住就打，不容分说。不知所因何故，且看下回分解。

第一百十三回

济公法斗神童子　罗汉制伏沈妙亮

话说神童子褚道缘正往前追赶和尚，由村里出来二十多人，揪住老道就打。老道也不知所因何故。书中交代，济公跑到这个村里，有一个茶馆子，喝茶的人不少。和尚来到这里，说："众位快救我！"大众说："怎么了？"和尚说："村外有一个老道，他在村外拿宝剑，要给村里下阵雾，他说，叫这村里都生病，非他治不好。他好恶化三千银子。我一劝他，他恼了。他道我坏他的事，拿宝剑要杀我。"大众一听说："这还了得，咱们把老道拿住活埋了。"众人这才跑出村来，一瞧果有一个老道，手拿宝剑，两眼发直。大众过来，揪住就打。褚道缘直嚷："众位为什么打我？"众人说："你来下阵雾，要害我们村里人，不打你等什么！"老道说："谁说的？"众人说："和尚说的。"老道说："好。我跟和尚有仇，众位别听他的话。我是铁牛岭避修观的，我叫神童子褚道缘，我正要找和尚。他在哪里，咱们对对。"大众一同来到茶铺，一瞧和尚没了。众人说："和尚哪里去了？"内中有人说："和尚到隔壁给田二爷瞧疯病去了。"老道一听，恨不得把和尚拿住千刀万剐，方出胸中之气。赶紧来到田宅门首，喊叫："济颠僧快出来，山人跟你以死相拼！"话说和尚原本在茶铺子坐着，众人去打老道，和尚说："我和尚指着瞧病为生，无论什么疯症，我专①能治。"旁边就过来一个人，说："大师父，我们田二爷疯了不是一天，见人就打，现在在后面空房锁着，你能治么？"和尚说："我一治就好。"这人说："既然如是，你跟我来。"带着和尚，来到院内。和尚说："疯子在哪里？"这人说："在后院锁着。"和尚叫把钥匙拿来，和尚来到后面，把锁一开，疯子由里面跑出来，来到门首，老道正叫和尚，疯子出来揪住老道要打，把老道按捺下，又踢又打，打完了，撒了老道脖子一泡尿，好容易，大众把疯子拉回去。和尚说："我这里有一块药，回头给他吃了就好。"和尚拿了点东西，由院中出来，

---

① 专——都。

只见大众正劝老道:“回去吧,他是个疯子,这有什么法。”老道猛一抬头,见和尚在那边站着直乐。老道一瞧,气冲肺腑,说:“好和尚,你往哪里走!”和尚拨头就跑,老道随后就追。追出村口,一瞧和尚没了。见眼前有三间土地庙,老道听后有脚步的声音,褚道缘绕到庙后一看,是一位老道。头戴鹅黄道冠,身穿鹅黄道袍,水袜云鞋,面如三秋古月,一部银髯,背后背着分光剑。褚道缘一看,不是别人,正是他师父广法真人沈妙亮。褚道缘赶紧跪倒磕头,说:“师父在上,弟子有礼。”他师父不言语。褚道缘又磕头说:“师父在上,弟子有礼。”越磕头越不言语。褚道缘也不知他师父因何瞪着眼不理他,正在纳闷,和尚由那边过来说:“褚道缘,你就是这样道行,一个鸡蛋窝,你就磕一百多头,明天给你个鸭蛋窝,叫你磕二百头。”褚道缘听和尚一说,再一瞧,是一根苇子挑着一个鸡蛋窝。褚道缘气得颜色更变,伸手拉宝剑,和尚没有了。褚道缘愣了半天,见天色已晚,自己够奔三清观他师叔李妙清的庙。褚道缘来到庙内,李妙清说:“道缘从哪里来?”褚道缘一一背诉①前情。李妙清一听说:“不要紧,明天我同你找济颠去。”褚道缘坐着生气,也不言语。李妙清叫他吃饭,他也不吃,自己赌气睡了。次日李妙清尚未起来,褚道缘就由庙中出来,要找和尚以死相拼。出庙走来不远,只见对面来了一个老道,头戴鹅黄道冠,身穿鹅黄道袍,背着分光剑。褚道缘一看,只当是和尚又是用鸭蛋窝要笑他,焉想到这真是沈妙亮。原来沈妙亮自己化缘,化了一千银子修庙。自己立过誓:化缘的银子,自己要妄用,必遭天雷之报。现在他使了二百多银子,他恐怕应了誓,故要来找李妙清借银子,补这项亏空。今天驾着趁脚风来见褚道缘来了。沈妙亮正要问徒弟上哪里去,见褚道缘把眼一瞪,说:“好鸭蛋窝,你打算我不认得你。”沈妙亮一瞧说:“褚道缘不是疯了么!”褚道缘拉出宝剑就砍。沈妙亮用手一指,把褚道缘定住说:“你这孽障,真是无故找死!”伸手拉出分光剑,要杀褚道缘。褚道缘这才明白,知道不是鸭蛋窝,真是师父到了。赶紧说:“师父先别杀我,我有下情。”沈妙亮说:“好孽障,你为什么叫我鸭蛋窝?趁此快说!”褚道缘当时把根本缘由,一诉前情,沈妙亮这才明白说:“这就是了。你先跟我到你师叔庙里,少时有什么事再办。”褚道缘这才跟随沈妙亮,一同来到三清观。一见李

---

① 背诉——陈述,告诉。

妙清,沈妙亮说:"贤弟,你师侄跟济颠和尚为仇作对,受这样的欺辱,你既知道,你为何不解劝道缘,知之不闻?"李妙清说:"昨天他住在我这里,我今天早晨没起来,他就走了,没等我劝他,这也怨不上我来。"正说话间,就听外面喊嚷:"沈妙亮、李妙清,快出来!"沈妙亮一听,只当是济颠和尚来了,一同来到外面。一看,见庙门首站定一人,头挽牛心发髻,身穿蓝布裤袄。沈妙亮刚要问:"找谁?"这人把眼一瞪,用手一指,说:"好胆大沈妙亮!你化缘修庙,你对天发誓,不使这里的银子,今胆敢用二百余两,吾神特意请雷来击你。"沈妙亮一想:"我的事,别无二人知晓。"一听这话,吓得连忙跪倒说:"祖师爷,大发慈悲,弟子赶紧赔补。"李妙清也当是神灵显圣,赶紧跪倒说:"你老人家是哪位祖师爷?"这人"扑哧"一笑说:"李道爷,你不认识我了,我就是本村卖豆腐的老吴。"李妙清方才明白说:"老吴,你为何来装神仙。"老吴说:"我不是自己要来的,是有一个穷和尚,他花五百钱雇我来的。他教给我的话,叫我这样说。"正说着话,猛抬头一看,见和尚来了。老吴说:"这不是和尚来了。"沈妙亮一看,原来是一个丐僧,褴褛不堪。说:"这就是济颠和尚么?"褚道缘说:"不错。"沈妙亮说:"待我回他。"和尚来到近前,沈妙亮说:"颠僧,你为何这样欺我徒弟?着实可恼!你要说出情理来,我山人饶你不死。你要说不出理来,今天定然结果你的性命。"和尚哈哈一笑说:"沈妙亮,你这厮好说大话。你也不知和尚老爷的厉害。"沈妙亮一听说:"颠僧,好生无礼。我先拿住你。"当时拉出分光剑,照定和尚就砍,和尚滴溜就躲开。真是身体灵便,围着老道乱转,拧一把、捏一把、掏一把、捅一把。老道真急了,口中念念有词,就见平地起了一阵旋风,变出两个沈妙亮来了,都是一样打扮。这个照和尚就砍,那个照和尚就扎。和尚说:"好东西,没搭窝就下了一个。"老道还是宝剑砍不着和尚。老道又一念咒,当时化出四个沈妙亮来,把和尚一围。和尚乱跑,围不住。老道四个变八个,八个变十六个,十六个化三十二个,俱是手拿宝剑。和尚一瞧说:"我可真急了。"当时就地抓了一把土,和尚就跑。沈妙亮收住验法,随后就追。和尚转眼跑远了,进了一座村镇。路西有酒楼,和尚进了酒馆,上了楼。一看,楼上坐着一个老道。头戴九梁道冠,身穿蓝缎子道袍,青护领相衬,白袜云靴,面如紫玉,粗眉大眼,花白胡须,洒满胸前。桌上搁着一个包裹,很规矩的样子,也是刚才来。这个老道,乃是戴家堡玄真观的,姓郑,名叫玄修。今天由此路过，要在这里吃饭。和尚一上楼，瞧见老道，说："道爷才来。"老道说："是。大师父才来。"和尚说："道爷，这边一处吃吧。"老道说："请请。"和尚找了一张桌坐下，伙计过来擦抹桌案。罗汉爷眼珠一转，计上心头，要在酒馆戏耍郑玄修。不知后事如何，且看下回分解。

第一百十四回

郑玄修酒馆逢和尚　沈妙亮听歌识圣僧

话说济公来到酒楼，找了一张桌坐下，伙计给摆上杯筷。老道就问："伙计，你们这里有素菜么，我吃素。"伙计说："有。"和尚说："我是吃荤。"伙计说："荤素都有。"和尚说："你先给道爷要一个炸面片，我敬的。"老道一想："我又不认得和尚，人家敬我菜，我也得回敬。"赶紧叫伙计："给大师父要一个炸丸子，我敬的。"伙计答应。少时把菜给端来，和尚要了酒，又叫："伙计，给老道要一个醋炒豆芽菜，我敬的。"老道又给和尚要一碗氽丸子，和尚又给老道要一个炒豆腐，老道又给和尚要一个爆羊肉。和尚给老道要了素白菜汤，老道又给和尚要了一个炒肉丝。两个人换着吃。和尚就叫伙计过来。和尚说："回头道爷吃了多少钱，我给就是。"伙计说："是了。"老道听见。老道吃完了，就叫伙计算账："和尚吃多少钱我给。"和尚赶紧说："道爷别让了，我给。"老道说着话，就要解包袱，包袱里有二百银子。和尚说："我给。"一把手把老道的包袱抢过来，和尚拿着下了楼。老道只当是和尚热心肠，下楼到柜上去把钱给了，再把包袱拿回来。老道左等也不来，右等和尚也不来。叫伙计下楼瞧瞧，伙计回来说："和尚早走了。"老道一想："和尚是骗子，把我二百银子也拐了去，也没给饭钱。"还幸亏老道兜囊有散碎银子，赶紧把饭钱给了，下了楼就追和尚。刚追到村口，一瞧，和尚正在村口地下，把包袱打开，瞧银子的成色。和尚自言自语说："这是高白，这块是有成色。这块太潮，不定好不好。"老道郑玄修一瞧，说："好，和尚，你拐了我的银子，你还瞧成色。"过来按住和尚就打，和尚就数着："一下了，两下了。"老道打了和尚五拳，和尚说："该我打你了。"一拧老道的拐子，把老道翻在底下，打了老道五拳，就往下一躺说："该你打我了。"老道又打了和尚五拳。和尚一拧老道的拐子，又把老道翻下去。瞧热闹的人，也都不劝说。这两人打架打不错，一个人打五拳。那个说："和尚公道，打老道五拳，和尚自己就躺下，叫老道打。老道不公道，非等和尚把他翻下去。"老道一听说："我还不公道，他吃了我一顿饭，把我二百银子拐出来，我还不公道！”众人正要劝解，沈妙亮、李妙清、褚道缘赶到。沈妙亮说：“和尚，我正然找你，你在这哪！我倒问问你，为什么欺负我徒弟？”和尚说：“他自己找的，无故多管闲事。我告诉你，沈妙亮连你也不行，我和尚是谦让着你。”沈妙亮说：“和尚你有多大来历！”和尚说：“我有几句话你听听：

昔日英名四海闻，杀妻访道入玄门。涵陵赐汝分光剑，方入三清古道门。”

沈妙亮一听和尚这几句话，自己一阵发愣。书中交代：沈妙亮当初原本是江西人，以保镖为生，名叫沈国栋，在外面威名远震。常出外保镖，家中妻子曹氏，两口人过日子。这天沈国栋歇工在家，出去正在茶铺子喝茶，旁边有一个人谈闲话，这个人说：“世界上的事难说。大丈夫难免妻不贤，子不肖。如沈国栋在外面保镖，是个英雄。家中妻做出那些鲜廉寡耻之事，可惜沈国栋那样的英雄，叫妻子给毁了。”这个说：“你怎的①知道？”那个说：“我有个亲戚，跟沈国栋是近邻，我常到我的亲戚家里去。听见说，沈国栋的妻子太无廉耻，这件事要叫沈国栋知道了，准得出人命。”那人说：“也许不能知道，谁敢说这个话。”沈国栋旁边听见，故作未闻，也不认识这两个人。这两个人也并不认识沈国栋，闻其名，未见其面。沈国栋听到心里，回了家，也并不提。这天沈国栋就说要出外，曹氏就问，得多少日子回来，沈国栋说，得两个多月，有要紧的事。沈国栋由家中出来，就在附近有个小镇店，离他家三里地，找了一座店住下。晚上起更以后，自己带上刀，由店中出来，暗中到家里一探，并没有动作。自己仍回店睡了。次日晚上有二更天，他又到家里来一探，就听他妻子屋中，有男女欢笑之声。沈国栋把窗户捅了一个窟窿，往屋中一瞧，见他妻子浓妆艳抹，打扮得鲜明②。床上摆着床桌，桌上有酒菜，在旁坐着一个文生公子，长得俊品人物。沈国栋一瞧，认识是隔壁的孙公子，名叫祖义，号叫秀峰。还是一个宦家，上辈做过教官，也是祖上无德，出这样浮浪子弟，跟曾氏通奸。就听他妻子说：“这两天他在家里，我恐怕你来，叫他撞上，多有不便。好容易他可走了，这趟得去两个多月呢。”这公子说：“娘子，这两天我诗书

① 怎的——怎么。

② 鲜明——光鲜，漂亮。

懒念,茶不思饭不想,恨不能你我朝夕在一处欢乐,才合我的心。”曹氏说:“你愿意做长久夫妻不愿意?”孙公子说:“怎么做长久夫妻?”曹氏说:“你给我买一包毒药来,等他回来,我给他接风洗尘,把毒药下在酒里,把他毒死,你我岂不是可以做长久夫妻么?”沈国栋听到这里,心中一阵难过。自己一想,至亲者莫若父子,至近者莫过夫妻。真是夫妻同床,心隔千里。自己无名火往上一撞,闯进屋中,竟将两个人结果了性命,自己打算投案官司,三五天官司完了,自己一想,人生在世上,犹如大梦一场,功名富贵妻财子禄,一概是假,尽皆是空,莫若出家倒好。这才拜紫霞真人李涵陵为师,赐名妙亮。给他一口分光剑护身。现在沈妙亮已九十多岁,他自己的事,并无人知晓,今天和尚一说这四句话,乃是他的根本。沈妙亮见和尚也无非二十多岁,怎么会知道这数十年的事?自己愣了半天说:“和尚,你怎么知道我的事?”和尚把二百银子给了郑玄修,和尚说:“我叫你瞧瞧我的来历。”用手一摸天灵盖,露出佛光灵光三光。沈妙亮一看,原本是位知觉罗汉。老道连连打稽首,口念无量佛,和尚哈哈一笑,回头便走,信口做歌说道:

人生七十古来少,先除幼年后除老。中间光景不多时,又有闲愁与烦恼。过了中秋月不明,过了清明花不好。花前月下且高歌,急须满把金樽倒。世上钱多用不尽,朝里官多做不了。官大钱多心转忧,落得自家白头早。春夏秋冬弹指间,钟送黄昏鸡报晓。诸君细看眼前人,一年一度埋荒草。草里高低多少坟,一年一半无人扫。

和尚唱着山歌,来到曲州府。知府张有德一瞧说:“圣僧哪里去了?我正派人各处去寻找圣僧。”和尚说:“我碰了朋友喝酒来着,老爷找我和尚什么事?”知府说:“我已然把华云龙、田国本等二人的口供问了,贼人俱皆招认。等圣僧来,我派人一同将贼人解到临安去。”和尚说:“好。”知府派两个头目,带十个兵,用差船走水路,把贼人木笼囚车搭上船上。和尚带柴、杜二班头告辞。知府送到河坝,和尚上了船,立刻开船。和尚说:“二位班头,这可大喜。把贼人解到临安,上衙门领一千二百银子赏,每人六百两。”柴头、杜头也喜欢了说:“我二人多蒙师父成全。”大家谈着闲话,船往下走着。一天走到小龙口地面,焉想到由水内来了四个江洋大盗,要抢劫木笼囚车。不知济公如何挡贼,且看下回分解。

第一百十五回

金毛海马闹差船　济公善救冯元庆

话说济公同柴、杜二位班头，押解四个贼人船只，正往前走。这天走到小龙口，济公忽然灵机一动，就知道水里来了贼人。和尚说："我在船上闷得很。我出个主意，钓公道鱼吧。"大众说："怎么叫公道鱼？"和尚说："我钓鱼，也不用网，也不用钩子。你们给我找一根大绳子，我拴一个活套。往水里一捺，我一念咒，叫鱼自己上套里去。我要钩一个百十多斤的鱼，咱们大家吃好不好？"大众说："好。"就给和尚找了一根大绳。和尚拴了一个来回套，坠上石块，捺在水内。和尚就说："进去进去。"大众都不信服，和尚说："拿住了，你们帮着往上揪。"众人往上一揪，果然很沉重。揪出水来，一瞧不是鱼，原本是一个人。头戴分水鱼皮帽，水衣水靠，鱼皮岔油绸子连脚裤，黄脸膛，三十多岁，和尚叫人把他捆上。和尚说："还有。"又把绳子捺下去。果然工夫不大，又揪上一个来，是白脸膛，也是水衣水靠。书中交代，这是怎么回事呢？只因前者把姚殿光、雷天化放走，这两个人到陆阳山去约人，约了四个人。一个叫金毛海马孙得亮，一个叫火腿江猪孙得明，一个叫水夜叉韩龙，一个叫浪里钻韩庆。知道押解华云龙，众官人必由水路走，叫这几个贼人，在小龙口等候抢劫，探听明白，船来到了，孙得亮、孙得明先来奔船底，自己身不由己，就钻在套里，被和尚拉上去捆上。和尚说："你们这些东西，胆子真不小。姓什么？叫什么？做什么来了？"孙得亮、孙得明各通了姓名，说："我二人一时懵懂，被朋友所使来的，师父慈悲慈悲吧，我二人情愿认你老人家为师。"和尚说："我要把你两个人放了，还来不来？"孙得亮说："再不敢来了。"和尚说："我要有事，用你二人行不行？"孙得亮说："师父要有用我二人之处，万死不辞。"和尚说："既然如是，我把你两人放了。你叫你们那两个伙计，也别来了，我也不拿他了。"这两人放开起来，给和尚磕头，和尚附耳说："如此如此。"二人点头跳下水去，竟自去了。柴元禄、杜振英一看说："要不是师父，我二人哪里知道水里有人。"和尚说："你二人放心吧，这就没了事了。”这天往前走，相隔临安不远，和尚说：“我要头里走了。”柴、杜说：“师父别走。倘师父走后，出了差错，那还了得。”和尚说：“不要紧，没有差错。我说没有，你二人只管放心。有了差错，那算我和尚的差错。”和尚说着话，下了船，施展验法，来到钱塘门。和尚刚一进门，只见钱塘县知县，坐着轿子，鸣锣开道，后面众多官人，锁着一个罪人，戴着手铐脚镣。和尚抬头一看。口念：“阿弥陀佛！这样事，我和尚焉能不管。要不管，这个样的好人，屈打成招，就得死在云阳市口，残害生命，我和尚焉能瞧着。”说着话，和尚过去说：“众位都头，带着什么案呀？”官人一瞧，有认识和尚的官人说：“济师父，告诉你，他是图财害命的路劫。”和尚说：“有点屈枉，把他放了吧。”众人说：“谁的主意？”和尚说：“我的主意。”官人说：“你的主意不行。”说着话，就见这个罪人的爹娘妻子孩儿，一个个哭哭啼啼，甚为可惨。书中交代：这个罪人，原本姓冯，双名元庆。住家在临安城东二条胡同，家有父母妻子孩儿。他本是锤金匠的手艺人，极其精明诚实。他有个师弟姓刘，叫文玉，在镇江府开锤金作。只因买卖赔累，用人不当，写信把冯元庆请去，给他照料买卖。冯元庆实心任事，不辞劳苦，帮着他师弟，经理买卖，四五年的景况，不但把所赔的钱找回来，反倒赚了钱。刘文玉就拿冯元庆当做亲弟兄，深为感激冯元庆的这份劳苦，要把买卖给冯元庆一半股份，每年冯元庆回家一次。不想冯元庆日久积劳，常常染病，实不能支持。跟刘文玉说：“我要回家歇工，把病养好了再来。”刘文玉见师兄病体甚重，也不能阻。给了五十两银子，叫他回家养病。冯元庆自己还有二十两银子，也带着。雇了一只船，回临安。这天到了临安，天已掌灯，管船不叫冯元庆下船，说：“天晚了，明天再下船。”冯元庆是恨不能一时到家，自己拿了铺盖褥套，下了船，走到东城城下。自己本来带着病，走不动了，离家尚有二里地，自己打算歇歇走。焉想到往地下一坐，就睡着了。天有二鼓，打更的过来瞧见，把冯元庆叫醒了，打更的说：“你怎么在这里睡着，这里常闹路劫！”冯元庆说：“我是二条胡同住家，我由镇江府病了回来，刚下船，我走到这里走不动歇歇，没想到睡着了。”打更的说：“你快回去吧。”冯元庆刚要走，打更的拿灯笼来照，眼前一个男子死尸，脖颈有一刀伤，是刚杀的。打更的把冯元庆揪住。说：“你胆敢杀了人装睡呢，你别走了。”冯元庆说：“我不知道。”打更的说：“那可不行，你走不了。”当时揪着冯元庆，找本地面官人，立刻把冯元庆送到县衙门。

新升这位钱塘县姓段，叫段不清。一听官人回禀，即刻升堂，把冯元庆带上。老爷一问，冯元庆说："回老爷，小人姓冯，叫冯元庆，我在东城根二条胡同住家，我是锤金的手艺，由镇江府做买卖，因病坐船回家，下船晚了。走到树林子走不动，歇息睡着了，打更的把我叫醒，眼前就有一个死尸，我并不知谁人杀的。"知县说："你这话全不对，拉下去打。"打完了又问，冯元庆仍说不知，下令立刻把冯元庆押起来。次日知县一到尸厂验尸，有人认尸说："被杀人是钱塘县大街天和钱铺掌柜的姓韩。昨天到济通门外粮店取了七十两银子，一夜没回铺子，不知被谁杀了，银子也没了。"知县验尸回来，一搜冯元庆的被套内，有七十两银子。知县一想，更不是别人了，必是他谋财害命，用严刑苦拷。冯元庆受刑不过，一想："情屈命不屈，必是前世的冤家对头。"自己说："老爷不必用刑，是我杀的。"知县问："哪里的刀？"冯元庆说："随身带的刀。"知县叫他画了供，就把案定了。往府里一详文书。知府赵凤山，是个精明官长，一瞧口供恍惚，言语支离，这个案办不下去，把知县的详文驳了。赵凤山府批提案，要府讯，亲自审问。知县今天提出这案，坐轿叫官人押解上知府衙门，冯元庆的父母妻子，都赶了来，他娘说："儿呀，你怎么做出这样事来？"冯元庆叹了一声说："爹娘，二老双亲呀，白生养孩儿一场，孩儿不能够在爹娘跟前养老送终了。孩儿哪里做这样事，这也是我事屈命不屈，有口难分诉①，严刑难受。我那时出来到云阳市口，家里给我买一口棺材，把尸首领回去就是了。"他爹娘妻了一听这话，心如刀绞，就一个个泪如雨下。众瞧热闹人，瞧着都可怜。这个时节，和尚过来。说："他冤屈，你们把他放了吧。"官人说："谁敢把他放了？你见知府去，叫知府放了，我们没有那么大胆子。"旁边有认识和尚的说："济公你要打算救他，你见知府去。"和尚说："我就见知府去。"立刻和尚头前来到知府衙门。一道辛苦，官人问："找谁？"和尚说："你回禀你们老爷，就提灵隐寺济颠前来。"官人一听，哪敢怠慢，赶紧进去回禀。知府赵凤山，由前者秦相府济公带两个班头出去拿华云龙，直到如今两个月有余，渺无音信，心中甚为悬念。今天听说济公回来，赶紧吩咐："有请。"官人出来让着，和尚往里够奔，知府降阶相迎，举手抱拳说："圣僧一路风霜，多有辛苦。"和尚说："好说好说。"一同来到

---

① 分诉——分辩。

书房落座。才献上茶，手下官人进去一回禀："现有钱塘县大老爷，把凶犯冯元庆带到了。"知府说："叫他少待，我这里会客。"和尚说："老爷升堂吧，我和尚特为此事而来。"赵凤山说："我的两个班头呢？师父可将华云龙拿住？"和尚说："随后就来，少时再说。这件事老爷先升堂问案，我和尚要瞧瞧问供。"知府立刻传伺候，升坐大堂。知县上来行礼。说："卑职将冯元庆带到，候大人讯供。"知府叫人给知县搬了旁座坐下。知县瞧一个穷和尚，也在旁乱坐着。心说："我是皇上家的命官，民之父母，他一个穷和尚，也配大堂坐着。"知县有些不悦，他也不知济公是秦相爷替僧。这时，知府把冯元庆带上来，知府说："冯元庆，东树林图财害命，可是你杀的？"冯元庆说："老爷不必问了，我领罪就是了。"知府说："你说实话，是怎么杀的？"冯元庆说："小人实在冤屈。县太爷严刑审讯，小人受刑不过。"自己又把前番被屈之事一说。知府一想，现有活佛在此，我何不求他老人家给分辨。想罢，说："圣僧，你老人家瞧，这件事如何办？"和尚哈哈一笑，这才搭救良民正曲直，捉拿凶手问根由。不知后事如何，且看下回分解。

第一百十六回

赵太守明断奇巧案　济禅师开棺验双尸

话说赵太守审问冯元庆,问济公怎么办。和尚说:“老爷要问,冯元庆是被屈含冤。”知府说:“圣僧既说冯元庆是屈枉,杀人凶手倒是谁呢?”和尚说:“凶手好办,我和尚出去就把凶手拿来。”知府说:“圣僧慈悲慈悲吧。”和尚说:“老爷可派两个人跟我去。”知府派雷思远、马安杰跟圣僧前去办案。雷头、马头同和尚出了衙门,和尚说:“我叫你们锁谁就锁谁,叫你们拿谁就拿谁。”雷头、马头说:“那是自然。”说着话往前走,对面来了一个人,穿着一身重孝,手里提着菜筐。和尚过去说:“你干什么去?”这人说:“我去买菜去。”和尚说:“你穿谁的孝?”这人说:“我穿我母亲的孝。”和尚说:“雷头过来,把他锁上。”雷头过来,就把这穿孝人锁上。这人说:“你们为什么锁我?”和尚说:“你母亲死了,你为什么不给她放焰口念经呀。”这人说:“我没有钱。”和尚说:“不行,咱们就打场官司吧。雷头,把他带了衙门去。”雷头一听和尚说的这不像话,也不知和尚是什么心思,也不敢违背,当时带领这人就走。马安杰就问:“朋友你贵姓。”这人说:“我姓徐,叫徐忠,在东城根四条胡同住家,我是厨行的手艺。”雷思远又问:“你母亲怎么死的?”徐忠说:“紧痰绝老病复发死的。”和尚说:“你也不说实话。把他的孝衣白鞋脱下来,带到衙门去,叫老爷问他去吧。”来到衙门,先把他的孝衣脱下来,带着来到里面,一回禀老爷,老爷立刻升堂,把徐忠带上来,和尚在旁边一坐,老爷说:“你姓什么?”徐忠说:“我姓徐,名忠。”和尚说:“你母亲倒是怎么死的?”徐忠说:“紧痰绝死的。”知府说:“圣僧,他倒是怎么一段情节?”和尚说:“他把他母亲害死的。”知府一听一愣,说:“徐忠你要说实话。”徐忠说:“回老爷,我母亲实在病死的。”和尚说:“老爷去验尸去,就知道了。”知府立刻传刑房仵作,带领衙役人等,一同去验尸。知府坐着轿,押着徐忠,和尚跟随一同来到徐忠家中。本地面官人众街邻,都说:“老爷胡闹,明明徐忠他母亲是病死的,众人帮着入殓的。”知府吩咐将棺材抬出来。徐忠说:“老爷要开棺验不出伤来,该当如何?”知府说:“你这东西混账!济公活佛既说你母亲有缘故死的,必有缘故。来,开棺给我验。”立刻官人把棺材打开。刑房仵作过来一瞧,见老太太死尸并无缘故,是好死的。连刑房仵作也都愣了。心说:“我们老爷无故要开棺,这一来纱帽要保不住。”知府问仵作:“死尸有伤没有?”仵作痴呆呆发愣,知府也大吃一惊。和尚微然一笑说:“徐忠你还不说实话?”徐忠说:“我母亲是好死的。老爷无故要开棺相验,我有什么法子。”和尚赶过来,照着棺材堵头一脚,把棺材堵头踹掉了,由棺材里滚出一颗男子的人头来。知府一看,勃然大怒,说:“这人头是哪来的。”和尚说:“请老爷问他。”徐忠吓得颜色更变,说:“老爷要问这个人头,不是外人,是我兄弟,他叫徐二混。我兄弟他在钱塘街钱铺打杂,那一天他晚上回来,拿着七十两银子。我两个人一喝酒,他喝多了,我问他银子哪来的,他说非是亲弟兄,他也不说。他说他们钱铺掌柜的,那天晚上,到通济门外粮店取银子,他知道,他拿了一把刀,在东树林等着,他把韩掌柜杀死,把银子得回来。我一听怕他犯了事,把我连累上,我把他用酒灌醉了,我把他杀了,我们老太太一着急死了。我就把我兄弟的脑袋,搁在我母亲棺材底下,我把他的死尸,藏在炕洞里。我以为人不知鬼不觉,没想到今天老爷查出来。这是已往从前真情实话。”知府说:“圣僧,这件事怎么办?”和尚说:“把天和钱铺少东人传来圆案。告诉他父亲是他们铺子打杂的徐二混杀的。”立刻就把钱铺少东人传到,说明白徐二混已死,叫他当堂具结。知府派官人押着徐忠起赃,又将他母亲埋葬,把徐忠边远充军,老爷同和尚回衙门,将冯元庆提出来。他本是被屈含冤,老爷当堂释放。这件事临安城吵嚷动了。若非济公长老,谁能辨得了这件奇巧案。知府把冯元庆放了,行文上宪,参了钱塘县知县段不清,轻视人命,办事糊涂,不堪委用,奉旨把知县革了职。留下济公喝酒,这才问:“圣僧,怎么拿的华云龙?”和尚把已往从前之事一说。少时有人回禀,柴元禄、杜振英将差事解到,知府立刻升堂。给曲州府一套回文,赏了曲州府押解官人二十两银子,打发众官人回去。柴元禄、杜振英上来交差,将华云龙拿住。窝主田国本、邱成、杨庆一并解到听审。奇巧玲珑透体白玉镯,十三挂嵌宝垂珠凤冠得回呈交。知府一看,并未伤损,就是凤冠短了一颗珠子,立刻吩咐将贼人带上来。手下人把华云龙、田国本、邱成、杨庆带上堂来,知府说:“谁叫华云龙?”四个贼人,各自报名。知府说:“华云龙,在临安乌竹庵,因奸不允,杀死少妇;泰山楼白昼杀死秦禄;秦相府盗玉镯凤冠,粉壁墙题诗,俱都是你做的吗?”华云龙说:“是我。”知府说:“田国本、邱成、杨庆,你等窝藏华云龙可是不假?”田国本一想:“我满招认,也不要紧,只要我们亲戚知道,必不杀我。”贼人也都招认。知府吩咐:“暂把贼人钉镣入狱。”和尚说:“我要告辞回庙瞧瞧,等明天秦相亲审贼人之时,我再去。”知府说:“也好,圣僧请吧。”和尚告辞,出了知府衙门。刚来到冷泉亭,正碰见夜行鬼小昆仑郭顺,郭顺赶紧给济公磕头。和尚说:“郭顺不用行礼。前者我叫雷鸣、陈亮给你一封信,你可看见?”郭顺说:“前者多蒙师父救命之恩。我见着信,即来到临安。白天住居,晚上天天在灵隐寺大殿房上隐趴。那天来了两个贼,是造月蓬程智远,西路虎贺东风,到庙中行刺,被我将贼人赶走。”济公说:“好,你这上哪里去?”郭顺说:“瞧我师父去。”和尚说:“你见你师父,给我代问好。”郭顺说:“是。”竟自告辞去了。和尚来到灵隐寺庙门首,门头僧一瞧说:“济师父回来了。”济公说:“辛苦众位,我到后面瞧瞧老和尚。”说着话来到庙内。见了见老和尚,自己回到自己住的屋内安歇。次日有秦相派人到庙中请济公,和尚立刻来到秦府。秦相一见说:“圣僧,这一路风霜,多受辛苦。我特意置酒给圣僧接风。”和尚说:“相爷一向可好?”秦相说:“承问承问。”立刻来到书房,摆上酒筵,落座吃酒。方吃喝完毕,有家人进来,回禀:“相爷,知府押解盗玉镯凤冠贼人,来到相府外听审。”秦相立刻吩咐:“请太守进来。”知府来到书房,给相爷行礼,把玉镯凤冠呈上。秦相一瞧,甚为喜悦,宝贝失而复得,此乃大幸也。当时将贼人带上来。秦相一问华云龙,尽皆招认。秦相说:“粉壁墙题诗是你亲笔?”华云龙说:“是。”秦相还怕错拿了,当面叫华云龙拿笔把诗写出来。秦相看他笔迹相符,秦相这才吩咐知府把众贼人仍带回衙门入狱。秦相拟定,众贼不分首从,一并斩首。连野鸡溜子刘昌、铁腿猿猴王通一并出斩,在钱塘门外高搭监斩棚。这件事嚷动了全城,这天瞧热闹人拥挤不堪。焉想到有两个江洋大盗,听说要斩华云龙,这两个人,也是玉山县三十六友之内的,一个叫金面鬼焦亮,一个叫律令鬼何清这两个人,由北省回来,从临安路过,听说华云龙要出斩,焦亮、何清,也不知道华云龙犯的何罪,要知道也就不管了。两个人一想:“我们跟华云龙八拜之交。他在临安打了官司,我二人既知道,焉能袖手旁观。”焦亮跟何清一商量,二人各带钢刀一把,当时够奔钱塘门外,要抢劫法场。不知后事如何,且看下回分解。

第一百十七回
奉堂谕监斩华云龙　听凶信二鬼闹法场

话说金面鬼焦亮、律令鬼何清二人商量好了，来到法场。一看，天光早些，差事还没出来。二人一瞧，对面有一个酒铺。二人掀帘子进去，一看酒饭座不少，跑堂的一看，这两个人都长得不俗：金面鬼焦亮，是紫壮帽，紫箭袖袍，系丝鸾带，薄底靴子，闪披宝蓝英雄大氅，上绣金牡丹花，面似淡金，粗眉大眼；律令鬼何清，是黄白脸膛，穿翠蓝褂，都是仪表非俗。跑堂的赶紧腾了一张桌，让两个人坐下，要酒要菜。就听众酒饭座大家纷纷议论，说："这个华云龙，在临安闹得地动天翻。在尼姑庵杀人，泰山楼杀人，秦相府盗玉镯凤冠。要不是济公和尚带人出去拿，这个样的江洋大盗，马快焉能办得了？"焦亮、何清一听，是和尚拿的，二人低声一商量："今天先劫法场，把华二哥救了，然后咱们再找这个和尚，把和尚杀了，给华二哥报仇。"正说着话，由外面进来一个穷和尚。大众有认得的就嚷。这个说："济师父来了！"那个说："圣僧来了！"和尚说："众位别嚷，我就是拿华云龙的和尚，拿华云龙的就是我。有不服的，只管找我。"焦亮、何清一瞧，心里说："原来就是这么个穷和尚拿的我们华二哥。今天我们先到法场，然后跟这个和尚，看他往哪庙里去，晚上去杀他。"和尚瞧了一瞧，在这两个人的旁边坐下，也要了酒菜。工夫不大，就听外面瞧热闹人一阵大乱，说："差事来了！"由北面一下车，两个官人搀着一个，头一个就是镇山豹田国本。都是绳缚二臂，背着招子。田国本很不含糊说："我在下叫田国本。阎王造就三更死，谁敢留人到五更。生有处，死有地。我乃堂堂正正，英雄烈烈，轰轰豪杰，死而无惧。虽然身受国法，很不算什么。"第二个就是铁腿猿猴王通，口中直骂："我姓王，名通。我也不是杀人凶犯，又非响马的强盗，但我只因替兄报仇，要杀知府杨再田。没杀成他，今天身受国法王章。我虽死，也是好朋友，死后我有阴魂，也把杨再田活捉活拿。"第三个是野鸡溜子刘昌。这小子垂头垂气，低着头心想："无缘无故被华云龙牵连，不分首从，全都斩决，连自己此时灵魂都没有了。"第四个是邱成,第五个是杨庆,都比刘昌还强的。第六个是华云龙,自己谈笑自若,说:"众位瞧热闹人听真,在下我就是乾坤盗鼠华云龙。我自生以来,杀人也过了百了。我吃也吃过,我穿也穿过,大丈夫生而何欢,死而何惧?我今天身受国法,不过二十余年,又长成这样。头里众朋友都是我的挚友,应该活着一处为人,死了一处做鬼。众位比我年长,应当叫他们众位头里走。"众瞧热闹人,一阵大乱。这时酒铺里有爱贪热闹的,也往外跑。金面鬼焦亮、律令鬼何清听差事到了,二人伸手拉刀,吓得伙计往桌底下躲,就喊:"掌柜的救命!"焦亮刚把刀拉出来一举,何清尚未拉出刀来,和尚用手一指,一个"唵,敕令赫",把这两人定住。和尚头里站着,这两人在后面比着不能动转。就听外面喊嚷:"好刀!"华云龙人头落地,瞧热闹人四散,和尚就往外走,说:"掌柜的,给我写上。"掌柜的说:"是了,济师父请罢。有你徒弟杨猛、陈孝留下话,你无论钱多少,不跟你要。到三节跟杨太爷去要钱。"和尚说:"掌柜的,我跟你要点东西,给不给?"掌柜的说:"要什么?"和尚说:"我要你们一个老倭瓜。"掌柜的说:"你拿吧。"和尚扛起一个倭瓜,出了酒铺,信口唱着山歌道:

堪叹人生不误空,迷花乱酒逞英雄。图劳到底还吾祖,漏尽之时死现功。弄巧长如猫扑鼠,光阴恰似箭流行。倘然使得精神尽,愿把尸身葬土中。仔细思想从头看,便是南柯一梦中。急忙忙,西复东,乱丛丛,辱与荣,虚飘飘,一气化作五更风,百年浑破梦牢笼。梦醒人何在?梦觉化无踪。说什么鸣仪凤,说什么入云龙,说什么三王业,说什么五霸功。说什么苏秦口辩,说什么项羽英雄。我这里站立不宁,坐卧魔生。睁开醉眼运穷通,看破了本来面,看破了自在容。看破了红尘滚滚,看破了天地始终。只等到五运皆空,那时间一性纵横。

和尚唱着歌往前走。焦亮、何清此时也能动了。自己尚不醒悟,要杀和尚。两个人给了酒饭账,从后面跟出来。和尚一直来到灵隐寺门首,门头僧说:"老济回来了。"和尚说:"辛苦众位。"和尚来到门首不往里走,和尚说:"我在大雄宝殿西跨院西房由北头数头一间,我在那屋里住,谁要打算和尚,勒死和尚,就到那屋里去。"门头僧说:"你这是个半疯,谁跟你有那么大仇。"和尚说:"反正你们两人心里明白。"焦亮、何清一听,暗想这可活该,晚上省得我们找寻。二人见和尚进了庙,二人找了一座酒馆,吃完了酒,找了一座店。等到天交二鼓,两人把夜行衣换上,皂缎色软帕包巾,身穿三叉通口夜行衣,周身扣好了骨纽寸绊,头前带好了百宝囊,里面有千里火自明灯钥匙,一切应用的东西。皂缎子兜裆衩裤,蓝缎子袜子,打花绷腿,倒纳千层底踿鞋,把刀插在软皮鞘内。二人出来,施展飞檐走壁,直奔灵隐寺。来到庙中,找到西跨院一看,各屋里全都睡了,唯有北头那一间西房有灯光。二人来到窗外,把窗纸舔破一看,只见屋中一张床、一张桌子,屋里什么也没有。墙上有一个黄瓷碗,半碗油,棉花沾点着。庙里有规矩,每人晚上管油的只给两羹匙油,今天济公要加多,管油的不给,和尚说:"我没在庙里有好几个月,你按天包给我。"管油的没法,多添了两羹匙油。见和尚手拿酒瓶,自言自语说:"生有处,死有地。我昨天晚上就没做好梦,梦见脑袋掉下来,今天就许有贼崽子来杀我。"焦亮、何清还不介意,少时见和尚枕着倭瓜睡了,焦亮说:"我杀他,你给巡风。"何清点头。焦亮刚要开门,就听和尚说:"好东西,好大胆量。"焦亮吓了一跳。又听和尚说:"你要咬我呀,好大老鼠。"焦亮一听,和尚说老鼠呢。等了半天,听和尚睡着了,焦亮又刚要开门,就听和尚说:"好东西,你可真找死,打算要害我呀。"焦亮吓得心里乱跳。又听和尚说:"好大个蝎子,亏得我没睡着。要睡着了,可了不得。"焦亮一听,心说:"真是这么巧。"无奈又等到天交三鼓。听和尚呼声震耳,焦亮进了屋中。见灯昏昏惨惨,先把灯吹了,把包袱油纸往地下一铺,伸手摸着短头发,手起刀落,竟把脑袋砍下来,搁在包袱包好,同何清这才上房回店。焦亮说:"咱们去找杨明去,跟他讲讲理。华云龙跟三十六友结拜,是杨明撒绿林帖,传绿林箭,他的引见。现在华云龙在临安犯罪,他为何不管?"何清说:"也好。"二人这才起身。两人在道路之上,饥餐渴饮,晓行夜宿,这天到江西玉山县凤凰岭如意村,到了威镇八方杨明的门首,金面鬼焦亮、律令鬼何清,抬头一看,二人"呀"了一声,忽然想起事来。不知后事如何,且看下回分解。

第一百十八回

提首级寻找杨明　见魔怪二人遇害

话说焦亮、何清二人来到杨明门首，见门前悬挂灯彩。焦亮忽然想起来说："何贤弟，今天你我来巧了，今天是杨老伯母的生日，我还忘了呢，今天正应当来拜寿。"何清说："对。"二人来到门首，家人一瞧说："原来是焦大爷、何大爷，你快进去吧。厅房人不少呢，只等你们二位了。"焦亮、何清来里面一看，人真正不少，有追云燕子姚殿光，过度流星雷天化，千里腿杨顺，千里独行杨得瑞，飞天鬼石成瑞，飞天火祖秦元亮，立地瘟神马兆熊，金毛海马孙得亮，火眼江猪孙得明，水夜叉韩龙，浪里钻韩庆，铁面夜叉马静，摘星步斗戴瑞，顺水推舟陶仁，登平渡水陶芳，踏雪无痕柳瑞，一干众人，都在这里，见金面鬼焦亮、律令鬼何清二人进来，大众齐站起来谦让，彼此行礼。杨明说："二位贤弟来了，我想着怕你两个人来不了，还真没忘了。"焦亮说："我二人先给老太太拜寿去。"杨明说："二位贤弟来到就是了，先喝酒，少时我替你二人说到就是了。"焦亮、何清二人坐下。杨明说："今天我们三十六友，不能齐了。有死的，有出外的，有不知去向的，总得短①几位。"众人说："那是自然。"飞天鬼石成瑞就问焦亮二人从哪里来。焦亮说："由京都。"石成瑞说："京都可有什么新闻?"焦亮说："有新闻，杀华云龙。"杨明一听说："谢天谢地。"焦亮说："杨大哥，华云龙是你的引见，跟三十六龙结拜，他不好，你应当管他，现在他死在临安，身受国法，你怎么倒说谢天谢地?"杨明说："焦贤弟，你知道华云龙所作所为不知道?"焦亮说："不知。"杨明就把华云龙大闹临安，乌竹庵因奸不允杀死贞节烈妇，泰山楼杀人，秦相府盗玉镯凤冠，赵家楼怎么采花，大柳林怎么镖伤三友，怎么夜人蓬莱观，后又镖伤三友的话，从头至尾一说。秦元亮、马兆熊听见提华云龙，恨不能生食华云龙之肉。焦亮、何清一听，说："了不得，我二人做错了事了。"杨明说："你二人做错了什么事?"焦亮

---

① 短——少。

说:“大哥可知道济颠僧?”杨明说:“知道。”焦亮说:“我二人不知细情,替华云龙报仇,把和尚杀了。”杨明一听说:“济公那是活佛,你怎么配杀得了?”焦亮说:“你不信,人头在包袱包着带来了。”杨明说:“你打开我瞧瞧。”焦亮立刻打开一看,就愣了,原来是半个老倭瓜。上面有四句话,写的是:

可笑焦亮与何清,误把倭瓜当我僧。二人勉强行此事,难免当下有灾星。

众人一看,哄堂大笑。马静说:“济公乃是活佛,在我家毗卢寺捉过妖,你们如何杀得了!济公说的话,准得应验,说你二人有灾,你二人还得赶紧躲避。”焦亮说:“我二人回家躲几天,然后到灵隐寺找圣僧,给他老人家赔不是。”大众说:“言之有理。”众人在杨明家热闹了两天,过了寿日,众人告辞,各分南北东西。且说马静同焦亮、何清,一同奔小月屯。这天来到小月屯,有日色西斜之时,见小月屯里家家关门闭户,街上问一个人都没有,素常不是这个样子,马静说:“这是怎么了?莫非有什么缘故?”三个人来到马静家门前一叫,门里面何氏娘子出来问:“谁呀?”马静说:“我。”何氏一听,把门开开道:“你可回来了,小月屯住不得了!可了不得了!”说着话,来到里面。马静就问:“怎么了?”何氏说:“由你走后,天天到初鼓以后,由西来一阵风,也不知是妖、是怪、是鬼嚷,嘁嘁掏掏,冲谁家门口一笑,第二天准死人。今天第七天,闹了六天,死了六个人了,西边本家马大爷死了,第二天隔壁李大爷死了,故家家吓得到晚半天,就不敢出来,连铺户都上店门不敢卖了。”何清一听说:“哪有的事,我就不信;在外面行侠做义,老没遇见过鬼,晚上我等他。”焦亮说:“对。晚上也不管他是什么,咱们拿刀斩他。”马静说:“你二人不要胡闹。”何清说:“不要紧。”三个人说着话,吃完了晚饭。天有初鼓后,就听由正西来了一阵风,刮得人毛骨悚然。何清、焦亮二人拿刀往外就跑。只见由正西来了一团白气,其形有一丈多,也瞧不出是什么来。焦亮、何清一声喊嚷:“好大胆妖怪,待我二人结果你的性命!”说罢,摆刀就剁。这股白气,照两个人一扑,两人跑回院中,躺在地下,人事不知,昏迷不醒。这个东西,冲马静对门一笑走了。马静见这两个人躺在院中,叫之不应,唤之不语,如死人一般。天光亮了,听对门街坊哭起来,当家人刘二爷死了。门口烧引魂车,马静正在着急,听外面叫门,马静出来一看,是雷鸣、陈亮。马静说:“二位贤弟,从哪里来?”雷鸣、陈亮说:“我二人由曲州府上杨大哥家去,济公拿华云龙之时,我二人正在曲州府,我二人到杨大哥家去,听说焦亮、何清得罪了济公。杨大哥叫我二人来陪焦亮、何清,到临安给济公赔不是去。”马静说:“二位贤弟来此甚巧,焦亮、何清被妖怪给扑了。二位贤弟辛苦一趟把济公请来,一则搭救这方人,二则求他老人家慈悲慈悲,救焦亮、何清。”雷鸣说:“怎么回事?”马静把二人让到里面,就把闹嘁嘁掏掏之故,从头至尾一说。雷鸣、陈亮听明白,见焦亮、何清果然死人一般,这才告辞。从马静家出来,顺大路够奔临安城。书中交代,和尚自拿了华云龙、众贼出斩之后,就在庙里住着,没事,出去找本处几个徒弟来吃酒盘桓。这天来了一个老道,到庙里找济公。门头僧一瞧,这个老道,身高八尺,头戴青缎九梁道冠,身穿蓝缎子道袍,腰系杏黄丝绦,白袜云鞋,背后背着一口宝剑,绿鲨鱼皮鞘,钢什件黄绒鼻子,手拿蝇拂,面似淡金,长眉朗目,高鼻穗梁,四字口,三绺黑胡须,飘洒胸前,真正是太白李金星降世,仪表非俗。这个老道,原是四明山玄妙观出家,姓孙,叫道全,乃是褚道缘的大师兄。因褚道缘前者回庙病了,加气伤寒。孙道全去瞧他,问:“师弟什么病?”褚道缘说:“是济颠和尚气的。”就把前番事一说,孙道全说:“不管紧,我去找济颠,把他杀了给你报仇。”褚道缘说:“师兄当真敢去,我病就好了。”孙道全说:“这就是。”当时孙道全起身,这天正来到临安,住在钱塘门店里。次日来到灵隐寺,一问门头僧,济颠可在庙内,门头僧说:“你找济颠,不知他出去了没有。他要出去,可不定三天五日,一月半月才回来。要在庙内,少时他必出来,等有人出来问问。”老道等着少时,只见由里面出来一个穷和尚,破僧衣,短袖缺领,僧帽在左边腰里掖着。老道说:“你可是济颠?”和尚说:“不是。我们师兄弟四个,胡颠,乱颠,混颠,济颠。我叫胡颠。”老道说:“你把济颠叫出来。”和尚说:“我喝酒你给钱,我就给你叫去。”老道抓给和尚两把钱。和尚进去,等候工夫大了,好容易又见穷和尚由里面出来。老道说:“你给叫济颠,怎么不出来?”和尚说:“我不知道。你认错了人吧,我叫混颠,你瞧我帽子在哪掖着。”老道一瞧,帽子在头前掖着。老道说:“你不是胡颠。”和尚说:“我不是的,胡颠是我大师兄,他喝了酒就睡。”老道说:“混颠,你把济颠叫来。”和尚说:“我不能白给你跑,你得请我喝酒。”老道又给了两把钱。和尚进去,直等到日色西斜,只见里面出来一个穷和尚。老道也认不准了,说:“你是胡颠是混颠?"和尚说:"我叫乱颠,你找谁?"老道说:"我找济颠,"和尚说:"我给你叫去,你请我喝酒。"老道说:"你不是混颠么?"和尚说:"你不瞧我帽子。"老道一瞧,帽子在后头掖着,又给了两把钱。直等到天黑,也没人出来,老道赌气回了店。今天又来,堵着庙门骂济颠。正骂着,雷鸣、陈亮来了。雷鸣说:"杂毛你怎么骂我师父?"老道一听说:"你是济颠的徒弟。"雷鸣说:"是呀。"老道说:"好。我找不着济颠,就是你吧。"用手一指,用定神法把雷鸣、陈亮定住。老道伸手拉宝剑,要结果二位英雄性命。不知后事如何,且看下回分解。

第一百十九回

报弟仇灵隐访济公　搬运法移钱济孝妇

话说孙道全拉宝剑，正要杀雷鸣、陈亮，就听庙里一声喊嚷："哈哈。好杂毛，休要欺负我徒弟，待我来跟你分个高低上下！"老道一瞧，由庙中出来一个穷和尚：破僧衣，短袖缺领，腰系绒绦，疙里疙瘩，头发有二寸多长，一脸油泥，光着两只脚，穿着两只草鞋，三分不像人，七分倒像鬼。老道说："你是济颠？"和尚说："正是，然也！你别欺辱我徒弟。冤各有头，债各有主。"和尚把雷鸣、陈亮定神法撤了。雷鸣、陈亮说："师父，我二人由小月屯来找你来了。"和尚说："你二人不用说，我都知道，你两个人头里走，我跟老道说句话，我随后就到。"和尚说："老道，咱们两个人，找没人地方说去。"老道说："甚好。"和尚头里走，老道随后跟着，转眼之际，和尚没了。老道遍找，找不着了。自己无奈，只好回店吧。老道又一想，盘费用尽了，想法子弄点钱，好吃饭住店，再访查和尚。老道就在街上，买了二斤切糕回到店中，把枣儿豆子都挖了去，把切糕团成丸子，用飞金贴成衣子，用药一熏，把丸子带在兜囊。老道来到钱塘关，找地方赁了一张桌子，他说舍药，桌子用一天一百钱，讲明白了。老道拿着一个木头盒，就在这里一站，口中念道："贫道乃梅花山梅花岭梅花道人是也。正在洞中打坐，心血来潮，我掐指一算，知道这方有难，贫道脚踏祥云，来至此处，舍药济人。众位要求方，无论多少钱，搁在我这盒里，我会给把药取来。"老道一念，就有许多人围上。内中有好事人拿二百钱，往老道这盒子一搁，老道把盒盖一盖，老道用手指一指，口念："无量佛。"把盒子打开一瞧，钱没有了，一粒药在盒里。老道说："众位看见了，这药是太上老君赐的，能治诸虚百损，五劳七伤，妇人胎前产后，男人五积六聚，无论男女大小，诸般杂症百病，一吃就好了。把药拿回去，用阴阳瓦焙了，用红糖冲服。"大众一瞧，钱搁在盒里就没了，药就来了，真是神仙稀奇之事。凡世上人，都是少所见多所怪。老道这是换数，他是搬运法，能把钱换在腰里去，把药换在盒里来。大众瞧着一新鲜，这个也要讨，那个也要讨。老道说："众位别瞧我这盒子小,能装得三山五岳,大众等不信,拿钱试试。搁一吊也没了,搁八百也没了。”老道正在诓钱舍药、高兴之际,那边和尚来了。和尚远远一瞧,心里说:“好杂毛老道,又在这里诓人家的资财呢。拿切糕丸换钱。”和尚远远瞧明白,见眼前地下铺着一张毛头纸。上写告白:

四方仁人君子得知:小妇人张门吴氏,丈夫贸易在外,我家中婆娘病故,衣衾棺椁抬葬,手无分文,万出无奈,只得叩求四方仁人君子,施恻隐之心,量力帮助。众人扶凑,聚少成多,俾得将婆母可埋葬,以免尸骸暴露。殁存均感大德也。

和尚来到近前一瞧,许多人围着看,并无一人给钱的。和尚说:“你们有钱给她几百,也是好事。”旁边有一个人,扛着五百吊,说:“和尚,你别说便宜话,你给她几百,我就给她几百。”和尚说:“我给她,你敢和我比着给么?”这个人说:“就凭你这么样穷和尚,我不敢跟你比?我给她一吊。”和尚说:“我也给一吊。”和尚由兜囊一掏,口念:“唵。敕令赫。”掏出五把钱,约一吊多,给了那妇人。那人说:“我再给五百。”和尚又一掏兜囊,口念:“唵。敕令赫。”掏出三百来,和尚又一掏,掏出二百来。这串钱是大黄铜钱,拿红丝穿着,和尚也掏出来。旁边有一个人瞧见,“哟”了一声。旁边这个人,书中交代,姓张,叫张大。他因为手麻木,拿着二百文黄铜钱,今天同着他一个拜弟李二,两个人出来闲游。张大要出恭,把这二百钱交给李二拿着。李二见老道舍药真奇怪,他要讨药,又没有钱,就把这二百钱搁在老道盒里,讨了一粒药。张大出完了恭,一问钱,李二说我给老道了,讨了一粒药,回家我再还你。张大说:“花了花了吧。”二人又来到这里瞧热闹。见和尚舍钱,一掏把这串钱掏出来。张大他认识这串钱是他的,就问:“李二,怎么这串钱,跑到和尚腰里去了。”李二说:“真怪。”这两个人又跑到老道这里,瞧见有一个人,拿着五百钱讨药,把钱放在盒里,老道一念无量佛,钱没了。这两个人赶到这边来,来瞧神仙传道。见和尚一伸手:“唵。敕令赫。”掏出五百来,果是老道方才讨药的那五百。这两个人正事也不办了,又跑回老道这边来。又见有一个人讨药,八百钱,老道搁在盒里,老道一掀盒没了。这两个人赶紧跑回和尚这边来,又一瞧,和尚一伸手:“唵。敕令赫。”果然在腰内又掏出八百来。唯有这些众人,也不知道这两个人来回跑什么。直到天晚,老道一想:“钱也诓得不少了,该回去了。”老道说:“众位明天见吧,我山人今天不施舍了。”大众全散了。老道伸手一摸,钱兜内一个铜钱都没有了。老道一愣,说:“怪呀!”张大、李二两个人一笑说:“没了。”老道说:“好呀,必是你两个人拿了去。”张大说:“我们又没到你跟前去,怎么我们拿了去?”老道说:“你怎么知道没了?”张大、李二说:“我们两个人瞧了半天了。你的钱都给一个穷和尚舍了棺材钱。你这里进五百,那边和尚掏出五百来。”老道说:“和尚在哪里?”张大说:“就在那边。”老道一想:“这必是济颠,我找他跟他拼命。”老道刚要走,旁边过来一个人说:“道爷别走,给赁桌子钱。”老道说:“我一个钱都没有了。”那人说:“那可不行。你把蝇刷留下做押账吧,我给你押在对门纸铺里,明天拿一百钱来取蝇刷。”老道无法,把蝇刷留下,气得须眉皆竖,要找和尚以死相拼,急得再找和尚,踪迹已不见。书中交代,和尚用搬运法,把老道的钱,都搬运完了,都施舍给了这妇人。连别人给的,凑了有二十多吊钱。和尚说:“大娘子,你把钱拿回去买口棺木,先把你婆母成殓起来。你丈夫不过半个月,也就回来了。”张吴氏给和尚磕了一个头,竟自去了。和尚这才往前走,抬头一看,一股怒气直冲霄汉。和尚口念:“阿弥陀佛!这件事,焉有不管之理?我和尚一事不了,又接上一事。”说着话,和尚抬头一看,见路西里酒铺新开张,字号“双义楼”。门口满挂花红,高搭席棚。都是红呢红绸子,钉着金字,有众亲友送的“财源茂盛,利达三江”、“如日之升,如月之恒”吉庆话。和尚掀帘子进去一看,坐满了,拥挤不动,一点地方都没有。为什么酒饭座会这样多呢?只因贪贱吃穷人。今天新开张,减价一半,一百二的菜,卖六十;二百四的菜,卖一百二。故此都来吃饭。和尚一瞧没地方,有一个胖子刚来,他一个人坐着,把腿搁在板凳上,一人坐两人的地方。和尚过去也不言语,就坐在胖子腿上。这胖子说:“和尚你不硌得慌?”和尚说:“我觉得很柔软,不硌得慌。”跑堂的赶紧过来说:“二位对着坐。”胖子无奈,把腿拿下去,和尚坐下了。伙计说:“大师父要菜,可得候候,这位胖爷也是刚来,要了一个南煎丸子,还得等着呢。”和尚说:“不忙,我也要一个南煎丸子,你先给我壶酒,我喝着,菜哪里来哪时吃。”伙计说:“就是吧。”要了一壶酒,和尚喝着。少时端了丸子上来,乃是胖子先要的。伙计刚往桌上一搁,和尚就是一把抓了一个丸子,往嘴里就塞。伙计说:“这是胖爷先说的,不是你的。”和尚说:“他要的给他。”由嘴里吐出来,连痰带吐沫搁在盘子里。胖子一瞧,说:“我不要了。”伙计说:“胖爷不用着急,我再给你要。"少时又给端来,伙计说:"这个丸子才应当是和尚要的哪。"和尚说:"这是我的我吃。"又抓了一把。胖子赌气,躲开和尚,在别的桌上另要去。和尚吃完了两盘丸子,叫伙计算账。罗汉爷施展佛法,大显神通,要戏耍掌柜的。焉想到又勾出一场人命是非。不知后事如何,且看下回分解。

第一百二十回

双义楼匪棍讹人　借还魂戏耍老道

话说济公在双义楼吃完了酒饭，叫跑堂的算账。跑堂的一算，说："一共七百二十文。"和尚说："不多。外加八十给八百吧。"伙计说："大师父，谢谢。"和尚说："给我写上账。"伙计说："那可不行。今天新开张，一概不赊，减价一半，俱要现钱。"和尚说："你敢不写账，咱们是一场官司。"伙计一听这话，自己一想："我何必跟他废话，我告诉掌柜的，随他意赊不赊。"想罢，伙计来到柜上说："掌柜的，那位大师父吃了八百钱，要写账，他说不给他写账，要打官司。"掌柜的抬头一看，见和尚穷苦不堪。掌柜的说："伙计，你不用跟和尚争竞，他是个穷人，我由困苦间过来，我知道穷人的难处，你告诉他，给他写上。"伙计过去说："大师父，我们掌柜说，给你写上了。"和尚说："要写写两吊，找给我一吊二百钱，我带着零花。我出来没带零钱。"伙计一听，说："掌柜的，听见没有？"掌柜的叹了一声说："昨天我还没饭吃，今天我开了这座铺子，做了好几万银子的买卖，还总算上天有眼，今天我总算大喜庆的日子了，也罢，和尚是个出家人，我给他一吊二百钱，你告诉大师父说，只当我舍在庙里了。"伙计立刻把一吊二百钱，给和尚拿过来。和尚说："再给我要一壶酒，要一个菜。"伙计说："你不是吃完了再找呀。"伙计又给要了酒菜，和尚又喝了。旁边酒饭座，就有无知的人，见和尚吃完了找钱，不找要打官司，掌柜的找给他，必是怕打官司，这两个人吃完了，叫伙计一算，吃了两吊，要找三吊，一共写五吊，掌柜的也给找了。俗话说得不错，善门难开，善门难闭。旁边又有三个人，吃了三吊五。给四吊，要写十吊，找六吊。掌柜的一听可恼了，当时说："众位，我开这个铺子，我说昨天没饭吃，今天做了几万银子的买卖，我可不是明火路劫，偷来抢来的银子，也不是挖着银矿。方才和尚找钱，我知道穷人的难处，再说他是出家人，我只当施舍了。众位倒跟和尚学，吃两吊找三吊。我想都是老街旧邻，很不好意思，到咱们这个小铺子来，说吃四吊，要找六吊。恐怕别处也不能这么找法吗！我可不是怕打官司，我是穷人出身,在这方也不是一年半年,众位别欺负我,我可不叫人欺负。哪位要找,可趁早说话。”这众人一听,全都愣了。正在这番光景,一掀帘子,进来一个人,说:“掌柜的,该我二百银子,还不给我吗?”掌柜的一瞧,这个人歪着帽子,闪披着大氅,五十多岁,黄脸膛,两道短眉毛,一双小圆眼,鹰鼻子,裂腮额,微有几根黄胡子,上头七根,下八根,这人姓姚,名变,字荒山,素常就在外面讹人,无事生非,今天听说双义楼掌柜的怕打官司,吃饭倒找钱,这姚荒山想要来讹掌柜的。一进门就说:“掌柜的,该我二百银子,还不该给我么。”掌柜的一听,气往上撞。过来照定姚荒山,就是一个嘴巴。焉想到这一嘴巴使姚荒山翻身栽倒,绝命身亡。众酒饭座一阵大乱。书中交代,这位掌柜的,本姓李,名叫李兴,当年在酒饭馆跑堂。人也勤俭,又正在年轻力壮,很安本分,做了几年买卖,手中存有几百吊钱。就有人见他有钱说:“李兴,你为何不说个亲事,也可以生儿养女。”李兴说:“我倒打算安家,没人给说。”立刻就有人给提亲,是寡妇老太太有个姑娘,一说就说妥了,择日迎娶过门。娶过来,岳母无人照管,也就跟着他,又过了两年,生养了两个孩子,未免他一个人一份手艺,家内四口人吃饭,所进不敷所出。偏巧有一位饭座姓赵,是财主,见李兴很和气,被家所累,赵老头就问:“李兴,你一个人手艺,家里够过得么?”李兴说:“不够,有什么法子?”赵老头说:“我成全成全你。你找一地方,我给你五百银子,你自己开一个小饭馆。好不好?”李兴深为愿意,一想做买卖,比做手艺强得多了。自己就在钱塘门外,开了一座小酒铺,五百银子成本。偏巧时运不济,买卖做赔本了。赵老头一看,买卖是不行了。这天说:“李兴,你倒不必为难。买卖做赔了,我也不要了,我送给你自己支持去吧。再弄好了,我也不要了,你关门我也不管。”李兴也无法,自己把伙友都散了,就剩了一个小伙计,李兴自己掌灶,后院带住家,一天一天对付着。这天忽然来了几个人,骑着马来到门首下马,就问:“掌柜的,有清净地方没有?”李兴说:“有。”这几个人下马,少时来了几顶轿子,众人下轿进来,都是衣帽鲜明,很阔,当时要酒要菜,带着天平,秤的都是十两一个的马蹄金,这个分三百两,那个分二百两,分完了,也没吃多少东西,说:“借掌柜的光,掌柜的忙了半天,给你五两银子吧。”李兴说:“谢谢众位大爷。”众人走了,李兴一想,正没有钱,有这五两银子,可以多买点货,支持几天。自己一擦抹桌案,一瞧桌上有个银幅子。李兴一瞧,里面有十两一锭、二十锭马蹄金，是方才人家忘下的。李兴拿到里面去，他妻子王氏问：“什么？”李兴说：“饭座落下的二十锭黄金。”王氏一看说：“这可是财神爷叫咱们发财！你快买香祭祭财神爷。”李兴说：“做什么呀？这算咱们的了？我要留下，准得把我折磨死，谁找来，趁早给谁。”王氏一听说：“你穷得这个样，偷还偷不到手，捡着还给人家，那可不行！”李兴说：“由不了你，收起来，谁找来给谁。”夫妻为这件事，拌起嘴来。头一天也没人来找，次日天有正午，由外面进来一个骑马的，是长随的打扮，下马进来问：“掌柜的，昨天我们管家大人在这吃饭，有个银幅子，落在这里没有？我们大人叫我来问问。”李兴说：“谁丢的什么东西，你说我听。”这位二爷说：“昨天在这里吃饭，那是秦相府四位管家大人。因为给相爷置坟地，剩了一千二百两黄金。大都管秦安，二都管秦顺，三都管秦志，四都管秦明，每人分二百两，给里头丫头婆子分二百两，大众三爷们分二百两。昨天回去，短了一份，是个蓝绸银幅子，十两一锭，里面有二十锭黄金。管家大人叫我问问，落在这里没有。”李兴忙到里面，拿出来说：“你瞧对不对？”这二爷一看说：“罢了，你真不爱财。我告诉你，我们管家大人，不准知道丢在你铺子，丢也丢得起，你我每人十锭分了，好不好？你也发了财，我也发了财。”李兴说：“那可不行，我要打算分，我就说没有，我一个人就留下了。”这二爷说：“我是闹着玩。”李兴说：“我跟你给管家大人送了去吧。”当时一同来到秦安家。一见四位大管家，李兴一瞧，是昨天吃饭那几位，把银幅子拿出来，原物交回。秦安说：“你真不瞒昧，给你一锭金子喝酒吧。”李兴说：“贵管家大人，要没这件事，我倒要。可有这件事，我不能要。”秦安说：“就是吧，你不要，请回吧。”李兴自己两手空空，回来到家中一瞧，王氏正哭着。李兴说：“你哭什么？”王氏说：“我跟你这活王八受罪！得了金子，你没命要给人送回去。”李兴说：“我实告诉你，野草难肥胎瘦马，横财不富命穷人。我要这金子，倒许我没了命。”两口子为这件事打了好几天架。过了有一个多月，就见西边绸缎铺关了，满拆满盖，平地起五五二十五间，一所三层楼，说是开饭馆子。磨砖对缝，油漆彩画，无一不鲜明，都是大木厂的官木。李兴一想：“更糟了，这大饭馆子一开张，我这小饭馆，更不用卖了。”见饭馆子修齐了，高搭席棚，次日就开张。这天晚上，忽然来了小轿一乘。有一位二爷，拿着包裹，来到李兴的铺子说：“哪位姓李？”李兴说：“我姓李。”这位二爷说：“你换上衣裳上轿吧，我们四位管家大人，叫我来接你。”李兴说：“我不去。”这位二爷说：“不去也得去。”李兴说：“我去，走吧。”这二爷说：“你坐轿吧。”李兴说：“我没坐过轿子。”叫他换衣裳，他也不换，跟着来到双义楼。来到厅房一瞧，秦安、秦顺、秦志、秦明都在这里。李兴说：“四位管家找我什么事？”秦安说：“我们现在有一位引见官，托我们求相爷的事，给了五万两银子，我们四个人这五万两没分，想你是个朋友，给你开这座双义楼。基地是八千两，修盖使了一万二千两，连这所房子置家伙，连铺子家伙瓷器都是江西定烧的，共用一万两。下余二万银，在钱铺存着。我们四个人送给你的，房子、买卖都算你的。我四人喜爱你心好，咱们今天磕头换帖，如久后我们要穷了，你还不管么？”李兴不答应也不行，立时预备三牲祭礼磕了头，一序年齿，就是李兴小，把王氏也接来了。今天新开，所有送礼的，都是四位管家知会①的，连本地绅商、大小官员，都来送礼贺喜。都冲着四位管家大人，有求相爷的事，先见管家。楼上满是亲友应酬贺喜来的人，楼下卖座，故此和尚要找钱，李兴说：“昨天我还没饭吃，今天我开了这座铺子，做了好几万银子的买卖。”焉想到冤家路窄，姚荒山来讹诈，被李兴一个嘴巴，他就死了。大众一乱，李兴想：“这是我命小福薄，没有这个造化。”自己一想：“打官司吧。”这时楼上四位管家，早得了信，把李兴叫上楼一问，李兴说：“皆因他来讹我，要二百银子，我打了他一个嘴巴，他就死了。”秦安说：“不要紧。贤弟，你只管放心，决叫你抵不了偿。”当时叫人把雷头请过来。李兴一看，这位雷头好像五十多岁，四方脸，仪表非俗。这位雷头，是钱塘县八班班总，今天也来给贺喜，秦安给李兴一引见，二人彼此行礼。秦安说：“雷二哥，这件事你给想法子吧；无论多大人情，都有我们哥四个。”雷头说：“是了。”当时下楼，一找本地面官人，本地面官人过来，雷头说：“是刘三兄弟么？”刘三说：“雷头少见哪。”雪头把刘三叫到无人之处。说：“刘三，这件事给他了了吧。你过去就说，你别讹了。前者你讹钱铺，我给了的，你别装着玩了。你把死尸给架在大道边，一报无名男子，吏不举，官不究，叫掌柜的给你弄三百吊二百吊的，你冲着我给办吧。”刘三一听说：“雷头，你说这话可不对。三百吊钱我移尸，这件事我担不了。要说交朋友都好说，要讲三二百吊钱，我可卖不着。”雷头说：“得了，只当你

① 知会——通知。

交朋友了，久后你有用我的时候，我决不能含糊。你冲着我给办吧。”刘三这才来到死尸跟前说：“你别要装死人了，前者你讹钱铺，我给了你的，今天人家新开张，你别搅了，跟我走。”说着话，就往外架。众酒饭座都知道是死了，正要架，就听见外面有人哭：“舅舅呀，舅舅呵，你死得好苦，我外甥必给你报仇。”众人睁眼一看，来的那人，怎生打扮。有赞为证：

头戴四楞巾，却像从钱眼中攒出。身穿青布氅，又好似煤窑内滚来。两道粗眉，明露奸诈。一双刁眼，暗隐祸胎。耳小唇薄非人类，鼻歪项短是奸雄。逢钱急写借帖，天下无不可用之钱。遇饭便充陪客，世上哪有难吃之饭。挑词架讼为生理，坑蒙拐骗是经营。

此人姓史，名丹，字不得，外号人称铁公鸡，素日专讹人为生。今日来到双义楼，听说打死人了，他一看认识，是他同伴之人姚荒山。他想要讹人，故说是他舅舅，刘三也不敢架了。雷头过来一拉史丹说：“你跟我来，我有话和你说。”二人进了雅座。外边有人看着死尸，只见从外面进来一个道人，正是黄面真人孙道全，要找济公斗法。不知后事如何，且看下回分解。

第一百二十一回

善心人终得善报　奸险辈欺人被欺

话说史丹正哭之际，从里面出来一个老班头，姓雷名玉，乃是钱塘县八班的总头，今天也来送礼。一见史不得直哭，雷头知道这个史不得，素常净指着插圈告状，讹人吃饭。赶紧把史不得叫到屋中，雷头说："史爷别哭了，死的是你什么人？"史不得说："死的是我舅舅，雷头你不用管，我得给我舅舅报仇。"雷头说："史爷你不用着急，凡事皆是该因，这铺子掌柜的也并没打他，他自己大概必是病虚了的人，一口气闭了。怎样叫掌柜的给他买一口好棺材，给你弄个三百两二百两的，你逢年按节，给你舅舅上上坟，烧点纸钱，也就得了。"焉想到史不得这小子，更是打官司的油子。他一想："我当时先别答应，要一答应，把姚荒山一成殓，一埋葬，不给我银子，我也没法子，我也不能再告他，连我私和人命，我也担不了。莫如我咬定牙关，跟他打官司，过一堂下来，他给我银子到手，我再顺他的哄，那时钱也到了手，我还算好朋友。"想罢说："雷头，你管不了。无论多少钱，我也不能卖我舅舅的尸骨，我非得叫他给我舅舅抵偿不可！"雷头怎么劝也不行。焉想到这时节，外面来了一个老道，正是黄面真人孙道全。老道只因被和尚把他卖切糕丸的钱，都给搬运尽了，老道要找和尚。来到这里一看，大众正在谈论，掌柜的一个嘴巴，会把人打死了。孙道全听明白，说："掌柜的是哪位？"李兴说："是我。做什么？"老道说："我能够叫这死尸活了，站起来走在别处再死，省得你打官司。你管我一顿饭，我就能给你办这件事。"李兴一听，说："好，道爷，你真能叫死尸站起来，挪开，慢说一顿饭，我还要重谢呢。"老道说："是吧。"立刻拉出宝剑，口中念念有词。立刻把魂拘来滴溜滴溜直转，老道眼瞧刚要入窍，滴溜又跑了。老道一想怪呀，莫非有毛女，或四眼人给冲了，要不然不能呀。老道又念咒，又把魂拘来，眼瞧刚要入窍，滴溜又跑了。如是者三次，老道可就留了神了。老道回头一看，见身后面有一个穷和尚，用法术给破了。老道一瞧，正是济颠。老道照和尚脸上"呸"啐了一口。和尚说："好的，你可啐了我。”说着话，和尚一仰身躺下。蹬蹬腿，咧咧嘴，“呕”的一声死了。大众一乱说：“了不得，老道又啐死一个人了。”本地面官人过来，抖铁链就把老道锁上，老道直念：“无量佛。无量佛。怪哉怪哉。”官人说：“嚷怪哉也不行，你跟着打官司去吧。”拉着老道就走。这个时节，姚荒山的死尸会活动了。大众说：“先死的这个要活！”史不得在里面听见，大吃一惊，心说：“姚荒山本不是我舅舅。他要一活，他一说我不是他外甥，我准得挨打嘴的。”同雷头紧急跑到死尸前来，雷头一瞧说：“史不得，你快叫你舅舅。腿活动了。”史不得心说：“你可别活，你要一活，不但我生不了财，这顿打还不得轻了。”史不得过去照定姚荒山的心口，用力按了一把。雷头一瞧说：“史不得，你这是怎么了！他刚要缓醒过来，你过去给他心口一把。他要死了，可是你谋害的。你快把他扶起来！”史不得无奈，只得把姚荒山扶起来，口中叫舅舅，叫了几声，姚荒山答应出来，说：“好东西，你是我外甥，你坏舅舅的事，前者我讹当铺，你也去搅我，这你又来了。”大众一听姚荒山说话，嗓音变了，像穷和尚的声音。这时雷头说：“史不得，你们到处讹人，你还不把你舅舅背了走！不背走，把他锁起来！”史不得心说：“亏得姚荒山没说他不是我舅舅，这还算好。”无奈把姚荒山背起来，雷头叫两个官人跟着他，看他背哪里去，叫他非得背往他家去才没事。史不得背着走，他本来没家，他媳妇在河沿开娼窑，他背着姚荒山，来到他媳妇院中，就往屋里走。他媳妇说：“屋里有客，哪里背来的死尸！”史不得说：“别嚷，别嚷。不是外人，是舅舅。”说着话来到屋中，把姚荒山往炕上一放。史不得再叫舅舅，叫之不应，唤之不语，又死了。他媳妇一瞧说：“好王八，你真气死我！一天给你五百钱吃着，你背个死尸来搅我，我告你去。”史不得赶紧把隔壁狗阴阳二大爷请来，史不得说：“二大爷，你救我吧，你给出个主意吧。”这位狗阴阳一瞧说：“怎么回事？”史不得就把讹人之故一说，狗阴阳说：“你这孩子尽讹人，说你不听。这个你得买棺材，穿孝办事，就说是你舅舅吧，要不然，这人命官司你打不了。”史不得说：“我买棺材哪里有钱？”狗阴阳说：“我给你出个主意，你把你媳妇卖了就够了。”史不得无法，只得把媳妇卖了葬埋假舅舅，这也是报应循环，这话不表。且说双义楼史不得把姚荒山背走之后，大众说：“李掌柜运气好，不该遭事。这个和尚真怪，怎么老道一啐会死了。”那个说：“我瞧瞧啐了哪里。”这人过来一瞧和尚，和尚龇牙冲他一乐。这人吓得一哆嗦说：“吓死我了!”旁边就有人说:“怎么了?”这人说:“和尚跟我一乐。”大众说:“你别瞎说。和尚死了,还能乐。”这人说:“是真的。”正说着话,和尚一翻身爬起来就跑。官人正锁着老道上衙门去,和尚赶到说:“众位别锁老道了,我和尚没死。”官人一瞧说:“既是和尚活了,立刻给老道撤去铁链。”老道一瞧说:“好和尚,我山人焉能跟你善罢甘休。”和尚说:“你因为什么要跟我和尚为仇作对?”黄面真人说:“我因为我师弟褚道缘被你给气病了,我要替他报仇。”和尚说:“褚道缘他是自找,我和尚跟他远日无冤,近日无仇,他无故帮着两个不认识的贼人要逞能,跟我和尚作对,我和尚焉能容他。大概你也不知道我和尚的来历,我和尚叫你瞧瞧。”用手一摸天灵盖,现出佛光灵光金光,老道吓得跪倒磕头说:“原来是得道的圣僧,弟子愚昧无知,求圣僧格外慈悲。弟子要认你老人家为师。”和尚说:“你要认我为师,你知道规矩,我要喝酒吃肉,你得给买去。”老道说:“那行。”和尚说:“既如是,跟我走。”一同来到山门。门头僧一看,这个老道找了他好几天,也不知怎么又跟他好了。和尚说:“孙道全你见见,这是你师叔。”孙道全立刻给门头僧行礼,叫师叔。济公说:“师弟你答应。”门头僧答应。济公说:“你们每人给一吊钱见面礼吧。”门头僧说:“没钱。”和尚说:“没钱混充大辈。徒弟跟我进庙吧。”刚一进庙,遇见监寺的广亮。和尚说:“徒弟你见见,这是你师大爷。”广亮说:“我可没钱,你趁早别叫。”和尚带领老道,来到大殿。鸣钟击鼓,把庙中众僧聚齐,和尚说:“众位师兄师弟,我可收了徒弟,起名叫悟真。”众僧说:“大喜。”和尚说:“你们大众不送礼吗?”众人说:“你办善会,我们就送礼。”和尚说:“徒儿我教你,你要没钱,在庙里,谁屋里没有人,有东西就拿,就是你师叔大爷瞧见,也有我不好意思的。众位,我是这么教训徒弟不是?”大众说:“好。”心里说:“他一个人偷就够了,这又带一个贼来。”和尚说完了,叫徒弟打酒买肉去。老道要自己尽心,好跟师父学法术。头一天先打里头脱,当趁褂子,打酒买肉。第二天当趁袍。花完了,又当道袍顶趁褂子。末了,把趁褂也当了,老道光着膀子,和尚说:“没钱你去吧,我收徒弟都得有钱,不要你了。”老道说:“我不走,我等着呢。”和尚说:“你等什么?”老道说:“等西北风下来冻死。”和尚说:“我教你念咒,念唵嘛呢叭迷唵。唵,敕令赫。你跪着学。”老道说:“这会念的。”当时老道跪下,口念:“吽,嘛呢叭迷吽。唵,敕令赫。”刚念完,由地下飞起一块小砖头,打在老道脑袋上。

老道说:“师父,这是怎么了?”和尚说:“这是咒催的。我教给你,你瞧见砖堆就磕头,你说,砖头在上,老道有礼。我不念咒,你也别起。”老道说:“那我不成了疯子,我不练了。”和尚说:“你要打算发财,你瞧由庙外进来的人,大喊一声,那就是你的落儿来了。”老道就在那大雄宝殿里往外瞧。工夫不大,果然就听外面大喊一声,进来两个人,不知来者是谁,且看下回分解。

第一百二十二回

周员外派人请圣僧　胡秀章诉说家乡事

话说孙道全正在大殿往外看，只见外面进来两个人，都是家人的打扮，头上青扎巾，身穿青铜氅，口中喊嚷："济公长老在哪里？"和尚由里面出来说："哪位？"这两个人一见，连忙赶过来行礼，说："圣僧，你老人家一向可好。"和尚说："二位贵姓呀？"这两个人说："圣僧，你老人家贵人多忘事。我家员外在太平街住家，姓周名景，字望廉，人称周半城，你老人家不是在我们那里扛韦驮捉过妖怪么？我二人叫周福、周禄。"和尚说："这就是了。你二人来此找我和尚什么事情？"周福说："我家员外有一个朋友，姓胡叫胡秀章。他是绍兴府[①]白水湖的人。在京都[②]赁我们员外的房子，开绸缎店，把买卖做赔了，要关门，我们员外跟他相好，借给他三千两银子，叫他重新另找伙友。这两年又把买卖做好了，把先前赔的银子都找回来，反个赚了钱。现在胡秀章来了家信：他们住的白水湖地面闹妖精，每天妖精要吃一个童男、一个童女。胡秀章家里有孩子，被妖精吃了。今天来找我们员外，提说要回家，托我们员外照应绸缎店，急得直哭。我们员外想起你老人家，知圣僧的道理佛法无边，叫我们请你老人家到我们员外家去，要求圣僧大发慈悲，到白水湖去降妖捉怪，普救众生。"和尚一听说："降妖捉怪，倒可以行得来，就是我不能去。"周福、周禄说："圣僧为何不能去？"和尚说："我现在收了一个徒弟，太淘气。我要一出去，他不是撕窗户，就是往人家身上抹香灰，再不然，就在人家锅里去撒尿。"周福说："这个徒弟多大年岁？"和尚说："九岁。"周福说："本来太小，在哪里，我瞧瞧。"和尚说："在大雄宝殿里哪。"周福、周禄二人来到大殿一瞧，有一个老道光着背，三绺胡子漆黑。周福说："道爷，你是济公徒弟么？"老道说："不错。"问："你几岁？"老道说："我五十九岁。你们二位不必听我

---

① 绍兴府——南宋府名，辖境相当今浙江诸暨以北及余姚以北地区。

② 京都——即南宋都城建康(即今江苏省南京市)。

师父的话，他老人家净说瞎话，我也不撕窗户，不撒尿，叫我师父去吧。”周福二人出来说；“师父老人家尽说谎言，快走罢。”和尚说：“不行，我不放心。你们叫我徒弟跟我去，我才去呢。”周福说：“恐怕道爷不肯去。”和尚说：“他不去，你们两个人跟着他走。”周福点头答应。两位管家进了大殿，说：“道爷一同走罢。”老道说：“我光着背我可不去。”周福二人就拉。和尚一指，口念：“唵。敕令赫。”老道身不由己，周福、周禄拉着出了庙门。和尚后头跟着往前走，街市上的人瞧着都新奇，两个人拉着一个老道，赤着背，后面跟着一个穷和尚。周福、周禄拉着老道，一直来到太平街周宅，到了书房，周员外正同胡秀章在书房等候。一见周福、周禄拉进一个老道来，赤着背，周员外就问：“周福，这是谁？”周福说：“这是济公长老的徒弟。”正说着话，济公进来。周员外连忙举手抱拳说：“圣僧久违。”和尚说：“彼此彼此。”周半城叫过胡秀章来说：“我给你引见引见，这就是济公活佛，这是我的挚友胡秀章。”和尚瞧了一瞧，见这位胡秀章，是文生打扮。穿蓝翠褂，三十开外的年岁，倒是儒儒雅雅。胡秀章过来给和尚行礼，说：“久仰圣僧大名，今幸得会，真乃三生有幸。我听我周大哥说，你老人家佛法无边。现在白水湖闹妖精，每天妖精要吃一个童男、一个童女。我原本家眷在白水湖住，家中有一儿一女，现在家中来信，叫我急速回去。求圣僧大发慈悲，到绍兴去一趟，降妖捉怪，给百姓除害。”和尚说：“降妖捉怪倒可以行。但我和尚要去，一则没有盘费，二来我这个徒弟太淘气，我留下他甚不放心。”胡秀章说：“圣僧只管放心，盘费我有。令徒叫他可以跟了去。”和尚说：“那行了，悟真跟我走。”老道说：“我跟了去倒行。我光着膀子，可不能去。”胡秀章说：“那倒是小事。我赶紧派人给你买衣裳去。”老道说：“倒不用买，我有衣裳都当在钱塘关，给我师父打酒喝了，拿钱赎来就得了。”胡秀章说：“你有当票？”老道把当票拿出来。老道说：“员外再破费一百钱，我有一个蝇刷在钱塘关纸铺押着，拿一百钱就取来了。”周员外立刻派家丁去赎当，少时连衣服蝇刷一并拿来。老道打扮好，仍然又是仙风道骨的样子。人是衣，马是鞍，这话不错。和尚说：“咱们上白水湖去，可得走小月屯，我还有个约会，有我徒弟请我捉妖，然后再上白水湖。”胡秀章说：“就是吧。”和尚立刻带领孙道全，同胡秀章三个人告辞，周员外送到外面作别。和尚带领两个人，顺大路往前行走，这天来到小月屯马静门首。和尚一叫门，里面马静正同雷鸣、陈亮谈话，提说济公随后就到。正说着听外面打门，马静出来开门，一看是济公，马静赶紧行礼，说："师父可来了，现在焦亮、何清这二十多天，昏迷不醒，茶水未进，如同死人一般，就是胸前有点热，你老人家快救命吧。"和尚说："有话里头去说。"大众一同来到里面。和尚说："雷鸣、陈亮过来见见，这是我收的徒弟叫悟真，你们给师兄行礼。"又给胡秀章都引见了。和尚说："马静，闹什么妖精？"马静说："可了不得了！请你老人家去的时节，小月屯死了有六七个人。现在一天死一个，由西头一家挨一家，死了有二十多个人了。昨天西隔壁张家死了人，今天就该我这个门里了。天天初鼓以后，由西来一阵风，这宗东西有一丈高，是白的，也瞧不出是什么来。此怪一来就嚷：嘁嘁掏掏。冲谁门口一笑，必定死人。"和尚说："原来如是。不要紧，今天我和尚倒要瞧瞧这个嘁嘁掏掏是怎么样。"马静说："师父，慈悲慈悲，先把焦亮、何清救活了。"和尚说："容易。"一伸手掏出两块药来，给马静拿阴阳水化开，把他两个人的牙关撬开灌下去。少时，就听焦亮、何清两个人肚腹"咕噜噜"一响，心里一明白，翻身爬起来，复旧如初，就仿佛做了一场大梦一样。马静说："二位贤弟被妖精喷了，躺在地下，人事不知，二十余日。今天多亏济公活佛，前来给你二人仙丹妙药吃了才好。你二人还不知给圣僧磕头。"焦亮、何清这才明白，赶紧给济公行礼，说："我二人前者得罪圣僧，圣僧并不记恨，反来救我二人，活命之恩，我二人实深感激，给你老人家磕头。"和尚说："不用磕头，起来吧，这乃小事。"这两个人站起来。和尚说："别的都不要紧，喝酒倒是大事。天也不早了，该喝酒了。有什么事吃饱再办。"马静立刻答应。赶紧抹擦桌案，把酒菜摆上。和尚坐上座，大众两旁陪着。和尚又吃又喝，直吃到初更以后，就听由正西风响。马静说："师父，妖精来了！"这句话尚未说完，就听外面这阵风刮得毛骨悚然，就听喊嚷"嘁嘁掏掏"。和尚这才站起身来，往外够奔，一溜歪斜，脚步踉跄，和尚说："我倒要瞧瞧究竟是什么东西。"说着话，够奔门首。刚一出大门，只见由正西来了一股白气，身高有一丈，直奔马静门首而来。今天和尚要不来就该当马静这个门口死人了。凡事也是遭劫的在数，在数的难逃。和尚一看说："好东西。你敢兴妖作怪。"和尚把僧帽拿下来，照这宗东西一砍，竟把这宗东西捺在地下。和尚说："拿住了。"马静、焦亮、何清，连孙道全大众都出来观看。不知拿住是什么妖精，且看下回分解。

第一百二十三回

请济公捉妖白水湖　小月屯罗汉施妙法

话说众人出来一看，这宗东西，其形像人，一概尽是人骨头，大约由一百八十块凑成，左手拿着勾魂取命牌，右手拿着人的骷髅骨。书中交代：这宗东西，名叫百骨人魔，原本是由一个妖道练成的，能使他招魂。凡事无根不生，皆因慈云观有一个老道，叫赤发灵官邵华风，他要拘五百阴魂，练一座阴魂阵。他打发五个老道出来，招五百魂。这五个老道，一个叫前殿真人长乐天，一个叫后殿真人李乐山，还有左殿真人郑华川，右殿真人李华山，还有一个七星道人刘元素，每人出来招一百阴魂。刘元素就在这小月屯正西，有一座三皇庙，他占了这座庙。在乱葬冈子，找了一百块死人骨头，练在一处，用符咒一催，就把这百骨人魔练成了。每天初鼓以后，老道在庙中院内，设摆香案，预备一个葫芦，给百骨人魔一面招魂取命牌，叫他出来，到小月屯招一个魂回去，老道把魂拘来，收在葫芦之内，打算是一百天，就把魂招够了，小月屯就得死一百个人。没想到今天被济公把魔拿住。和尚随后就够奔三皇庙，打算要捉拿老道。焉想到老道真有点能为，今天正在院中作法，见灯光一绿，就知有人破了他的法术。又见正东上金光缭绕，瑞气千条，老道揣起葫芦，架趁脚风竟自逃回慈云观去了。从此跟济颠和尚结下了仇。和尚来到三皇庙，老道早已逃走。和尚这才复返回到小月屯，叫马静等把这个百骨人魔，架火烧了。和尚说："这又得了，从此小月屯安然无事。"马静谢过济公，次日和尚告辞。雷鸣、陈亮说："师父，你老人家到白水湖去捉妖，我二人随后找师父去。"和尚说："去吧。"当时带领孙道全、胡秀章告辞。出了小月屯，顺大路往前够奔。道路上有话即长，无话即短。这天走到萧山县地面，正往前走，见大道旁边树林子，有两个人，在那里歇息：一位是文生公子打扮，头戴翠蓝色文生巾，双飘秀带，身穿翠蓝色文生氅，腰系丝绦，白绫高腰袜子，厚底竹履鞋，三十来往的年岁，白脸膛，俊品人物；跟着一个老者，是家人的打扮，青截帽，青铜氅，有五十多岁，花白胡须。和尚一看，不是外人，立刻叫孙道全、胡秀章头前走，先往白水湖约会，不见不散。孙道全说："师父上哪里去?"和尚说："我办点事，随后就到。"这两个人头前走了。和尚踢踏踢踏，来到树林，冲这位文生公子打了一个问讯，道："施主请了。"书中交代，这位文生公子不是别人，乃是罗汉爷的亲表兄，奉父命寻找表弟李修缘。此人姓王名全，乃是台州府天台县永宁村人，是济公的娘舅王安士之子。原本济公自年幼的时节，父亲就把亲事定下了，定的是刘家庄刘百万的女儿刘素素。这位姑娘自落胎，就是胎里素，一点荤东西都不吃。自济公离家之后，偏巧姑娘父母双亡，就剩下姑娘孤身一人，跟着舅舅董员外家住着。董员外的女儿，又是王安士的儿妇①，乃是亲上做亲。姑娘刘素素也长大了，董员外催王安士找他外甥李修缘，找回来好把姑娘婚嫁。王安士也不知外甥李修缘是上哪里去了，人嘴两张皮，有说李修缘自己走的，有说是王安士把外甥逼走的。王安士这天把自己孩儿叫过来，叫王全同家人李福，出去找你表弟李修缘，多带黄金，少带白银，暗藏珠宝，一天找着，一天回来，两天找着，两天回来，一年找着，一年回来，十年找着，十年回来，找不着不许回来。王员外所为，省得人家说把外甥逼走了。王全谨遵父命，带着老管家李福，出离了家乡，往各处寻找。所过州府县城，必要贴告白，雇人打听访问着。有说李修缘出了家了，也不知道实在下落。今天王全同李福走在这萧山县地面，也觉着累了，王全说："哎呀，老管家，你我主仆这一出来，在外面披霜带月，找不着我表弟，我与你何时才能回去？我也实在累了。"李福说："公子爷不必着急，凡事自有定数。你我歇息歇息再走。"说着话来到大柳林子，就地而坐。李福把褫套②放在地下，两个人正在歇息，和尚来到近前说："施主请了，贵姓呀?"王全说："我姓王。"和尚可认识他表兄王全，王全可不认识表弟了。不但王全不敢认，连老管家李福，初时把罗汉爷抱大的，他原来是济公当初的老仆，他都认不出来了。原来济公当初在家的时节，白面书生的模样，是文生公子的打扮。现在到外面风吹雨打，一脸的油泥，短头发有二寸多长，又是出家人，把本来面目全遮盖住了，故此王全、李福都不认识。和尚又问："施主

---

① 儿妇——即"儿媳妇"。

② 褫(chǐ)套——"褫套"此处可理解为"装银钱的东西"，这种东西可以背、挎在身上。

贵处?”和尚是明知故问。王全说:“我是台州府天台县永宁村人氏。”和尚说:“我也是台州府天台县人,咱们还是乡亲。施主有钱施舍,给我和尚几个钱喝壶酒。”王全一想,一个出家人,这又何妨?伸手抓了两把钱,递给和尚。和尚把钱接过来,道:“施主给两把钱与我,我倒难为了。喝酒使不了,吃一顿饭又不够。施主要给,给我一顿饭钱。”王全说:“就是吧。”又给和尚掏了两把钱。和尚接过钱来说:“施主给这钱,倒叫我为难。”王全说:“怎么给你钱倒叫你为了难?”和尚说:“不是别的,喝酒吃饭使不了,赎件衣裳又不够,施主行好行到了底,再给我点钱,我凑着弄一件衣裳。”王全一想:“一两吊钱不算什么,只当施舍在庙里头。”当时又给和尚掏出两大把钱,给了和尚。和尚说:“施主给我这些钱,更叫我为难了。吃饭赎衣裳倒够了,回家盘费又没有。”王全尚未答话,家人李福大不愿意了,说:“和尚你别不知自爱,给你钱倒叫你为难了,你还有够没有?你真是瞧见好说话的人了。”和尚微然一笑说:“我和尚不要白钱,我和尚专会相面,我送你一相。我看施主印堂发暗,此地不可久待,听我和尚良言相劝,赶紧起身,这叫趋吉避凶之法。听与不听,任凭施主,我和尚要走了。”说完了话,和尚踢踏踢踏脚步踉跄,一溜歪斜,竟自去了。和尚走后,老管家李福就说:“你老人家不用信服,这个大道边,什么事都有,你说是念书的,他就跟你讲论子曰,学而时习之,不亦说乎。你说是练武的,他就能跟你讲弓刀石马步箭。你说是山南的,他也是山南的。你说是海北的,他就是海北。反正他说是乡亲,无非是诓钱套事。公子爷你老人家没出过外,外头什么事都许遇见。”王全说:“他一个出家人,给他一两吊钱,不算什么。你我不拘干什么,省点就有了。”主仆二人,说了半天话,李福觉着肚腹疼。说:“公子爷你老人家看着东西,我要走动走动。”王全说:“你去吧。”李福一瞧,南边有一片苇子,他就进了苇塘去出恭。王全等了半天,见李福出完了恭,由苇塘出来,拿着一个蓝包袱。王全说:“哪里的包裹?”李福说:“公子爷你看,我方才出恭捡来。”王全说:“你趁早照旧给人家搁回去。要是有钱人,本人丢的,丢得起,尚不要紧,要是替人办事,或者是还人家的,咱们拿了走,人家就有性命之忧。”李福说:“我打开瞧瞧是什么,再搁回去。”说着话,把包袱打开一看,原来是血淋淋一颗少妇的人头。李福大吃一惊,王全说:“你快送回去!”这句话尚未说完,由正北来了十几位公差。一瞧说:“这可活该,你们杀了人,还在这里看人头呢，找没找着碰上了。”赶过来“哗啦”一抖铁链，就把王全、李福锁上。李福说：“这人头是我捡的。”官人说：“那可不行，到衙门去说吧。”当时拉着王全、李福，够奔萧山县。不知二人被屈含冤，这场官司该当如何，且看下回分解。

第一百二十四回

奉父谕主仆离故土　表兄弟对面不相识

话说李福捡了一个妇人的人头，正被官人看见，将王全、李福锁上。书中交代，原本萧山县出了一件无头案。西门外梁官屯，有一个卖肉的名叫刘喜，家中夫妇两口度日，刘喜在东关乡卖肉。这天七月十五，天已日色西斜，刘喜到东关外乡村去要账，走在萧山县衙门门口，碰见衙门的官人刘三。这个人最爱玩笑，外号叫笑话刘三。刘三就问刘喜上哪里去，刘喜说："我上东关外乡村要账去。"刘三说："天不早了，你今天还回来的么？"刘喜说："我就住在东关外乡村之中，明天回来。"刘三是爱说玩笑，说："刘喜你今天不回去，我晚上到你家里，跟你媳妇睡去。"刘喜说："你敢去，我媳妇把你骂出来。"刘三说："她敢骂我，我把她宰了。"说完了话，刘喜就走了。次日刘喜一回家，他妻子被人杀了，人头踪迹不见。刘喜到萧山县一喊冤，就把刘三告下来，说刘三因奸不允，把他妻子杀了。老爷是清官，姓张名甲三，是两榜出身，立刻一升堂，把刘三带上来，一问刘喜，刘喜就把昨天刘三所说的话一回，"今天我妻子果被他杀了。"老爷一问："刘三，为什么杀刘喜之妻？"刘三吓了一惊，就回禀老爷："昨天我是跟刘喜说玩笑，他妻子被谁所杀，下役实不知道。昨天我在衙门上班，看守差事，一夜并没出衙门。"老爷不信，一问众官人，大家递保状，保刘三实系一夜没出去。老爷这才派两个班头王雄、李豹三天限，出去拿凶手，拿着有重赏，拿不着重责不贷。王雄、李豹领谕，带领手下伙计出来办案。三天踪影皆无，限满一见老爷，老爷把官人每人打了四十板，又给三天限。又过了三天，没拿着，老爷又打，一连打了三回。今天是十二天，要拿不着又得挨打。王雄、李豹带领众伙计出门，刚走到大柳林，见李福正打开包裹看，众官人一瞧是少妇的人头，鲜血淋漓。大众说："这可活该，今天不能挨打了。"过来就把王全、李福锁上，一直够奔衙门。来到班房，王雄进去一回老爷，立刻升堂，把王全、李福带上去。老爷一看，就知道其中有缘故。做官的人，讲究聆音察理，鉴貌辨色。看王全是懦弱书生，李福是个老人家，老爷就问："下面两个人姓什么？"王全说："老父台在上，生员王全有礼。"李福说；"大老爷在上，小人李福磕头。"老爷问道："王全你是哪里人氏？"王全说："生员是台州府天台县永宁村人氏，奉父命带着家人李福，出来寻找我表弟。"老爷说："王全你既是天台县人，为何来到我这地面，在梁官屯杀死卖肉刘喜之妻？"王全说："回老父台，生员并未杀人，一概不知。"老爷说："你没杀人，怎么人头在你手里？"王全说："实是我这家人李福，在苇塘里出恭捡的，求老父台格外施恩。"老爷把惊堂木一拍，说："满嘴胡说，大概抄手问事万不肯应。来，看夹棍伺候。"老爷这也是一半威吓，手下官人答应，刚要取夹棍，忽然大堂面前一阵旋风，刮得对面不见人。这阵风过去，老爷看公案桌上有一张字，上写的是：

堂神显圣法无边，你幸今朝遇巧缘。二人并非真凶犯，速拿凶手把案完。

老爷一看，"呵"了一声，半晌无语，这才吩咐把王全、李福带下去，看押起来，不准难为了他二人，该吃给他们吃，该喝给他们喝。手下官人答应，老爷立刻退了堂。来到书房，手下人预备晚饭，老爷吃完了晚饭，书房喝茶，坐在灯下，心中辗转这案。见王全是一个念书的人，李福是个诚实的样子，断不能做这样恶事，忽然大堂起一阵怪风，也不知哪里来的字柬，越想越怪，自己踌躇着，不觉两手伏几而卧。刚一闭眼，见外面进来一个穷和尚，短头发有二寸余长，一脸油泥，破僧衣短袖缺领，腰系绒绦，疙里疙瘩，光着两只脚，穿两只草鞋。老爷问道："什么人？"和尚说："我。"老爷说："你是谁？"和尚说：

我本灵隐醉济颠，应为白水过萧山。老爷要断无头案，须谢贫僧酒一坛。

老爷一听，说："酒倒有，你可知道凶手是谁？"和尚拨头就走，老爷说："回来。"和尚并不回头，老爷一急，又嚷："回来。"睡梦之际，嚷出口来，正赶上两个家人张福、张禄在旁边站着伺候。见老爷睡着了，张福低声跟张禄说："昨天我跟他们掷骰子，输了好几吊，老爷睡了，哥哥你在这里伺候，我再去跟他们耍耍。"张禄说："你快去快来。"张福点头，刚要往外走，老爷做梦说："回来。"老爷说的是叫和尚回来，张禄吓着了，只当是他要掷骰子去被老爷听见了，叫他回来呢，说："小人没走。"老爷醒了，梦中的事记得清清楚楚。立刻吩咐张禄把笔砚拿来，张禄答应，拿过纸笔墨砚，老爷就把梦中和尚说的这四句话写出来。老爷拿着瞧这四句,心中纳闷,瞧来瞧去,往桌上一靠,又睡着了。只见和尚由外面踢踏踢踏又来了,老爷就问:"和尚,方才你说的话我不明白。我且问你,你可知道杀人的凶手是谁?你告诉我,我必谢你一坛酒。"和尚说:"老爷要问,我是西湖灵隐济颠。因到白水,路过萧山。王全、李福,不白之冤。杀人凶手,现在西关。与原告同类,非同等闲。追究刘喜,此案可完。"和尚说完了话,回头就走。老爷说:"你说的我还不明白,你回来。"和尚又走了。老爷一惊醒了,当时拿笔把这十三句话又写出来。老爷听外面天交二鼓,自己一想,这梦实实怪得很,未免一阵发愣,坐够多时,不知不觉又把眼睛闭上了。渺渺茫茫,迷迷离离,刚才一沉,瞧见那穷和尚又来了。老爷一看,问:"和尚,到底杀人凶手是谁?你要说明白。"和尚微然一笑,说:"老爷当真要问凶手?是绒绦两截,大石难携。未雨先行,持刀见血。"和尚说完了话,竟自去了。老爷一睁二目,原来还是一场梦。只听外面天交三鼓,知县又把这四句话写出来,知县张甲三,本是两榜出身,满腹经纶,怀揣锦绣,一想这四句话是偈语。绒绛两截必是断,大石难携即是山,未雨先行,风乃雨之头定是风,持刀见血乃是杀,凑成四字,即"断山风杀"。知县一想:"必是音同字不同,凶手必是段山峰。"自己思索了半天,已然夜深人静,这才安歇睡觉。次日早晨起来,净面吃茶,立刻传壮皂快三班升堂。老爷向众人问道:"本地人可有叫段山峰的?你等谁知道?"旁边过来一个书办先生说:"回禀老爷,本县有一个宰猪的屠户,叫段山峰。"知县一听:"立刻派王雄、李豹给我急拘锁拿段山峰。"王雄、李豹一听,吓得颜色更变,立刻给老爷磕头说:"回禀老爷恩典,段山峰下役实在拿不了。"老爷说:"怎么回事?"王雄、李豹说:"回老爷,段山峰有断凳截石之能,大块石头一掌能击石如粉,无论什么结实板凳,坐着一使劲,板凳就两截。段山峰能为出众,本领高强,下役实在拿不了,求老爷恩典。"知县一听,气往上冲,一拍惊堂木说:"做官者究情问理,办案者设法拿贼,我派你们办,就得给我办!"王雄、李豹还只是磕头,再一看,老爷退了堂,转过屏风,归后宅去了。王雄、李豹这才来到班房,王雄说:"这怎么好?慢说你我两人,就是二十人也拿不了段山峰。"李豹忽然想起一个人来,要捉拿段山峰不费吹灰之力。不知后事如何,且看下回分解。

第一百二十五回

捡人头主仆遭官司　救表兄梦中见县主

话说知县派王雄、李豹捉拿段山峰，王雄、李豹知道段山峰能为武艺出众，不但拿不了，还恐怕有性命之忧。李豹说："我不是段山峰对手，王头你也如是，自有人是段山峰的对手。"王雄说："谁呀？"李豹说："你忘了，当年不是单鞭赛尉迟刘文通，在艺场中卖弄，赢过段山峰一掌？咱们跟刘大哥知己相交，何不找他，叫他帮着，大概不致推辞。"王雄说："有理。"二人赶紧够奔后街。往东一拐，路北的门楼，就是刘文通的住家。二人上前一叫门，刘文通刚起来，漱过口，出来开门。一看是王雄、李豹，刘文通说："二位贤弟打哪里来？"王雄说："由衙门来。"刘文通指手往里让，来到厅房落座，王雄说："兄长没出去走镖？"刘文通说："刚从外面回来不多日子，二位贤弟因何这样闲在？"王雄说："我们哥俩来找你来了，只因梁官屯卖肉的刘喜之妻被杀，老爷派我们捉拿段山峰，我二人实拿不了，求兄长助一臂之力，捉拿段山峰。"刘文通一听，说："段山峰能为武艺超群，我也是拿不了。"王雄说："兄长不必推辞，当年兄长在卖艺场中，赢过段山峰一掌。除非兄长，萧山县没有人是段山峰的对手。"刘文通说："二位贤弟休要提起当年那一掌，提起那件事来，我更觉心中难过。当年是西门外来了一个卖艺的，我看那卖艺人并非久惯做江湖买卖的，倒是受过名人的指教，大概是被穷所挤。我想下去帮个场，多给他凑些钱，没想到段山峰也下来了，跟我比试。我二人一揸拳，我就知道段山峰的能为比我强，我想要一输他，我这镖行就不用吃了。我就说：'姓段的朋友，我俩远日无冤，近日无仇，我就指着保镖吃饭。'我把话递过去，段山峰倒是个朋友，一点就透，他故意让了我一掌，他说：'不枉他叫单鞭赛尉迟。'他走了，我自己明知他是让着我，我次日去找他，给他赔不是，我二人因此倒交了朋友，常来常往。他跟我也是朋友，你两个人也跟我是朋友，要是别人拿段山峰，我知道得给他送信才对，这是你两人要拿他，我也不能给他送信，我也不能帮你们拿他。"王雄、李豹再三说，刘文通也不答应，王雄、李豹实在没了法，两个人到里面去见刘文通的母亲，二人见老太太一行礼，老太太就问："你两个人这般早从哪里来？"王雄说："伯母有所不知，现在衙门里出了逆案。"老太太说："什么逆案？"王雄说："段山峰能为出众，我二人拿不了。"老太太说："莫非萧山县就没有比段山峰能为大的么？你二人不会请人帮着拿吗？"王雄说："别人不行，就是我大哥可以拿。"老太太说："你没跟你大哥提么？"王雄说："提了，我大哥他说跟段山峰相好，他不肯帮我们拿。"老太太说："你把你大哥给我叫来。"王雄立刻到外面，把刘文通叫进去。刘文通说："娘亲呼唤孩儿，有何吩咐？"老太太说："你两个兄弟来找你帮着拿段山峰，你为何不管？"刘文通说："娘亲有所不知，我跟段山峰也是朋友相交，且他能为出众，孩儿也恐其被他所算。倘若孩儿受了伤，我又无三兄四弟，谁人服侍老娘？"老太太说："你这话不对，你就不应当跟匪类人来往，本地面既有这样匪恶之徒，你就应该早把他除了。老身我派你帮着去拿段山峰，你去不去？"刘文通本是个孝子，说："娘亲既吩咐叫孩儿去，孩儿焉敢违背。"老太太说："既然如是，你跟王雄、李豹三个人商量着办去吧。"三个人这才来到外面，刘文通说："二位贤弟要怎么去拿？假使拿不了，一则打草惊蛇，二来你我还得受他的伤。"王雄说："依兄长怎么办？"刘文通说："要依我，你两个人回衙门见大老爷，请老爷给调城守营二百官兵，本衙门一百快手，你二人先给庆丰楼酒馆送信，叫掌柜的明天楼上别卖座，我把段山峰诓在酒楼上吃酒，把他灌醉了，你们叫这三百人在庆丰楼四面埋伏，听我击杯为号，大家再动手拿他。我不摔酒杯，你等做事，可别莽撞，要一个拿不着跑了，再想拿可就费了事，可千万叫官兵要严密，莫说出办谁来。"王雄说："就是吧。"二人告辞，回到衙门，一见老爷，老爷说："你二人把段山峰拿来了？"王雄说："没有，有求老爷给城守营一个信，调城守营二百官兵，并传本衙门一百快手，别提办谁，明天在庆丰楼四面埋伏。下役还请了一个朋友是保镖的，帮着捉拿段山峰。"老爷一听，说："这一个段山峰怎么这么费事？"王雄说："实在段山峰本领高强，若非定计，恐拿不了。"老爷说："是吧。"王雄、李豹才一同来到庆丰楼，一见掌柜的，王雄说："掌柜的，你这铺子一天卖多少钱？"掌柜的说："卖一百多吊钱。"王雄说："明天你们楼上面别卖座，一天该赚多少钱，我们照数给。明天借你们楼上办案，同单鞭赛尉迟来的人，那可就是差事。你可嘱咐你们众伙友，千万别走漏消息，要漏风声,这案情重大,你可得跟着打官司。”掌柜的说:“二位头目,只管放心,没有走漏消息。”王雄、李豹都安置妥了,这才来到刘文通家,告诉刘文通都照样办妥。刘文通说:“你二人回去吧。”次日早晨,刘文通起来,换上衣服,暗带单鞭,由家中出来,一直够奔西关。刚来到段山峰肉铺门口,一瞧围着好些人,有一个穷和尚在那里打架。书中交代,这个穷和尚非是别人,正是济公和尚。他在大柳林见众官人把王全、李福拿走了,和尚也进了南门。刚一进城,只见路东里一座绒线铺子,掌柜的姓余名叫余得水,在铺子门口,有一个人腿上长着人面疮,正在那里借着太阳亮疮。和尚一看,口念“南无阿弥陀佛”。原本这个长疮之人,姓李叫李三德,乃是跑堂的手艺人,极其和蔼。家中有父母,有妻有子,就指着他一个人靠手艺度日。只因南门外有一座段家茶楼带卖酒饭,买卖做亏空了,段掌柜的要收市关门,就有人说:“你们关门?你把李三德找来,叫他给你跑堂。那个人和气能事,人缘也厚,就许他买卖给你做好了。”掌柜的果然把李三德找来,酒饭座越来越多,都冲着李三德和气,爱招顾,两年多的景况①,买卖反倒赚了钱。掌柜的自然另眼看待李三德,年节多给李三德馈送,时常也垫补他,三德家里也够过日子的。偏巧李三德腿上长了人面疮口,自己又不敢歇工,家中指他一人吃饭。掌柜的见李三德一瘸一癫,实支持不了。这天掌柜的就说:“李三德你歇工吧。”李三德一听,大吃一惊,说:“掌柜的,你要辞我,我倒愿意歇工,无奈我家中四五口人,要吃闲不起。”掌柜的说:“我倒不是辞你,我看你实在挣扎不住。我这买卖是你给我做好了的,你只管歇工养病,我照旧按月给你工钱。我这里有四十吊钱,给你养疾,只要有人给你包治,花几十吊钱我给。”李三德一想,掌柜的既是体恤,这才回家养病。病越来越重,没钱叫孩子到铺子取去,日子长了,内中伙友就有人说闲话,说:“咱们起早睡晚,也挣一分工钱,人家家里吃太平宴。”孩子回来一传舌,李三德一气,架着拐到铺子去。一见众人,李三德说:“素常我没得罪众位,现在我得这宗冤孽病,掌柜的体恤我,怎么我孩子来取钱,众位倒说起闲话来?”大众说:“没人说闲话,你别听孩子传言,你回去养病吧。”众人劝着,李三德往回走,走在绒线铺门首,绒线铺掌柜的余得水素常认识,就说:“李老三,你还没好么?”李三德

① 景况——时间。

说:“别提了,我这病难好,这叫阴疮。我也不知做了什么损德的事,我一死,我家里全得现眼。”余得水说:“你找人治治,没钱花几吊我给,只要能治得好。”他准知道不容易治,他要说这样便宜话。焉想到济公活佛赶到,罗汉爷施佛法,要搭救李三德,戏耍余得水。不知后事如何,且看下回分解。

第一百二十六回

奉堂谕捉拿段山峰　邀朋友定计庆丰楼

话说余得水正说便宜话,和尚赶到说:“朋友你这腿怎么了呢?”李三德说:“人面疮。”和尚说:“你愿意好,不愿意好?”李三德说:“为什么不愿意好?”和尚说:“就怕好不了。”余得水说:“和尚你这不是废话?你要能给治好了,花三吊四吊药钱我给。”和尚说:“你准给吗?”余得水说:“只要治好了,我就给。”和尚说:“你也不用给三吊四吊,你给两吊钱?我就给他治好了。你可得拿一张纸,把你铺子的字号水印按上,你拿笔我开几样药,有的,你盖水印,到铺子取药去。”余得水一想:“这样的恶症,焉能说好就好。”立刻就拿了一张纸,打了水印,交给和尚。和尚要过笔来,写了半天,谁也没瞧见和尚写的什么。和尚写完了说:“我要给他治好了,你可给两吊钱?”余得水说:“我给。”和尚嚼了一块药,给李三德糊在疮口之上,当时就见烂肉脓血直往外流,流净了,和尚用手一摸疮口,和尚口念:“唵嘛呢叭迷吽!唵,敕令赫!好了吧。”立刻疮口平了,复旧如初。李三德站起来了,众瞧热闹人齐说道:“真是活神仙也,灵丹妙药。”和尚说:“余掌柜你给两吊钱吧。”余得水也愣了。他本是说便宜话,不打算真给钱,见和尚要钱,余得水说:“得了,大师父你真跟我要钱?”和尚说:“你说便宜话,不给钱,那可不行。我这里有张字,有你的水印。”和尚拿出来一念,上面写的是:

长疮之人李三德,约我和尚来治腿,言明药价两吊钱。中保之人余得水。

下面写着保人,盖有水印,和尚说:“你不给,咱们是打官司。”余得水无法,给了两吊钱。李三德说:“大师父,你老人家是我的救命恩人,救了我,就救了我一家了,你跟着到南门外段家酒饭铺去,我还要重谢你老人家。”和尚说:“好,我正要喝酒。”同李三德来到段家酒铺。李三德说:“掌柜的,你瞧我的疮好了。”掌柜的说:“怎样好的?”李三德说:“这位大师父给我治好的。掌柜的,先给要酒要菜,大师父吃多少钱都是我给。我先到家内去，叫我父母瞧瞧好放心，可别叫大师父走了。”众人说：“就是吧。”李三德回家去，和尚在这里喝着酒，出去出恭，到萧山县大堂，施展佛法，留的字柬，和尚复返回到酒铺，住在酒铺，晚上施展佛法，前去给知县惊梦。次日李三德不叫和尚走，又留和尚住了一天。第三天还不叫和尚走，吃饭也不叫和尚给钱。和尚早晨起来，把两吊钱给饭铺留下一吊五，和尚拿着五百钱往外就走，饭铺众伙友说：“大师父别走，李三德留下话，不叫你走。”和尚说：“不走，我出恭就来。”说着话，和尚出了酒铺，直奔西关。来到段山峰的肉铺，和尚进去说：“辛苦辛苦！”掌刀的一瞧，见和尚褴褛不堪，心说：“这和尚必是买十个钱的肉，挑肥拣瘦。”就说：“和尚买什么？”和尚说：“买五百钱的肉。”掌刀的说：“你要肥的要瘦的？”和尚说：“大掌柜的瞧着办吧，我又不常吃肉，什么好歹都行。”掌刀的一想，早晨起来头一号买卖，倒很痛快，未免多给点，这一刀有三斤四两，多给二两，和尚拿起来就走。刚出门走了五步，和尚转身又回来说：“掌柜的，你瞧这块肉净是筋跟骨头，我忘了，不常吃肉吃点肥的才好，你给换肥的吧，越肥越好。”掌刀的一听说：“你瞧，早问你，你可不说。”和尚说：“你给换换吧。”掌刀的一想：“给换吧。”当时又给割了一块肥的，也够三斤四两。和尚拿出来，走了四步又回来了，和尚说：“掌柜的，你瞧这肉，一煮一锅油全化了，吃一口就得呕心。常言说，‘吃肉得润口肉。’你给换瘦的吧。”掌刀的一听，这个气就大了，说：“你这是存心搅我们，大清早起的。”和尚说：“劳你驾给我换换吧。”这个无法，又把瘦的给拿了三斤一两，少给一两。和尚拿起来出门，迈了三步又回来了，和尚说：“掌刀的你瞧，这肉太瘦了，煮到锅里一点油都没有，吃着又腥又嵌牙，你给换五花三层肥中有瘦的。不然，我不要。”掌刀的这个气压了又压，忍了又忍，一想：“何必跟他辩嘴。”无奈又给换了五花三层的。和尚拿出门，走了一步又回来说：“掌刀的你瞧我，我忘了我们庙里是大常吃素的，没有做荤菜的家伙。我忘了，你给换熟肉菜吧。”掌刀的说：“你是存心搅我，不能给你换。”和尚说：“敢不换？”拿肉冲掌刀的脸上抛了去，掌刀的说：“好和尚，没招你，没惹你，你敢来找寻①我？伙计们出来打他！”一句话，由里面出来七个伙计，就奔和尚。和尚用手一指点，这七个人眼一花，揪倒了掌刀的拳打脚

① 找寻——故意挑刺。

踢,掌刀的直嚷:“是我!”众人说:“打的就是你,你敢来搅我们。”掌刀的说:“我是王二。”众伙计一瞧,可不是把掌刀的王二打了吗?和尚在旁边乐呢。众人说:“怪呀!瞧着是和尚,怎么打错了?”大众说:“别叫和尚走了。”众人又一奔和尚。和尚用手一指,口中念:“唵,敕令赫!”这七个伙计,这个瞧那个有气,过去就打,那个说:“我早就要打你,不是一天了。”六个人揪上三对,剩下一个过来把掌刀的王二揪住打上了。众街坊邻户都不知因为什么,本铺子的伙计打起架来,和尚在旁边说:“咬他耳朵。”那个就真咬,和尚说:“你拧他。”那个就拧。众人正过来劝,刘文通来了,说:“别打了,为什么?”和尚说:“对,别打了。”众人这才明白过来,这个说:“你为什么打我?”那个说:“你为什么打我?”一个个互相埋怨。刘文通说:“众位因为什么?”掌刀的就把和尚买肉之故一说,刘文通说:“众位瞧我了,他一个穷和尚,何必跟他一般见识,把五百钱给他,叫他去吧。”和尚说:“我要不冲着你,不能完。”刘文通说:“大师父也瞧我吧。”和尚说:“冲你完了,回头咱们再见。”刘文通说:“哪个再见呀?”和尚说:“楼上见么?”刘文通暗想这和尚怪呀,见和尚已跑远了,刘文通一问:“你们掌柜的哪里去了?”众人说:“还没起来。”正说着,段山峰由里面跑出来。原本是还没起来,就听说跟和尚打起来,段山峰赶紧起来,往外跑说:“别叫和尚走了。”刘文通一瞧,说:“大哥不必跟他一个出家人一般见识,叫他去吧。”段山峰一看是刘文通,赶紧说:“兄弟里面坐。”刘文通来到里面,段山峰说:“贤弟,今天为何来此甚早?”刘文通说:“兄长,小弟给兄长磕头来了。”段山峰说:“什么事?”刘文通说:“今天是我贱造①。”段山峰说:“原来是贤弟今天的千秋,我倒忘了呢。”刘文通说:“我今天特意来找兄长谈心,泄泄我这一肚子牢骚。我自生人以来,没有交着几个知已的朋友,都是泛常,唯有兄长你我知已,我常说:‘酒肉兄弟千个有,急难之时一个无。’除非你我弟兄可称知已。俗言说得不错,‘万两黄金容易得,一个知心也难求’。”段山峰说:“好,你我弟兄一同吃酒去。贤弟,你说咱们萧山县哪个酒馆好?”刘文通本是精明人,不肯说出就上庆丰楼,怕段山峰起疑心,便说:“兄长,随便上哪里去都好。”段山峰说:“庆丰楼是萧山

---

① 贱造——生日的谦词。

县第一家大酒馆,好不好?”刘天通说:“好。”正合心意。当时段山峰换好了衣裳,洗了脸,带上银两,同刘文通出来,这才够奔庆丰楼。不知单鞭赛尉迟如何设法捉拿段山峰?且看下回分解。

第一百二十七回

施妙法游戏助义士　谈心事冷语惊贼人

话说段山峰同刘文通由铺子出来，够奔庆丰楼。刚一进城，就见街市上三三两两的官兵，都带着军装械器，穿着号衣。官兵都认识段山峰、刘文通，众人就嚷："刘爷、段爷二位上哪里去？"段山峰说："闲逛，众位有什么差事？"众官兵说："我们奉上宪谕伺候，也不知什么事，听说办紧要的事，关乎密案。"众官兵也并不知是拿段山峰。知县给城守营老爷文书，就提派二百官兵扎在庆丰楼左右，听王雄、李豹的招呼，故此大众官兵不知。刘文通心里明白，同着段山峰来到庆丰楼，上了楼，楼上一个座位没有，掌柜的告诉伙计不叫卖座，有衙门借楼办案，故此不敢设座。刘文通、段山峰二人落了座，伙计明白，当时擦抹桌案，先把干鲜果品、各样酒菜摆上。二人刚要叫菜，就听楼梯一响，有人喊嚷："我吃饭给银，哪个红了毛的不叫我上楼？"伙计一瞧，来了一个穷和尚。原本和尚由肉铺打完架走了，见刘文通同段山峰进了庆丰楼，和尚也跟了来。刚一进饭馆，伙计就说："大师父，楼上不卖座，有人包了。"和尚说："我就吃顿饭，今天我得了点外财，也无非在楼下吃点。要不然，我也不敢进饭馆子。楼上都是阔大爷，明是一百六的菜楼上要卖二百四，我和尚也吃不起。"伙计一想楼下不要紧，让和尚进去。跑堂的一转脸，和尚上了楼梯，说："哪个红了毛的不叫我上楼来？"到楼上找了一张桌坐下。楼上伙计一努嘴，说："大师父。"和尚说："干什么呀？"伙计当着刘文通、段山峰又不敢明说，掌柜的也怕叫段山峰瞧出来，赶紧叫伙计说："大师父要什么菜，给人家要。"伙计这才说："大师父要什么酒菜？"和尚说："你们有什么酒？"伙计说："有白干、陈绍、玫瑰露、五加皮、状元红、茵陈莲花、白荷叶青、人参露。"和尚说："给我来两壶梅花鹿吧。"伙计说："没有梅花鹿，是玫瑰露。"和尚说："对了，你们有什么菜？"伙计说："煎炒烹炸，烧烩白煮，应时小卖，午用果酌，上等高摆海味席都有。"和尚说："就是肉拿刀一切，搁锅里一炒，就是那个。"伙计说："炒肉片呀？"和尚说："对。"伙计少时给要来。和尚一瞧，说:“不是这个,这么一切,还有那么一切。”伙计说:“那是炒肉丝,你将就点吃吧。”和尚说:“你这菜卖多少钱一个?”伙计说:“一百六。”和尚说:“给八十钱吧。”伙计说:“饭馆子哪有还价的?”和尚说:“你也就将就点,你叫我吃东西将就点么?”刘文通那边一瞧,说:“把炒肉片给我们吃,伙计你再给大师父要。”伙计把菜给刘文通端过来,又给和尚要了一个炒肉丝。和尚一瞧,说:“不是,那么一切,还得那么一切。”伙计说:“那是肉丁炒辣酱。”和尚说:“我不要这个。”伙计无法,又把肉丝卖给别人,又给和尚要了肉丁炒辣酱来。和尚一瞧,说:“你成心搅我,我不要这辣酱。”伙计说:“你到底要什么?”和尚说:“你没等我说完,把肉那么一切,这么一切,团成蛋。”伙计说:“那是丸子。你要炸丸子。是溜丸子、汆丸子、四喜丸子、海参丸子、三鲜丸子?说明白了。”和尚说:“炸丸子卖多少钱?溜丸子卖多少钱?”伙计说:“炸丸子卖二百,溜丸子卖二百四。”和尚说:“怎么溜丸子比炸丸子多卖钱呢?”伙计说:“溜丸子多点卤汁。”和尚说:“你给我要一个炸丸子,白要点卤行不行?”伙计说:“不行,你就要炸丸子吧。”少时把丸子端来,和尚一瞧,说:“我要一个炸丸子,你怎么给我来十一个?”伙计说:“这就是一个菜,大师父你再挑剔,我就要下工了。”和尚说:“我愿意要吃一个大的,捧着吃的香,这可以将就点吧。可有一节,我要喝醉了,我可就摔酒盅子。”这一句把刘文通吓了一跳,心说:“我定的击杯为号,如未把段山峰灌醉了,他要一摔,回头官人都上来,段山峰准拿不住。”就听那伙计说:“大师父,别摔呀。”和尚说:“我一摔有不愿意的,请请我和尚,别惹着我,我就不摔。”伙计说:“没有惹你。”刘文通暗想:“这个和尚真怪。”立刻说:“大师父,你别闹了,别叫伙计担不是,回头吃多少钱我给。”段山峰说:“贤弟哪有这么工夫理他。”刘文通说:“我看这个和尚太讨人嫌。”两个人说着话,越喝越高兴,杯杯净,盏盏干。段山峰老不醉,刘文通心里说:“每常段山峰没有这么大酒量,今天怎么老不醉,醉了好拿他。”他听和尚那里自言自语说:“人要喝酒不醉,有主意,一提烦事,叫他心里一烦,准得醉。”刘文通一听:“对呀,这话一听有理。”这才说:“段大哥,兄弟我拿你当亲哥哥一般,我有什么事没瞒过你,你就没拿我当兄弟待承,有事就瞒着我,你这就不对。”段山峰说:“贤弟,此话差矣,哥哥我有什么瞒着你了?”刘文通说:“大哥做的事,打算我不知道?其实纸里包不住火。”段山峰说:“我做什么事了?”刘文通说:“就是梁官屯那件事。”段山峰一听这句话，立刻脸变红，酒往上一撞。书中交代，梁官屯这案，本是他做的。段山峰他原籍是湖南衡州府①人，当初是绿林中的江洋大盗，善飞檐走壁之能，逃至在萧山县来，开了一片肉铺子，自己手里也有钱，也没有家眷，就是孤身一人，很务本分，并没人知道他是绿林出身。这天段山峰到西关乡去要账，走在梁官屯见有一妇人在门前买绒线，段山峰一看，这个妇人长得十分美貌，头上脚下无一不好。对门就是杂货烟铺，段山峰就来到烟铺里，掌柜的都认识，说：“段掌柜上哪里去了？”段山峰说：“我去要账来，我跟你们打听打听，这个买线的妇人是谁家的媳妇？”烟铺掌柜的说：“你不知道？这就是你们同行的卖肉刘喜的家里。”段山峰一听一愣，说：“凭刘喜长得人不压众，貌不惊人，他会有这么好的媳妇？”烟铺说：“那可不是别的，人各有命定。”段山峰问明白，自己回铺子就问伙友：“刘喜买咱们的肉，欠咱们多少钱？”伙计说：“刘喜不欠钱，现钱取现货，也不赊给他。”段山峰说：“刘喜来取肉，别叫他走，我有话跟他说。”众伙计答应。次日早晨刘喜来了，伙计一告诉段山峰，段山峰出来就问：“刘喜，你一天能卖多少钱？”刘喜说：“卖二十多斤肉。”段山峰说：“你家里几口人够吃的么？”刘喜道：“家里人口倒不多，就是我们两口子，一天就卖这两吊多钱的本钱，我也不敢赊账。”段山峰说：“你要有货，一天能卖多少呢？”刘喜说：“有货呢，能卖五六十斤，那也就有了利了，我没有那些本钱。”段山峰说：“不要紧，我赊给你一千斤肉，你只管卖，到年节你再给我归账。我看你也很诚实，你瞧好不好。”刘喜说：“那更好。”段山峰所为套着跟刘喜交朋友，焉想到刘喜是个老实人，也不往家里让。这天到了七月十五，段山峰就问：“刘喜，你外头撒的账怎么样了？”刘喜说：“我今天晚上上东乡里要账去，不能回来。”段山峰听说刘喜不回来，他晚上带了钢刀，带着五十两银子，就到刘喜家走走。越门进去，见杨氏正在灯下做活，院中独门独院，三间北房，门没关着。段山峰推门进去，杨氏就问：“谁？”段山峰说：“我姓段，名叫段山峰，久仰小娘子这一副芳容，今天我特意来求小娘，赐片刻之欢。我这里有白银五十两，赠与小娘子，这是我一分薄意。”杨氏本是贤惠人，说：“哟，你休要满口胡说，这幸亏我丈夫不在家，你趁此快去，我绝口不提。如要不然，我要喊嚷，你可就没了

---

① 衡州府——府名，以衡山得名，治所在今衡阳市。

命。”段山峰说：“你敢喊嚷，你来看。”用手一指刀，把杨氏吓得就嚷：“救人。”段山峰恐怕有街坊听见过来，街坊都认识，忙急拉刀，竟将妇人结果了性命，将人头包上，捺在间壁院里。院中有一位老头正出恭，见捺进包裹来。还说：“这可是财神爷给的。”叫老婆点灯，一看吓呆了，急忙包上，扔在大洼苇塘里，却撞会李福捡着。段山峰以为这件事没人知道，今天刘文通一提梁官屯这件事，段山峰吓得颜色改变。不知后事如何，且看下回分解。

第一百二十八回

众官人奋勇捉贼　李文龙无故中计

话说刘文通一说梁官屯这件事，段山峰立刻酒往上一撞。自己一想："这件事没人知道，听说刘喜把笑话刘三告下来，也没把刘三怎么样办，我这事承认不得。"想罢说："刘贤弟，我梁官屯做什么？"刘文通说："要得人不知，除非己莫为，你在梁官屯杀死刘喜之妻，你打算我不知道？"段山峰说："你满嘴胡说，知道你便怎么样？"刘文通说："现在有人要拿你，我给你送信，尽其朋友之道。"段山峰说："除非你勾人拿我。"和尚那边说："对，要打起来。"和尚"叭嚓"把酒盅摔了。立时楼下王雄、李豹众官兵喊嚷："拿！"王雄、李豹刚一上楼，和尚用定神法给定住。段山峰一瞧不好，一脚把桌子踢翻了，扳下桌腿照刘文通就打，刘文通甩了大氅，拉出单鞭就交了手。伙计吓得一跑，忘了楼梯，滚下去了。和尚直嚷："了不得了！"顶起八仙桌乱跑，段山峰拿桌腿一打刘文通，和尚顶着八仙桌一截，就打在八仙桌上，刘文通拿鞭打段山峰，和尚不管。段山峰一听四面声音，喊嚷："拿段山峰，别叫他跑了！"段山峰一想："三十六着，走为上策。"拧身由楼窗往外一蹿，刘文通不会飞檐走壁，说："要跑了！"和尚说："跑不了。"段山峰刚蹿下楼去，和尚也往下一蹿，正砸在段山峰身上，把段山峰砸倒，官兵围上就把段山峰锁上。和尚说："你摔了我的腰，碰了我的腿。"说着话，和尚竟自去了。段山峰心中暗恨和尚，要不是和尚就走脱了，这也无法。王雄、李豹也能动了，同刘文通下了楼，带着段山峰够奔衙门。来到萧山县，老爷立刻升堂，王雄、李豹一回话："把段山峰拿到。"老爷问："怎么拿的？"王雄也不隐瞒，回说如何请刘文通帮拿，如何遇有一个穷和尚帮着，照实说一回，老爷又问："穷和尚怎么样？"王雄一说，老爷心中明白，立刻把段山峰带上来。老爷说："段山峰，梁官屯刘喜之妻杨氏，你为什么杀的？"段山峰说："小人不知道。"老爷勃然大怒，说："大概抄手问事，万不肯应，看夹棍伺候！"立时把夹棍拿过来，三棍棒为五刑之祖，往大堂一扔，段山峰一看，说："老爷不必动刑，我招就是了。刘喜之妻,因奸不允,故被我杀的,求老爷恩典。”老爷点了点头,叫人先把段山峰钉镣入狱。又把刘文通叫上,看了一看,吩咐李豹、王雄拿一百银子,赏给刘文通。刘文通不要,王雄说:“兄长别不要,老爷赏的。”刘文通说:“这么办吧,给官兵众人分二十两银子,他们辛苦一趟,给衙门伙计大众分二十两,你们哥俩个每人分二十两,剩二十两给段山峰狱里托置托置,别叫他受罪,尽其我交友之道。”王雄说:“就是吧。”正说着话,老爷传王雄、李豹二人上去,老爷说:“你二人赶紧把那帮忙的穷和尚给我找来,我赏你们每人十两银子,找不来我重责你二人每人四十大板。”王雄、李豹下来,一想:“哪里找去?”赶紧派伙计出去找穷和尚。少时伙计给锁了三四个穷和尚来,都是化小缘的,也有拿着木鱼的,也有拿着鼓的。王雄一瞧说:“不对,都放了吧。”这才同李豹出来,两个人出来寻找和尚。书中交代,和尚哪里去了?原来和尚帮着拿了段山峰,正往前走,只见眼前一乘花轿抬着往西走。和尚一看,按灵光连击三掌,和尚口念“阿弥陀佛”,说:“这个事,我和尚焉有不管之理?”书中节目,叫巧断垂金扇。和尚正走,见眼前有一位文生公子,怀抱着一个婴儿,看这位文生公子脸上带着忧愁之像,头上的文生巾烧下窟窿一个,绣带剩了半根,身上文生氅斜钉着七条,看那个样子,步步必摇,似乎胸藏二酉,学富五车。书中交代,此人姓李名文龙,原本是萧山县的神童,十四岁进的学,家中很有豪富,父母早丧,娶妻郑氏,也是宦门之女,也因父母双亡,舅母家给聘的,自幼在家中曾读过书,颇识文字,贤惠无比。自过门以后,李文龙只知道念书,不懂得营运,坐吃山空,家业萧条,一年不如一年,直过得上无片瓦遮身,下无立足之地,日无隔宿之粮,郑氏并无半点的埋怨。实在无法,李文龙出去卖字,多少进两个钱,夫妻买点米,日食稀粥,就黄虀为食,苦难尽述。生了一个孩儿,今年三岁。方会叨叨学语,也不能吃饭。这天李文龙出去了半天,也没卖出一文钱来,家中米无一粒,柴无一束,等钱吃饭。李文龙一想:“大街上粮食店新开张,我可以送副对联,要两个钱可以充饥。”自己这才来到粮食店,李文龙说:“辛苦!掌柜的,今天新张之喜,我来送一副对联。”掌柜的赶紧说:“先生别写,给你一文钱带着喝茶吧。”李文龙说:“掌柜的,给我一文钱,我怎么拿?”掌柜的说:“先生你别看不起一文钱,卖一斤粮食也未必找出一文钱来。”李文龙听了,臊红了脸,钱也没要。回到家中,李文龙说:“今天没有钱,娘子,你可到隔壁王大娘家借二三百钱,你我好吃饭,明天我进了钱再还她。”郑氏娘子到隔壁说:“大娘,有钱暂借给我二三百文,今天你侄儿没赚钱来,等明天进了钱,再还你老人家。”王大娘一听,说:“孩子,你从没有跟我张过嘴,今天可巧家里一个钱主没有,回头等我儿要给我送钱来,我给拿过去。”郑氏回来说:“官人,王大娘没钱。”李文龙叹了一声,说:“英雄志捧日,擎天难解饿。大将军手中枪翻江搅海,不能抵挡饥、寒、穷,人生在世上,皆害这三宗病,英雄到此,也未必英雄。”自己正在叹息,忽听外面打门,李文龙出来一看,是个买卖人的打扮。这人说:“我是大街德茂绸缎店的,我们东家要给一个朋友写信,是做官人的书信,要有文理。我们铺子人都写不了,知道先生高才,特来请先生大笔一挥,大概我们东家必要送给先生三两二两的笔资,不知道先生有工夫没有?”李文龙连连说:“有工夫,尊驾在此少候,我带上笔袋。”立刻来到里面说:“娘子你在家中等候,绸缎店找我写信,我去去就来,给了我笔资,你我再吃饭。”郑氏跟着关门。李文龙同这人来到德茂绸缎店,刚一进铺子,众人都嚷:“先生来了,请坐!我们东家少时就来。”李文龙坐下,人家给倒过茶来,李文龙瞧瞧茶太浓艳,自己肚内无食,不敢喝,怕把虚火打下去,更饿得难受。等来等去,等到日色西斜,东家还没来,李文龙等得心中焦急,问人道:“怎么贵东家还不来?”众人说:“少时就来。”又等了半天,天黑了,铺子大家吃晚饭,让先生一同吃饭,李文龙说:“请吧。”眼看着人家吃上了。好容易等着东家来了,同着朋友,先应酬朋友,好容易朋友走了,东家出来,说:“枉先生驾。本要给人家写信,方才这位朋友给带了信来,可不写信了。给先生点个灯笼,请先生回去吧,改日再谢。”李文龙饿了一天,信又不写,自己也不能讹住人家,无法,打着一个灯笼,垂头丧气回家来了,一叫门,郑氏一开门说:“官人回来了,我等你吃饭。”李文龙一愣,说:“方才米无半粒,哪里来的饭?”郑氏说:“你走后,王大娘送给我三百钱来,我熬了一锅粥。”文龙说:“好!好!好!”这才来到屋中吃饭。郑氏说:“官人去写信怎么样了?”李文龙说:“我的运气倒到家了,我等到掌灯,人家信不写了。”说着话,吃完了饭,自己到后院去出恭。刚蹲下,就听后门有人拍门说:“娘子,我来了。你不是说你丈夫给人家写信?我学生特意来探望娘子,快开门来!”李文龙一听这话,气得站起来就开门说:“好贼!”那人拨头就跑,一把没揪着。那人由袖口掉下一宗物件。李文龙捡到屋中一看,气得颜色更变。不知所因何故,且看下回分解。

第一百二十九回

见字柬立志休妻　济禅师善救烈妇

话说李文龙捡起这宗东西，拿到屋中一看，原来是一个手卷包。打开一看，里面有一对赤金耳坠，里面还有三张字柬，李文龙一看，头一张是七言绝句，上写：

难割难舍甚牵连，云雨归来梦里欢。学生至此无别事，特意前来送坠环。

李文龙一看，气得颜色更变。再一看第二张，也是七言绝句一首，上写：

学生前者约佳期，娘子恩情我尽知。回家焚香求月老，但愿长久做夫妻。

李文龙越看越有气，再一瞧第三张，是西江月，上写：

前赠镯串小扇，略表学生心田。寄与娘子要收严，莫与尊夫看见。预定佳期有日，后门暗画白圈。云雨归来会巫山，定做夫妻永远。

李文龙看罢，气得三尸神暴跳，五灵豪气腾空。自己一想："好贱婢，做出这样事来！原来与人私通！"李文龙一想："字柬上有前赠过镯串小扇，我何不找找这个东西！"本来屋中就是一个破箱子，也没别的东西可以掩藏东西，李文龙过去就开箱子，郑氏说："官人开箱子找什么？"李文龙说："我找东西。"说着话，一翻箱子，果然箱子里有一只真赤金镯子、一把垂金小扇。李文龙把镯、扇拿来，往桌上一摔，问郑氏这东西哪里来的，郑氏一瞧也愣了，说："我不知道。"李文龙说："好，我家里日无隔宿之粮，哪里来的这东西？你不知道，这东西怎么会到箱子去？好，好，好，我李氏门中，清净门户，书香门第，焉能要你无廉无耻之辈跟我一处！"说着话由家中出来，一直来到西门。城门已关，门军一看，认得是李文龙，说："李先生黑夜光景上哪里去？我正要求先生给写两把扇子。"李文龙说："写扇子倒容易，劳驾你把城门开，我出城找人去。"门军立刻开了城，李文龙来到二条胡同一叫门,原来郑氏娘家的舅妈马氏在这住家,当初郑氏出聘事,是舅母家出聘的,现在马氏也居了孀,跟前有一个孩子叫赖子。李文龙来此一叫门。赖子出来把门开开,一瞧说:“大姐夫来了。”李文龙气哼哼走到里面,马氏说:“大姑爷,这时候来此何干?”李文龙说:“我请你到我家去,有要紧的事。”马氏说:“不用说,你们夫妻又吵嘴了。依我说别吵闹,过这份苦日子,莫叫别人家笑话,说穷急了。”李文龙说:“不是,你到我家就知道了。”马氏无法,跟着来到李文龙家中,见郑氏正哭得死去活来。李文龙说:“趁此把你外甥女带了走,我这家中不要她。”马氏说:“为什么呀?辩两句嘴,也不要紧,何必这样大气①呢。”李文龙说:“她不犯七出之条,我也不能休她。你来看这镯子,她与人私通来的,你趁此带了走。”马氏说:“甥女你到我家住两天吧,等大姑爷把气消了,我再将你送回来。”马氏劝着,郑氏刚抱起孩子要走,李文龙一把把孩子夺过来,说:“郑氏你这一走,不定嫁与张、王、李、赵什么人,这孩子是我李文龙的,我留下!”郑氏见把孩子夺过去,心中好似箭刺刀割一般。李文龙直催着快走,马氏把郑氏带到家中,次日郑氏娘子直哭,叫她舅母来给劝解李文龙,本来郑氏实不知这东西是哪里来的。马氏来到李文龙门首一叫门,李文龙没开门问:“谁?”马氏说:“大姑爷有气么?我来劝劝你。孩子也得吃乳,我还把姑娘送回来吧。”李文龙说:“你趁此次走,谁是你的大姑爷?哪个认得你?”马氏一听,说:“好李文龙,你真不知自爱,你自赌气,仿佛还求着你呢!”自己回家告诉郑氏说:“李文龙不开门,出口不逊,我不能再给他跪门去。姑娘你就在我这里住着吧,我这里做针黹,有你一碗粥吃。你自己拿主意,我也不能管,先嫁由爹娘,后嫁由自身。你不愿意跟我住着,任凭你自便。”郑氏一听,放声痛哭,又想思孩子。孩子也是想娘,李文龙见孩子要吃乳想娘,手里又无钱,听外面卖烧饼的来了,出去说:“卖烧饼的,我这孩子直哭,你赊给我一个烧饼,过天我再还你钱。”卖烧饼的叹了一声,说:“先生有所不知,我没有本钱,赊不起。先生从没跟我张过口,也罢,我给一个孩子吃吧,给钱不给倒不要紧。”李文龙把烧饼嚼烂了喂孩子,那焉能行?一连三天,李文龙又气又惨,三天水米未进,孩子也饿坏了。东壁厢有一家邻居姓王,也是夫妇两个人过日子,男人王

---

① 大气——生气。

瑞,在外保镖。今天王瑞回家来,问问妻子陈氏,西隔壁李先生因为什么把媳妇休了。陈氏说:“你怎么知道?”王瑞说:“不但我知道,我还听说李先生的媳妇在她舅母家,已然说妥了人家,给做过兵部尚书卞大人的儿子卞虎卞员外续弦,今天晚上就要娶了。你过去问问李先生,倒是因为什么休的?”陈氏即来到李文龙门首一打门,李文龙开门一看,说:“嫂嫂来此何干?”陈氏说:“你大哥叫我过来打听打听,你为什么把弟妹休了。”李文龙叹了一声,说:“一言难尽,她犯了七出之条。”陈氏一看孩子不成样子,陈氏说:“可了不得,这孩子要糟蹋,我这里给你二百钱,你给孩子买点药吃吧,给他买糕干泡泡吃,我给你看门,你买去吧。”李文龙无奈,抱孩子出来买糕。刚一出门,济公来到近前,和尚说:“好孙女婿,你真胆子不小,你欺负我们娘家真没人,把我孙女无故给休了。什么叫七出之条?是亲眼见的么?我非得跟你打一场官司,你家里等我,我非得告你去。”李文龙一想,凭空又惹出一个爷爷来,过门也没听见提过,看和尚疯疯癫癫,李文龙心中纳闷。和尚说:“好东西,我刚打外面游方回来,出了这个事。你瞧,我这重孙子也不成样子了,我给你点药吧。”和尚给小孩嚼了一点药,搁在孩子嘴里。和尚说:“李文龙你家里等着过堂吧。”说完了话,和尚就走。李文龙懵懂住了,也没问问和尚倒是怎么一回事。和尚往前走着,正碰见王雄、李豹两个人奉老爷谕出来找和尚。王雄、李豹一瞧见和尚,王雄、李豹一商量说:“咱们过去要提说老爷叫他,和尚准不敢去,莫若咱们蒙他,把他锁上,到衙门再放他。”李豹说:“对。”王雄见和尚来到近前,“哗啦”一抖铁链,把和尚锁上。和尚说:“哟!为什么锁我?”王雄说:“好和尚,你惹的乱子多大?衙门说去吧。”拉着来到衙内,王、李不敢把和尚锁着见老爷,王雄说:“和尚你央求央求我们,把铁链给你撤了。”和尚说:“你敢撤?你们指官诈骗。老爷一无签,二无票,我和尚没做犯法事,怎敢锁我?你们央求我,我也不撤,见老爷去。”王雄一想:“这便怎处?”赶紧说:“圣僧,你老人家别和我们一般见识,我们错了。”和尚说:“便宜你们吧。”这才把铁锁撤了。王雄、李豹一回话,老爷正在大堂开放王全、李福。老爷说:“你二人幸亏见本县,要不然,你两个人有冤难伸,趁此二人回去,不准在外面游荡了。”吩咐人把他二人的东西都给他。正说着话,王雄回禀将和尚带到,老爷吩咐有请。罗汉爷这一到大堂,刚巧断垂金扇,搭救义夫节妇。不知后事如何,且看下回分解。

第一百三十回

知县公堂问口供　济公巧断垂金扇

话说老爷开放了王全、李福，听王雄一回禀，和尚来了，知县吩咐有请。和尚刚一上堂，老爷一看，跟梦中见的穷和尚一般无二，知县赶紧站起身来，抱拳拱手说："圣僧可是灵隐济颠？"和尚说："老爷忘了，咱们见过，就是王全、李福不白之冤么？"知县说："是，是。"赶紧吩咐人看座。和尚在旁边落座，知县说："圣僧从哪里来？"和尚说："我是上白水湖去捉妖，由此路过。"知县说："原来如此，圣僧到白水湖去，绍兴府知府顾国章倒跟我相好，我二人虽是属员上司①，倒是不分彼此。圣僧要去，我给知府写一封信。"和尚说："好，请问你老爷一句话。"知县说："圣僧有话请讲。"和尚说："老爷在这地面，为官声名如何？"知县说："本县自己也不知道，圣僧可有耳闻怎么样？"和尚说："老爷声气可倒不错，倒是两袖清风，爱民如子。就有一件事，老爷不应当不办。"知县说："什么事？望圣僧说明。"和尚说："本县内有一位生员李文龙无故休妻，老爷就不应当不办。"知县张甲三一愣，说："并没见有这案。"和尚说："有。"老爷立刻传值帖二爷上堂，知县问："可有人在你手里状告李文龙么？"值帖的说："没有。"知县又叫官代书来问："可有人在你手里写呈状，告李文龙么？"代书说："没有。"老爷又传值日班问："有人喊冤告李文龙么？"值日说："并没有。"知县说："圣僧可曾听见？这件事叫我难办了。吏不举，官不究，没人来告状，我怎么办呢？"和尚说："有人告他。"知县说："谁告他？"和尚说："我告李文龙。"知县说："圣僧为何告他？"和尚说："老爷把李文龙传来，他要不是无故休妻，老爷拿我和尚治罪。李文龙不是外人，跟我是亲戚。"知县说："是，是。"立刻派王雄、李豹去传李文龙。且说李文龙回到家中，正自纳闷，哪来的这么一个疯和尚爷爷呢？自己正在思想，听外面打门，李文龙出来一看，王雄、李豹说："李先生，有人把你告下来了。"李文龙说：

---

① 属员上司——即上下级关系。

“谁把我告下来?”王雄、李豹说:“是一个穷和尚。”李文龙一听,立刻到里面把镯子、小扇坠环、字柬一并带着,抱着孩子一同王雄、李豹来到衙门。李文龙一上堂,见穷和尚旁边跟知县平起平坐,心里说:“我这官司要输。”立刻口称:“老父台在上,生员李文龙有礼。”知县一看,说:“李文龙你无故休妻,既是念书的人知法犯法,该当何罪?”李文龙说:“回禀老父台,我休妻有因,何言无故?她犯了七出之条。”老爷说:“有何为凭据?”李文龙说:“回禀老爷,自那一日我出去给人家写信回来,在后院内出恭,听后门有人叫娘子开门,我开门一把没揪住,那人跑了,由袖口掉下手卷包,我捡起一看,是一对金坠环,情诗三首。我一找找出金镯、小扇,因此我将妻子郑氏休回。老父台请看这东西、诗句。”立刻把坠镯、小扇、诗句呈上去。老爷一看,勃然大怒,说:“你这东西就该打,先给我打他二百戒尺!”李文龙说:“请示老父台明言,生员身犯何律,老父台要打我。”知县说:“打完了我再告诉你。”和尚说:“老爷瞧着我,饶恕他,暂记他二百戒尺,老爷告诉他。”知县说:“李文龙,素常①你夫妻和美不和?”李文龙说:“和美。”老爷说:“素常你妻子是贤惠人不是?”李文龙说:“素常倒贤惠。”知县说:“却原来你妻子素常安分,夫妻和美,你岂不知这件事有阴人陷害,捏造离间你夫妇么?凡事要三思。你妻子与人私通,可是亲眼得见么?”和尚说:“老爷派差人把郑氏、马氏并赖子一并传来。”老爷立刻教王雄、李豹下去传人。书中交代,郑氏自从那日跟她舅母回来,第二日求她舅母去给劝说,马氏到李文龙家去,李文龙不但不开门,还把马氏辱骂回去。马氏到了家一说,郑氏哭得死去活来。马氏说:“我也不能再去了。”吃早饭后,就来了一个老太太,有六十多岁,到马氏屋中来一见郑氏,这老太太就问马氏:“这位姑娘是谁呀?”马氏说:“这是我外甥女,给的李文龙为妻。”这老太太说:“哟,这位姑娘头上脚下够多好,给的就是那穷酸李文龙么?是怪可惜的。”马氏说:“现在李文龙不要了,休回来了。”这老太太说:“那也好,早就该跟他散了,省得跟他受罪。这可逃出来了,我给你说个主吧,做过兵部尚书的公子卞虎卞员外,新近失的家,要续弦,这一进门就当家,成箱子穿衣裳,论匣子戴首饰,有多好?”郑氏一听说:“这位妈妈今年多大年纪?”这位太太说:“我六十八岁。”郑氏说:

---

① 素常——平时,平常。

“好,再活六十八岁,一百三十六,你这大年岁说点德行话才是,不该拆散我夫妇,你快去吧。”这个老太太被郑氏抢白走了。工夫不大,又来了一个四十多岁的妇人,一见郑氏也提说不必跟李文龙受苦,你不必想不开。嫁汉嫁汉,穿衣吃饭,我给你提提卞虎员外好不好?进门就当家,一呼百诺,出门坐轿子,郑氏又给驳走了。一连来了四个,都是给卞虎提亲。郑氏也是聪明人,自己一想:“来了四个媒人,都给卞虎一个人提,要是提两家还可,都提一家,这其中定有缘故。”郑氏一想:“这必是卞虎使出人来离间我夫妇,我莫若应允他,跟他要五百银子给我丈夫李文龙,叫他奋志读书,抚养孩儿。等过了门,我暗带钢刀一把,我话里引话,套出卞虎的真情,我用钢刀把卞扎死,我自己开一膛,方显我贞节之名,叫丈夫李文龙明明白白。”想罢,就跟这个媒婆说:“我愿意了,你可去吧。可有一节,我先要五百银子,没有银子我不上轿。可得把我丈夫李文龙找来,我得见一面,不依着我,还是不行。”媒婆一听,说:“那都好办,打发人把你丈夫李文龙找来你见见,你要银子也现成,只要你愿意,我去说去。”郑氏说:“就是吧。”媒婆去了。次日回来,就说:“停当了,今天晚上就娶,先有人送银子来,随后轿子就到。”正说着话,外面打门,马氏叫赖子开门一看,乃是二位公差。马氏问:“找谁?”王雄、李豹说:“有人把你们告下来了。”马氏说:“谁告下我们来?”王雄说:“李文龙。”马氏说:“好呀!李文龙把媳妇休了,反倒把我们告下来。”王雄说:“老爷有谕,传郑氏、马氏赖子去过堂。”马氏说:“哟,我们赖子一个傻孩子,招着谁了。”王雄说:“老爷有分派。”马氏无法,找人看家,同着郑氏带着赖子一同来到公堂。王雄上去一回话,老爷吩咐:“先把郑氏带上来。”郑氏一上堂,李文龙的孩子已有三岁,一瞧见娘“哇”的一声就哭了,老爷就说:“你是郑氏?”郑氏说:“小妇人伺候。”老爷一看郑氏,衣服平常,说:“你丈夫李文龙为什么休你?”郑氏说:“小妇人不知道。”老爷说:“你愿意跟李文龙不愿意呢?”郑氏说:“小妇虽不敢说知书达理,我也知道忠臣不事二主,烈女不嫁二夫,求老爷恩典,我愿意跟我丈夫。”老爷说:“你这两天在你舅母家里,你舅母说什么呢?”郑氏说:“我求我舅母去跟我丈夫说合,我舅母被我丈夫辱骂回来,我舅母也不管了。昨天一连来了四个媒人都给我提亲,都提卞虎卞员外一家,小妇人可就生了疑心,这必是卞虎主使出来,离间我夫妇。”老爷说:“你应允没有?”郑氏说:“我应允了。”老爷说:“你既愿意跟你夫,怎么又应允呢?"郑氏说:"我打算跟他要五百银子,给我丈夫李文龙,使他用功读书,抚养我那孩儿。我虽应允,等他把我娶过去,我暗带钢刀,话里引话,套出他的真情实话,我把他扎死,我一开膛,那时呈报当官,可洗出小妇人清白之名。"知县点点头,叫把郑氏带下去,带马氏上来。老爷一看马氏,三十多岁,也很美貌,透着风流。老爷问道:"马氏你外甥女被休回去,你为何不给说合?"马氏说:"回禀老爷,小妇人到李文龙家去,李文龙不开门还把我骂回去。我就跟我外甥女说,你愿意在我家住着,我做针凿,有你两碗饭吃,先嫁由爹娘,后嫁由自身,我也不能管。媒人给她说亲,是她自己答应的,小妇人也并没叫她另嫁。"知县一听这案没处找头绪,这才问:"圣僧,怎么办?"和尚说:"把马氏带到外面去,立刻把赖子带上来。"知县问道:"赖子你说实话,我给换新衣裳,买肉吃。"赖子本是傻子,说:"不知道。"知县说:"你妈跟谁商量什么计害你姐姐?"赖子说:"不知道。"老爷又问:"你妈叫谁给你姐姐说亲。"赖子仍回不知道。问什么,他总回说不知道。知县为了难,又问和尚,和尚把王雄、李豹叫过来,附耳如此如此,王雄、李豹点头答应。不知和尚有何等妙计,要审问真情,且看下回分解。

第一百三十一回

吐实情马氏拉卞虎　定妙计佛法捉贼人

话说和尚在王雄、李豹耳边说了几句，王雄转身够奔外面。李豹拿了一方肉，在大堂用板子一打，仿佛打人一般，众官人吓喊堂威，说："打，打，打！"外面马氏就问："打谁呢？"王雄说："打你儿子赖子呢。"马氏一听，心痛得了不得。少时，和尚叫把赖子藏起来，把马氏带上来。马氏一瞧她儿子没有了，也不知搁在哪里去了，往大堂前一跪，老爷把惊堂木一拍，说："马氏你好大胆量，你做出这样事来！方才赖子都招了，你所做的事还不实说么？"马氏刚才一愣，老爷说："大概不用刑，你还不说，已然你儿子都说了，你还敢隐瞒？来人给我掌嘴！"马氏一听，吓得颜色更变，说："老爷不必动刑，既是赖子说了，我也说。"知县说："你快实说，本县不打你。"马氏说："回禀老爷，小妇人居孀守寡，只因没养廉，我跟卞虎住街坊，常给卞员外做活，卞员外常给我家里送钱，给我打首饰，做衣裳，来往频盈，跟小妇人通奸有染。那一天卞员外到我家去，提说在城里二条胡同，瞧见一个西头路北墙门出来一个妇人，二十多岁，生得标致可爱，出来倒脏水，他骑着马由那里瞧见，提说怎么长得美貌。我说：'你别胡说，那是我外甥女。'他说：'叫我给接回来拉皮条。'我说：'不行，我外甥女是贞节烈妇。'后来他交给我一对金镯子、一套垂金扇，叫我给搁到我外甥女家去。他说：'苟能够拆散他夫妇，许给我五十两银子。'我把镯子留下一只。那一天我瞧我外甥女去，她去外厢方便，我就把镯子、扇子放在箱子里，这是我办的。后来有什么事，我就不知道，那都是卞虎做的。那一天李文龙找我，就叫我把我外甥女带回来，我也不知是怎么事故①，这是以往从前真情实话。"老爷一听，吩咐王雄、李豹："给我传卞虎。"和尚说："老爷你传得了来么？"知县说："怎么传不了来？"和尚说："你想，卞虎乃是兵部尚书之子，家里手下人极多，又是深宅大院，官人一去，他一得着

---

① 事故——原因。

信，由后门就走了。”知县说：“依圣僧之见，该当如何呢？”和尚说：“我带着王雄、李豹、赖子去拿他，我自有道理。”知县说：“好，圣僧辛苦一回吧。”和尚这才带领王雄、李豹、赖子出了衙门。和尚说：“二位头儿跟赖子上他们家去等我。”王、李二人点头答应，同赖子到马氏家去。和尚一直来到卞虎的门首，一瞧悬灯结彩，热闹非常。和尚来到大门前说：“辛苦辛苦！”门上管家一看，说：“大师父快去吧，我们员外大喜的日子，你赶什么来了？”和尚说：“我念喜歌来了。”管家说：“没有出家人念喜歌的，你快去吧。”和尚说：“咱们是乡亲，你叫我得几吊好不好？”管家一听和尚的口音，说：“大师父你是台州府的么？”和尚说：“是呀！”管家说：“我念与你是乡亲，念吧，念完了，我到账房给你要两吊。”和尚说：“劳你驾吧，我念：悬灯结彩满堂红，锦绣门挂锦绣灯。和尚至此无别事，特意前来念藏经。”管家说：“和尚你别念藏经呀，这是叫我们员外听见，立刻就把你送衙门。你念吉祥的。”和尚说：“悬灯结彩满门昌，千万别添女家旁。福神喜神全来到，阎王有信请新郎。”管家一听，说：“和尚你是找打，你念好的吧。”和尚说：“我不会了，你给我要钱去吧。”管家说：“我念你跟我是乡亲，要不然，我真给你回禀员外。”和尚说：“你给拿钱去吧。”管家到里面要了两吊钱拿出来，和尚扛着来到西城根二条胡同。到了马氏家中，王雄说：“圣僧，咱们怎么拿卞虎？”和尚说：“赖子。”赖子就答应，和尚说：“赖子你到卞员外那去，你就说：‘我娘说了，叫卞员外不必等晚上娶了，睡多了梦长，这就发轿去娶，带五百银子。’你说我娘说：‘新人下轿子，叫卞员外亲自递给新人一个苹果，为是平平安安的。’你别提打官司，照我这话说。”赖子说：“嗳。”他本是痴子，立刻就到卞员外家去，刚来到卞虎门首，家人都认识，说：“赖子做什么来了？”赖子说：“我娘说了，叫卞员外不用等晚上娶，睡多了梦长，这就以轿娶吧。”家人说：“是。”带着赖子一见员外，卞虎说：“赖子你怎么来了呢？”赖子说：“我娘说了，叫卞员外这就娶，带了银子，新人下轿，叫卞员外亲给新人一个苹果，平平安安的。”卞虎说：“是了，你回去吧。”赖子立刻回来。卞虎叫陪亲太太，立刻鼓乐喧天，坐着花轿来了。这里王雄、李豹就问：“和尚，怎么办？轿子来了娶谁呀？”和尚说：“我上轿，你们两个扶轿杆，你两个人先要五百银子，每人带二百五。我和尚上轿，到那下轿拿他，要不然拿不了他。”正说着话，轿子到了。和尚先把门关上，叫王雄、李豹说：“新人上轿，忌十二属相，不用陪亲太太，叫陪亲太太请回去吧。”王雄、李豹隔着门一说，外面陪亲太太自己回去了。外头鼓手叫：“开门，别误了吉时！”和尚说：“吹个大开门。”外头就吹打。和尚说：“吹个小开门，吹个半开门。”外头说：“不会。”和尚说：“打个花得胜。”外头就打。和尚又说：“打个孙大圣。”外头鼓手说：“不会。”和尚说：“拿红包来。”外面隔门缝往里捺红包，包着钱。和尚说：“捺一个一门五福，捺两个二字平安，捺三个三阳开泰。”和尚说：“还是撒满天星。”都说完了，和尚哧溜进了屋子。王雄一开门，花轿抬进来，有管家跟着，认识王雄、李豹，管家说：“二位头翁跟着帮忙么？”王雄说：“可不是，带了五百银子来没有？没带来可不上轿。”管家说：“带来了。”王雄说：“带来交给我们吧。”管家把银子交给二位班头。花轿堵着门口，和尚上了轿子，王雄、李豹扶着轿杆，吹吹打打，来到卞员外家。轿子搭到里宅落平，卞虎拿着一个苹果往轿子里一递，和尚接过来就吃，随把手揪住卞虎的手腕子，卞虎心里还说：“怎么美人手这样粗？必是洗衣裳洗的。”众多的姨奶奶、婆子、丫环都要瞧这个美人，必是天上少有，地下决无，急至一打轿帘，是一个穷和尚，大众哄堂而笑。和尚说：“好卞虎，你往哪走！”王雄过去一抖铁链，把卞虎锁上，众多家人要拦，被和尚用定身法定住，拉着卞虎来到公堂。知县说：“下面是卞员外？”卞虎说：“老父台。”知县说：“卞虎。”卞虎说：“张甲三知县官。”知县说：“好恶霸。”卞虎说：“好赃官。”老爷勃然大怒说：“卞虎，你好大胆量，竟敢目无官长，咆哮公堂！你为何诡谋定计，图谋良家妇女，与马氏通奸？趁此实说！”卞虎说：“我不知道。”知县说：“大概抄手问事，万不肯应，拉下去给我重责四十大板！”皂班立刻将卞虎按倒，打了四十大板，打得皮开肉绽，鲜血直流，老爷又问，卞虎本是公子哥出身，从来没受过这样苦，焉能支架得住？这才说：“老爷不必用刑，我实说。我原与马氏通奸，那一天我见了郑氏貌美，我一问马氏，方知道是她外甥女，她说是贞节之妇。我家有一个教读的先生，姓童双名介眉，他给我出的主意，叫我买一对镯子、一把小扇，先叫马氏给郑氏栽上赃。我家开着一座绸缎店，那天故意说请李文龙写信，童先生给我做了两首诗，一首词，拿一对耳环。我派人给李文龙送去，故意叫李文龙知道，休他妻子，我可以托媒人说到我手，这都是童先生出的主意。”知县立刻叫书班写了口供，问：“卞虎认打认罚？”卞虎说：“认打怎么样？认罚怎么说？”知县说：“认打呢，我革去你的员外，照例重办。认罚呢，罚你五千银子。”卞虎情愿认罚。老爷把马氏叫上来，打了四十嘴巴，知县说：“我念这妇人无知，便宜你下去具结，从此安分。”又把李文龙叫上来，叫书班一念供，知县说：“李文龙你听见了吧，你妻子本是贞节烈妇，无故被屈含冤。你趁此接回去，本县赏你五千银子，愤志读书，下去具结。”李文龙给知县磕头，千恩万谢，卞虎给银子，李文龙领下去，众人具结完案，知县这才说：“圣僧在我这里住几天吧。”和尚说：“还有那五百银子赏王雄、李豹二人，我明天就走，要上白水湖去捉妖。”知县摆酒款待和尚。天晚安歇。次日知县说：“我给绍兴府知府顾国章写 封信，派王雄李豹送圣僧去好否？”和尚点头，知县立刻写信，派王雄、李豹二人拿了书信同和尚同去。这才起身，要够奔白水湖。真假济颠捉妖，且看下回分解。

第一百三十二回

送圣僧捉妖白水湖　假济公投刺绍兴府

话说济公禅师由萧山县告辞,同王雄、李豹顺大路够奔白水湖。道路上饥餐渴饮,晓行夜宿。这一日刚来到绍兴府东门,只见街市上男男女女,拥挤不动。王雄、李豹就打听过路人:“什么事这样热闹?”有人说:“白水湖济公长老捉妖。”王雄说:“怎么,我们还没来,就知道济公来捉妖呢。”就听大家纷纷议论,这个说:“我因为瞧捉妖,行人情都没去。”那个说:“我因为瞧捉妖,买卖都没做。”正说着,就听那边哄赶闲人,说:“大人来了,同着济公长老在马王庙打公馆喝茶吃饭,少时就上台捉妖。”王雄一看,头里是鞭牌锁棍,旗锣伞扇,后面跟着两匹马,左边是一匹红马,右边是一匹白马,只见红马上骑着一个大和尚。看那样子,跳下马来,身高有一丈,大脑袋,膀阔三停,项短脖粗,赤红脸,穿着黄袍,脖子上挂着一百单八颗念珠,背后带着戒刀,白袜黄僧鞋,真像个罗汉样子。右边骑白马的,是知府顾国章,头戴展翅乌纱,身穿大红蟒袍,玉带官靴。旁边就有人说:“瞧这位济公长老,真是汉晋间罗汉样子。”那个就说:“这许不是济颠僧,济颠僧是颠僧,短头发有二寸多长,一脸泥,破僧衣缺袖短领,腰系绒绦,疙里疙瘩,光着两只脚,拖着两只草鞋,褴褛不堪,酒醉疯癫,那才是济颠僧呢。”用手一指济公,那人说:“就跟这位大师父不差,往来比他还脏。”和尚说:“比我还脏,你认识济公么?”那人信口开河说:“我认识,我跟济颠有交情,去年夏天我在临安盘桓了好几个月呢。”和尚说:“你去年夏天不是在扬州做买卖着,怎么你又上临安去?”那人一听一愣,说:“我在扬州做买卖,你怎么知道?”和尚说:“那是我知道。”这时节王雄、李豹可就说:“圣僧,你看这里可有一个济颠,你要是真济颠,咱们再投信。你要是假济颠,可趁早别碰钉子。”和尚说:“我也不知道我是真的是假的,你们两个人瞧着办吧。”正说着话,马到了跟前,济公一声喊嚷:“好王八猴儿狗,待我来!”过去一把,竟把假济颠的马嚼环揪住。书中交代,这个假济颠是怎么一段缘故呢?原本绍兴府知府顾国章到任不多的日子,东门外有一道河名叫没涝河，这道河又叫白了沟，说济公的全布上都叫白水湖，愚下做书的也不能独出己见，再为改正，也就是白水湖就是了。这个湖的水，忽然放香，沿湖一带的小孩子，走到那里，闻着湖水一香，就跳下去。后来众村庄摆设香案，冲着湖水一祭奠，只见由湖水里出来两股阴阳气，听得见说话，瞧不见人影，一天要吃一个童男、一个童女。要不给送，要把绍兴府一带地面的小孩子全吃了，一个不留。六百多村庄一会议，谁家有孩子都写上名儿，团了纸团，搁在斗里，天天抓，抓出谁家的，把谁家的孩子送给妖精吃。大众一禀官，知府各处张贴告示，谁能给把妖精除了，谢白银一千两。这天，忽然知府的衙门口一声"阿弥陀佛"，来了一个大和尚，赤红脸，身高一丈，穿着黄袍，口称："我乃灵隐寺济颠和尚是也，正在庙中打坐，心血来潮，知道白水湖有妖精害人，贫僧特意脚驾祥云来到此处，所为降妖捉怪，搭救众民。尔等进去回禀你们太守，就说贫僧来了。"官人进去一回禀，知府迎接出来，说："圣僧佛驾光临，弟子有失远迎。"跪倒行礼。这大和尚一摆手，大模大样说："不必行礼，头前带路。"来至书房坐下，知府说："圣僧由灵隐寺来，何时起身？走了多少日子？"假济颠和尚说："贫僧今日早晨脚驾祥云而来，特为降妖。"知府说："圣僧捉妖，用什么东西？"和尚说："一概不用，就在湖岸高搭法台。"知府一面派人搭法台，一面问和尚吃荤吃素，和尚说："荤素皆可。"知府吩咐在东门外马王庙打公馆，陪和尚到公馆用饭。用完了饭，法台搭好，那时知府同和尚来到白水湖岸头。和尚一跺脚，上了法台，一烧香，心中祷告过往仙灵："弟子本是飞龙山炼气士，皆因白水湖妖精害人，我也不是兴妖作怪，所为把妖精除了，搭救这方黎民，望神灵保佑！"祷告已毕，画了三道符，用戒刀粘上，一点一晃，这团火光有海碗大小，口中说："这道符出去，一到湖里，就叫妖精出来。"说罢往湖里一甩，只听湖水"哗啦啦"一响，声如牛吼雷鸣一般，就见水往两旁一分，由湖里出来两股阴阳气，直奔这和尚照下来。这和尚一张嘴，出来一股黑气，把那阴阳气顶住。他这股黑气有核桃粗，那股阴阳气有茶杯口粗细，眼瞧这湖里出来的阴阳气，把他这股黑气直往下压。书中交代，这白水湖里这妖精，有八九千年的道行，这个假济颠，只有五千年的道行，故此敌不住。众人瞧着也不懂，就见这和尚热汗直流，法台"咯吱咯吱"直响。天到日色西斜，偶然云生西北，沉雷"咕噜噜"一响，这股阴阳气收回去，这和尚累了一身汗，说："老爷，今天贫僧未带法宝,我回庙去取法宝,明天再来捉妖。”知府说:“圣僧回灵隐寺有几百里,哪能就来了?”和尚说:“贫僧会驾云。”说完了话,哧溜一股黑烟没了,众人都说这可是神仙。知府回衙,次日果然这和尚又来了。他原本不是这白水湖妖精的对手,他回山要请一位有本领的老道帮忙,那老道也有八九千年的道行,偏巧不肯出来管。他一怒,今天要跟白水湖的妖精来拼命。一见知府,知府知道这取了宝贝来,仍吩咐在马王庙打公馆,预备吃饭。今天就吵嚷动了,瞧热闹的人拥挤不动。知府同着假济颠够奔马王庙,正往前走,真济颠一声喊嚷,过去一把将假济颠的马嚼环揪住。真济公说:“好东西,你敢前来捉妖。”假济颠一看,是一个疯疯癫癫的穷和尚,焉想到罗汉爷早把佛光、金光、灵光三光闭住。假济颠看着是个凡夫俗子,连忙就问:“这位法兄请了。”真济颠说:“你跟我论兄弟么?”假济颠说:“论哥们你不愿意么?”真济颠说:“我倒怕你不愿意,你上哪里去?”假济颠说:“我去捉妖去。”真济颠说:“你去吧。”又把马嚼环松开了。假济颠同知府够奔马王庙去了。王雄、李豹一瞧和尚,虎头蛇尾,过去的时节仿佛真哼,有前颈没后颈,王雄、李豹就说:“圣僧,咱们这信是投好,是不投好?”和尚说:“你们两位瞧着办吧。”王雄、李豹自己一想,有心不投信吧,又怕老爷想:“你管他是真济颠假济颠,我叫你投信你不投?”有心投吧,又怕老爷说:“瞧见一个济颠僧,你二人为什么还投信,碰钉子呢?”左思右想,无奈还是投吧,这才同着和尚来到马王庙。王雄、李豹来到里面门房,一道辛苦,绍兴府的稿案①本姓张名叫张文元,原先也在萧山县当过稿案,认识王雄、李豹,连忙问:“二位头儿从哪里来?一向可好?”王雄说:“我二人奉了县太爷之命,来给太守下书,荐来一位济公长老,给白水湖捉妖。”张文元一愣,说:“我们这里有一位济公长老,怎么会又来了一位济公?在哪里?”王雄说:“在门口呢。”张文元同着来到门口一瞧,和尚靠着影壁在地下坐着睡着了。王雄用手一指,说:“就是这位和尚。”张文元一看,叹了一声,说:“依我说你们二位不必投信了,瞧我们这里这位济公,真是罗汉的样子。这个和尚简直是乞丐。”王雄说:“我二人奉老爷之命来投书,不能不投呀!你给回回吧。”张文元无法,到里面一回,知府顾国章正同假济颠谈话。张文元把信拿进来,知府一看,微微一笑说:

① 稿案——旧时地方官署中管理收发公文的低级人员叫“稿案”。

“圣僧，你看世界上真有这等无知之辈，冒充你老人家的名姓。”假济颠一听，说：“怎么回事？”知府说：“现有我的朋友萧山县知县，又给荐了一个济颠和尚来，真乃可笑。”假济颠一听，一哆嗦，心说：“许是真的来了。”知府说：“请进来瞧瞧吧。”立刻张文元出来一找，和尚没了。正在各处找寻，忽听厨房里厨子嚷：“哪来的个穷和尚偷菜吃来了，这是给济公长老预备的！”张文元来到厨房一看，见穷和尚偷酒喝，还大把抓菜呢。张文元说：“和尚，我们太守请你哪。”济颠一声答应，这才往里够奔。不知真假济颠见面该当如何，且看下回分解。

第一百三十三回

真假僧会面马神庙　邀道友携宝报前仇

话说知府吩咐有请，张文元同着真济公来到里面。假济颠一看，是方才揪马嚼环的那个穷和尚，假济公就问："来者法兄，怎么称呼？"真济颠说："我乃灵隐寺济颠僧是也，你是谁呀？"假济颠说："我也是济颠。"真济颠说："你也是济颠，我在庙里怎么没瞧见过你？"假济颠说："你也不用瞧见过没瞧见过，回头上台作法，谁有能为谁是真。"济公说："也好，咱们先吃饭要紧，千里为官，还为的是吃穿呢。来，摆酒摆酒！"知府立刻吩咐把酒摆上，和尚大把抓菜，抓起来还让："知府你吃这把。"知府一瞧，和尚伸出手来似五根炭条一般，连忙说："请吧。"和尚大吃大喝。吃喝完毕，知府同着真济颠、假济颠来到法台，但则见这瞧热闹的人多了，假济颠说："法兄上台呀。"真济颠说："怎么上去？"假济颠说："施展法术上去呀。"真济颠说："我不会，我拿梯子上去。"假济颠一跺脚上了法台，真济颠故意爬梯子上去。假济颠说："你先烧香吧。"济公拿过香来就点，假济颠说："你祝告么？"真济公说："祝告什么？"假济颠说："你心里有什么，就祷告什么。"济公说："我穷。"假济颠说："穷没人管。"济公就说："我饿。"假济颠说："你倒是捉妖念咒，施展法术，别要笑作玩。"济公说："我不会。"把香火冲下，往香炉里一插，真济公一滚身跳下法台，正碰见胡秀章、孙道全二人，说："师父怎么不管捉妖？"和尚说："你们两个人早来了，咱们不管，回头有比咱们爷们能为大的来捉妖，咱们瞧热闹吧。"济公又说："我先前教给的咒，忘了没有？"孙道全说："什么咒呀？"和尚说："唵嘛呢叭迷吽！唵，敕令赫！"孙道全说："那我记得。"和尚说："你记得，好，你拿着宝剑，站在湖沿上，冲着湖念我这个咒，湖水就上不来。要不然，湖水一上来，就把众黎民全都淹了。"孙道全点头答应，就到湖沿上去念咒。这个时节，假济颠在法台上见真济公一下去，连众瞧热闹人都瞧着可笑。假济颠在台上画了三道符，点着往湖里一甩，就听湖里水一响，声如牛吼，往两旁一分，波浪滔天，由当中出来一股阴阳气直奔法台。假济颠一张嘴，出来一股黑气就把阴阳气顶住。本来他不是湖里妖精的对手，仍然这阴阳气直往前赶，他这股黑气直往回抽，眼看就要抽完了。假济颠正在危急之际，就听见念一声“无量寿佛”，又一声“无量寿佛”，来了两个老道。头里走的这老道，发挽双鬟髻，穿着青布道袍，青缎护领相衬，腰系黄绒绦，白袜青云鞋，面如刃铁，粗眉大眼，押耳黑毫，海下一部钢髯，由如钢针，雅似铁线，在肋下佩着宝剑，背后背着一手乾坤颠倒迷路旗。后面跟定一个老道，头戴青缎九梁道冠，身穿蓝缎道袍，青护领相衬，腰系丝绦，白袜云鞋，白脸膛，俊品人物，身背后背着周天烈火剑。书中交代，这位白脸膛老道，乃是神童子褚道缘。前者跟济公为仇，分手之后，他回到铁牛岭避修观，得了加气伤寒病了。他师兄孙道全到临安去找济颠，替他报仇，一去不回来。褚道缘病好了，一打听不但孙道全没替他报仇，反认他济颠和尚为师。褚道缘这个气就大了，他自己带上周天烈火剑，够奔双松岭三清观。这庙中有一个老道，叫鸳鸯道张道陵，跟褚道缘至好。褚道缘知道张道陵庙中有一种镇观之宝，叫乾坤颠倒迷路旗，无论什么精灵，一晃这旗子也得显原形，就是带路金神，一晃这旗子也得翻身栽倒，若是凡夫俗子，能把三魂七魄晃散。褚道缘这天来到三清观，一见张道陵，就把受济颠和尚欺辱的话一说，现在孙道全怎么玷辱三清教，认了和尚为师，褚道缘说：“我来求兄长替我报仇雪恨，我知道你有乾坤颠倒迷路旗，你可以带着跟我到临安去找济颠报仇。”张道陵说：“这件事我可不敢应允，乾坤颠倒迷路旗乃镇观之宝，上辈遗留。前番有蟒精来偷盗，没盗了去，后来又来了一个壁虎精，也没盗了去。有我师爷在日就说过，无故不准妄动，你另请高明罢。”褚道缘说：“兄长你我知己，无论怎么样，兄长得替我出力，不管也要管。”张道陵见褚道缘苦苦哀求，自己无法，说：“也罢，我跟你去一回就是了。”这才请出乾坤颠倒迷路旗，带着同褚道缘下山。这天来到临安，同到灵隐寺一找济颠，门头僧说：“济颠有人请去，上白水湖捉妖去了。”二人这才往白水湖追赶，要找济颠，连孙道全找着全杀，谁也不留。这天两个老道刚来到绍兴府东门，就见街市上瞧热闹的人拥挤不动，纷纷传言说：“济公长老在白水湖捉妖。”二人来到法台临近一看，不是真济颠。张道陵说：“贤弟你来看，我打算是真济颠捉妖赶精，法台也是妖精，妖精捉妖，这倒新鲜。”褚道缘说：“兄长你我今天上法台，帮着这个妖精把湖里的妖精捉了，你我二人显显能为。兄长你留着宝贝迷路旗捉拿济颠，我这周天烈火剑能请天火、地火、人火三昧真火，是我师父的宝贝，可以捉妖。”二人商量好了，来到法台上，说：“上面僧人不必害怕，待山人前来跟你捉妖。”说罢，二人趁脚风上了法台。假济颠正在不得了，恨不能有人帮着才好，连忙说：“二真人快快大发慈悲，把妖精捉了，给民间除害。”褚道缘说：“兄长瞧我的。”立刻画了三道符，用周天烈火剑一粘，说：“我这一道符甩在湖里，就能叫妖精上来现原形。”自己以为能为大了，其实更不行，就见他把符点着，口中念念有词，说声“敕令”，往外一甩符，焉得到真仿佛有人从手里把宝剑夺出去似的，连宝剑出手，落到湖内。褚道缘一跺脚说：“了不得了，把我的宝贝失了。”张道陵说：“谁叫你多管闲事，又要捉妖，这自然是失了。你我走了吧，找济颠去吧。”褚道缘无法，立刻跳下法台。这两个人来得很勇，回去得更快，褚道缘垂头丧气同张道陵往回走。正往前走，只见前面来了两个人，都是壮士打扮。一位是紫壮帽，紫箭袖，身披大氅，面似蓝靛，发似朱砂，红胡子；一位身穿蓝翠褂，俊品人物，来者非是别人，正是雷鸣、陈亮。这两个人是由小月屯来找济公，要瞧热闹，正碰见两个老道。雷鸣、陈亮不打听也没事，偏巧雷鸣就问：“借光，道爷是从白水湖来么?”老道说：“是呀。”雷鸣说：“你瞧白水湖是济公捉妖么?”褚道缘一愣，说：“你们二位打听济颠，跟济颠认识么?”雷鸣说：“哪是认识，济颠是我们师父。”褚道缘一听，“呵”了一声，说：“你二人既是济颠的徒弟，甚好。我正找济颠，找不着，就是你二人吧，张道兄把宝剑给我，我杀他二人。”张道陵说：“何必你动手，叫你瞧瞧我这乾坤颠倒迷路旗的厉害。”说着把旗子拿出来，打开一晃，口中念念有词，雷鸣、陈亮这二人一瞧天旋地转，雷鸣、陈亮破口大骂：“好个杂毛老道，二位大太爷跟你们远日无冤，近日无仇，冤各有头，债各有主，无故跟二位大太爷作对？我杀你两个杂毛老道！”雷鸣、陈亮打算要拉刀动手，无奈身不由己，头晕眼眩，翻身栽倒在地，不能转动。张道陵把旗子卷上，哈哈一笑，说：“贤弟，你可是看见了?”褚道缘说：“看见了，真是宝贝。”张道陵说：“这找不着济颠，杀他两个徒弟，也算报了一半仇。”把宝剑递与褚道缘，褚道缘刚要杀雷鸣、陈亮，就见那边一声喊嚷：“好杂毛，无故要杀我徒弟，冤有头，债有主，待我和尚老爷与你们分个高低上下！”济公禅师赶到，初会乾坤颠倒迷路旗，不知僧道斗法，胜负如何，且看下回分解。

第一百三十四回

白水湖丢失烈火剑　密松林初试迷路旗

话说老道褚道缘正要杀雷鸣、陈亮，济公禅师赶到。褚道缘一看，说："道兄，你看济颠来了。"张道陵说："好，待我来。"伸手拉出乾坤颠倒迷路旗，说："济颠你可认得山人？"和尚说："褚道缘，你先等等。冤各有头，债各有主，我跟你有仇，徒弟没招惹你，你叫我徒弟走他们的，有什么话，咱们再说。"褚道缘说："可以。"和尚过去把雷鸣、陈亮救起来，给了两个人一块药吃，这两个人当即好了。雷鸣、陈亮说："师父，你老人家上哪里去？"和尚说："你们两人不用管，去到白水湖等我去，我少时就去。"这两个人走了。和尚这才说："你们两个老道，打算怎么样？"张道陵说："和尚，你无故欺负三清教的人，今天山人特来找你，你可认识山人这宝贝？"和尚说："我认识怎么样？"张道陵说："你要知道我的厉害，跪倒给我磕头，叫我三声祖师爷，饶你不死。如要不然，当时我拿这乾坤颠倒迷路旗，结果你的性命。"和尚哈哈一笑说："我叫你三声孩子。"张道陵一听，气往上撞，当时一晃迷路旗，口中念念有词，眼瞧和尚滴溜溜转，东倒西歪。老道说声"敕令"，和尚翻身栽倒。张道陵一看，说："贤弟你看见了，我已将和尚治住，是你杀我杀？"褚道缘说："我立刻杀他。"随即赶过去，恶狠狠照定和尚脖颈就是一剑。只听宝剑"当啷啷"一响，和尚脖子冒火星。褚道缘说："和尚好结实的脖子。"张道陵说："这不是和尚吧。"一句话说破，再一瞧，是半截石头桩，和尚踪迹不见。张道陵说："了不得，这叫替行挪移大搬运。这和尚能为不小，既是我这宝贝拿不了他，那就比你我的道行大，你我不是他的对手，咱们得请能人拿他。"褚道缘说："请谁去？"张道陵说："请你师爷爷紫霞真人李涵龄去。"褚道缘说："不行，我师爷爷决不管。"张道陵说："你爷爷或者能与帮助更妙。不然，到八卦山去请坎离真人鲁修真来。他有一宗镇观之宝，名曰乾坤子午混元袋，无论什么妖精装在里面，一时三刻化为脓血。岛洞金仙，装在里面，能把道行没了，连西方的罗汉装上，都能把金光散了。"褚道缘一想说："也好。"二人这才够奔八卦山去了。和尚借遁法走了，回归白水湖。刚来到湖岸，雷鸣、陈亮就赶过来行礼说：“承蒙师父救命，要不然，已死在老道之手。”和尚说：“不便行礼。”雷鸣、陈亮说：“师父那台上捉妖的和尚是谁？”济公说：“那是假济颠。”雷鸣说：“怎么济颠还有假的？”和尚说：“那是自然，你瞧，了不得了，这个假济颠要了不得。”雷鸣、陈亮瞧着也不懂，就见湖里出来这股阴阳气，把他这股黑烟压得剩了有几尺，再要少待片刻，把黑气欺没了，阴阳气一卷，就把他卷到湖里去，他这五千年道行就完了。眼瞧这假济颠热汗直流，法台“咯唧咯唧”直响，济公禅师心中有些不忍，这才口念阿弥陀佛，由腰里把僧帽拿出来戴上。和尚说：“亮儿给我拿个折。”陈亮一想：“这倒不错，把陈字去了，净吃亮儿。”立刻给和尚把僧袍拿了个折。和尚把绒绦紧一紧，说：“雷鸣、陈亮，你两个人上西边铺子门口，雨搭底下去，我和尚有事。”雷鸣、陈亮就到铺户廊檐下去一站。和尚恭恭敬敬，冲西北磕了三个头，起来也到廊檐下一站。少时云生西北，雾长东南，沉雷一响，大雨点真有钱大，赶精雷一响，避邪湖里，这股阴阳气收回去了。台上假济颠也怕雷，他也是妖精，自己一想：“得找个有造化的人，可以躲避雷，大概知府顾国章皇上家的四品官，必有造化。”假济颠正要找知府去，忽然往西一看，见穷和尚一摸脑袋，透出三光。他一看是身高十丈，头如麦斗，身穿织铎，赤着两只腿，光着两只脚，是一位活报报知觉罗汉。假济颠连忙来到真济颠跟前，说：“圣僧你老人家救命。”和尚一掀僧袍，说：“这里头蹲着来，老实点，别碰了零碎。”这个时节，狂风暴雨就下来了。瞧热闹人，跑的跑，躲的躲，知府在看台上也下来了。眼瞧着这法台上的大和尚，跑到那穷和尚的僧袍底下蹲着去，知府心中纳闷。这个时节一个电闪，跟着一个雷，这霹雷老打不着。济公一按灵光，说：“好东西，真是作怪。假济颠你出来，我用用你。”假济颠说：“圣僧，我不敢出去，怕雷劈。”和尚说：“不要紧，把我的帽子给你戴上。此时湖里的妖精，给雷震迷了。它头上顶着一块脏布，乃妇人所用污秽之物，雷不能劈它。你到湖里去把脏布抢过来，雷就把它击了。”假济颠这才戴上济公的僧帽，够奔湖岸，滋溜跳下湖去。知府看得明明白白，少时“呱啦”一个霹雷，雨随着就小了，就听湖水“哗啦啦”一响，妖精翻上来了。大众一看，这个妖精，其形是龙脑袋，两只眼没了，有两条腿，长有三十余丈，一身净鳞。这宗东西名叫鳄鱼，乃是龙种。这鳄鱼天底下地上头，只有一个，够五百里地长，这是个小的。这种东西最厉害无比，龙之性最淫，比如龙要污了牛，下出子来，名曰特龙；污了马，下出驹来名曰龙驹；龙污了驴，下出子名曰骞龙；污了羊，生子名曰猖龙；污了猪，生子名曰猿龙；要污了野鸡，下了蛋，入地一年走一尺，四十年起蛟，它一出来，能使山崩地裂，四周带起四十丈水来，乃是龙王爷的反叛。这个鳄鱼，天下大患，今天被雷击了，雨也住了。知府知道是穷和尚的法术，请的雷，这才下了看台，过来给济公行礼，说："圣僧佛法无边，弟子深为感念，请圣僧到衙门一叙。"和尚说："太守大人，你把这鳄鱼叫人抬回去。它那两只眼，是两颗避水珠，在内肾囊里，取出来，乃是无价之宝。它周身骨头节里都是珠子，它那两只爪，是真锹玦。大人你得这个鱼，取出珠子来，胜似敌国之富。"知府一听，喜乐非常，吩咐把方才那假济颠骑的马，给圣僧备过来。手下人答应，旁边胡秀章赶过来，说："圣僧你老人家上衙门去，我要回家了，在家中候着你老人家。"和尚点头，雷鸣、陈亮、孙道全过来，随着济公左右。和尚上了马，同知府并马而行，刚走到绍兴府东门，忽然济公骑的这匹马一叫，连蹿带跳，往北就跑。知府赶紧吩咐人快截马。大众官人都嚷截，但是谁也没截住。和尚的马，一直往北跑下去了。雷鸣、陈亮、孙道全随后追赶，和尚这匹马奔走如飞，跑下有二十多里来。和尚说："好东西，真跟我玩笑。"正往前走着，眼前树林子一声："阿弥陀佛，师父别走，弟子给你老人家送帽子来了。"济公一看，正是假济颠。书中交代：这个假济颠怎么一段缘故呢？只因绍兴府正南有一座会稽山，山下住着一个打柴的，姓李名云。这个人乃是饱学，时运不佳，家中贫寒，不能念书。家有老母，李云事母至孝，就指着打柴度日。一天打两担柴，一担柴籴米，一担柴自己烧。这天拿着扁担板斧，到山上去打柴，走到山口，就见那里有一条大蟒，有好几十丈长，两只眼似两盏灯，张着血盆似的大嘴。李云吓得魂不附体，把扁担、板斧都丢了。跑回家去，吓得战战兢兢。他母亲就问："儿呀，怎么了？"李云说："吓死我了，我拿着扁担、板斧刚要上山去打柴，刚走到山口，看见一条大蟒，真有水缸粗细，有好几十丈长，两只眼像两盏灯，张着大嘴要吃我，吓得我把扁担、板斧都捺了，赶紧跑回来。"老太太一听，说："扁担、板斧倒是小事，只是我儿有命，可以养赡为娘。"次日李云还得去打柴，家中又并无余粮，无奈跟街坊又借了一根扁担、一把斧子，够奔会稽山。刚来到山口一看，大蟒尚未走，吓得李云又把扁担、斧子捺了，又跑回去。老太太一看，见李云吓得颜色更变,又问:“李云为何惊慌?”李云说:“大蟒还在那里。”老太太说:“可别去了。”又过了一天,次日家中颗粒俱无,不去就得饿着,李云想:“我把人家担绳等件也都捺在那里,怎么赔人家?”这样一想,不顾命了,当时由家中出来,够奔山口,捡扁担打柴。不知李云性命如何,且看下回分解。

第一百三十五回

济公请雷诛妖怪　飞龙诚心拜圣僧

话说李云因家中无柴米，老母不能充饥，自己无法，来到山口，一捡两条扁担、两把板斧，大蟒也并不吃他。李云由蟒边走过去，上山打柴，挑柴回来，仍由蟒旁边过，大蟒也不动弹。后来一传，嚷动了会稽县知县，来祭奠大蟒。知县烧香说："大蟒你真有道德，你快走，找深山洞府参修去，可以成正果，少得民间作乱。"果然一阵风，大蟒起在半悬空，往四外一看，见有一座山洞，洞里有一股妖气。大蟒摇身一变，变了一个老道，头戴九梁巾，身穿蓝道袍，白袜云鞋，来到洞门。往里一看，里面有一个和尚，端然正坐，闭目参修。老道说："这位道兄请了。"和尚一看说："道兄从哪里来的？"蟒老道说："我原本在虎邱山禅家院参修，那里有大造化人占了，我此时无地安身。师兄你怎么称呼？在此何干？"和尚说："我乃飞龙僧是也，在洞中修真养性。未领教道兄怎么称呼？修炼有多少年代？"蟒老道说："我有八千多年的道行，我乃无名氏。你有多少年的功德？"和尚说："我有五千年的道行。我虽是五千年，我可做了些功德事，常在外面施符水治病，了然功德，常常下山，不在洞内。道兄既是没处去，何妨你就在我洞中一同参修，你我彼此也有个伴当。"老道说："也好。"就同飞龙僧二人在一处，时常盘道说法。这天和尚说："道兄，你在洞里养静吧，我要下山去做功德事。"老道说："好，你去吧，我也不懂得做功德，我就懂得参星拜斗，务正参修，不求有功，但求无过。"和尚下了山，在外面治病。听说白水湖妖精闹得厉害，飞龙僧想："知府贴榜文，请人捉妖，我要把妖精除了，也是一件功德事。"自己一想："我见知府，我说，我是飞龙僧，他准不恭敬我。听说尘世有个济颠僧，名头高大，莫如我变作个济颠僧，知府准恭敬我，他又没见过济颠僧什么样儿。"他自己想，济颠必是个大罗汉样子。他这才变了一个大和尚，赤红脸，穿黄袍，一见知府很恭敬，焉想到一捉妖，他不是那湖里妖精的敌手。他说回庙去取法宝，是回了山了，一见蟒老道，提说在白水湖捉妖之故。飞龙僧说："道兄，你帮我把妖精捉了,你我也是一件功德。”老道说:“我不行,我也不会法术。再说咱们两个也是妖精,又非正果,哪有妖去拿妖的道理,你自己去吧,我也不想有功,但求无过就是了。”飞龙僧一想:“蟒道真不懂交情,也罢,我也不用你,明天我自己去,跟白水湖妖精以死相拼,拼着我这五千年道行不要了,我捉不了他,我也就不回山了。倘如上天有眼,可怜我,也许我成了事。”到次日,这才来跟妖精拼命,偏巧遇见真济公。他想:“济公他老人家,乃是罗汉,我趁此机何不认圣僧为师,也可以学点法术。”济公叫他戴着帽子,到湖里把鳄鱼头上的妇人脏布抢了去,雷把鳄鱼击了。飞龙僧在暗中看着,知府给济公备马,请济公上衙门。他暗中一打济公这匹马,马往北跑走来,他这才由树林绕出来,口称:“圣僧别走,弟子给你老人家送帽子来了,求圣僧大发慈悲,收弟子做个徒弟吧。”济公禅师一看,原来是假济颠,哈哈大笑说:“你要拜我和尚为师,我瞧你是什么变的。”假济颠说:“师父要瞧我的本像,那倒现成。”立刻把帽子递给济公,他把身形一晃,露出本像。济公一看,这宗东西,有二十余丈长,有十二条腿,也是龙脑袋,他本是龙种,龙要污了蜈蚣,就生这宗兽,名叫飞龙,故此他叫飞龙僧。济公看罢,说:“你要认我和尚为师,我不能收你,我们和尚都是人,没有畜类当和尚的。”飞龙僧嚁嚁直叫,人有人言,兽有兽语,说:“圣僧慈悲慈悲吧。”和尚说:“你要认我也行,我把你用火烧了,你再投胎,托生人世,长大了,我收你做徒弟。”飞龙说:“火烧不好受。”和尚说:“要不然,我拿石头把你打死。”飞龙说:“我舍不得我这五千年的道行。”和尚说:“要不然,我不收你。”飞龙一听,身形一晃,一溜烟没了。忽然济公的这匹马又惊了,和尚说:“好东西,你这可是存心跟我要笑。”说着话,正往前走,只见跟前一晃,来了一个和尚,也是短头发有二寸多长,一脸的油腻,破僧衣,短袖缺领,腰系绒绦,疙里疙瘩,光着两只脚,穿着两只草鞋,跟济公一个样子的打扮。来到近前说:“师父你这收我不收我?”济公一瞧也乐了,说:“也罢,我和尚收你就是了,你过来。”济公用手拍着他的天灵盖,说道:“你得道绍兴南,出家会稽山,神通多广大,舍药济贫寒,修行飞龙洞,道德五千年,拜在贫僧面,赐名叫悟禅。”小和尚立刻给济公磕了头。济公说:“徒弟跟我走吧。”师徒二人刚要往回走,雷鸣、陈亮、孙道全三个人追赶下来,远远一看,雷鸣说:“老三,你看咱们师父分身法。”孙道全说:“不是,东边站着穷和尚,是方才那个假济颠变的,西边站着那才是咱们师父呢。”雷鸣说：“你怎么瞧得出来？”孙道全说：“我拿符水洗过眼，我看得出来。他头上有黑气是妖精。”陈亮说：“什么妖精？”孙道全说：“看不出，只知道是妖精。”说着话走到切近。济公说：“雷鸣、陈亮、悟真过来见见你师兄，我收他做徒弟，起名悟禅。”雷鸣、陈亮说：“师父你收徒弟，有个先来后到，我们先进门，他后进门，怎么他倒是师兄呢？”济公说：“不论先收后收，他的道行比你们大，过来见见。”雷鸣说：“比比身量，他也矮得多。”雷鸣、陈亮过来，要跟悟禅比，悟禅赶紧跑在旁边躲闪。济公说：“你跑什么？”悟禅说：“师父不是别的，我身子零碎东西多，怕他们两人挨着我，得便偷的什么。”雷鸣说：“好，你这个嘴真尖。”济公说：“别空闹，咱们走吧。”师徒五个，这才同到知府衙门，济公下了马，大家往里够奔。来到书房，知府顾国章一瞧一愣，说：“哪位是济公？”和尚说：“这是我的徒弟悟禅，改头换面，你们就不认识了。”知府说：“原来是少师父，请坐请坐。”立刻大众落座，有家人献茶，知府吩咐摆两桌酒，悟禅、悟真、雷鸣、陈亮四个人一桌，知府陪着济公喝酒谈说。正喝着酒，进来家人回禀，拿着一封信，说：“大人家里来了信了，有紧要的事，请大人过目。”知府接过信来一看，叹了一声：“圣僧请你看吧，我的官运实在不好。”和尚说：“怎么？”知府说：“现在家有老母，今年已七十余岁，病得甚沉重，倘然我娘亲一故，我岂不是要丁忧守制①。”和尚一按灵光，说：“不要紧，我和尚有药，管叫老太太吃了多活几年。”知府说：“虽有药那也不行，我家离有一千八百里，遥遥往返，得走一个月，有药也赶不上。”和尚说：“不要紧，叫我的徒弟给你家里送去。悟禅过来。”悟禅说：“伺候师父。”和尚说：“我派你给太守家里去送药，得几天回来？”悟禅说：“大人家里不是山东么？”知府说：“是。”悟禅说：“要没什么耽误，有两个时辰，我就回来。”知府一听，心中有些不信：“少师父你要真能两个时辰打回来，我写一封信，求师父把药送到我家里，有一挂多宝串，给我要来。”悟禅说：“那行。”济公给了一块药，交给悟禅。悟禅说：“师父我走了。”济公说：“你去吧。”悟禅刚一出门，转身又回来，说：“师父我不去了。”济公说：“怎么？”悟禅说：“师父你瞧，知府有多大样子，这么远我去给送药，他连送都不送，仿佛应当则份，我不去了。”知府一听说：“少师父，不要见怪，我疏忽了，少师父请，我送

① 丁忧守制——旧时守丧的规矩。父母去世，儿子需辞官回家守孝三年。

你。”悟禅这才往外走，知府刚送出衙门，说：“少师父多辛苦。”悟禅一晃脑袋，滋溜一股烟没了。就听二门里“哎哟、扑咚哗啦”，怎么一回事呢？原来家人刚打厨房拿油盘，托着四样菜来上菜，一进二门，只见一个小和尚一晃脑袋，一溜烟没了，吓得他油盘也摔了，跌了一个跟头。知府故作没瞧见，这就是大人不见小人过。知府进来陪着济公喝酒，偶然和尚一哆嗦，赶紧把雷鸣、陈亮叫到无人之处。济公禅师说一席话，把雷鸣、陈亮吓得赶紧就走。不知所因何故，且看下回分解。

第一百三十六回

知府衙悟禅施妙法　曹娥江雷陈赶贼船

话说济公禅师正喝着酒，打了一个冷战，一按灵光，早已占算明白，连忙站起身，把雷鸣、陈亮叫到无人之处，说："雷鸣、陈亮，你们两个人是我徒弟不是？"雷鸣、陈亮说："师父这话从哪里说起呀？"和尚说："我待你两个人好不好？"雷鸣、陈亮说："怎么不好？"和尚说："我救你两个人的性命有几回？"雷鸣、陈亮说："有数次了。师父待我二人恩同再造，有什么话，只管吩咐。"和尚说："既是我待你二人不错，现在我和尚有事，你二人可肯尽其心？"雷鸣、陈亮说："师父有什么事，我二人万死不辞。"和尚说："好，我这一回到白水湖，一来是捉妖，二来所为够奔天台县去，探望我娘舅。现在我舅舅派我表兄王全，同我家的老管家出来找我，今天我表兄同老家人，可上了贼船了。天到正午，他二人就有性命之忧，准活不了。你二人要是我徒弟，赶紧出绍兴府，顺江岸一直往西，够奔曹娥江，看江里有一只船，那就是贼船。你们看有一个年轻的文生公子，那就是你师伯王全，有一个老头，那就是老管家李福。船上没有别的客，余者船上的人都是贼。你二人赶紧去，天一到正午，他二人可就没了命了。你二人要救不了你师伯王全，从此也就不必见我了，也不算是我徒弟。"雷鸣、陈亮一听这句话，也顾不得跟知府告辞，撒腿就跑，跑出衙门，奔出了南门。二人顺江岸施展陆地飞腾法，一直往西，一口气跑有二十多里。看看有巳正，微缓一缓，又跑二十多里。刚来到曹娥江地面，远远有一只小船，就见由船的后厢出来一人，手拿一把钢刀，够奔前舱。二人来到临近，见有一人从前舱里提出一颗血淋淋的人头，是个少年的人头。雷鸣一瞧就急了，船离着岸有三丈多远。雷鸣一声喊嚷："好球囊的！"一个急劲，拧身就往船上蹿。没蹿到船上，扑咚掉在江内。陈亮一看，眼就红了，自己想："我二哥一死，我焉能独生？"来到江岸，施展鹞子穿云三踪法，拧身往船上一蹿，前脚刚落到船沿上，船上那人举刀照定陈亮劈头就剁。书中交代，这只船正是贼船。坐在船中的非是别人，正是王全、李福。凡事也是该因，王全、李福由萧山县完了官司,依着王全还要寻找表弟李修缘。李福说:“公子爷依我说,你老人家回去吧。头一件,老员外虽说一天找着一天回去,一年找着一年回去,找不着我家公子,不准回去。据我想老员外也是不放心公子爷,你是读书的人,圣人有云:父母在,不远游,游必有方。再说我家公子也未必准找得着,这几年的工夫,还不定生死存亡,再往后天气一天冷似一天,一到三冬,天寒地冷,你我在外面,早起晚睡,我老奴倒不要紧,公子爷懦弱身体,焉能受得了这样辛苦?再说无故遭这件官司,呼吸间有性命之忧,要不是上天有眼,神佛保佑,你我主仆有冤难伸,岂不置之于死地?倒不如你我回家去,也省得老员外提心吊胆,以待来春天暖开花,老奴再同公子爷出来寻找。你道是与不是?”公子王全想:“也是。”回想这场官司,也令人胆战心惊。这才说:“既然如是,你我回去走吧。”主仆二人顺大路,饥餐渴饮,晓行夜宿往回走。这天来至小江口镇店,李福说:“公子爷,天也不早了,你我找店吧,明天由此地码头可以雇船了,也少省得走旱路。早晚起歇,跋涉艰难,甚为劳乏,错过站道,就得担惊害怕。”王全点头答应,就在小江口找了一座万盛客店,主仆进了店,伙计让到北上房,是一明两暗三间。李福把褫套放下,擦脸喝茶,歇息了片刻,要酒要菜,主仆二人同桌而食。正在吃酒之际,听外面有人说话:“掌柜的,客人都坐满了吧?”掌柜的说:“有几十位住客。”这人在院中喊嚷:“哪位雇船?我们船是天台县的,有搭船走的没有?我们是捎带脚,明天开船。”王全、李福听见,正要出来商量雇船,只见有一人来到上房,一开门说:“你们这屋里客人,是上哪里去的?雇船吧?”王全看这个人有三十多岁,白脸膛,俊品人物,头上挽着牛心发髻,身穿蓝布小褂,月白中衣,蓝袜子打绷腿,两只旧青布鞋。王全看这位很眼熟,这个人一看王全也一愣,迈步进来说:“这位客人贵姓呀?”王全说:“我姓王。”这个人“啊”了一声说:“你老人家是台州府天台县永宁村的人么?”王全说:“是呀。”这人赶紧上前,行礼,说:“原来是公子爷,你不认识小人了?”李福说:“你是谁呀?”这人说:“李伯父,你真是贵人多忘事,小侄给我公子爷当过伴童,名叫进福呀。”王全也想起来了,说:“进福,你怎么会在这里?做什么呢?”进福叹了一声,说:“公子爷别提了,一言难尽。”书中交代:这个进福原本年幼的时节,他父母是乡下人,皆因旱涝不收,家里过不了,把他卖给王安士家中,永远为奴。王安士就叫进福侍候王全念书,当伴童,后来进福长到十八九岁，手里也有两个钱，在外面无所不为，吃喝嫖赌全有。进福不但吃喝嫖赌，后来宅内有一个做针线的仆人，也有二十多岁，跟进福通奸有染，被进福拐出去，在外赁房过日子，就算是他的外家，进福可还在王员外家里伺候。凡事纸裹包不住火，要得人不知，除非己莫为。进福把老婆子拐出去，被老员外叫手下人把进福捆了起来一打。老员外说："我这家里，乃是书香门第，礼乐人家。你这奴才，敢做出这样伤天害理之事！"要把进福活活打死。那时众人给他讲情，王员外本是个善人，把进福赶出去，从此不准他进门。众仆人把他放开，老员外立刻叫："走！是他的东西全给他！"进福哭哭啼啼，一见全少爷，提说老员外要赶出去。王全说："我给你三十两银子，你先出去，过几个月等老员外把气消了，再给央求，与你求情，你再回来。"因为这个事，进福由王员外家出来，有几年光景。今天在这小江口店中遇见，王全就问："进福，此时做何生意呢？"进福说："公子爷有所不知，自从老员外把我撵出来，我受了罪了。现在如今我就在这码头上，当一名拢班，给人家船上揽买卖。一吊钱的买卖我有一百钱，一天挣一百吃一百，挣二百吃二百。"王全说："谁叫你自己不安分呢？你要在我家，到如今也不至这样。跟你一同当书童的，现在老员外都给配了婚，娶了媳妇，住在老员外房子内，还管吃穿。你今天既见着我，我还带你回去就是了。我这里有衣裳，先给你一两件，等到家再给你换。"进福说："公子爷带我回去，恐怕老员外不答应吧？"王全说："不要紧，我给你求求，大概老员外也不至跟你一般见识。"进福说："那敢情好。公子爷你这是上哪里去了？素常你不是出门的人哪。"王全叹了一声说："我奉员外之命，叫我出来找寻我表弟李修缘，叫我多带黄金，少带白银，暗藏珠宝，一天找着一天回去，一年找着一年回去，找不着不准回去。在萧山县打了一场无头案的官司，呼吸间把命没了，现在天也冷了，我打算回家过年。"进福一听这话，心中一动，一瞧王全的褫套不小，大概金银珠宝值钱的东西不少："我何必跟他回家，当一辈子奴才，永远伺候人。我何不勾串贼船，把他主仆一害，大概他必有一万两万的，我跟船上二一添作五，分一半还有一万，有一万还分有五千呢。我找个地方，娶一房媳妇，岂不是逍遥自在，无拘无束。"想罢说："公子爷我去找船去，我雇船准得便宜。"王全说："好，你去吧。"进福出了店一想："听说姜家爷们使船是黑船，一年做两场买卖，很富足，我找他们商量去。"当时来到码头一瞧，偏巧姜家的船在这里靠着。进福上了船一瞧,管船的姜成老头,正在船上。进福说:“姜管船的,我跟你商量事,你可别多心。我听说你们爷们做黑的买卖?”姜成说:“你满嘴胡说!”进福说:“你听我说,现在我有一个旧主人,主仆两个,带着有金珠细软的东西,少说也有一万银,只有多的。咱们走在半路,把他一害,咱们二一添作五,你一半我一半,你也发了财,我也发财了,从此洗手,你瞧好不好?”不知姜成如何答应,且看下回分解。

第一百三十七回

小江口主仆遇故旧　恶奴才勾贼害主人

话说进福跟管船的姜成一商量，姜成听他这些话，就问："你这主人在哪里呢？"进福说："在万盛店住着，你愿意我就带你去见见。"姜成本是久惯害人的人，他外号叫混海龙，有三个儿子，叫姜龙、姜虎、姜豹，有一个侄子叫姜彪。船上没外人，亲爷们五个人，称姜家五虎。素常他不揽铺户生意的买卖，专揽孤行客，或两三个人，行囊多，褫套大，走在半路，把人杀了往江里一推，东西就是他的了。今天进福一说，他焉有不愿意之理？姜成说："办就照这样吧，我同你到店里见见去。"进福同姜成来到万盛店，一见王全、李福，进福说："公子爷我把船雇妥了。偏巧人家这只船，是上台州府去的，顺便稍带脚，不等人，明天开船，我把管船的带来了。"王全一看，是个老者。王全就问："上台州府搭船要多少钱？"姜成说："大爷不用说价，我们这船是去装货，没人雇，也是明天开船，带坐是白得钱了，到了，大爷愿意多给就多给，少给也不争竞，你瞧着办吧。"王全想，这倒痛快，说："既然如是，明天上船吧，进福你就不用走吧。"姜成说："大爷今天上船吧，明天天一亮就开船走了。"王全本是赶路的心急，恨不能一时到家，一想很好，立刻算还店账，叫进福去买点路菜，打点酒，叫李福打着褫套，随同姜成，来到码头上了船。少时，进福把酒菜都买来，次日天光一亮，提篙撤挑，拽风篷开了船。王全、李福起来，喝了一碗茶，往前行着，见水势甚狂，波浪滔天。王全叫李福把菜打开，喝点酒可以解闷。船往前走，刚来到曹娥江地面，天有正午，此地遍野荒郊，无人行路，江里又没有同伴的船只。进福由后梢里拿出一把刀，来到前舱，一把就把王全的胸前文生氅①揪住，说："王全，你打算大太爷真跟你回去，还当奴才去？你那算在睡里梦里，我把你一杀，把金珠跟管船的一分，就算完了。你也该死

---

① 文生氅(chǎng)——"氅"，穿在外面的大衣。"文生氅"，即适宜于读书人穿的大衣。

了,好吃也吃过,好穿也穿过,死了也不冤。”李福此时“哎呀”一声,翻身栽倒,吓死过去。王全吓得战战兢兢,说:“你、你、你这奴才真要造反么?”进福哈哈一笑说:“是要反。”立刻一举钢刀,只听“扑咚一声响,红光皆冒,鲜血崩流,人头滚在船板之上。王全可没死,进福的脑袋掉下来了。怎么进福拿刀杀人,他脑袋会掉下来呢?这内中有一段缘故,凡事好人必有好报,常言说,害人先害己,这话诚然不错,小子也是该死的。王全以恩礼相待,不但不记恨他的前情,反要把他带回家去,给他饭吃。他不讲以恩报德,反生祸心,这也是报应循环是不爽了。原来他一举刀没往下落,姜龙一刀,把他杀了。这是怎么一段故事呢?原本是混海龙姜成自己一想:“为甚做了买卖害了人,分给他一半呢?莫若把他也杀了,一则可以把银子独吞,二来也省得犯案。”故此叫姜龙把进福杀了。他只顾跟王全说话,没留神身后,姜龙把进福一杀,王全一吓也躺下来了。姜龙提着人头出来,这个时节,雷鸣、陈亮赶到。雷鸣远远瞧见,有人由后梢拿刀奔前舱,原是进福。见把人头拿出来,可是进福的人头。雷鸣往船上蹿没蹿到,掉下江去。陈亮刚蹿到船上,尚未站稳,姜龙照陈亮拦头就是一刀。陈亮一闪身,也就掉下江去。陈亮一低头,本来前脚刚一粘船,借劲使劲,蹿到船头。姜龙跟着又一刀,也是陈亮真是身体灵便,急又一闪身,这才拉出刀来回手。姜龙一声喊嚷:“合字风紧,抄家伙!”一句话,混海龙姜成、姜虎、姜豹、姜彪,一齐抄起刀出来,把陈亮围住。陈亮想:“不妙!一人难敌四汉,好汉难打双拳。”船上地方又窄狭,陈亮又不会水,又怕掉下河去。正在危急之间,只见正东水面上来了一个穷和尚,破僧衣,短袖缺领,腰系绒绦,疙里疙瘩,光着两只脚,穿着两只草鞋,踢踏踢踏在水上走,如履平地一般。姜龙、姜虎一瞧就愣。陈亮瞧见,只当是济公来了。书中交代:来者非是济公,乃是悟禅。悟禅打哪里来呢?书一落笔,难写两件事。济公打发雷鸣、陈亮走后,仍到书房吃酒。知府说:“圣僧,二位令徒哪里去了?”和尚说:“我叫他二人办事去了。”说着话,喝酒谈心,工夫不大,风门一开,悟禅由外面进来,说:“师父,你瞧我回来得快不快?”济公说:“快,你把药送到了?”悟禅说:“送到了。我把多宝串带来了,大人你瞧瞧。”知府顾国章接来一看,果然不错,说:“真乃神也仙也,少师父多有辛苦也。”济公说:“徒弟你别歇着,给我办点事,我派你师弟雷鸣、陈亮去到曹娥江救你师伯王全。他二人也要受害,你赶紧去把他们都救了,把贼船给他毁了，叫雷鸣、陈亮暗中跟着，保护我表兄王全、家人李福，就提我说的。”悟禅说：“是了。”转身就往外走，刚一到院子，管家二爷过来拦住说：“少师父，方才你一晃脑袋，一溜烟就没了，吓得我把油盘菜都摔了。我也没瞧明白，你再晃一回我看看，行不行？”悟禅说：“那行，你跟我出衙门去。”管家跟着出了衙门，悟禅说：“那里人多，你跟我找没人的地方，我叫你瞧。”管家跟着出了西门，说：“少师父你晃吧。”悟禅说：“你瞧，后头有人追下你来。”管家一回头，没人，再一瞧和尚，没有了。管家想：“这个和尚真坏冤我，叫我跟出西门来了。”没瞧见，无奈自回去。悟禅来到曹娥江，打水波上走。他本是龙，在水上如走平地。到了这里一瞧，陈亮正不得了局。悟禅一张嘴，把五个贼人俱皆喷倒，立刻到水里，把雷鸣捞上来，搁在河坡，头冲下，往下控水。这才到船上，把王全、李福都抱下船来，连褫套东西都给拿下来，搁在这两个人眼前。此时，王全、李福尚未缓醒过来，陈亮只当是济公来了，赶紧前来连忙行礼说：“多蒙师父前来搭救，要不然，我等性命休矣。”悟禅说：“我不是师父，我是你小师兄悟禅，奉师父之命，特叫我前来搭救你等。师父说了，叫你两个人暗保师伯王全。我要把贼船给烧了，报应贼人。今天办一回盂兰会①，烧真船真人。”说着话，悟禅就把船上的柴草引着，当下烈焰飞腾，把五个贼人烧得焦头烂额。这几个贼人也是一辈子没做好事，恶贯满盈，先见了火德星君，船板烧到底上一散，往江里一沉，又见水底龙王，然后才见阎罗天子。悟禅把船烧了，竟自回去。陈亮见雷鸣慢慢把水吐出，缓醒过来，一睁眼见陈亮在旁边站着。陈亮说：“二哥你好了？”雷鸣说：“老三，我曾记得栽下江去，你怎么救我的？那只船哪里去了？”陈亮说：“不是我救的，是师父派小师兄悟禅救的。”就把方才之事，对雷鸣细说一遍。雷鸣这才明白，翻身起来，把湿衣搁在那边树上晒着。陈亮说：“二哥，咱们师父说了，叫咱们暗保师伯王全。”雷鸣点头答应，远远暗藏在树后头瞧着，见王全、李福苏醒过来。王全一睁眼，看天已黑了，满天星斗，说：“哎呀，李福，你我主仆是生是死了？”李福看所有的东西褫套概不短少，都在旁边，这才说：“公子爷，

① 盂兰会——即“盂兰盆会”的缩语。盂兰盆会为佛教仪式，每逢农历七月十五日，佛教徒为追荐祖先所举行，意在备百味饭食，供养十方僧众，以求佛救渡。

这必是神灵显应,救了你我主仆二人性命。”王全说:“真吓死我也,怎么船也没了?真乃奇怪。”李福说:“公子爷,你我趁此走吧,这黑夜的光景,荒郊野外,路静人稀,倘如再有歹人,也是了不得的。”说着话,立刻扛起褫套,主仆往前行走。雷鸣早把衣服穿好,同陈亮在后面远远跑随,王全、李福并不知道后面有人跟着。雷鸣、陈亮跟来跟去,走在山内,遇见三岔路口,一个也没瞧见,王全主仆往哪条路去?把跟的人丢了。雷鸣、陈亮就进了当中这条路的山口,都是高峰峻岭,越走道路越崎岖,月被云蒙,也分不出东西南北,大峰俯视小峰,前岭高接后岭,越走越迷。陈亮说:“二哥别走了,你我站住,辨辨方向吧。”二人正在大岭站住,也听不见鸡鸣犬吠之声,忽听有钟声响亮,二人顺钟音找至切近一看,原来是一座古庙,焉想到二位英雄,今天误入八卦山,又遇见一场杀身之祸。不知后事如何,且看下回分解。

第一百三十八回

救众人悟禅烧贼寇　二义士误入八卦山

话说雷鸣、陈亮二人迷失路径，忽听有钟响之声。二人顺着响亮的声音，找到切近一看，乃是山中一座古庙，露出月光。一看山门上有字，写的是“松阴观”。两个人来到角门叫门，只听里面一声“无量佛”，出来两个道童。这个说：“师弟你猜谁来了？”那个说：“许是云霞观的紫霞真人李涵陵，再不然就是东方太悦老仙翁，也许是白云仙长。不是白云仙长，就是野鹤真人。除非是这几个人，别无他人上咱们庙里来。”说着话开了门，道童一瞧，说：“哪里来的凡夫俗子？”雷鸣、陈亮赶紧说：“仙童请了，我们二人原是迷失真路，误踏宝山，求仙童回禀观主一声，望求观主方便方便，我二人借宿一宵。”小道童拿眼瞧了一瞧，说：“两个人姓甚名谁呀？”陈亮说：“我姓陈名叫陈亮，他姓雷叫雷鸣。我二人原是镇江府保镖的，由绍兴府来，走迷了。”童子说：“你二人在此等候，我到里面回禀一声，不定我家祖爷肯见你们不肯。”陈亮说：“好，仙童多费心吧。”小道童进去，工夫不大，出来说：“我家祖爷叫你两个人进去呢。”雷鸣、陈亮这才往里走，小道童把门关上。二人跟着来到院内一看，院中栽松种竹，清风飘然。正当中大殿带月台，月台上有一个老道，正在那里打坐观月。东西各有配殿。果然是院中别有一洞天。陈亮心中思想：“人生在世上，如同大梦一场，争名夺利，好胜逞强，人皆被利锁名缰所缠，难怪人说道：铁甲将军夜渡关，朝臣待漏五更寒，山寺日高僧未起，算来名利不如闲。倒不如跳出三界外，不在五行中，出了家在山中参修，另有一番清雅。”陈亮看罢，小道用手一指说：“这就是这家祖师爷。”雷鸣、陈亮来至切近一看，见这老道发如三冬雪，须赛九秋霜，穿着古铜色道袍，白袜云履鞋，真是仙风道骨。雷鸣、陈亮就知道这位老道是道高德重之人，赶紧行礼，说：“仙长在上，弟子雷鸣、陈亮参见祖师爷。”老道口念“无量佛”说：“二位远方来临，请至鹤轩一叙。”说着话，站起身来，带领雷鸣、陈亮够奔东配房。道童一打帘子，屋中掌着灯，雷鸣、陈亮一看屋中，心中大吃一惊。陈亮一想:“这个老道非妖而即怪,非鬼而即狐,定不是人。”何以见得呢?看他这屋中的摆设,全都是世上罕有之物,各样的盆景古玩,俱都是珊瑚玛瑙,碧犀翡翠,价值连城,雷鸣、陈亮平生目①未所睹。陈亮就问:“长老,这是天堂还是人间呢?”老道哈哈一笑说:“这是人间,哪里来的天堂。”书中交代,这个老道原本姓鲁,当初他乃是宋朝一家国公,自己看破红尘,出家当了老道,道号修真,人送外号叫坎离真人。自己采这座山的地理,由府里发来的帑银修盖这座庙。这座山名叫八卦山,乃是半天产半人工修的,俗常人休打算进来,一绕就迷了。今天雷鸣、陈亮是误入八卦山,要是诚心来,凡夫俗子来不了。鲁修真在庙中多年,把府里心爱的陈设,都搬到庙里来,自己也好做道学,颇有点道德,素常也不与世俗人来往,所有跟他常在一处的,也都是清高之人。今天雷鸣、陈亮看他这屋子,故此诧异。老道让二人坐了,问:“二位尊姓?”雷鸣、陈亮各通了名姓,说:“我二人原是保镖为生,未领教仙长贵上下,怎样称呼?”老道说:“山人姓鲁,双名修真。二位今天与山人遇缘,大概二位没吃饭吧?我这庙中有现成的素菜,二位倒不必做假②。”陈亮见老道很恭敬,实在也不推辞,说:“祖师爷既是慈悲,我二人实没用过饭。”老道说:“好。”立刻吩咐童子备酒,童子答应,当即擦抹桌案,杯盘连络一摆,雷鸣、陈亮一看,庙中真讲究,一概的瓷器都是九江器皿,上面都有“松阴观”三个字,素鲜的果品,都是上等的素菜。二人落座,老道一旁主座相陪,开怀畅饮。雷鸣、陈亮心中甚为感激,跟老道生而未会,素不相识,亲非骨肉亦非朋友人家。这一分优待,雷鸣、陈亮本是热心的人,心中辗转,“也不能白吃老道,到临走可以多送香资。”正在喝酒谈心,忽听外面打门,老道吩咐童子出去看看。道童立刻够奔门外,再开门一看,非是别人,乃是神童子褚道缘同鸳鸯道张道陵。这两个人由前者在白水湖跟济公作对,济公施展五行挪移大搬运,走后,鸳鸯道张道陵跟褚道缘一商量,要找坎离真人下山捉拿济颠和尚,报仇雪恨,今天这才来到松阴观。小道童一看,说:“你两个人来此何干?”褚道缘说:“小师兄请了!我二人来给祖师爷送信,有紧要的事,求二位小道兄到里面回禀一声,我二人要求见祖师。”小道童说:“祖师爷会着客呢。”

---

① 生目——有生以来。
② 做假——客气,推辞。

褚道缘说："谁在这里？"小道童说："一个姓雷，一个姓陈，他们说是镇江府的保镖的。"褚道缘一听，说："了不得了，我告诉你说，我们两人来非为别故，只因尘世上出了一个济颠僧，兴三宝，灭三清，无故跟三清教作对。现在这个姓雷姓陈的，就是济颠和尚的徒弟，这两个人是江洋大盗，必没安着好心。这就是济颠打发来的，知道祖师爷庙中值钱东西多，必是要来偷东西，你快到里面禀一声。"道童转身进来，鲁修真就问："什么人叫门？"小道童说："张道陵、褚道缘来了。"雷鸣、陈亮一听，大吃一惊，就知是这两个老道不是好人，鲁修真就说："二位慢慢喝着，来的这两个人，论起来还比我小两辈呢。我跟紫霞真人李涵龄相好，这是李涵龄徒弟。"雷鸣、陈亮说："我二人见他们多有不便，莫若躲开。"鲁修真说："也好，你二位要不愿见，就到里间屋中去坐着。"雷鸣、陈亮赶紧进到南里间去。鲁修真吩咐道童："把他两个人给我叫进来。"道童转身出去，少时同褚道缘二人进来，到了里面，两个老道跪倒行礼，说："祖师爷在上，弟子褚道缘、张道陵参见祖师爷。"鲁修真说："你两个人来此何干？"褚道缘说："我二人来给祖师爷送信，尘世上出了一个济颠僧，兴三宝，灭三清，他说，咱们三清教没人，都是披毛带角，横骨插心，脊背朝天，不是日造所生，无故跟三清教作对。求祖师爷下山捉拿济颠僧，给咱们三清教转转脸。"鲁修真一听说："我听说济颠僧乃是个得道的高僧，焉能无故说出这样话来？这必是你这两个孽障，来搬弄是非，胡言乱语，满嘴胡说。"褚道缘说："弟子不敢在祖师爷跟前撒谎，实有其事，求祖师爷大发慈悲吧！"鲁修真说："既然如是，你两个人去把济颠给我找来问问他。"褚道缘道："我两人找不了来，我二人见了济颠僧也不是他的对手，方才我二人听小师兄说，祖师爷这里来了一个姓雷的，一个姓陈的，是镇江府的人。"鲁修真说："不错。"张道陵、褚道缘说："祖师爷你老人家可千万别拿这两个人当好人，这两个人原本是济颠的徒弟，必是济颠僧主使来的，知道祖师爷庙里有陈设古玩，前来做贼。这两个人原本是绿林中江洋大盗，祖师爷可千万别放他们走了。"坎离真人鲁修真一听，说："你两人满口胡言乱道，我看这两个人，并非奸猾之辈，尚且未走，还在这里。"褚道缘说："祖师爷说我们撒谎，如果不信，现有凭据。这两个人身上准有刀，并有夜行衣包，要没有夜行衣包，没有刀，那就算我们两个人妄言，祖师爷你拿我二人治罪。"鲁修真一听："也有理，真假难别。"这才说："既是你二人这样说，这倒要看看，他二人如果真有夜行衣，休想出我这松阴观。要没有夜行衣，只有刀，那不算，他二人是保镖的，应该带兵刃防身，我必要处治你二人。”褚道缘说：“就是。”鲁修真这才站起身来，一同够奔南里间，要搜雷鸣、陈亮。不知二位英雄该当如何，且看下回分解。

第一百三十九回

八卦山雷陈逢妖道　三清观张董设奸谋

话说鲁修真一进里间屋子，再找雷鸣、陈亮，踪迹不见。一揪床帏，见床底下东墙挖了一个大窟窿，拿灯一照，窟窿旁边地下搁着一锭黄金，重够五两。宋朝年间黄金白璧最贵，每一两能换五十两白银。书中交代：雷鸣、陈亮在里间屋中坐着，就知道这两个老道要搬弄是非，动手又不是老道的对手，前者在白水湖就差点被老道杀了，今天要见着还不能善罢干休。陈亮一想："三十六着，走着为上策。"跟雷鸣一商量，挖了一个窟窿钻出去。陈亮说："二哥咱们这样走了，这庙里老道待你我甚厚，咱们能白吃人家的？咱们给他留下黄金一锭，以表寸心。"故此搁在地下一锭金子。鲁修真一瞧人没了，留个一锭黄金，老道就明白了，立刻勃然大怒，说："你这两个孽障，分明是搬弄是非。我并非见财开眼，想必人家是好人，临走不但我屋中的东西分毫不短，反给留下这一锭黄金，不白吃我家顿饭。你这两个孽障，实在可恼，我要不看在李涵龄的面上，你两个无故来搅我，焉能容你？便宜你两个东西，来！道童，把他两个人给我赶出庙去！"这两个人又不敢不走，无奈转身往外够奔，道童跟着关门。来到外面，褚道缘说："小师兄，我二人今天求你方便方便，天也太晚了，我二人在你们屋里藏藏，别叫祖师爷知道，天亮就走行不行？"小道童说："也罢，你二人就在我们屋里蹲半夜吧。可别说话，叫祖师爷知道。我们可担不起。"张道陵、褚道缘点头，两个人就在道童屋里坐了半夜。天色大亮，这两个告辞出了松阴观，正往前走，猛一抬头，见雷鸣、陈亮在那南坡坐着。怎么这两人还没走呢？并非是不走，由半夜出了庙，打算要走，走来走去，绕回来了，直走了半夜，也没离开松阴观。本来这八卦山曲曲弯弯是难走，陈亮二人进去的时节，也是误冲误撞。见天亮了，陈亮道："二哥咱们歇歇吧，怎么出不去呢？"二人正歇着，见角门一开，褚道缘、张道陵出来了，雷鸣说："了不得了，这两个杂毛来了。"褚道缘一瞧哈哈一笑说："道兄，你瞧这两个小辈还没走，这可活不了。"张道陵说："交给我拿他们。"

伸手把乾坤颠倒迷路旗拿出了,赶奔向前,说:“两个小辈,这往哪里走?”雷鸣气往上撞说:“老三,咱们跟他拼了,把两个杂毛宰了。”陈亮说:“好,老道,我二人跟你远日无冤,近日无仇,无故跟我二人苦苦作对,我这命不要了。”老道哈哈一笑,把旗子一晃,口中念念有词,雷鸣、陈亮打算摆刀过去动手,焉想到身不由己,只见天旋地转,二人头昏眼眩翻身栽倒。张道陵把旗子卷上,仍插在背后,伸手拉出宝剑,褚道缘说:“道兄交给我杀吧。”张道陵把宝剑递给褚道缘,褚道缘刚要过去,只见由西边石头后有一长身,正是济公。和尚哈哈一笑说:“好杂毛,无故要杀我徒弟,咱们老爷们较量较量。”老道一瞧,就一愣。书中交代:济公打哪里来呢?不但济公一个人来了,连悟禅、悟真都来了。和尚在绍兴府衙门同知府吃酒,悟禅救了雷鸣、陈亮、王全、李福,把贼船烧了,仍回到知府衙门。来到书房,一见济公,济公说:“徒弟回来了。”悟禅说:“回来了。”把救人的事一说,济公说:“好,喝酒吧!”悟禅同孙道全一桌去喝酒。吃喝完毕,知府顾国章说:“圣僧不用走了,你老人家在这里住几天吧。”和尚说:“不走就不走。”家人把残桌撤去,伺候茶,知府陪和尚谈心叙话。晚上仍是预备两桌席,吃完了晚饭,天到二鼓,知府告辞归后面去。济公说:“悟禅、悟真,明天天一微亮,你我就起来走,够奔八卦山。你们师弟雷鸣、陈亮有难,咱们得去救他。”悟禅悟真说:“是了。”当时安歇。天刚微亮,济公说:“咱们该走了,谁有能为,谁先到八卦山。”孙道全说:“我走得慢,笨鸟先飞,我头里走。”和尚给知府留了四个字,写的是“暂且告别”。和尚说:“悟禅,看谁走得快,咱们爷俩赛赛。”小悟禅一想:“我准比我师父快。”立刻一晃脑袋,滋溜没了。急至赶到八卦山一瞧,济公在那坐着呢。悟禅说:“师父怎么先来了?”和尚说:“你的道行还差得多,孙道全还没到呢,他先走的。”孙道全拧着袍袖,架着趁脚风直跑,累了一身大汗,末后才赶到。师徒三个先后刚来到,只见张道陵已把雷鸣、陈亮置躺下,褚道缘刚要杀这两个人,和尚哈哈一笑,张道陵一瞧,说:“好颠僧,前者你施展五行挪移大搬运逃走,今天还敢前来送死?”悟禅一晃脑袋,滋溜没了,把两个老道吓得一哆嗦。济公说:“好杂毛,今天咱们到此,分个强存弱死,真在假亡。”这句话没说完,一瞧悟禅又回来了,手里拿着一根旗子,说:“师父你瞧,我把杂毛的旗子偷来了。”张道陵回手一摸,身背后插着一根檀木棍,老道气得“哇呀呀”直嚷。济公说:“把旗子给我,拿他的旗子拿他。”老道心说："我的旗子，他也不会使，没咒语不行。"焉想到和尚拿着旗子一晃，口念："唵嘛呢叭㖿吽！唵，敕令赫！"立刻两个老道就天旋地转，身不由己，翻身栽倒，不能转动。和尚过去，把雷鸣、陈亮救起，这两个人给师父行礼。和尚说："雷鸣、陈亮，这两个老道无故欺负你们，你两个人报应他们，不准你们要他的命，爱怎么报应怎么办！"陈亮说："二哥，咱们把两个老道衣裳剥下来，拿了当了吃，好吗？"雷鸣点头，立刻把老道连裤子都给脱下来。陈亮说："这个褚道缘顶可恨，应把张道陵搁在褚道缘身上。"两个老道都赤身露体，褚道缘在底下趴着，张道陵在上头压着。雷鸣、陈亮把两个老道的衣裳用包袱包好，这才问："师父咱们上哪儿去？"和尚说："悟真你等知道师父的出身来历不知？"孙道全说："不知。"和尚说："我本是台州府天台县永宁村的人民，我这一来，一则为白水湖捉妖，二则为探望娘舅。此番我表兄王全出来找我，可往回走着，我舅舅王安士家中，现在被阴人陷害，差不多就要没命。我要带你小师兄去找坎离真人，有要紧事，不能不去见他，将来我有一步大难临身，非用他不可。悟真你过来。"附耳如此这般，又说："你带着雷鸣、陈亮急速去，你给我去办这件事，也不枉你我师徒一场。"孙道全说："记住了，谨遵师父之命。"立刻带领雷鸣、陈亮起身，够奔永宁村。书中交代：王安士被何人所害呢？一落笔难写两件事。只因王安士叫公子王全寻找李修缘，家中虽有百万之富，但家里没有亲丁，只剩下夫妇两个。安人娘家有一个内侄，叫张士芳。当初张士芳家里，也是财主，只因张士芳父母一死，他吃喝嫖赌，无所不为，把一份家业全花完了，自己弄得连住处都没有。就在永宁村外，有一座三清观庙，老道姓董叫太清，原先跟张士芳家中有来往，他没地方住，就在庙里浮居。张士芳也无所事事，坑蒙拐骗，在外面还是眠花卧柳，常找王员外家要钱。先前给他每次三二百两，后来不时来要，也还给他十两八两，老安人偏疼内侄，偷着还常给他银子。张士芳这天跟董老道说："我听见你们做老道的，能够害人。我跟你商量，你愿意发财不愿意？"董老道说："害人可能行，害谁呀？"张士芳说："我姑父王安士。家有百万之富，现在我表弟王全出去找我亲家表弟李修缘去，不定几年回来。但李修缘家当初也有百万家资，也归了王安士。你要能把我姑父给害了，家里没人，我姑母准叫我总办丧议，准得剩几万，我准得发财。"老道说："你发财，我白害人么？多了我也不要你，给我五百银子，我能叫他七天准死。"张士芳说：

“只要我姑父能死，我准给你五百银子。”老道说：“口说无凭，你得写给我一张借字据。”张士芳说：“写。”立刻拿笔就写：

立借字人张士芳，今因手乏，借到三清观老道董太清纹银五百两，每月按三分行息。恐后无凭，立字存照。并无中保来人，张士芳亲笔画押。

写完了字，一问老道怎么害法，老道这才要施展妖术毒计，陷害王员外。不知后事如何，且看下回分解。

第一百四十回

张士芳奸心诓八字　董太清妖术设魂瓶

话说张士芳把借据写完了，一问老道，老道说："你只要把你姑父的生辰八字问来，我就能把他的魂拘来，叫他七天准死。"张士芳说："那容易。"立刻他就够奔王员外家里来。众人看见他，就不耐烦，王福说："王孝，你瞧这小子又来了，不要脸，不是来借钱，就是来偷点什么。"大众当着面，可又不敢得罪他，他是老安人的内侄。见张士芳来到切近，大众都嚷："张公子来了！"张士芳说："来了。"迈步就往里走。他一过去，众家人又骂他："这小子家里没做好事，早晚喂了狗。"张士芳来到里面，王安士正吃饭，一瞧见他，就一皱眉。张士芳说："姑父才吃饭呀？"王安士说："你这孩子又做什么来了？我瞧见你，又气又疼。瞧着你父母都死了，又怪苦的，可气你这孩子不务正业，在外面无所不为。你自己要务本分，我的铺子那都交给你管，给你成家立业。无奈你是癞狗，扶不上墙去。"张士芳也不爱听。来到里间屋中，一见安人，安人一见说："这孩子又来了，不用说，必是又没钱花了。来要钱对不对？我这有二两碎银子给你吧，你自己留着吃饭，我也不敢多给你，多给你，你也是胡花去。"张士芳把银子取过来，说："姑母，我并不是要钱来了，我是来打听打听，我姑父多咱的生日。"老安人一听说："罢了，你还惦念着你姑父的生日呢，总算没白疼了。你姑父的生日，你也应该来给磕头。你姑父的生日快到了，他是八月二十七日生的。"张士芳说："什么时辰？"安人说："午时。"老太太哪想到他生出这样狠毒之计？拿他不当外人，全都信口说了。张士芳赶紧听明白，回到三清观，一见董太清，老道就问："你打听来没有？"张士芳说："我问明白了，我姑父是八月二十七日午时生的。"老道说："好，我给你开了个单子，你去买点东西，你有钱没有？"张士芳说："有，我有二两银子。"老道说："你去买东西，顺便找一枝桃木来。"张士芳照单把东西全买齐了，并找了一枝桃木枝，回来交给老道。老道把桃木做成一个人样，也有耳、目、口、鼻、四肢手足，把王安士的生辰八字写好，搁在桃木人里。等到天有三更，星斗出全了，老道在院中摆设香案，把道冠摘了，扎头绳解开，披散发髻。手中拿着宝剑，预备一个摄魂瓶。老道把香烛照着，用黄毛边纸画了三道符，用宝剑尖把符贴上，香菜根溅无根水，一洒五谷粮食，口中念念有词，一声“太上老君，急急如律令敕！”立刻把王安士的三魂拘来一魂，七魄拘来一魄，放在摄魂瓶之内，用红绸子一蒙，五色线一系，画了一道符，贴在瓶口之上。老道把瓶揣在怀内，这才说：“张士芳，明天你一早到王员外家去，别等王安士起来，你把这个桃木人拿着，他要是在炕上睡，你给搁在褥子底下，要是在床上睡，你偷着拿黄蜡给粘在床底下，准保七天叫他死。”张士芳说：“那行。”立刻把桃木人带好。次日一清早，他到王安士家来，两眼发直，一直就往里走，奔至王安士的卧室，掀帘子就进来，他又是个晚辈，也没有拦他。老安人起来了，王安士尚未睡醒，张士芳到了屋中说：“姑父还没起来呀？”安人说：“你别惊动他，你姑父晚上睡得晚，家务劳心，安歇很迟。你这孩子这么早又做什么来了？”张士芳说：“没事，我到这来瞧瞧。”说着话，一瞧是床，得便他就把桃木人给粘在床底下了。自己回到三清观，就是三天没出门。第四天张士芳一早就到王安士家里来，一瞧老安人正在哭哭啼啼。张士芳明知故问：“姑母为什么哭呀？”老安人说：“孩子你来了，你瞧你姑父，由打你来那一天，就没起来，人事不知，昏迷不醒，也不吃，也不喝。请了多少先生，都没给开药方，一瞧就推，都说瞧不出什么病来。你兄弟王全也没在家，这可怎么好？”张士芳一听，精神来了，说：“老太太，你这还不张罗，给我姑父准备后事？咱们这人家，还等着人死了才定规，这个我兄弟不在家，我就如同跟我兄弟一样，我就得张罗，给我姑父预备预备。姑母你别糊涂了，我姑父这大的年纪，到了岁数了，快张罗后事吧！我兄弟在家，我不管，他既不在家，就是我是近人。我姑父有棺材没有？”安人说：“棺材早有了，你姑父那年自己买了两口阴沈木的寿材，三千银子，在庙里寄存着呢。”张士芳说：“既是棺材有了，也得讲棚讲杠，别等人倒了头再办。一来也忙不过来，二来也叫别人笑话，这样大财主没人办事。老太太你只管放心，我是你内侄，总比底下人给你办事强，他们底下人办什么事，都是赚钱，我办事，将来我兄弟回来，我自对得起我兄弟。姑母你给拿银子来，我先去讲棚讲杠要紧。”安人本没有主意，架不住三句好话，立刻开箱，就拿银子。这个时节家人王得禄进来说：“太太，老员外这病，总得请人瞧。东村有一位张先生,听说是名医,可以把他请来瞧瞧,好不好?”安人尚未答言,张士芳答了话说:“你们这些东西混账,老员外已是要死的人了,你还要拿苦水灌我姑父,你们安着什么心?所为请先生抓药好赚钱,由不了你们,快出去!”王得禄一听,心里说:“这小子真可恨,他愿意老员外死,他好谋总办丧仪。”心里骂他,当面又不敢惹他,他是老安人的内亲,无奈王得禄只好转身出去。他刚出去,管家王孝由外面进来说:“安人,老员外许是受了邪了,要不然,请个捉妖的来瞧瞧。”张士芳一听说:“你满嘴胡说,我们最不信服妖言惑众,你快滚出去。姑母你别听他们胡出主意了,你给我拿银子,我办事去吧。”老太太拿出四百银子来交给他,张士芳转身往外就走。王孝一想:“这小子没安好心,我要叫你赚了一个钱,算我白混了。”王孝就在后面,远远跟着。见张士芳进了后街天和棚铺,张士芳一道辛苦,李掌柜说:“张公子,什么事?”张士芳说:“我姑父王安士势必死,我来讲棚。前后搭过脊棚,要暖棚客座,两面包新细席,满带花活,四面玻璃窗户,要五色。天井子门口搭过街楼,起脊带花活,扎彩子,要鼓手。楼子里面搭天花座,满要五色彩绸。扎月亮门带栏杆,月台要铺地锦。灵前要玻璃圈门,扎彩绸带牌楼,周围月台,要玻璃栏杆,全要新材料,搭七七四十九天,连伙计酒钱都包在内,要多少银子?”掌柜的拿算一合,说:“别人来讲,得六百银子,你来给五百两,至已尽已的价钱。”张士芳磨让到四百两,讲停当了,叫掌柜的开单子,开八百两银子。堂柜的给开了单子,张士芳说:“明天送定银。”拿了单子出来。王孝见他走了,王孝到棚铺去说:“掌柜的,方才张士芳来讲的什么棚?”掌柜的照样一说,王孝说:“多少银子?”掌柜的说:“八百两。”王孝说:“你别胡说,我们太太叫我出来讲,谁家便宜用谁的。你说实话,不然,你的买卖也不能停当。”掌柜的无法,说:“原是四百两,他叫我开八百两。”王孝说:“你照样给我开四百两的单子,准管保用你的。”掌柜的开了单子,王孝拿着出来。一瞧张士芳进了德义杠房,也是一见掌柜的,提说王安士要死,要六十四人换杠班,要新绣白罩片,绣五福捧寿,抬杠的满穿甲衣靴子,用八对白牌,六十对红牌。现销官衔全分幡伞,要新绣的全分执事,要鞭牌锁棍,刽子手执刀。旨意亭子,全分銮驾,龙旗龙棍,令旗令箭,对子马影。亭子要香亭,彩亭,鹤鹿回春,用二十四对小伞,满堂孝,清音鼓手三堂,什幡丧车鼓子,要满新软片,要旗锣伞扇,魂轿、魂椅、魂车,用七曲红罗伞,棺材头里要福禄好,搁童子,前呼后拥，由倒头满亮杠。四十九天，加钱在内，一共多少银子？掌柜的一合算，要一千两，说来说去，要八百两。说妥，张士芳叫开一千六百两的单。他走了，王孝又到杠房盘问明白，也是照样开八百两的单子。王孝出来，见张士芳回来，王孝也跟回来。不知二人见了安人，该当如何，且看下回分解。

第一百四十一回

众家人忠心护主　孙道全奉命救人

话说张士芳把棚杠讲妥，开了两个单子，都没留定钱，四百银子在他怀里揣着。回来见安人，老太太就问："孩子，你把棚杠都定妥了？"张士芳说："姑母不用你老人家分心，我办事准得鲜明，咱们家里搭棚，不能叫人家耻笑。我定的是搭过脊棚，都要起脊带瓦拢，最后搭暖棚客座，两面包细席，不漏木头，满带花活，四面玻璃窗户，要五色天井子。门口搭过街牌楼，起脊带花，活扎彩子，有鼓手楼子，里面焰口座，搭大花座，要五色绸子，扎月亮门，带栏杆，月台，有铺地锦。灵前圈门满月玻璃的，扎彩绸带牌楼。周围月台，玻璃栏杆。这个棚，要叫别人讲去，准得一千银，我只八百两。讲得先省二百银子，我办事不能叫我兄弟回来抱怨。"老安人一个女流之辈，哪里懂得，只说："不多，不多。"旁边王孝站着，等他说完了，说："张公子你在谁家定的棚？"张士芳说："天和棚铺。"王孝说："我也在天和棚铺讲的。照你所说的东西一样不短，短一样你别答应，可是四百两讲的。还告诉你说，你讲杠多少钱。"张士芳说："一千六百两。"王孝说："我讲的八百两，也跟你所用的东西一个样。"张士芳一听一愣，这小子真是口巧舌能，当时说："姑母你别听他们的，他们打算把我闹开，他们好赚钱，没有这么便宜么。"老太太一听，叹了一声说："王孝，你们这是何必，我内侄他还能赚我的钱么？你们去呢。"王孝一听老安人说他不能赚钱，自己一说："我一片好心白费了。"赌气转身出来。众家人在大门堂里坐着，一个个生气，这个说："张士芳这小子，狼心狗肺。"那个说："就盼着咱们公子爷一回来，这小子就得滚开，省得他这里充二号主人。"大家正在纷纷议论，只听外面一声："无量佛！贫道闲游三山，闷踏五岳，访道学仙，贫道我乃是梅花山梅花岭梅花道人。"众家人一看，来了一位羽士黄冠，玄门道教。头戴青缎九梁道巾，身穿宝蓝缎道袍，青护领相衬，腰系杏黄丝绦，白袜云鞋，背背一口宝剑，绿沙鱼皮套，黄绒穗头，黄绒挽手，手执一把萤刷，面似淡金，细眉朗目，鼻直口方，三绺黑胡须飘在胸前，根根见肉，真是仙风道骨，仪表非俗。众家人就问："道爷来何干？"老道乃答曰："贫道乃梅花山梅花岭梅花道人，正在洞中打坐，心血来潮，掐指一算，知道王善人有难，贫道脚驾祥云，前来搭救，尔等到里面通禀，贫道并不要分文资财，所为了然功德。"家人一听，说："道爷来救我们员外爷呀？"老道说："正是。"王孝一听，甚为喜悦，赶紧往里飞跑。来到里面，说："安人大喜！"老太太一听，说："这东西混账，员外爷堪可要死，你还说大喜？喜从何来？"王孝说："现在外面来了一位老道，说是梅花山的神仙，他说能救员外，岂不是大喜？"张士芳一听，赶紧就拦住说："你们哪弄来的老道？妖言惑众，却不是来蒙两个钱？有银子也不给他，趁早叫他快去。"王孝说："人家老道说了，他是行好不要钱。"张士芳说："你满嘴胡说，他不要钱，莫非自己带着锅走？"王孝说："人家自己说不要钱。"旁边王全之妻董氏可就说："王孝你把老道请进来，给员外瞧瞧也好，倘若瞧好了，真化一千两二千两还化呢。瞧不好，可不能给他。"王孝说："是。"立刻转身，来到外面，说："道爷，我家夫人有请。"老道点头，大摇大摆，往里就走。书中交代，来者老道，非为别人，正是黄面真人孙道全。奉济公之命，前来搭救王安士。同雷鸣、陈亮来到海棠桥，叫雷鸣、陈亮在酒馆等着，孙道全这才来到王员外门首，假充神仙。同家人来到里面，张士芳一瞧，就说："你这牛鼻子老道，哪里来的？跑到这里来冤人。"孙道全口念"无量佛"说："贫道我不能跟你一般见识，我要来搭救王善人。"张士芳说："你不用妖言惑众，你知道老员外是什么病？"老道说："山人自然知道，但是恐其说出来，有人难以在这里站着，怕他脸上挂不住。"张士芳说："你倒说说老员外是什么病？"老道说："王老员外乃是被阴人陷害。"张士芳说："你满嘴胡说，老员外素常待人甚厚，是一位善人，哪个家人能害老员外？"老道说："倒不是家人陷害，我出家人以慈悲为门，善念为本，说话要留口德，不能明说，常言道'话到舌尖留半句，事从礼上让三来'。"张士芳说："老道你真是造谣言，倒是谁陷害老员外？"老道微然一笑说："你真要问害老员外之人？乃是男子之身，阴毒妇人之心，内宅之亲，外姓之人。"张士芳一听这几句话，脸上变颜变色。众家人大众一听，都猜疑是他，内宅之亲，外姓之人，不是他是谁？大众明白，又不敢说，都拿眼瞧他。张士芳恼羞变成怒说："老道你不用信口胡说，你说有阴人陷害，有什么凭据？"老道说："那是有凭据，你把家人叫过一个来？"张士芳说："叫家人干什么？王得禄过来。”老道说：“家人，你到老员外床底下床板上，摸有个桃木人拿下来。”王得禄果然到床底下伸手一摸，说：“不错，有东西。”立刻把桃木人拿下来，一看，其形跟人一样，里面有老员外的生辰八字。张士芳这小子心中有鬼，他溜出来了，直奔三清观。一见董太清，张士芳说：“董道爷你这个方儿真灵，我姑父只打那一天就没起来，昏迷不醒。我姑父一死，我就能张罗办白事。”董太清说：“总得七天，人才能够死，不到七天是不行的。”张士芳说：“灵可是灵，白费了。”董太清说：“什么？”张士芳说：“今天来了一个老道，是梅花山的梅花真人，他说能给王安士治病，他叫家人把桃木人给拿出来。他还说出害王员外的人，是男子之身，阴毒妇人之心，内宅之亲，外姓之人，不是我是谁？他算没说明我的名姓，我跑出来了。”董太清说：“我告诉你，无论他是谁，他也救不了，由那一天晚上，我作法把王安士的三魂拘来一魂，七魄拘来两魄，我在这摄魂瓶装着，他焉能好得了。”张士芳一听，说：“虽然你把王安士的魂拘来，在摄魂瓶装着，要据我想，这个梅花真人必来找你要摄魂瓶。”董太清说：“他不来便罢，他如果真来，我先将他结果了性命。”张士芳说：“怕你不行。我瞧人家那个老道，真是仙风道骨，穿着蓝缎子道袍，黄脸膛，三绺黑胡子比你阔得多，大概能为比你大。找你来要，你不给也许要了你的命。”董太清说：“你真是气死我也。”正说着话，就听外面一声“无量佛”。张士芳说：“是不是来了？”董太清一听，气往上撞，自己一想：“好老道，竟敢坏我的事，还敢找到我门口来？我给他个先下手的为强，后下手的遭殃。”想罢由墙上把宝剑摘下来，手中擎着剑，气哼哼往外够奔。一开门，举剑刚要剁，一瞧不是梅花真人，见门外站定这个老道，身高八尺，膀阔三停，头上挽着牛心发髻，身穿青布道袍，腰系丝绦，白袜云鞋，肋下佩着一口宝剑，绿沙鱼皮鞘，黄绒穗头，黄绒挽手，肩担一根扁担，扁担上有两个包裹，面如刀铁，两道重眉，一双眼赛如环，鼻直口方，押耳两绺黑毫，短拥拥一部钢髯，犹如钢针，轧似铁线，根根见肉。董太清刚要用宝剑剁，一瞧不是外人，赶紧把宝剑擎住，吓得亡魂皆冒，急忙上前行礼。不知来者老道是谁，且看下回分解。

第一百四十二回

二妖道贪财施邪术　两豪杰设计盗魂瓶

话说董太清拿宝剑出来一瞧，不是别人，正是他师兄张太素，由外面回来，董太清赶紧一行礼，张太素一瞧，气往上冲，说："好师弟，我教会了你能为，你会拿宝剑要杀我？这倒不错。"董太清说："师兄莫生气，这内中有一段隐情。"张太素说："什么隐情？"董太清说："师兄进来说。"张太素来到里面，说："怎么一段事？"董太清说："师兄，你教给我害人那个方法，却是真灵，现在我害了一个人。"张太素说："害谁？"董太清说："害永宁村的王安士。"张太素一听，勃然大怒，说："好，你害别人我不恼，你害王安士，我且问你，咱们庙里两顷香火地谁施舍的？"董太清说："王安士。"张太素说："修盖大殿谁的银子？"董太清说："王安士。"张太素说："化缘簿谁给写的？一年四季供灯油谁供给？庙中吃的粮米谁施舍的？"董太清说："也是王安士。"张太素说："你既知道都是王安士，他是咱们庙里头一家施主，你害他，你还有良心么？"董太清说："我倒不是要害他，是张士芳叫我害他的，许给我五百银子。"张太素一听，"呵"了一声说："既是五百银子还罢了，杀人倒落两把血呀！我只打算白害了人呢，这还可以。"张士芳一听，要不好，这一提五百银子，见张太素也是见财起意的强徒。张太素说："你害人为什么拿宝剑砍我呢？"董太清说："现在有一个梅花真人把桃木人要去了，我只打算他来找我要摄魂瓶，我故此拿宝剑出去，这个老道要坏我们的事。"张太素说："不要紧，我教给你害人七天准死，我还会叫他当天就死的法子。张士芳，你去买点应用的东西，今天晚上我管保叫王安士咽气，明天张士芳你就办白事。"张士芳甚为喜悦，立刻把应用的东西买来。等到天有二鼓以后，星斗出全了，张太素在院中摆设香案，把包头上扎头绳解开，披散开头发，手中仗剑，烧上香，一祷告："三清教主在上，保佑弟子张太素，把王安士害了。得张士芳五百银子，我再给三清教主挂袍，还愿上供。"其实三清教主，也不能为挂袍上供就保佑他害人，也没有这不开眼的神仙。张太素祷告完了，画了三道符，用宝剑尖一挑，点着，口中念念有词。三道符烧完，老道一用宝剑，说声："太上老君，急急如律令赫！"把摄魂瓶打开。立时就见一阵阵冷气吸人，一声声山林失色，"咕噜噜"声如牛吼，"哗啦啦"进来一个，滴溜溜就地乱转，原来正是王安士魂魄。一阵阴风惨惨，眼瞧老道就把魂魄收在摄魂瓶之内，用红绸子一封，五色线一系，两个老道同张士芳来到西配房屋中。这屋里靠西墙有条桌，头前八仙桌，两边有椅子。两个老道在椅子上一坐，把摄魂瓶放在条桌当中。张太素说："张士芳，你不信你去瞧去，你姑父此时咽了气了。明天你办白事，你可得给五百银子，不给我照样收拾你。"张士芳说："我焉有不给之理？"正说着话，就听东配房后有人喊嚷："我要上吊了！"张太素一听，说："贤弟你听东边有人喊嚷要上吊，你我去瞧瞧，焉有不管之理？"董太清说："瞧瞧去，我听声音像东后院。"说着话，两个老道同张士芳出来，将门倒带上，绕到东配房后。一看，本来院里有一棵树，在树上搭着一件大氅，见这人头戴翠蓝色六瓣壮士帽，蓝翠箭馆薄底靴子，白脸膛俊品人物，正解下丝绦，搭在树上拴套，口中自言自语："罢了，人是生有处，死有地，阎王造就三更死，谁敢留人到五更？死了死了，万事皆休。"老道一看说："朋友，你怎么跑到我们院里上吊来了？我们跟你无冤无仇，素不相识，你这可不必。"这人抬头一看，说："道爷不可见怪，我实不知道这庙里有人，我只打算是空庙呢。我要知道有观主，我天大胆也不敢来搅扰。"老道一听，这人说话很通情理，这才说："朋友，你为什么要寻死呢？我看尊驾，堂堂仪表非俗，大概不致不明白，为何寻此短见？"这人叹了一声说："道爷要问，一言难尽。我本是镇江人，保镖为业。我保着二十万银子镖，走在这东边漫洼里，不想出来一伙强盗，约有四五十人，把我截住，要挡镖车。我一提我们镖局子的字号，这些贼人也不懂场面，他们说：'就是皇上从此路过，也要留买路金钱。'我一动手，他们人多势众，我一人焉能敌得了？二十万银子，被他们劫了去，我自己越想越没路。有心回去，这场官司打不了，客人焉能答应？叫我赔，我哪有银子赔？我一想，莫如一死方休。"董太清说："你家里有什么人呢？"这人说："家中有白发的娘亲，绿鬓的妻子，未成丁的幼儿，母老妻单子幼。"老道说："既是你家中有老母妻子，你要一死，家中一家子全竭了。便我劝你，你别想不开。你到本地衙门去报去，留下案底，你还是回去，你总是实有其事。客人不信，叫他到本地衙门来细查此案，客人不能够要你的命。

你想对不对？你赶快去吧，我也不让你庙里坐着了，今天我们庙里有佛事。”这人点点头，说：“多亏道爷开导我，我谢谢道爷。”立刻深施一礼，由树上把铜鳖拿下来，立刻跳墙出去。老道转身往回走，刚来到院中，只见西配房屋中有一个人，红胡子，蓝靛脸，正要盗摄魂瓶。老道一看，气往上撞说：“孽障大胆！”立刻把门堵住。书中交代：来者非是别人，正是雷鸣、陈亮。这两个人打哪里来呢？原来孙道全在王安士家中，把桃木人拿下来，王员外还是不能起来，众家人就问说：“仙长，你老人家看我家员外是什么病？”孙道全说：“你家员外被人陷害，失了魂了，我得去给找魂去。”众家人说：“好，道爷哪里找去？”老道说：“你们不用管我，今天晚上把你员外的魂给找来就好了。”众家人说：“员外的病，只要你老人家救得了痊愈，准得好好谢你。”老道说：“我倒不要谢礼，所为了然功德，我要去找魂，晚上再见。”说罢出了王宅，一直来到海棠桥酒馆之内。雷鸣、陈亮两人在喝酒等着呢，见孙道全来了，陈亮说：“师兄喝酒吧。”三个人吃喝完了，孙道全把雷鸣、陈亮叫到酒馆以外无人之处，说：“二位师弟，师父有吩咐，叫你二人今天晚上够奔西边那座三清观。师父提说，那庙里西配房屋中，条案桌上有一个瓶，叫摄魂瓶，咱们施主王安士的魂，被那庙里老道拘了去，搁在瓶里，你二人去把瓶盗来，就把王员外救了。可千万要小心，那两个老道可不好惹，都会妖术邪法，你二人可要留神。”雷鸣、陈亮点头，立刻往前走。雷鸣说：“三弟，咱们两个人你盗我盗？”陈亮说：“二哥，你飞檐走壁之能，窃取灵妙之巧，比我强。讲说口巧舌能，见什么也说什么，机灵便，眼力健，我比你强。二哥，你盗瓶，我使调虎离山计，把老道调出来。”雷鸣说：“你怎样使调虎离山的妙计呢？”陈亮说：“我没准，瞧事做事，也许放火，也许装神做鬼。”两个人说着话，来到庙门以外。陈亮说：“二哥你在西边，瞧着我打东边使调虎离山计。”陈亮上墙一看，两个老道在西配房里，一间后院东首有一棵树，陈亮这才嚷“上吊”。雷鸣瞧两个老道出去，他由房上下来，刚要进西配房，雷鸣又怕屋里还有人，方才也没问孙道全他这庙里有几个老道。雷鸣心中一犹疑，又怕两个老道回来撞上，他又到东边来探探，听两个老道正与陈亮说话，雷鸣复返回来，刚要推门，又怕屋中有人，听了一听，才推门进去。两个老道回来了，见雷鸣正要伸手拿摄魂瓶，董太清一声喊嚷：“好孽障大胆！”雷鸣一回头，见老道已到门口，顾不得拿摄魂瓶，拉刀想要往外闯，焉想这张太素用手一指，竟把雷鸣用定神法定住。不知雷鸣性命如何，且看下回分解。

第一百四十三回

雷鸣智杀张太素　悟禅气吹董太清

话说张太素用定神法把雷鸣制住，老道心中就明白了。说："贤弟，方才白脸上吊的，是跟他一处的。一个是调虎离山计，一个来盗瓶，对不对？"董太清说："有理。"立刻吩咐张士芳把雷鸣捆上。两个老道坐下说："你这厮好大胆量，竟敢前来盗摄魂瓶？你姓什么？谁叫你来的？那个白脸使调虎离山计是谁？趁此说实话。"雷鸣说："我一个人来的，那个白脸不认识。"张太素说："谁叫你来偷盗摄魂瓶的？"雷鸣说："我自己要来偷的。"张太素说："你怎么不偷别的，单偷我这瓶子呢？"雷鸣说："做贼的瞧见什么就偷什么，我爱这瓶子，我就要偷。"张太素说："你这厮大概不说实话，张士芳给我把绳棍拿来，我非打你，你也不说。"张士芳立刻把绳子拿来，张太素就把雷鸣的衣服解开，用绳子沾水一抽，雷鸣破口大骂，"叭叭叭"一连就是数十鞭，打得雷鸣身上尽是伤。陈亮在外面等候多时，不见雷鸣出来，陈亮暗中一探，老道正打雷鸣。陈亮一看二哥挨打，心中难受，有心下去，又知道老道妖术邪法，不是老道的对手，不下去，瞧着二哥受这样委屈，心中又不忍。陈亮真急了，瞧大殿后面堆着许多干柴，陈亮立刻掏出火来，给把柴草点着，少时连大殿都着了。张士芳偶然看外面一亮，往外一瞧，大殿火起来了，张士芳说："可了不得了，大殿着了火。"董太清一听，先把桌上摄魂瓶揣起来，同张太素、张士芳出来，到后面打算救火。陈亮此时进去，把雷鸣背出来，一直够奔海棠桥。再回来一看，三清观烈焰飞腾，火光大作。陈亮来到海棠桥，孙道全说："二位师弟把摄魂瓶盗来没有？"陈亮说："师兄你看，不但摄魂瓶没盗来，我二哥还被老道打了一身伤，我使调虎离山计，才救出来。咱们得找个地方，叫二哥歇歇，上点止痛的药方好。"孙道全说："只可到王宅去吧。"这才带领陈亮，背着雷鸣，来到王宅。先叫陈亮在旁边等着，老道一叫门，管家王孝开门一看，说："仙长来了甚好。"孙道全说："我有两个采魂童受累了，要借你们书房歇歇。你等可别偷着瞧。"王孝说："是了，我们躲开，你同着进去吧。”老道这才同着陈亮，把雷鸣背到书房，搁到里间屋中，叫雷鸣定定神，敷上金疮止痛散，把帘子落下。老道在外间屋中一坐，少时有家人进来献茶，说：“祖师爷你给我们员外把魂找来没有？我们员外可咽了气了。”老道说：“你告诉里面安人，不要紧，可千万别哭，我准管保死不了。”正说着话，就听外面一乱，说：“三清观着了火，把庙满烧了。”孙道全见家人出去，说：“二位师弟，你们两个人这个乱惹大了，三清观庙都烧了，那两个老道准要来找我拼命。”陈亮说：“那也无法，我焉能瞧我二哥活活打死呢？他不来便罢，他要来咱们三个人跟他拼命。”孙道全说：“事已至此，二位师弟也不必管。那两个妖道都会邪术，你两个动手也是白送死，莫若你二人逃命去吧，我自有道理。他要找我，我跟他去就是了。”说着话已然东方发白，只听外面叫门，家人出去一看，是董太清、张太素。两个老道见大殿东西配殿一点没剩，只烧得片瓦无存，两个老道一跺脚说：“张士芳因为你把我的庙都烧了，我两人非得找这个梅花真人去拼命，这两个人必是梅花真人主使来的。”张太素说：“我知道这个真人，是灵猿化身，咱们去找他去。”立刻来到王安士门首，一叫门，家人开门一看认识，说：“董道爷、张道爷，二位这么早，来此何干？”张太素说：“你们这里住着一个梅花真人么？”管家说：“不错呀。”张太素说：“你叫他出来，就提我二人找他有事。”家人立刻到里面说：“仙长爷，现在外面有三清观的董道爷、张道爷找你。”孙道全一听说：“二位师弟，走你们的吧。”雷鸣、陈亮说：“师兄，我二人惹的祸，要一走岂不叫兄长受累？”老道说：“你二人去吧，我去见他。”孙道全当时来到外面一见，董太清一瞧认识，说：“原来是你呀。”孙道全说：“二位道友有什么话？两个人事情，彼此说出来，叫人家耻笑。你我都是三清教的门人，咱们的事，找地方说去。”张太素说：“跟我走。”三个老道一直够奔海棠桥而来。焉想到雷鸣、陈亮早越房出来，后面远远暗中跟随。三个老道来到海棠桥，天光大亮，张太素说：“孙道全你说吧。”孙道全说：“咱们往北去，到天台山下，那里没人说去。”张太素说：“走。”三个人一直到天台山下。孙道全说：“二位道友找我为什么。”董太清说：“你无故坏我的事，你主使一个蓝脸，一个白脸，把我的庙烧了，我焉能容你！”孙道全说：“二位道友不便动怒，咱们彼此都是三清教的人，你把摄魂瓶给我，好叫王员外给你修庙，照样赔你，也别管蓝白脸那两个人。咱们一概不提，你瞧好不好？”董太清说：“你那算白说，今天我非得把你宰了,方出我胸中之气,我拿摄魂瓶,我自己会叫王员外修庙,何必你叫王员外给我修庙?"孙道全说:"二位别生气,慢慢说。"董太清哪里肯听,伸手拉出宝剑,照定孙道全就是一剑。孙道全并不还手,往旁边一闪,口中直央求说:"二位道友饶了我吧,我给赔罪磕头,还不行吗?"董太清一剑跟着一剑,张太素脸朝南站着瞧着,说:"非杀了你不出我二人之气。"口中直骂。这个时节,雷鸣、陈亮两个由东边绕到北边去,蹲在石头背后,雷鸣一瞧说:"三弟,你瞧咱们师兄不还手,尽躲。这两个老道真可恨,我先把这两个老道冷不防宰了,以报打我之仇。"说着话,雷鸣拉出刀来,慢慢往前就走,张太素脸朝南站着,雷鸣由北边打他身后头往前来,心里说:"你要不回头,我就把你宰了。"焉想到老道也是恶贯满盈,该当死,并没回头,只顾瞧董太清动手。雷鸣凑到近前,冷不防手起刀落。"扑哧"一下,红光崩现,鲜血直流,张太素的人头滚落在地,死尸栽倒。董太清一瞧,师兄被那蓝脸杀了,说:"好孙道全,我说你们是一党不是?把我师兄杀了,我今天非要你们的命不可。"雷鸣、陈亮说:"咱们三个人,要他的命。"正说着话,只见张太素的人头忽然由地下飞起来,有两丈多高,照定董太清的脑袋砸下去。董太清说:"师兄你死得屈,你别闹鬼呀!你找你的仇人,我准给你报仇。"正说着话,人头又飞起来,又照他打去,一连数次。大众留神一看,在西边石头后头,有个小和尚在那里吹呢。孙道全一看,认识是悟禅。书中交代:悟禅打哪里来呢?原来济公带悟禅到松阴观,一拜鲁修真。本来鲁修真是个修道的人,跟济公一谈,知道济公是得道的高僧,二人倒是道义相交。和尚把乾坤颠倒迷路旗送给鲁修真,和尚说:"我将来到常山院慈云观,有一步大难,非道友救我不可。"鲁修真说:"圣僧有用我之处,给我信,我必到。"越谈越对,就留和尚师徒住下。次日天刚亮,和尚说:"悟禅你到天台山下去,救你三个师弟去。"悟禅点头,来到天台山下,在暗中藏着,见孙道全直央求,后来见雷鸣把张太素杀了,悟禅这才吹人头打董太清。孙道全一瞧见,说:"小师兄快来。"董太清也瞧见,说:"好妖精,竟敢这样无礼!"悟禅一憋肚子,一口气把董太清给吹起来,离地有一丈,"扑咚"把老道摔下来。悟禅又吹,吹起来摔下去。正摔董太清,忽听山坡一声"无量佛",说:

"山中清,山中清,万缘不到好修行。眼前浮云倾富贵,崖下流水无困横。是是非非不管我,长长短短没人争。唯有一时动情处,岭头一曲古英风。”

一位老道信口作歌而来，大众睁睛一看，吓得亡魂皆冒。不知来者是谁，且看下回分解。

第一百四十四回

老仙翁一怒捉悟禅　二义士夜探天台山

话说悟禅正在气吹董太清，忽听山坡一声“无量佛”信口作歌，来了一位老道。头戴旧布道巾，身穿破衲头，白绫高腰袜子，直搭护膝，厚底云履，面如古月，鹤发童颜，一部银髯，真是发如三冬雪，须赛九秋霜，在手中提着花篮，背后背着乾坤奥妙大葫芦，来者老道非别，乃是天台山上清宫东方太悦老仙翁昆仑子。董太清一看，赶紧跪倒，口称：“祖师爷在上，弟子给祖师爷叩头。”孙道全也跪下了，悟禅也吓得不敢吹了，雷鸣、陈亮不知这个老道的来历。这位老道在天台山上，道德深远。这座天台山，有四十五里地高，他的庙站在上面，叫接云岭。这座山上，豺狼虎豹、毒蛇怪蟒极多，凡夫俗子也到不了。孙道全、董太清都认识，故此赶紧行礼。老仙翁一看说：“你两个人为何如此争斗？从实说来！这个妖精是谁？”孙道全说：“回禀祖师爷，这个小和尚是我师兄，我拜济颠和尚为师，我要跟济颠学习点能为法术。”老仙翁一听说：“好，我山人正要找济颠呢。”老仙翁为什么要找济公作对呢？这内中有一段缘故。书中交代：只因前者褚道缘、张道陵两个老道被雷鸣陈亮给把衣裳都剥了去，两个老道及至还醒过来，一瞧赤身露体，褚道缘说：“这怎么好？要在街上一走，谁瞧见，谁不打耳光子的？”老道张道陵说：“咱们到天台山上清宫去找祖师爷去吧。”两个人白天不敢走，等天黑，还是走山里，不敢走村庄。到上清宫，一打门，小道童由里面出来，一开门说：“二位怎么连裤子都没有了？必是赌输了。”褚道缘说：“不是，我二人被济颠和尚欺负苦了。我二人要见见祖师爷，求祖师爷替我们报仇。”说着话，来到里面。一见老仙翁，老仙翁这个气就大了，说：“两个东西，怎么这样不要脸？连裤子都没了？”张道陵说：“祖师爷有所不知，尘世上出了一个济颠和尚，兴三宝，灭三清，他说：‘三清教没有人，都是畜类，全都是披毛戴角，都是四造所生，脊背朝天，横骨插心。’他把我二人的衣服全都剥去了，求祖师爷大发慈悲，给我们报仇，也给我们三清教转转脸。”老仙翁一听说：“我听说济颠和尚是个罗汉，怎么会说出这些话来？童儿去拿出两身衣服来，叫两个人穿上。那时我见着济颠，我倒要问问他。”褚道缘张道陵两个人穿上衣服，在庙里住了一天走了。今天老仙翁早晨起来，在山上采药，看见山下一股妖气，直冲斗牛之间，故此这才下山来看看。一问孙道全，他提说拜济公为师，故此老仙翁说：“我正要找济颠僧。”又问：“你两个人为何争斗？”孙道全说：“奉济公之命，搭救王安士。”将董太清、张太素怎么害人拘魂，从头至尾，细述一遍。董太清说：“祖师爷，你看孙道全无故他使人把我的庙烧了，方才那个蓝脸把我师兄杀了。”老仙翁说：“董太清，你这孽障，无故不守本分，贪财害人，张太素死有余辜。你把摄魂瓶拿出来，不准你再动手，山人今天便宜你！”董太清不敢不拿出来，立刻把摄魂瓶拿出来。老仙翁说：“孙道全你拿摄魂瓶去救王安士，这个小妖精是你的小师兄呀，我把他带上山去吊起来。你给你师父济颠送信，叫他前来见我，他一天不来，我把他吊一天，他两天不来，我把他吊两天，哪时他来，我把这妖精放下。”孙道全也不敢多说，悟禅就吓得不敢跑。怎么不敢跑呢？知道老仙翁身后背着那乾坤奥妙大葫芦，无论什么妖精装到里面，一时三刻化为脓血。老仙翁立刻把悟禅搁到花篮之内，老道竟自上山去了。雷鸣、陈亮这两个人就急了，雷鸣说：“师兄，你瞧这个杂毛老道，把咱们小师兄捉了去，你为何不管呀？”孙道全说：“你二位师弟有所不知，这个老道可惹不起，神通广大，法术无边，连咱们小师兄他那么大道行都不敢跑，我更不敢惹了。”雷鸣、陈亮一听，气往上冲说：“你惹不起，我两个人可惹得起！咱们小师兄被他弄了走，我二人焉能袖手旁观？”孙道全说：“二位师弟打算怎么样呢？”雷鸣说：“这个老道不是就在山上庙里住么？”孙道全说：“是呀。”雷鸣、陈亮说：“我二人非得把老道宰了，给小师兄报仇不可。”孙道全说：“二位师弟可千万不可任性，这个老道可非同别人可比，你二人岂不是白送死？依我说，趁早别碰钉子。”雷鸣、陈亮说：“你说不算，我二人拼着我们两条命不要了。”说着话，往山上就跑，孙道全再三拦也拦不住。这两个人随后就追老道，眨眼再瞧，老道不见了。这两个人焉能追得上？老道驾着趁脚风走了。这两个人追去，山路甚是崎岖，坷坎不平。正往前走，见眼前一道涧沟，南北有五丈余宽，深有万丈，当中只有一道独木桥，东西没有路，非得走这根独木过不去。陈亮一看，这根木头年深日久，都朽了，用手一挖，木屑就往下面掉。陈亮说：“二弟，你看非得走这独木桥过不去。要走在当中这一断，摔下去落在山涧里，就得摔个肉泥烂酱。”雷鸣说：“咱们拼个死去，非得把老道杀了，把小师兄救回来。”陈亮说：“是。”两个人把心一横，立刻施展陆地飞腾法，就打这根木头上走过来，也没怎么样。二人这才又往前走，约走了数里之遥，忽见眼前有一只猛虎，两只眼灯笼相似，张着血盆大嘴，尾巴来回直摆，把地下的石子扫得往上直飞。雷鸣、陈亮两个人一看，吓得亡魂。雷鸣说：“老三，你看这可要没命。”有心回去吧，走在独木桥也许掉下去，虎若要追，也跑不了。两个人一想：“该死也活不了。”拉出刀来，直往前走，走到猛虎跟前，老虎拿鼻子闻闻，一摇尾竟自走了，雷鸣、陈亮吓得一身冷汗。陈亮说：“二哥，咱两个人许没有人味了，老虎瞧见闻闻，都摇尾不吃。”雷鸣说：“咱们两个人走吧，不该是它嘴里食。”说着话，二人又往前走，眼见日已西沉。正往前走，只见大岭上有一条大蟒，足有三十余丈长，有缸粗细，两只眼似两盏灯。雷鸣、陈亮被老虎吓得一身冷汗，觉着毛骨悚然，刚把汗干了些，身上仿佛长点力气，这又瞧见大蟒，把两个人又吓得惊魂千里。不往前走是不行，山上又没有两条路，陈亮说：“二哥，生有处，死有地，方才老虎没吃咱们，这大蟒也许不害人，咱们愣往前闯吧。”正说着，只见这条大蟒一阵怪风，竟自去了。雷鸣、陈亮说：“好险，好险，你我两世为人。”二人微缓了缓，又往上走来。到了上清宫，约有二更天，一看满天星斗，朦朦月色，山影静悄悄，空落落。见这座庙前至后三层大殿，周围地势占的不少。正山门坐落北向，上面有字，是泥金匾刻的字，上写“护国敕建上清宫”。东西有角门，都关着，庙门口有两根旗杆，庙里有两根旗杆。雷鸣、陈亮二人看罢，拧身蹿上墙去，往里一望，正当中大殿五间，带月台，东西各有配殿，中院栽松种竹，清风飘然。大殿东边，有四扇屏风门套着，是第二层院子。两个人蹿房越脊，施展飞檐走壁，如履平地相仿，往后够奔。站在房上一看，东跨院里有灯光，这院中也是四合房。北上房五间，南倒座五间，东西配房各三间，北上房屋中射出灯光。雷鸣、陈亮来到北上房前披，施展珍珠倒卷帘，夜叉探海式，往屋中一看，见屋中靠北墙条案上面有些经卷，头前八仙桌上面有一盏灯，两边有椅子，老道正在上首椅子上坐着，在灯下看书。这屋中是明三暗五，再一看房柁上吊着悟禅，绳子拴着脚，头冲下吊着倒势。雷鸣、陈亮一看，气往上撞，立刻拉刀将手伸出，由上面一翻身跳下来，往屋中就闯，一掀帘子，打算摆刀杀老道。焉想到老道一抬头，说:“好孽障！大胆的狂徒!”用手一指,用定神法就把雷鸣、陈亮定住。雷鸣、陈亮气往上撞,破口大骂。老道立时吩咐来人:“这两个小辈,将他缚到后面去,结果性命。”不知二位英雄性命如何,且看下回分解。

第一百四十五回

永宁村法救王安士　韩家院捉拿章香娘

话说老仙翁把雷鸣、陈亮制住，吩咐把二人抬到后面去结果性命。这个时节，旁边过来一人说：“师爷，你老人家大发慈悲吧！这两个人是弟子的结拜兄弟，又是我的救命恩人。求祖师爷看在弟子面上，饶恕他二人吧！二位贤弟跟我到后面去。”雷鸣、陈亮一看，说话这人乃是夜行鬼小昆仑郭顺。雷鸣、陈亮正破口大骂，郭顺说：“二位贤弟别骂了。”立刻把雷鸣、陈亮带到后面去，老仙翁还怒气未息。天光刚亮，只听外面一声“无量佛”，小道童出来一看，来者乃是孙道全。书中交代，孙道全自从山下见雷鸣、陈亮追赶老仙翁去，他也无法，拿着摄魂瓶，够奔永宁村。来到王安士家一打门，家人一看，说：“道爷来了，可曾把我们员外爷的魂给找来？”孙道全说：“找来了。”家人立刻同孙道全来到里面，一看王员外已然如同死人一般。孙道全把摄魂瓶拿出来，打开一念咒，王安士的魂归了窍。当时王安士“啊呀”了一声，一睁眼说：“我好闷得很。”众人一瞧老员外说出话来都喜欢了。安人说：“员外你好了。”员外说：“我没有病，仿佛做了一场大梦。”众家人说：“员外爷，你躺了好几天了，昏迷不醒。要不是这位仙长把你老人家救了，就了不得了。”老员外说：“原来如此。”立刻翻身起来，如同好人一般，要给老道磕头。孙道全说：“老员外千万别给我磕头，我要损阳寿。”家人先给拿过桂圆茶来，王安士喝了。就觉得心里发空，家里有现成的燕窝粥，先给员外喝了一碗，老员外请真人外面书房坐，老员外也就不敢给老道行礼了，穿好了衣服，陪着来到书房，叫家人预备上等果酒。众人无不感念老道的好处，家人把酒摆上，老员外陪着孙道全喝酒谈心。老道喝着酒，忽然往东一看，一股妖气直冲霄汉。书房是西房，正往东看，老道就问：“老员外，这东院里是什么人住着？”王安士说：“那院里是我一个拜弟，姓韩名成，跟我也是世交。”老道说：“他家里有什么人？”王安士说：“他家里夫妇两个，有一个儿子，叫韩文美，有媳妇，道爷说这个做什么？”孙道全说：“我看那院里有一股妖气冲天，那院中准有妖精。”王安士一听，说道：“没听说他家里闹妖精，真人看着准有妖精？”老道说：“那不假，准有。”王安士一想，我跟韩员外至有交情，既知道焉有不管之理？说：“道爷，既瞧出来，何妨慈悲，跟我过去给把妖精除了。那院里韩员外跟我至好，也不是外人。”孙道全说：“可以，我山人去瞧瞧。”老员外立刻同老道来到隔壁一叫门，韩员外家的管家出来开门，一看说：“王员外，你老人家好了？”王安士说：“好了，你家员外可在家里？”家人说：“在家里。”王安士说：“你到里面通禀一声，我来见你家员外有事。”家人立刻进去一回禀，韩成赶紧迎接出来。孙道全一看，这位韩员外好样子，身高八尺，膀阔三停，头戴宝蓝员外巾，迎面嵌美玉，他本是武举出身，身服蓝缎员外氅，腰系丝绦，白袜云履，面如紧玉，浓眉大眼，三绺黑胡须。一见王安士，连忙施礼说，“兄长欠安，可曾好了？小弟少来问候。”王安士说：“你我兄弟知己，毋叙套言。”韩成说：“这位道爷是谁？”王安士说：“这位乃是梅花真人，我的命就是这位道爷救的。”韩成拱手往里让。来到书房落座，家人献上茶来，王安士说：“今天我同道爷来，非为别故，我方才正在书房吃酒，真人看你这院中有妖精。我想你我知己，我不能不管，我求真人过来，给你降妖捉怪。”韩成说：“我这院中没闹过妖精，道爷怎么瞧有妖精呢？”孙道全说：“我看这股妖气，还是阴气，必是女妖。员外你把女眷连婆子丫环都叫出来，真人一瞧，就瞧出来。”韩成说：“可以。”立刻叫家人给内室送信，叫安人、少奶奶、众婆子、丫环都出来。少时内宅女眷都出来，老道来到院中一看，有一位妇人二十多岁，长得姿容美绝，秀丽无双，有两个丫环搀着。孙道全一看这个妇人是妖精，老道拉出宝剑一指说：“好妖精见了山人还敢大模大样？”这妇人并不言语。孙道全说：“你还不现原形？”这妇人也不言语，孙道全举宝剑赶过去就要砍。这个少妇非是别人，乃是韩成的儿媳妇。怎么会是妖精呢？这其中有一段情节，韩成之子韩文美，本是个念书的人，当初跟王全李修缘都是同窗的书友，就是韩文美年岁居长，王全次之，李修缘顶小。皆因李修缘一走，王全也不念书了，韩文美就剩下一个人自己在家中用功。偏巧他妻子故世，韩文美就无心念书，时常带着书童出去游山玩景，以解心中之闷。韩成打算给他续室，老不合适，高不成，低不就，故此耽误下了。这天韩文美带着书童又出去游玩，走到永宁村西，觉着口干舌燥，韩文美就说：“童子，你我到哪里去歇息歇息，找杯茶吃。”童子说：“眼前这不是清静庵么？

庙里老尼姑,不是公子爷的师父？咱们到庙里去喝茶好不好?”韩文美一想:“也好。”立刻同书童来到庙门口叫门。工夫不大,就见由里面出来一个小尼姑,把门开开,说:“公子爷来了。”韩文美说:“老师父可在庙里?”小尼姑说:“在庙中,公子爷请里面坐吧!”韩文美带领书童,这才往里够奔,一直来到西跨院。这院中是西房三间,北房三间,南房三间。小尼姑来到北房禅堂。一打帘子,说:“师父,韩公子来了。”这房里老尼僧法名妙慧,一听说韩公子爷来了,赶紧由里出来,说:“公子爷来了,怎么这么闲在?”韩文美赶紧行礼,说:“师父一向可好？弟子有礼。”老尼说:“好,公子爷请坐!”韩文美坐下,老尼姑叫来人倒茶来,只听里面屋中一声答应,真是娇滴滴声音,一掀帘子,由里面出来一个带发修行的少妇。韩文美一看,真是貌比天仙,给韩文美过来一倒茶,韩文美就闻着妇人身上带着有一阵兰麝之香。这妇人把茶倒上,慢闪秋波,斜乜杏眼,瞧了韩文美一眼,转身进屋中去。韩文美一瞧这妇人,当时心神飘荡,这才问老尼僧:“这位妇人是谁呀?”妙慧说:“这是我新收的徒弟,她姓章,名叫香娘,她原是这村北的人。她丈夫故世,家有婆母,要逼他改嫁。她不愿改嫁,情愿出家,拜我为师,就在我这庙里,侍奉佛祖。”韩文美点了点头,坐了片刻,立刻告辞,一出庙,真仿佛把魂留在庙里。到了家中,茶思饭想,躺在炕上茶饭懒用,一闭眼就见章氏香娘在眼前,自己得了单思病。韩员外夫妇跟前就是这一子,一见儿子病了,赶紧请名医医治,医家先生也瞧不出甚病症来,一天不如一天。那韩成一想:“这病来得怪。”就把书童叫过来一盘问:“我家公子上哪里去了？不说实话,把你打死。”书童不敢隐瞒,就把上清静庵里去,遇见章香娘之故一说,韩成夫妇心疼儿子,赶紧叫人把清静庵老尼姑接来。安人说:“亲家,你瞧你徒弟病得厉害,你得救你徒弟,我夫妇就是这一个儿子。”老尼姑说:“我怎么救他?”安人说:“你庙里听说有一个章氏香娘,你只要给我儿把亲提妥了,他的病就好了。”老尼姑说:“哟,人家跟我出家,我劝人家改嫁,那如何使得?”安人说:“你费费心吧,只要你给提妥了,我必当重谢你。”老尼姑说:“我提着瞧吧。”当时老尼姑回去,到庙中跟章氏香娘一提,先前章氏不愿意,后来愿意了。老尼姑给韩宅送信,韩成还是定轿子娶,照娶姑娘一样。韩文美一听说定了,病就一天比一天见好,等娶过来,夫妻恩爱得如胶似漆,公婆也喜欢儿媳妇,婆子、丫环都没有不跟少奶奶合适的,半年多的光景,也没人知道她是妖精。今天无故被孙道全看出来,孙道全摆宝剑刚要剁,焉想到韩成恼了,由后面冷不防打孙道全一个嘴巴,挟起来,来到大门外,把老道扔下,说:“你哪来的老道?跑到我家里来撒野!说我好好的媳妇是妖精,你快滚吧!”说完了话,关上大门回头进去。孙道全一想:“正是,是非只为多开口,烦恼皆因强出头。自己也觉得脸上无光,莫若找我师父,我把妖精捉了,可以转转脸。”想罢立刻往前就走。刚一出了巷口,就听后面忽然起了一阵怪风,谅情必是妖精追赶下来。不知孙道全性命如何,且看下回分解。

第一百四十六回

孙道全捉妖遇害　济禅师拉船报恩

话说孙道全出了永宁村，正往前走，忽听由后面起了一阵怪风，刮得走石飞沙四起。孙道全一闻这阵风，异香扑鼻，心里说："了不得了，这个妖精追下我来，要跟我作对。"正在心中思想，何尝不是？只听后面有人说话："好孙道全，你往哪里走？仙姑娘跟你远日无冤，近日无仇，你败我的事，拆散我的金玉良缘。我仙姑这几年没吃人了，今天我开开杀戒，把你吃了，我好饱餐一顿。"孙道全一回头，果然是那个妇人追下来了。孙道全赶紧拉出宝剑一指，说："好妖怪，你好大胆量，竟敢跟山人前来作对？我今天结果你的性命。"妖精说："并非我仙姑娘找你，你无故怀着鬼胎，坏我的事，我焉能饶你？"孙道全摆剑就剁，妖精一闪身，抖手举起一块混元如意石，这石头能大能小，起在空中好似一座泰山，照孙道全头顶打来。孙道全也有点能为，受过广法真人沈妙亮的传授，一瞧石头打下来，赶紧口念护身咒，掐剑诀一指，说声"敕令"，立刻石子现了一道黄光，坠落于地。妖精一瞧，说："好孙道全，你敢破仙姑的法宝！"立刻又一抖手，孙道全一看，无数的长虫奔孙道全要咬。孙道全知道这是障眼法，立刻把舌尖嚼破，往上一喷，这些长虫完全现出原形，都是纸的。妖精勃然大怒说："孙道全，你敢破仙姑的法术！"说着，一瘪肚子一张嘴，喷出一道黄光，这是她三千多年的内丹。孙道全立刻觉着身子一麻，翻身栽倒。那妖精哈哈一笑说："我打算你有多大能为？原来就是这样，今天活该我吃你。"立刻把孙道全一提，来到山神庙，把孙道全搁在里面。妖精把门一关，打算要现原形吃孙道全，正在这般情况，就听门外哈哈一笑说："好孽障，真乃大胆，竟敢要吃我徒弟？来，来，来，咱们爷们较量较量。"妖精一听，往外一看，来了一个穷和尚。书中交代：来者乃是济公。济公由八卦山叫悟禅走后，跟坎离真人鲁修真告辞。鲁修真说："圣僧何妨在我这庙里多住几天？你我可以盘桓盘桓。"和尚说："我还有要紧事故，你我后会有期。"和尚出离了八卦山，往前行走，来到一个小码头，见王全、李福正进酒馆，和尚也掀帘子进去。王全、李福刚坐下，要了一桌酒席，和尚也进来，向王全说："乡亲才走到这里？"王全一看，是萧山县树林子里遇见那穷和尚，王全说："大师父，你也来了。"和尚说："你们二位，这些日子才到这里？"王全说："别提了，我二人在萧山县遭了一场官司，耽误了几天。"和尚说："乡亲你回家去吧，你不必找你表弟，找也找不着。你一天到家，你表弟也是一天到家，你两天到家，他也两天到家，你哪时到家，他也就到家了。"王全说："是，是，大师父没吃饭吧？"和尚说："可不是。"王全说："你在这里一同吃吧。"和尚说："敢情好。"王全立刻叫伙计拿过一份杯筷碗碟来，和尚就坐下。伙计把干鲜果品菜蔬上齐，和尚大把抓菜，李福就瞧着不愿意，和尚抓起来还让呢："你们二位吃这把。"王全一瞧，和尚真脏，满脸抹油，王全嫌脏说："和尚你吃吧，那盘子都是你吃。"和尚说："我就得其所哉！"王全吃点不吃了，李福也饱了，和尚大吃大喝大抓，连跑堂的都拿眼瞪和尚。跑堂的心说："好容易来了一位阔大爷，要成桌的酒席吃不了，好吃的剩点，这叫和尚拿手一抓怎么吃？"王全见和尚吃完了，叫伙计算账。这个时节，由外面进来一个人，说："哪位搭船走，我们船上海棠桥。"李福说："公子爷，咱们搭船走吧。"王全一听说："你还提坐船？提起来吓得我魂飞胆裂。你曾记得曹娥江坐船吗？"李福说："曹娥江那是包船，这是搭船，这船上别的客座多着呢。"这才问管船的："你船上有多少人了？"管船的说："有二十多位了。"李福说："上海棠桥我们去，船上有舒展地方没有？"管船的说："前后舱人都满了，就是上铺闲着。你们二位上海棠桥，坐在上铺，给五百钱吧。"李福说："钱倒好说，今天这就开船么？"管船的说："这就开船。"李福这才把酒饭账给了，说："公子爷上船吧。"王全站起身往外走，和尚说："咱们哪里见吧？"王全也不知和尚说哪里见，主仆同管船的出了酒铺，来到码头河岸上船。众坐船人都说："还不开船么？"管船的说："开船？我们船上就是两个人，还得雇一个拉短纤的就开。"正说着话，那穷和尚踢踏踢踏由东来了，管船的正嚷："谁来拉纤？"和尚答了话说："我去。"管船的说："大师父，你一个出家人，拉纤行么？"和尚说："行。出家人安一口锅，也跟俗家差不多，都得挣钱吃饭。"管船说："就是，大师父你拉吧。"立刻把纤板给了和尚。管船的撤跳板开船，济公禅师把纤板一拿，拉着就走。书中交代：济公要拉船纤，所为报答表兄王全出来找他披霜戴雪早起迟眠这点辛苦，和尚故此拉纤。人家拉

纤喊船号,和尚一边拉着纤,一边信口说道:

"这只船,两头高,坐船的主人心内焦。踏破了铁鞋无处找,弟兄相见不分晓。到天台,才知道,骨肉至亲两相照。"

和尚念完了,往前走着,信口又说道:

"想当年,我剃度;舍身体,洗发肤。归于三宝做佛徒,松林结茅庐。妄想除,余思无,真被累,假糊涂。脸不洗,手不沐,无事笑泥沽。走陆路,游江湖;好吃酒,爱用肉。不管晨昏香焚炉,混寄在世俗。风霜冷到穿葛布,天气热到披裘服。为善要诛恶,济困要扶危。"

和尚一边念着,往前走,又念。

"这只船,两头摇,管船的女人好细腰。由打去年抱了一抱,直到如今没着摸。"

管船的一听说:"和尚别玩笑,你满嘴说的是什么话呀?"和尚说:"我不管了。"说着话,和尚把纤板一扔,撒腿就跑。管船的说:"你们瞧这个和尚,真是半疯。拉了这半天纤,快到了他跑了,他也不要拉纤的钱。"众坐船的人,一个个全都乐了,说:"这个和尚真有点疯病。"大众纷纷议论,这且不表。单说和尚撒腿就跑,直奔山神庙而来。罗汉爷先把灵光、佛光、金光闭住,来到山神庙门口,和尚一推门说:"好孽障!你这胆子真不小,竟敢吃我徒弟?待我来结果你的性命!"妖精正要吃孙道全,忽听门外有人说话,妖精回头一看,是一个穷和尚。短头发有二寸多长,一脸的油腻,破僧衣短袖缺领,腰系绒绦,疙里疙瘩,光着两只脚,穿着两只草鞋,长得人不压众,貌不惊人,三分不像人,七分倒像鬼。济公禅师把三光闭着,妖精一看,是一个凡夫俗子,当时气往上冲,说:"好个穷和尚,你敢前来多管我仙姑的事?你岂不是前来送死?"和尚说:"你这东西,无故不守本分,缠绕韩文美,还敢欺负我徒弟?今天我非得要你的命。"妖精一张嘴,照定和尚喷出一股黄气,打算要把和尚喷倒。焉想到和尚哈哈一笑道:"好孽障,你会喷毒呀!大概你也不认识我老人家是谁?我叫你瞧瞧。"和尚一摸脑袋,露出佛光、灵光、金光,妖精一看,见和尚身高丈六,头如麦斗,身穿直缀,赤着两只腿,光着两只脚,原来是一位知觉罗汉。妖精吓得连忙跪倒,"嗥鸣"叫不住声。人有人言,兽有兽语,说:"圣僧你老人家饶命,并不是我要兴妖害人。因那韩文美他瞧见我,他要托人说我,我才跟他成亲,求圣僧大发慈悲,饶了我吧。”和尚说:“你现原形我看看。”妖精立刻身形一晃,现了原形。和尚一看,这才明白。不知是什么妖精,且看下回分解。

第一百四十七回

济公施法治妖妇　罗汉回家探姻亲

话说济公露出佛光、灵光、金光，妖精这才跪倒央求。和尚叫妖精现了原形，一看原来是一个香獐子。书中交代：这个香獐子，乃是天台山后天母宫，有一个玉面老妖狐的第三的徒弟，她有三千五百年的道行。这个老妖狐，乃是五云山五云洞五云老祖的女儿，自称玉面长寿仙姑。这个香獐子常到清静庵去听经，后来她一想："莫若我拜老尼姑为师，跟她学学经卷。"自己摇身一变，变了一个美貌的妇人，到庵里去投奔老尼姑。她说，她是村北住家，丈夫故世，婆母要叫她改嫁，她不愿意改嫁，要拜老尼姑为师，情愿晨昏三叩首，早晚一炉香，侍奉佛主，她说姓章名叫香娘。老尼姑妙慧信以为真，不知道她是妖精，把她收下。焉想到韩文美瞧见她，惦念在心，托老尼姑说媒，老尼姑倒是怕韩文美死了，韩成夫妇绝了后，倒是一番好意，把香娘子给韩文美说了去。今天香獐子遇见济公，当时求济公饶命，和尚说："你要叫我饶你也行得，你依我一件事。"章香娘说："只要圣僧饶命，有什么事，圣僧只管吩咐。"和尚说："你附耳如此如此，然后这等这样，依我的话照样办，我就饶你。"香獐子说："圣僧怎么说我怎么办。"和尚说："既然如此，你去你的，咱们后日见。"香獐子立刻一晃身，竟自去了。和尚这才把孙道全救过来，孙道全一明白过来，睁眼一看，济公在旁边站着，孙道全赶紧给师父行礼。和尚说："你无故要多管闲事，'是非只为多开口，烦恼皆因强出头'，没有那么大能为，还要捉妖？没捉成妖，差点叫妖精把你吃了。"孙道全说："多亏师父前来搭救，不然，我命休矣！"和尚说："你捉妖叫人家把你打出来，你还有什么脸见人？我还捧你一场，叫你把神仙充整了。"孙道全说："师父，我怎么把神仙充整了？"和尚说："你附耳如此这般，这等这样，就把仙家充整了。"孙道全点头答应，和尚说："你去吧，我还有事。"和尚出了山神庙，一直来到海棠桥，路西里有一座酒馆，字号"凤鸣居"。初时这座酒馆，原来是韩文美、王全、李修缘三个人，每人拿三百银子成本开的，倒不为赚钱，所为三个人随便消遣。

后来李修缘一走,王全也不到铺子去照料,韩文美一病,把这个铺子就交给家人王禄照管。本来王禄就不务正业,最好压宝赌钱,现在王全又出外去找李修缘,王禄更没人管他了,自己胡作非为,把买卖全叫他输了,铺子后头搁上宝局了,前头把掌柜的跑堂的全散了,就剩下一个小伙计,王禄今天正在拦柜里,只见由外面进来一个穷和尚,和尚说:"辛苦辛苦。"王禄也不认识是李修缘,一来济公离家数载,二则又是僧人打扮,一脸的泥,也认不出是谁了。王禄说:"大师父,喝酒呀?"和尚说:"喝酒,拿两壶来。"王禄给拿两壶酒过来,和尚喝了,又要两壶。喝完了四壶酒,和尚站起来就走。王禄说:"大师父,怎么走么?"和尚说:"喝够了,不走怎么着?要没喝够还喝呢!"王禄说:"你走,给酒钱。"和尚说:"给钱上你这喝来?"王禄说:"上我这喝来,怎么就不给钱呢?"和尚说:"我没钱,我本不打算喝酒,皆因你这写着穷和尚喝酒不要钱,我才来喝酒。"王禄说:"哪里写着?"和尚用手一指说:"你瞧。"王禄一瞧,果然墙上贴着一张红纸,上面写着:"本铺穷和尚喝酒不要钱。"王禄说:"这是谁跟我闹着玩的?"和尚说:"掌柜的,你这铺子怎么这么热闹?"王禄叹了一声说:"大师父,别提了,先前我这买卖,一开张很好,都叫我压宝输了,现在把买卖做得这个样。"和尚说:"咱们两个人,倒是同病相怜。我和尚有二十顷稻田地,两座庙,都叫我输了,我也是压宝押输的。现在我可学出高眼来,都说'高眼没裤子穿'。这话一点不错,是局上瞧见我都不敢叫我要,给我拿过三百钱,叫我喝茶,我就指着吃局上。"王禄一听说:"大师父,你会压宝么?"和尚说:"会,无论什么宝,瞒不了我。铜盒子,木盒子,打宝,飞宝,传宝,递宝,全瞒不了我。我一要就得赢,如同捡钱一般,就是众局上都不叫我压,我没了法子。"王禄一听说:"咱们这后面院有宝局,和尚你要给我猜几个红,不但我请你喝酒,我还给你换换衣裳。"和尚说:"你有钱么?"王禄说:"有,我跟你说吧,我刚借了二十吊印子钱。坐地八扣,给九六钱,十吊给八吊,二十吊实给十六吊,一天打二吊四百钱,打一百天合满钱二十四吊,连底子找得出十吊钱的利钱。没法子,不能不借,这还是指着铺子借的。大师父,你跟我到后面去,你给猜几个红。我赢了,苦不了你。"和尚说:"就是吧。"立刻同王禄来到后面一见,后面这里有好几十个人,围着宝案子,刚把宝盒子开出来。和尚说:"掌柜的,你压吧。这宝进门闯三,你压大拐三孤钉,准是正红。"王禄一想:"哪有这么巧?倘若压上,把十六吊钱一输，那还了得？”自己不敢压，和尚说：“你不压，这宝可是三。”王禄说：“瞧瞧再压吧。”正说着话，做活的叫宝一揭盖，果然是三。王禄一瞧一跺脚，自己后悔不该不压，这要听和尚的话，把十六吊钱都压上孤钉，赢四十三吊二百。少时就见又把宝盒开出来，王禄说：“大师父，这宝你猜什么？”和尚说：“方才我叫你压三，你不压，这宝还是三。”王禄心中又犹疑，说：“方才开三，这宝哪能还是三呢？”和尚说：“你爱听不爱听？”王禄一想：“先瞧瞧再说吧。”焉想到一开宝又是三。王禄自己又一跺脚，说：“这是怎么说话？两宝来钱并住一百多吊。”和尚说：“你是不听话。”王禄说：“我哪里知道？”说着话，第三宝又摔上盒子，王禄又问：“大师父，这宝压什么？”和尚说：“这宝压二，这叫黑虎下山。”王禄一想：“和尚连猜了两宝红了，这宝许没准，我莫若瞧一宝吧。”和尚说：“你又不压。”王禄说：“等等别忙。”眼看着又一揭盖是二。王禄自己一想：“我是什么东西？和尚果然是高眼，我不听？”和尚说：“你老不压我走了。”王禄说：“别走。”自己一想：“这宝拼出十六吊钱不要了，和尚叫我压我就压。”想罢一瞧，宝又开出来，王禄说：“大师父这宝我压什么？”和尚说：“我猜三，你爱压不压？”王禄一想恨了，当时把十六吊钱满搁在三上压孤钉，心里担着心，见宝盖一揭，是么，红的冲么，白的冲三。王禄一瞪眼，说：“和尚你瞧这宝么了，压输了。”和尚说：“谁叫你先不压，我连猜三宝红你不压，我哪能够宝宝猜着？”王禄一想：“这有什么法子？不答应和尚也是白饶，和尚连一条整裤子都没有。”自己撅着嘴，赌气出来，和尚也跟着出来，刚来到外面，就见王全、李福一掀帘子进来，和尚说：“乡亲才来呀。”王全一瞧说：“和尚，你也来了。”和尚说：“可不是，乡亲你快回去吧，不必在外面耽延了，在外面耽延，你也找不着你表弟。你回去，你一天到家，你表弟也到家，你两天到家，你表弟也两天到家，你那时回去，你表弟也就到了。”王全说：“是，和尚你做什么在这里呢？”和尚说：“我喝了四壶酒没钱，他不叫我走，乡亲你替我给了钱吧。”王全说：“是了，我给吧。”李福可就有点不愿意。王禄一瞧主人回来，赶紧回来行礼，王全说：“王禄我且问你，这两天老员外喜欢不喜欢？要喜欢我好回去。”王全本是个孝子，来打听打听，倘如老员外要不喜欢，自己暂且不敢回去，怕爹爹说，故此先来问。王禄说：“公子爷你回去吧，老员外几乎死了，听说今天才好。公子要昨天回来，还赶上着急了，老员外已然都上床咽了气，多亏有一位老道给救了。”王全一听一愣,说:“老员外什么病呀?”王禄说:“不是病,听说是被阴人陷害。听说大概是张士芳,勾串三清观董老道张老道,可不知是怎么陷害的,公子爷快回去吧。”王全一听,说:“别人都可说,唯张士芳他可不该。素常我给他银钱,他倒生出这样心来,真乃可恨。”和尚说:“乡亲你们说着话我要走了。”立刻济公出了酒馆,这才要够奔永宁村,甥舅相认,不知道后事如何,且看下回分解。

第一百四十八回

探娘舅济公归故里　点奇梦圣僧善度人

话说济公出离了酒馆，一直够奔永宁村，来到故土原籍。济公一看，叹了一声，离家这几年的光景，村庄都改了样子。正是兔走荒苔，狐眠败叶，俱是当年歌舞之地；露冷黄花，烟迷剩草，亦系旧日征战之场。济公一看旧日儿童皆长人，昔时亲友半凋零。罗汉爷一进西村口，见路北一座大门封锁，正是当年济公自己的住宅。紧挨着三座大门，正当中就是王安士的住家，东隔壁是韩员外的宅子，西隔壁是李修缘的宅子。自修缘走后，王员外派人就把这所房子腾空了，用封条封上，济公今日一看，睹物伤情，回忆当年有父母在堂，家中一呼百诺，如今只落得空房一所，自己孤身一人，未免心中可惨。济公再抬头一看，见娘舅王安士正在门口站定，两眼发直，似乎心有所思的样子。书中交代：王员外为什么今天在门口站着呢？皆因韩成韩员外把老道打了一个嘴巴，挟着搽出去，王员外觉着脸上下不去，见韩成进来，王安士就说："韩贤弟，你这件事做得太莽撞了。老道同我过来，乃是一番好意，贤弟你就粗鲁太过。"韩成说："兄长有所不知，这是我儿媳妇。无缘无故，哪来的这么个老道，拿宝剑威吓我儿媳妇，倘若要吓着怎么办呢？本来你侄儿韩文美就有病。"王员外自己颇觉无味，甚为后悔，不该多管闲事，立刻告辞。回到自己家中，一问家人，老道并没回来，王员外一想："老道是我的救命恩人，这一来，老道大概是没脸见人，不肯回来。"王员外打算要谢老道几千两银子，也不知老道哪里去了，自己觉得颇为烦闷，又想对不起老道，故此来到门口瞭望。正在发愣，济公赶奔上前，跪倒在地，口称："舅舅在上，甥男李修缘给舅舅行礼。"王安士一瞧，是一个穷和尚，褴褛不堪。老员外一愣，并不认识，连忙说："来人哪！给拿出两吊钱来，给这位大师父，你趁此去吧。"王员外终朝每日找李修缘，恨不能李修缘一时回来，怎么见了李修缘倒叫给两吊钱叫去呢？皆因王员外看着不是李修缘，想当年李修缘在家之时，是白脸膛，富豪公子的打扮。现在一脸的泥，又是穷和尚，老员外哪里认得出来？王员外只打算是和尚必是知道我的心思,他故意要这么说,故此要给两吊钱,叫和尚去吧。济公跪着不起来,说:“舅舅不必拿钱,实是甥儿李修缘啊。”王员外一听,“啊”了一声,正在发愣,王全、李福来到,王全一瞧这个穷和尚在这跪着,也不知所因何故,赶紧上前行礼说:“爹爹在上,孩儿有礼。”王全是在凤鸣居听王禄说老员外差点死了,王全甚不放心,因此赶紧回来,见老员外正在门首,王全上前一磕头。王安士说:“儿呀,你回来了!你可曾找着你表弟李修缘?”王全说:“孩儿并没找着李修缘,在萧山县孩儿遭了一场不白之冤的官司,差点丧了性命,因此孩儿回来了。”王安士点了点头。王全就问:“你这和尚,跟我们走了一遭,为何在此跪着?”济公说:“表兄,你不认识我了,我就是你表弟李修缘啊。”李福一看说:“你这和尚真是蒙事,吃了我们一顿饭,你还来假充我小主人?我家公子,我是认得的。”和尚说:“李福哥,你是不认识我了,我一洗脸,你就认识了。”王安士一听,说:“好,你进来洗洗脸,我看看。”立刻济公同着众人来到书房。老员外吩咐家人打脸水来,家人答应,立刻把脸水打来,济公一洗脸,把脸上的泥都洗去了。王安士再一看,何尝不是李修缘?王全一看就哭了,说:“表弟你在萧山县见着我,你为何不说?你要说了,我早就把衣裳给你换了,何必叫你受这一路的苦楚。”李福一看说:“哎呀!公子爷,你老人家千万不可见怪,老奴实在太莽撞了。言语冒犯,望公子爷多多恕罪。”济公说:“你不必行礼,不知不怪。”王安士看出是自己的外甥,落到这般光景,老员外倒觉伤心,又是心疼,不觉掉下泪来。说:“修缘你这孩子,怎么做了和尚了?”济公并不说实话,说:“我皆因由家中出去,遇见一个化小缘的穷和尚,他劝我出家。他说‘当了和尚,吃遍天下。’说在哪里都不用盘费。我一想也好,我就跟他出了家了。后来他把我的衣裳全诓了跑了,我一着急,就疯了,因此我也不思回来。现在我在外面化小缘,遨游四方,无拘无束,到处为家。常言说‘一日旦有三抄米,不做人间酬应僧。’我一想出家倒比在家好,跳出红尘,静观云水,笑傲江湖,醉里乾坤,壶中日月,荣辱不惊,祸福不计。虽处寂寥之滨,而心中快乐。虽仅藜藿之食,而物外逍遥。我是‘到处有缘到处乐,随时随分随时安’。”王员外一听,说:“你这孩子真是胡闹,家中万贯家财,享不尽的荣华，受不尽的富贵，你自己要不出去，何必落到这般景况？从生人①以来，你哪里穿过这样破烂的衣裳？再说你父母在日，由你从小就给你定下亲事，现在刘素素姑娘，父母早已故世，跟着她舅舅董员外住家，时常催我把你找回去，好迎娶过门。你这一出去，知道的，是你自己要出去的，不知道的，还说我贪图你家的富贵，把你逼走了。你快把你这脏衣裳脱下来吧！王孝，你到里面把公子爷的衣服拿出来，给他换上。”立刻家人答应，由里面抱出一包袱衣裳来。济公换上文生公子的衣裳，把自己的旧帽、僧袍卷好，说：“舅舅可千万别把我这破衣裳捺了，捺了可有罪。等我还俗的时候，还得用这身衣裳。”王员外说：“既然如是，把这衣服拿到里面去，交给安人收起来。等我择一个好日子，到国清寺去给你还俗。”济公点头答应。老员外吩咐摆酒，家人答应。正要擦抹桌案，里面婆子出来说：“老员外，老安人说了，叫李公子爷，同咱们公子爷到里头去呢，老安人要瞧瞧哪！”王安士说：“好，儿呀，你同修缘到里面见见安人。”王全这才同李修缘来到里面。老安人一来多日没见自己的儿子，二则也要瞧瞧外甥，王全先给娘亲行了礼，李修缘这才给舅母行礼。老安人说：“修缘你在旁边坐下，我且问你，这几年在外面做什么呢？”李修缘还是不说实话，就照着跟员外说的话，又对安人一说。在里面说了几句话，家人进来说：“书房摆上酒了，老员外等着跟二位公子爷吃饭呢。”王全、李修缘这才站起来，够奔外面。来到书房，老员外正在这里等候，家人已然把干鲜果品、冷荤热炒摆上。今天王安士心中甚为畅快，儿子也回来了，外甥也回来了，可以同在一桌吃酒，一面谈心。老员外在上面坐，叫李修缘在旁边上手里坐下，王全在下手里，爷三个在同桌而食，开怀畅饮。甥舅父子一面吃酒，一面欢谈，老员外要问问甥儿这几年在外面的根本源流细情。焉想到李修缘并不说实话，不肯说出自己的道德来历，言语总带着一半劝解老员外。济公要打算度脱娘舅，出家修行，无奈王安士贪恋红尘，执迷不悟。三个人吃完了晚饭，把残桌撤去，倒上茶来。老员外吩咐把卧具搬出来，今天同在书房安歇。家人把铺盖铺设停当，老员外在一张床上，王全同修缘在一张床上躺下，谈心叙话。王安士恐怕儿子外甥在外行路乏神，说多了话伤神，催促早睡。老员外说：“不便说话了，今天早点歇着，明天起来再说

---

① 生人——出生。

吧。”老员外说完了话，二目一闭，心神一定，正在迷迷离离、昏昏沉沉之际。老员外再一抬头，吓得亡魂皆冒，济公禅师要施佛法，大展神通，暗度娘舅。不知后事如何，且看下回分解。

第一百四十九回

妖妇现形唤醒文美　真人赠药救好修缘

话说王安士刚才睡着,忽见四外火起来了。王安士吓得魂不附体,又怕把儿子外甥烧在里面,赶紧说:"王全、修缘,快跟我走!"王全、李修缘跟着王安士就跑出来。正往前走着,只见后面来了一只猛虎,摇头摆尾,张着血盆大嘴,就赶过来。王安士带着王全、李修缘,撒腿就跑,猛虎后面急追正往前跑着,见眼前一道小河,截住去路,并没有船只,王安士一想:"这可了不得了,要叫猛虎追上就没了命了。"正在心中着急,忽见河里的水"哗拉"一响,当中露出一座莲台。在莲台上坐着一位老僧,头戴五佛冠,身穿古铜色僧衣,脖领上挂着一百单八颗念珠,盘膝打坐,双手打着闷心。王安士一瞧,赶紧就说:"圣僧救命。"那老和尚口念:"南无阿弥陀佛,善哉善哉!苦海无边,回头是岸。"说着话,老和尚掐了一朵莲花,捺在河内,立刻这朵莲花变了一只船。那老和尚说:"王善人,你等上船吧。"王安士自己要上船,又怕猛虎赶到把儿子外甥吃了,赶紧叫修缘快上船:"儿呀,快上船。"王全、李修缘点头,刚才上船,王安士还没上船,猛虎赶到,张牙舞爪,张嘴就咬,王员外吓得"呀"的一声,惊醒了。睁眼一看,自己吓得一身冷汗,原来是南柯一梦。王安士觉着心中乱跳,方一明白,就听李修缘那里嚷:"舅舅,可了不得了!"王安士说:"修缘你嚷什么?"李修缘说:"我做了一个怕梦,我看见咱们房子着了火,舅舅带我们两个人跑出去,又遇见一只老虎追咱们。咱们正跑着,见眼前一道大河过不去,忽然有一位老和尚坐着莲台,掐了一朵莲花,扔在河里,变了一只船,他说'苦海无边,回头是岸'。我同我表兄刚上船,瞧老虎来咬你,把我吓醒了。"王员外一听,说:"真乃怪道,我方才也是做这个梦。"李修缘说:"舅舅要依我说,还是出家好,我看出家倒比在家好。人生百岁终是死,莫若修福种德,不修今世修来世。出家,了一身之冤孽,像你老人家这个岁数,更应当出家才是。"王安士说:"你这孩子,疯疯癫癫,还说出家?我那里家中一呼百诺,出家有甚好处?你这孩子不想想,你在外面这几年出家，落得何等困苦艰难，风吹雨洒？再说你李氏门中就是你一条根，并无三兄四弟，总想着光宗耀祖，显达门庭，封妻荫子，可以接续香烟。孟子曰：'不孝有三，无后为大。'你既读孔孟之书，必达周公之礼。莫不是你就忘怀①了？"李修缘说："舅舅此言差矣！你岂不知一子得道，九祖升天。"老员外叹了一声，赌气不说了。又觉一沉睡，照样又一梦，如是者三次。书中交代：这是济公禅师要度脱王安士，出离苦海。不想王安士连得三警，并不醒悟。听外面天交三鼓，自己思想了半天，又复睡去。天光一亮，老员外、王全、李修缘俱起来了，家人伺候洗脸，吃茶吃点心。济公就问："舅舅，那韩文美韩大哥他怎么没过来？"王员外说："你韩大哥现在病着呢。"济公说："咱们得去瞧瞧他去，这几年老没见了。"王员外说："好，你我一同过去。"王全也跟着，三个人来到韩员外门首。一叫门，家人由里面出来一瞧，说："老员外过来了。"王安士说："你到里面回禀一声，就提我外甥李修缘回来了，特意来望你家公子。"家人随即转身进去，少时出来说："员外，我家公子有请。"王安士这才带领李修缘，往里够奔。来到韩文美的卧室一瞧，韩成也在屋中，大众彼此行礼。济公一看韩文美瘦得不像样子，脸上一点血色都没有。韩文美一瞧是李修缘，不是外人，有数年不见，赶紧说："李贤弟，你这几年上哪里去了？"济公说："我在外面化小缘来着。"韩文美说："你化小缘一向可好？"济公说："化小缘也没什么好与不好，无非是到处有吃有喝就是了。韩大哥你这病，怎么不吃药呢？"韩文美说："吃了许多的药了，也不见好。"济公说："我这里有一块药，给你吃吧。"韩文美说："什么药？"济公说："伸腿瞪眼丸。"文美说："兄弟你别跟我玩笑呀，怎么给我伸腿瞪眼丸吃？"济公说："你不知道，这药一伸腿，一瞪眼，就好了，能治百病。这块药不是我的，是我偷济颠和尚的。"王员外拿眼瞪了他一眼，济公说："真是我偷的这个药，无论男女老幼，诸般杂症，一吃就好。"韩文美立刻把药吃了，真立刻觉着神清气爽。济公说："你这病是什么病？你知道不知道？"韩文美说："不知道。"和尚说："我知道你这病是虚痨。"韩文美说："兄弟，你这可胡说。"济公说："不但我说你是虚痨，你还带着妖气，你的眼睛都发浑了。"韩文美说："兄弟你是疯了么？"济公说："我一点不疯，我瞧瞧我韩大嫂子在哪里呢？"韩文

---

① 忘怀——忘记。

美说："在西厢房呢。"济公说："我去瞧瞧去。"说着话，往外就走，众人也都跟出来。济公来到西厢房一看，说："可是她，便是妖精。"韩文美说："兄弟真疯了，这是你嫂子，怎么你说是妖精呢？这也就是兄弟你说，要是别人满嘴胡说，我立刻就把他轰出去。"济公也不答话，过去照定韩文美之妻，就是一个嘴巴，韩文美一看，就要翻脸，就见他妻子一张嘴，一口黑气照济公一喷，济公当时翻身栽倒在地，人事不知，如同死了一样。妖精现露原形，一阵风竟自去了。韩文美看得明白，妖精现了原形，是有小驴子大的一个香獐子，驾风逃走。韩文美自己也愣了，心中这才明白，敢情是这么一个香獐子，天天跟我同床共枕，事到如今，我这才知道。从前恩爱，至此成空，昔日风流，而今安在？不怪人说芙蓉白面，尽是带玉的骷髅，美艳红妆，亦系杀人的利刃，韩文美从此醒悟。这个时节，王员外见外甥被妖精喷倒，真急了，连忙叫："修缘醒来！"连叫数声，叫之不应，唤之不醒，王员外一跺脚，说："这可怎么好？盼来盼去，好容易把他盼回来。这要一死，真算是活该。"王全也着了急，老员外心中一想："真要是李修缘由这一死，我把他的一分家业，全给他办了丧事。"自己痴呆呆正在发愣，由外面进来一个家人，说："王员外，现在外面来了一位老道，是梅花真人。他说知道李公子被妖精喷了，他特意前来搭救，他有仙丹妙药，能够起死回生。"王员外一听，赶紧吩咐有请，只见老道由外面进来。王员外说："仙长你老人家慈悲慈悲吧。"老道掏出一块药来，叫人用阴阳水化开，给济公灌下去。果然少时就听济公肚子里"咕噜噜"一响，睁开二目，翻身爬起来，立刻好了。济公装作不认识孙道全，王员外一见孙道全将李修缘搭救好了，这才说："仙长，你老人家别走了，前者救了我的性命，今天又救了我外甥，我实在感恩不尽。先请到我家去吃酒，我有一点薄意，要奉送仙长。"韩成此时也知道儿媳妇果是妖精，前者把老道打出去，大为抱愧，赶紧上前赔礼说："前者我实在粗鲁，冒犯真人，我今天给真人赔罪。"老道哈哈一笑说："二位员外，你我后会有期，我还有公事在身，暂且告辞。"说罢孙道全架趁脚风竟自去了。老道是奉济公之命，够奔上清宫去，给东方太悦老仙翁送信，这话不提。单说王员外见老道走了，这才带领王全、李修缘告辞，回到家中。刚要摆酒，只见张士芳由外面进来，这小子自从烧了三清观，他就把讲棚杠安人给他那四百银子，连嫖带赌把银子都输没了。自己一想，还是没落剩，又听说王全、李修缘都回来了，张士芳一想:“这两人一回来,我姑母就不能任我所为了,这两个小子可是我的噎嗝①。”他岂不想人家是自己的产业,为什么是他的噎嗝。这小人天生来的狼心狗肺,他一想这两人一回来,我姑母就不能给我钱,我莫如想法把他两个人一害,将来王安士一死,百万家资就全是我的了。想罢到药铺买了一百钱砒霜、一百钱红矾。药铺问他:“买这毒药做什么?”张士芳说:“配耗子药。”将砒霜红矾带好,一直来到王安士家,要施展毒计,暗害王全、李修缘。不知后事如何,且看下回分解。

① 噎嗝——“绊脚石”的意思。

第一百五十回

买毒药暗害表弟　点噩梦难度迷人

话说张士芳暗带砒霜红矾，来到王安士家。一见老员外，张士芳说："姑父你好了，我听说我两个兄弟回来了，我特意来瞧瞧。"王安士并不知张士芳勾串老道陷害他，还以为张士芳是好人。怎么一段缘故呢？皆因老安人偏疼内侄，王安士病好了，老安人给士芳倒说了许多的好话，说："你病着，还是张士芳这孩子眼不错，见他兄弟不在家，瞧你要死，什么事都张罗在头里。又给讲棚，又去讲杠，在这里帮忙，乱了好几天，见你好了才走的。"王安士听夫人所说，信以为真，说："这孩子就是不务正，其实倒没别的不好。"今天张士芳一来，王安士倒很欢喜，说："张士芳，你瞧你两个表弟都回来了，你从此改邪归正，我给修缘把喜事办了，我也给你说个媳妇。"张士芳一瞧说："表弟，你这几年哪里去了？我还真想你。"这小子嘴里说好话，心里盘算："回头我抽冷子，就把毒药给搁在茶里，再不然搁在酒里，饭碗里，把他们两个人一害死，我就发了财。"心里思想害人，嘴里很是仁义道德。李修缘说："张大哥来了！咱们回头一处吃饭吧。"王安士说："好，你三个人在一桌吃，我瞧着倒喜欢。"说着话，家人把酒茶摆上，王全、李修缘、张士芳在当中上坐，这两个人皆在两旁边。刚要喝酒，济公说："张大哥你瞧我这时候，要一跟人家在一个桌上吃饭，我就害怕，心里总留着神。如今好人少，坏人多，我总怕嘴里说好话，心里打算要害我，买一百钱砒霜，一百钱红矾，抽冷子给搁到饭碗里，再不然给搁到酒里。"张士芳一听，说："表弟，你这是疯了？谁能够害你呀？"济公说："去年有我们一个同伴的，也是穷和尚，他跟我一处吃饭，带着毒药，差点把我害了。由那一回，我跟人家一处吃饭，我常留神。其实，咱们自己哥们，你还能害我么？张大哥，你别多心，你身上带着砒霜没有？"张士芳说："没有。"济公说："你带着红矾哪？"张士芳说："更没有。"济公说："我也知道，你不能，总是留点神好。"说得张士芳心里乱跳。本来他心里有病，他还纳闷，怎么世界上有这一件事，吓得他也不敢往出掏。一天两顿饭，他也没敢搁。天色已晚，老员外说："张士芳你要没走，你们三个人在这书房睡，我到后面去。"张士芳说："就是吧。"老员外归后面去，这三个人在书房安歇，王全同济公在一张床上，张士芳在一张床上。王全躺下就睡着了，济公也打鼾呼，唯有张士芳翻来覆去睡不着。心中盘算，我总得把他们两个人设法害了，我才能发财，想来想去，沉沉昏昏睡去。刚才一沉，只见由外面进来一个人，有五十多岁，白脸膛，黑胡子，头戴青布缨翎帽，穿着青布靠衫，腰扎皮挺带，薄底鹦脑窄腰快靴，手拿追魂取命牌。后面跟定一个小鬼，面似青泥，两道红眉，红头发滋着，赤着背，围着虎皮战裙，手里锯翎钉钉狼牙棒。张士芳一瞧，吓了一哆嗦。这公差说："张士芳你所作所为的事你可知道，现在有人把你告下来了，你跟着走吧。""哗"的一抖铁链，把张士芳锁上，拉着就走。张士芳说："什么事?"这位公差说："你到了就知道了。"拉他赶快走着。张士芳就瞧走的这道路黄沙暗暗，仿佛平生没走过的道路，正往前走，见眼前一座牌楼，上写"阴阳界"。张士芳一想："了不得了，必是到了阴曹地府①。"过了牌楼，往前走了不远，只见眼前一座城池，好生险恶。但见：

阴风惨惨，黑雾漫漫。阴风中仿佛闻号哭之声，黑雾内依稀见魑魅之像。披枷戴锁，未知何日离阴山。锯解臼舂，不识甚时离狱地。目莲母斜欹栏杆望孩儿，贾充妻呆坐奈河盼汉子。马面牛头，瞒拥着曹操才过去。丧门吊客，勾率的王莽又重来。正是人间不见奸淫辈，地府堆积受罪人。

张士芳一看，正在吃惊，只见有一个大鬼，身高一丈，膀阔三停，面似瓦灰，红眉毛，红眼睛，披散着头发，一身的毛，手拿三股托天叉，长得凶恶无比，高声叫道："汝是何方的游魂，来俺酆都地狱? 快些说来，免受捉拿!"这公差说："鬼王兄请了，我奉阎罗天子之命，将张士芳的鬼魂勾到。"大鬼说："既然如是，放尔过去。"这公差拉着往前走，只见眼前一座大门，西边站立无数狰狞恶鬼，门口有一副对联，上联是："阳世奸雄，伤天害理皆由你。"下联是："阴曹地府，古往今来放过谁。"横匾是："你可来了。"张士芳一看，吓得胆战心惊。进了大门一瞧，里面仿佛像一座银安殿，殿柱上有一副对联，上联是："莫为胡，幻梦生花，算算眼前实不实，徒劳机巧。"下

---

① 阴曹地府——迷信者所说的阴间的官府。

联是:“休大胆,热铁洋铜,摸摸心头怕不怕,仔细思量。”横匾是:“善恶分明。”张士芳抬头一看,上面是阎罗天子,端然正坐,头戴五龙盘珠冠,龙头朝前,龙尾朝后,身穿淡黄色滚龙袍,腰横玉带,篆底官靴。再往脸上一看,面如刀铁,三绺黑胡须,飘洒在胸前,真是铁面无私,令人可怕。左右两旁站着文武判官,一位拿着善恶簿,一位拿着生死簿,那判官都是头戴软翅乌纱,身穿大红袍,圆领阔袖,束着一条犀角宝带,足下方头皂靴。两旁还有牛头马面,许多狰狞恶鬼,排班站立。这位公差口称:“阎罗天子在上,鬼卒奉敕旨将张士芳鬼魂带到。”张士芳自己不由就跪下了。阎罗天子在上面,往下一看,说:“张士芳,你前世倒是积福做德,应在今世托生富贵人家,享安闲自在之福。不想你已所作非为,俱都是伤天害理,在外面寻花问柳,败坏良家妇女,损阴丧德。你又谋害你姑父王安士,今又想谋害你表弟王全、李修缘,实属罪大恶极。来呀！鬼卒你带张士芳先过秦广王,楚江王,宋帝王,五官王,卞城王,泰山王,都市王,平等王,转轮王,左三曹,右四曹,七十四司,然后带他游遍地狱。”鬼卒一声答应,拉着张士芳见过十殿阎罗,然后来到一个所在①。一瞧,有两个狰狰恶鬼,缚着一个人,拿刀割舌头。张士芳一看,说:“鬼王兄,这是怎么回事?”公差说:“这个人在阳世之间,好谈人闺阃,搬弄是非,胡言乱语,死后应入割舌地狱。”张士芳瞧着可怕。又往前走,有一个开膛摘心的,张士芳又问,鬼卒说:“这个人在阳世瞒心昧己,奸淫邪盗,死后应入剜心地狱。”说罢又往前走,见有一座刀山,有几个大鬼,举起人来,就往上扳,都是刀尖冲上,轧得人身上鲜血直流,张士芳说:“这是因为什么?”鬼卒说:“这是不孝父母,打爹骂娘,恨天怨地,喝雨呵风,死后应上刀山地狱。”再往前走,一看,有一根铁柱,烧得通红,叫一个人去抱,不抱有大鬼就打,张士芳说:“这个怎么回事?”鬼卒说:“这人在阳世奸淫妇女,败人名节,死后应抱火柱。”说罢又往前走,见有一座冰池,把人剥得赤身露体,卧在冰池冻着,张士芳一看就问,鬼卒说:“这人在生前唱大鼓书,专唱淫词,引诱良家妇女失身丧节,死后应该入寒冰地狱。”再往前看,有一个血池,有许多妇人在里面喝脏血,张士芳又问,鬼卒说:“这些妇人,有不敬翁姑的,有不惜五谷的,有不信神佛的,有不敬丈夫的,死后应该入污池喝血,此即血污池

---

① 所在——地方。

也。”看罢，又往前走了不远，再一看有一杠秤，吊着一个人的脊背，说这个人在生前专用大斗小秤，损人利己，应该这样报应。再一看，有倒磨磨的，有下油锅的，有千刀万剐的，有剥皮抽筋的，种种不一，都是在身前杀人放火，奸盗邪淫，是些犯罪的人。张士芳游够多时，再一看有两座金桥银桥，有一个老者，长得慈眉善目，有两个金童银童，把着两把扇，每人手里托着一个盘子，盘子里有一把折扇、一块醒木。张士芳就问：“这个人为何这样清闲？”鬼卒说：“这个人在阳世，说评书，谈今论古，讲道德，讲仁义。普度群迷，劝人行善。死后金童银童相送过金桥银桥，超生在富贵人家。凡在阳世修桥补路、放生、斋僧、布道、冬施姜汤、夏舍凉茶、济困扶危、敬天地、礼神明、奉祖先、孝双亲，这些人死后必过金桥银桥。”张士芳自己点点头，不怪人说，“善恶到头终有报，只争来早与来迟”。张士芳游遍地狱，复又带他一见阎王爷，阎王爷吩咐：“把张士芳捺在油锅炸了吧。”鬼卒一声答应，眼瞧一个大油锅，烧得油滚滚的，沸腾腾的，把张士芳拿起来，往里就捺，吓得张士芳“哎呀”一声，睁眼一看，有一宗岔事惊人。不知后事如何，且看下回分解。

第一百五十一回

到地府见罪人恶心不改　遇妖怪起淫心丧命倾生

话说鬼卒把张士芳往油锅里一捺，张士芳吓得"哎哟"了一声，一睁眼原来是南柯一梦。自己还在屋里床上躺着，吓得一身汗，被褥都湿了。刚一睁眼，就听和尚那里嚷："可了不得了，心疼死我了，我的张大哥！"张士芳道："李贤弟，你嚷什么？"和尚说："我做了一个怕梦，梦见来了两个官人，把你锁了去见阎王爷。阎爷王叫鬼卒带你游地狱，我在后面跟着。你游完了地狱，阎王爷说你害王员外，又不知还想害什么人，我瞧把你捺在油锅里，炸了个嘣脆透酥，把我吓醒了。"张士芳一听："怪呀，怎么我做的梦他知道呢？"自己心里又一想："做梦是心头想，哪有这些事呢？还是得想法子把他们两个人害了，我才能发财。不然，是不行。"心里想着，又睡着了，照样又是一梦。这回没往油锅里捺，往刀山上一捺，又吓醒了，又是一身冷汗。如是三次，张士芳吓得心中乱跳。听外面天交三鼓，张士芳一想："我别在这睡了，这屋子有毛病，再睡得把我吓死。"想罢，翻身爬起来说："二位贤弟你们睡吧，我要走了。"王全也醒了说："张大哥，半夜三更你上哪里去？"张士芳说："你别管，我是不在这了。"王全说："既然如此，你叫家人开门。"张士芳穿好了衣裳，跑出来叫家人开门。众人都刚睡着了，起来给他开门关好，没有一个不骂他，本来这小子素常就不得人心。张士芳出了永宁村，一直来到海棠桥，抬头一看，秋月当空，水光似镜，正在残秋景况，金风飘洒，树尖枝叶都发黄了。再一看桥下，一汪秋水，冷嗖嗖真望东流。夜深人静，鸡犬无声，张士芳站在桥上，自己一想："半夜三更上哪里去呢？莫若到勾栏院去，可以住一夜。"自己正在心中思想，忽听北边树林之内，有妇人啼哭的声音。张士芳顺着声音找去，到切近一看，果然是一个少妇，也不过有二十龄，娇滴滴的声音，哭声透着悲惨的了不得。张士芳借着月光一细看，这位妇人真是花容月貌，窄小金莲不到三寸，称得起蛾眉杏眼，芙蓉白面，头上脚下真个十成人才。张士芳一见，淫心已动，他本是个色中的饿鬼、花里的魔王，忙叫道："这位小娘子,为何黑夜的光景在此啼哭?”这妇人抬头看了一看说:“这位公子大爷要问,小妇人章氏,只为我丈夫不成人,好赌钱,把一分家业都压宝输了,直落到家中日无隔宿之粮。这还不算,他今天因为要钱,把我卖了,要指着还给输账,我故此晚上偷着出来。我打算在这里痛哭一场,我一上吊,就算完了,一死方休。大爷你想,我是一点活路没有。”张士芳一听,心中一动,这可是便宜事,赶紧说:“小娘子,你别想不开,人死不能复生,你正在青春少年,死了太可惜的,你跟了我去好不好?”这妇人说:“哟,我跟你去上哪里去?”张士芳说:“我告诉你,你在这坊打听打听,我姓张叫张士芳,是这本地的财主,家里有房屋地产,买卖银楼缎号,我也是新近失的家,皆因没有相对的,我也没续弦。不是人家不给添房,再不然就是我不愿意,我总要亲眼得见人才长得好,我才要呢。你要跟了我去,咱们两个人倒是郎才女貌。你一进门就当家,成箱子衣服穿,论匣子戴首饰,一呼百诺,你瞧好不好?”这妇人说:“公子爷你在哪住?”张士芳说:“你跟我走吧。”伸手就要拉。这妇人说:“你瞧谁来了?”张士芳一回头并没人,再回头一瞧,那妇人没了,张士芳正在一愣,过来一个香獐子,就在张士芳咽喉一口,把张士芳按倒就吃,就剩下一个脑袋、一条大腿没吃。书中交代:这个妇人就是香獐子变的,奉济公禅师之命,在这里等着吃张士芳。这小子也是心太坏了,才能落到这样收成①,妖精从此走了。第二天王安士听说张士芳走了,就派家人出来寻找,看见张士芳的人头及大腿一条,回去一回禀王安士,王安士叫家人给买了一口棺材,把张士芳的脑袋、腿装上,埋在乱葬冈上。这话休提,单说王安士要给李修缘还俗,然后好娶亲。择了一个好日子,先叫人给国清寺的方丈送信。李修缘本是当初国清寺许的跳墙的和尚,这天老员外同王全送李修缘上国清寺去跳墙,老员外叫家人备上三匹马,把李修缘原就那身破僧衣带上,众家人也都骑马跟随,刚一走出永宁村门口,和尚一施展验法,他这匹马就先跑了。和尚来到一座树林子,翻身下马,把文生公子的衣裳都脱了去,仍旧把自己僧衣穿好,用手一指,把马拴在树上,用隐身法,把马隐起来。和尚刚要往前走,只见那边来了五六个穷和尚,说:“咱们快些走,晚了可就赶不上了。今天董员外的外甥女,刘百万的女儿刘素素,斋僧布道,每人给二百钱,每人给一个馒

① 收成——下场。

头。这位姑娘原本许配李节度之子李修缘，哪知李修缘由十八岁走了，不知去向，姑娘就住在舅舅家。董员外要给姑娘另找婆家，姑娘说：‘忠臣不侍二主，烈女不嫁二夫，至死不二。’这位姑娘大才，咱们天台县的绅衿富户，都惦记说这位姑娘，董员外也逼着，叫姑娘不必等李修缘，另给找婆家。姑娘没法了，出了一个对子，说谁要对上，就把姑娘给谁。姑娘这是难人，所以咱们台州府的举监生员都对不上，碰钉子碰多了。姑娘最好行善，咱们去领馒头钱去。”济公听见这片言语，知道这是未过门的妻子，济公便赶过去说：“辛苦辛苦，咱们一同走。”众和尚一看，说：“你也是去领馒头上董家庄么？”济公说：“可不是么。”说着话，眼前不远，出了这树林子，就是董家庄。一进村口，路北大门，门口高搭席棚，众僧人来到门首一看，有管家放钱放馒头。济公说：“我们一共七个和尚，给七个馒头，一吊四百钱，都交给我吧，我再分给他们。”管家就拿了七个馒头，都有一斤重一个，一吊四百钱，交给济公。济公拿着说：“馒头你们自己拿着，钱到那边慢慢分去。”说着话，一瞧门内摆着一张桌子，上面有笔墨砚，押着一条对子，是十一个字，都有宝盖。写的是：“寄寓客家，牢守寒窗空寂寞。”和尚就问：“这条对子是干什么的？”管家说：“这是我们姑娘出的，我们员外说了，要有老头给对上下联，认一门干亲。要有僧道给对上，我们员外给修庙，要是文生公子给对上，只要年岁相当，情愿把姑娘许配他。这个对子把我们本地念书人难住多了。”济公说：“我给你对个下联行不行？”管家说：“你能有这个才学，能配上下联，我们员外给你准修一座庙。”和尚拿起笔来就写，写完了，管家拿进去，叫婆子交给姑娘。姑娘一看，连声赞美，真乃奇文妙文绝文。本来这条对子是不好对，这上联十一字都用宝盖，再说姑娘这条对子就说有终身之事。父母双亡，在舅舅家住着，就算寄寓客家一般，牢守寒窗空寂寞，说的是自己孤身一人，独坐香闺心中寂寞，何时是出头之日。要得下联，还得意思对。十一字，字也得一个样。或是全是乱绞丝，或是三点水，或是口字旁，或是单立人，双立人，或用言字旁，全得言字。济公对的下联，全是走之写的，是：“远避迷途，退还莲迳返逍遥。”这十一个字的意思是说：这位刘素素姑娘自落身以来，就是胎里素，一点荤腥都不吃。他本是一位莲花罗汉一转，错投了女胎。今天济公来对这对子，是暗度他未过门的妻子。远避迷途，言是人生在世上，如同大梦一场，仿佛在迷途之内，远避迷途，即是要躲开迷途之意。退还莲径返逍遥,是不如出家倒逍遥自在。姑娘一看,连声称赞说:“快把这个人叫进来,我要见见。”家人说:“是一个穷和尚。”姑娘说:“无论是僧是道,我要看。”家人到外面找和尚,踪迹不见。和尚拿着一吊四百钱,施展验法走了。这六个和尚一展眼,没留神,见和尚没了,这六个和尚紧紧就追。刚追出村口,一瞧,济公正坐在地下挑钱呢,自言自语说:“这个是小钱,这二百不够数。”这六个和尚一瞧,气往上撞,大家过来围上济公就打。不知后事如何,且看下回分解。

第一百五十二回

修缘公子朝宝悦　知觉罗汉会昆仑

话说济公在地下数钱，六个化小缘的和尚赶到。大众说："好和尚，你把我们六个人的钱都拐了来，你还在这里数钱？"说着话，这六个和尚过来就是一拳。济公说："咱们一个对一个地打。"六个和尚围着济公动手，谁要打济公一拳，济公必还一拳，六个人都不能多占便宜。正在动手之际，只见正北来了两匹坐骑，骑马的正是王全、李福。老员外见李修缘的马惊下来，赶紧派家人追赶。两位管家正在寻找，见李公子又穿上了破僧衣，跟众和尚打起来了，王全赶紧下马说："别打别打。"众穷和尚说："你别管，他把我们的钱诓了去。"王全说："你们别胡说了，还不滚开，这是我家公子爷。"众和尚一听，就不敢动手了。王全说："你们真要造反了？还不拿了钱走吗？"众和尚一听，每人拿了二百钱，诺诺而退。王全说："公子爷你上哪里去了？"济公说："我跟他们上董家庄化缘去了，领了一个馒头二百钱。"王全说："唉！公子爷，你也不怕人家耻笑，那不是外人家，董员外跟咱们还是亲戚呢？你的马呢？"和尚说："那边树上拴着呢。"王全说："我们方才怎么没有瞧见？"和尚用手一指说："那不是。"王全、李福一回头，果然马在树上拴着，这才一同来到树林，把马解下来。济公翻身上马，同家人回来。王员外说："你上哪里去了？"济公说："没上哪里去，我化缘去了。"王安士说："你这孩子是胡闹，已然要还俗，你还忘不了化缘？从此可不许你再化缘了。"济公点头答应。众人催马，这才够奔山坡国清寺来。原本这寺在半山坡里，众人催马，刚来到山坡以下，只见国清寺庙门以外，两边一对一对和尚，站着班迎接，大约有数十对僧人。王安士一看，只打算庙内方丈知道王员外有钱，要这样的恭敬。其实不然，当初国清寺的老方丈叫性空长老，现在老方丈圆寂了，是性空长老的徒弟宝悦和尚当家。性空长老乃是一位得道的高僧，临圆寂之时，把徒弟宝悦叫到跟前，说："某年某月某日，有知觉罗汉前来降香，必须如此这般，这等这样。"故此宝悦和尚谨记在心。今天由大殿前往外排班，是五十四对,一百零八位和尚各穿扁衫,手拿手炉手磬。口念:“真佛,迎接知觉罗汉。”王安士哪里知道其中的细情?众人来到庙前下马,济公说:“这些个秃葫芦头。”大众和尚心里说:“这个和尚真讨人嫌,他说我们是秃葫芦头,他也是和尚。”众僧都是凡夫俗子,也不知道济公的来历。王员外众人一进庙,宝悦和尚迎接出来,见了济公打问讯,济公也答礼相还,老员外并不解其意。宝悦说:“老员外来了。”王安士说:“方丈怎么称呼?”和尚说:“我叫宝悦。”书的节目,是修缘公子朝宝悦,知觉罗汉会昆仑。王安士今天来到国清寺,先施舍众僧人每人一件僧袍,每人一双僧鞋,每人给钱两吊。方丈请老员外在禅堂待茶,王安士说:“我今天特意给我外甥李修缘跳墙还俗,求老方丈慈悲慈悲吧。”宝悦和尚点头,吩咐外面预备,众人来到大殿以前烧上香,在大殿前搁着一条板凳,就算是墙。宝悦和尚说:“老员外,你外甥跳墙,我得打他一百禅杖,赶出庙去。”王安士一听,说:“我外甥懦弱的身体,要打一百禅杖,他如何受得了?”宝悦和尚说:“不用真拿大禅杖,就拿一百根筷子以代禅杖,打一下算十下。”老员外说:“这就是了。”宝悦和尚说:“修缘,我打过了你,你跳过板凳,跑出庙门就算完了。”济公点头,宝悦拿起筷子一比,打一下,说:“啊,初一不烧香,十五不礼拜。前殿不打扫,后殿堆土块。终朝饮美酒,狗肉随身带。出家亦无缘,送你还俟寨。脱下织缀来,赶出山门外。”说完了,叫李修缘跳墙,济公跳过板凳,撒腿就往山门跑。王安士说:“别跑。”这句话还未说完,就听李修缘嚷:“我收不住脚了。”王安士众人赶紧往外追,眼见李修缘掉在万丈深的山涧之内。老员外一瞧一跺脚,说:“修缘儿呀!不想你死在这里。”立刻放声痛哭。宝悦和尚说:“老员外不便伤感,李修缘大有来历。”老员外说:“罢了,他既是死了,我回家把他那份家业,全都给他念经设坛化了。”王全说:“爹爹不便这般,我看我表弟有些个道德,也许回家来点化你老人家,还不定死活呢?”宝悦和尚说:“公子之言有理,老员外请回吧。”王安士一概不听,回家要超度李修缘。书中交代:济公哪里去了呢?罗汉借着遁法,够奔上清宫①而来。来到上清宫一打门,由里面出来了一个道童,一见是个穷和尚,破僧衣短袖缺领,腰系绒绦,疙里疙瘩,光着两只脚,穿着两只草鞋,褴褛不堪,济公早把三光闭住,道童就问:

---

① 上清宫——“上清”相传为神仙居住处所,道教常用以名其宫观。

“和尚，你找谁呀?”和尚说：“烦劳仙童到里面回禀一声，就说我是西湖灵隐寺济颠僧，前来拜访你家观主。”道童一听，“呵”了一声，说：“你就是济颠僧么？你等着吧！”和尚说：“可以。”道童这才往里回禀，此时老仙翁正会着客呢。书中交代：什么人在这坐着呢？原来是上清宫后，天母宫的玉面长寿仙姑。他是五云洞五云老祖的女儿，他正在洞中打坐，忽见上清宫里有一股妖气冲天，玉面长老妖狐一想：“怎么上清宫会有妖精呢？我何不到那瞧瞧，是怎么一段事。”自己这才来到上清宫。老仙翁见了他，以仙姑呼之，他见老仙翁，就称呼老仙翁，这两个人是对兵不斗。老仙翁知道他父亲是五云老祖，管押天下群妖，无论大小精灵，只是要披毛带角，横骨穿心，不是四造所生，脊背朝天，就属五云老祖所管。他有一宗聚妖幡，要一晃，天下的妖精，全都得来到，仙翁故此也不惹他。玉面老妖狐也知道老仙翁道德深远，庙里有镇观之宝，有乾坤奥妙大葫芦，无论什么妖精装在里面，一时三刻即化为脓血，他也不敢惹老仙翁。今天老仙翁听说玉面长寿仙姑来了，赶紧降阶相迎，说：“仙姑来了，因何这样闲在?”老妖狐说：“仙翁，我看你这庙内有一股妖气冲天，不知是什么一段缘故?”老仙翁用掌一指，说：“你来看。”老妖一看屋里房柁上，倒吊着一个小和尚，头上有黑气。老妖狐说：“这个和尚是谁呀?”老仙翁说：“尘世上出了个济颠和尚，兴三宝，灭三清，欺负我三清教门下，火烧了祥云观，烧死张妙兴，火烧云烟塔，雷击华清风，捉拿张妙元，戏耍褚道缘、张道陵。这个妖精是济颠的徒弟，我把他吊起来，等济颠。济颠一天不来，我吊他一天，哪时济颠来了，我把他放开，我要看他是何等人物。”玉面老妖狐说：“老仙翁，哪时济颠来了，你千万替我送信。我大徒弟在临安城周宅，跟周公子有一段金玉良缘，无故被他赶回来。我三徒弟章氏香娘，在永宁村韩员外家，也被他赶回来。我还有一个小徒弟，在小月屯被他杀了。我说我徒弟不会跟他们斗法么？他们说惹不起他。哪时济颠僧要来了，你给我一个信，我来略施小术，就把他拿了，替我徒儿们报报仇。”老仙翁说：“好，既是仙姑肯费其心，哪时济颠僧来，我必给你送信。”正说着话，童子进来说：“师父，济颠找你来了。”其实济颠没这么说，是说来拜访观主，他要给这么传话。老仙翁也是个高人，赶紧说：“有请！”道童出来并不说“有请”，说：“我师父叫你走进去呢。”和尚并不嗔怪，说：“可以，进去就进去。”当时济公禅师脚步踉跄，一溜歪斜，“踢踏踢踏”够奔里面。一见老仙翁要僧道斗法，且看下回分解。

第一百五十三回

玉面狐上清宫访道　济禅师天台山会仙

话说老仙翁吩咐"有请济公!"老仙翁心中思想:"我见济颠看看是何许人也？要是大路金仙,头上有白气;要是西方的罗汉,头上有金光、佛光、灵光;他要是妖精,必有黑气;要是凡夫俗子,我也看得出来。"正在思想之际,见和尚自外面进来,老仙翁一看,乃是凡夫俗子,心里说:"闻名不如见面,见面胜是闻名。褚道缘张道陵太也无能,受他的挫辱,真正可笑。"老妖狐一看,也是这样想,凭他一个凡夫俗子,我徒弟会不敢惹他?和尚来到鹤轩一看,这院子是东跨院,北房五间,明三暗五。北上房鹤轩帘栊高卷,靠北墙一张条桌,上面摆着许多的经卷,老子道德五千言。正当中挂着乾坤奥妙大葫芦,头前一张八仙桌,两边有椅子,上首椅子上坐着一个道姑,约有四十来往的年岁,白净面皮,很透着年少的样子,长得甚为美貌,头戴青布道冠,身穿蓝布道袍,青护领相衬,白袜云鞋,下首椅子上坐着老仙翁,和尚一看,说:"你们公母俩好呀?"玉面老妖狐一听臊得面一红,老仙翁一听,"呵"了一声,说:"来者是灵隐寺济公?"和尚说:"岂敢！仙翁,我叫道济。"仙翁说:"道济。"和尚说:"哟,好说,太悦。"老仙翁说:"颠僧。"和尚说:"毛道。"老仙翁说:"颠僧真乃大胆。"和尚说:"胆子小,还不敢来呢!"老妖狐说:"我打算怎样个济颠和尚呢？原来是一个丐僧。你瞧你这件破僧衣,实在难堪。"和尚微然一笑,说:

"世人莫笑我这件破僧衣,我这件僧衣甚出奇。三万六千窟窿眼,六十四块补钉嵌。打开遮天能盖地,认上袖袂一僧衣。冬暖夏凉春温热,秋令时节虫远离。有人要问价多少,万两黄金不与衣。"

老仙翁一听,哈哈大笑说:"你知道你的僧衣有好处,你可知道我这身上穿的纳头？我常说:

这衲头,不中看,不是纱来不说缎。冬天穿上暖如绵,夏天穿上如凉扇。不折洗,不替换;也不染,也不练,不用红花,不用靛。线脚八万四千行,补钉六百七十片。乾三连,坤六断;离中虚,坎中满;中间星斗朗朗明，外边世界无边岸。也曾穿至广寒宫，也曾穿赴蟠桃宴。休笑这件衲头衣，飞腾直上灵霄殿。”

和尚一听说：“好好好！你把我徒弟拿来叫我来怎么样呢？”老仙翁说：“和尚，你可知世事如棋局，不着者便是高手，一身似瓦瓮，打破了才见真空。”和尚说：“你可知道一枝竹杖担风月，担起亦要歇肩，两个空拳握古今，握住也须放手。”老仙翁说：“好，既然如是，咱们两个人，今天就分个强存弱死，真在假亡。”和尚说：“你先把我徒弟放开，有什么话咱们再讲。”老仙翁说：“可以。”立刻先把小悟禅放下来。悟禅一晃脑袋，说：“师父，你瞧咱们爷们，准没含糊，吊了我这几天，我准哼哈没有？”济公说：“好，这才是我的徒弟。”老仙翁说：“颠僧，咱们到院中来较量较量。”和尚说：“毛道你出来。”老仙翁刚要动手，玉面长寿仙姑说：“仙翁暂且息怒，谅此无名小辈，何必仙翁跟他动手？割鸡焉用牛刀，待我拿他吧。”说着话，那老妖狐拉出宝剑，照定和尚劈头剁来。和尚一闪身，滋溜躲开，伸手一把没摸住，老妖狐臊得面红耳赤。说：“好颠僧，胆子真不小，仙姑今天非得将你拿住不可。”和尚说：“哪是胆子不小？旗杆上缚鸡翎。”老妖狐一剑跟着一剑，和尚真快，滋溜溜直跑，左一把，右一把，老妖狐真急了，说：“颠僧真正找死，我叫你知道我的厉害，待仙姑用宝取你。”说话中间，掏出一根捆仙绳，长够九寸九，按三寸三分为三才，又名叫子母阴魂绳。这绳子练的时候，先得害一个怀男胎的妇人，把妇人开了膛，用子母血把这根绳子染了，有符咒推着，借天地正气，日月精华，练七七四十九日。这绳子扔起来，能长能短，无论什么妖精，捆上就现原形，连大路金仙捆上都得去五百年道行。今天老妖狐把这根绳子祭起来，口中念念有词，说声“敕令”，眼瞧这根绳金光绕缭，直奔和尚。和尚就嚷：“了不得了，快救人呀！”话音未了，这根绳早已把和尚捆上，和尚翻身栽倒。仙姑微然一笑，说：“我打算济颠有多大法力？原来是个无能之辈，我也不杀你，尔等去把他搭着，扔到后面山洞里去吧。老仙翁，你看我略施小术，就把他拿住。”老仙翁一看，哈哈大笑，说：“这点小法术，他就不行了，尔等把他捺到后山去吧。”此时雷鸣、陈亮、孙道全都在后面，小悟禅在旁，瞧着师父被人家捆上，有心过去吧，又不是这两个人的对手，虽然不敢过去，口中不干不净的还是直骂。玉面长寿仙姑一听，气往上撞，说：“要不然，我倒不杀济颠和尚，冲着你，我把他杀了。”说罢，就要举宝剑杀。老仙翁赶紧就拦,说:“仙姑且慢动手,我这庙中是清静之地,要把他杀了,岂不把我这院子脏了?”正说着话,只见由外面“踢踏踢踏”和尚来了,老仙翁老妖狐一瞧愣了,再一看捆的不是和尚,是老仙翁的二徒弟小道童。老仙翁把徒弟放开一瞧,捆得都没气了。老仙翁气得须眉皆张,先把徒弟救了,给了一块药吃。老妖狐说:“好颠僧,你真气死我也。”和尚说:“我气死你,你就死吧。”老妖狐立刻伸手,又掏出一种宝贝来,口中念念有词,和尚一看,由半悬空来了许多毒蛇怪蟒、兔鹿狐獾,这个就要咬和尚,那个就要盘和尚。和尚哈哈一笑,用手一指,口念“唵嘛呢叭𠺗吽!唵,敕令赫!”立刻一道黄光,这些东西全都化为纸的,这本是障眼法。老妖狐一见,说:“好颠僧,胆敢破我的法宝?真是人无害虎心,虎有伤人意,今天你休怨仙姑狠毒,这是你自找其祸。”说罢,口中念念有词,一抖手,只听“呱啦”一声,一道火光,原来是一块石头,泰山压顶,照和尚砸下来。他这块石头名叫雷火石,最厉害无比,无论什么精灵,打上就也死。岛洞金仙,要被石子打上,得打去白光。今天济公一看,说:“哟,好东西。”用手一指,口念六字真言:“唵嘛呢叭𠺗吽!唵,敕令赫!”这块石头一道黄光,复就归原,被和尚一扬手接了去。老妖狐见和尚连破她三宗法宝,不能取胜,自己臊得满面通红。老仙翁说:“仙姑,你不便跟他为仇作对,待我来拿他。”摆宝剑照和尚就剁,和尚滋溜一闪身,一把没摸着,老仙翁就把八仙剑的门路施展开了,真是:

拐李先生剑法高,洞宾架势甚英豪,钟离背剑清风客,果老湛卢削凤毛。国舅走动神鬼惧,采和四面放光毫。仙姑摆下八仙阵,湘子追魂命难逃。

老仙翁这个八仙剑施展开了,和尚围着乱绕,老仙翁的剑又砍不到和尚的身上,老道真急了,此时陈亮、雷鸣、孙道全、夜行鬼小昆仑郭顺,都得了信,来到前面一看,郭顺说:“这怎么办?僧道都是我师父,打起来了。”依着孙道全打算,众人过去给老道跪着,给讲和。见老仙翁那个气大了,动着手,老道说:“颠僧,就凭你这么个凡夫俗子,也敢这样个猖狂?你叫我三声祖师爷,我饶你不死!”和尚说:“毛道,你叫我三声祖宗大和尚老爷,我也叫你不活!”老道一听,气往上撞,立刻口中一念咒,就地起了一阵狂风,真是:

好大风,好大风,声如牛吼令人惊。损林木如同劈砍,遮日光杀气腾空。天昏离，宇宙封；滚滚尘沙来的凶。从古也闻风古怪，不似今朝古怪风。

一阵狂风大作，和尚众人一看，又一宗岔事惊人。不知后事如何，且看下回分解。

第一百五十四回

老仙翁法斗济公　请葫芦惊走妖狐

话说老仙翁一念咒，一阵狂风大作。和尚一看，老道会分身法，又变出一个老仙翁来，也是跟他一样，手里拿着宝剑，这个拿宝剑就砍，那个就扎。和尚说："好的，老道会分窠，又下了一个。"说着话，两个老道各掐诀念咒，两个老道化出四个来。四个老道还是不行，把和尚围上，和尚滋溜滋溜跑得真快，四个老道还是砍不着和尚。四个老道一念咒，变八个，八个化十六个，十六个变三十二个，三十二个化六十四个，老道一院子都满了。和尚滋溜滋溜乱跑，和尚说："我可真急了。"立刻和尚抓了一把土，口念："唵嘛呢叭嘧吽！唵敕令赫！"一阵狂风，变出无数的老仙姑，这个老仙姑抱着那个老道不肯放，那个老仙姑抱了那个老仙翁叫乖乖。老道一瞧，事情不好，当时把舌尖咬破，一口血喷出来，把无数的老道收回去，仙姑也化了。玉面老妖狐气得要与和尚拼命，臊得满面红赤。老仙翁说："仙姑不用着急，待我今天要颠僧的命。"立刻由那屋里把乾坤奥妙大葫芦拿出来。老妖狐知道这葫芦的厉害，无论什么妖精收到里面，一时三刻化即为脓血，老妖狐虽有八千年道行，她也当不了，急忙一跺脚，驾起妖风，竟自逃走。老仙翁把葫芦在手中一擎，说："颠僧，你可认识我这葫芦？"和尚说："我怎么不认识？这必是酒铺里的幌子，给你偷来的。我常在酒铺里喝酒，听说你要赊酒，酒铺不赊给你，你一恨，把人家幌子偷来。"老仙翁说："你胡说！你可知道我这葫芦的来历？"和尚说："我不是说酒铺的幌子吗？"老仙翁道："告诉你：

蔓是甲年栽，花是甲月开。甲日结葫芦，还得甲时摘。里面按五行，外面按三才。吸得精灵物，霎时化灰尘。

我这葫芦经过四个甲子。无论什么精灵装在里面，一时三刻化为脓血。你别看我葫芦小，它能装三山五岳，万国九洲。"和尚说："还有些什么个奥妙呢？"老仙翁说："我要把你装在里头，六个时辰，就把你化为脓血。"和尚说："咱们两个人，也没有这么大冤仇呀，你何必要我的命呢？你把我要装到里面，我要难受，我说‘道爷你饶了我吧。’我一嚷，你可把我放出来。”老仙翁说：“可以，只要你知我的厉害，服了我，我就饶你。”和尚说：“随你装吧。”老仙翁立刻把葫芦盖一拔，口中念念有词，只见出来一道霞光，金光绕缭，瑞气千条，霞光一片，看着把和尚一裹，展眼之际，就见和尚给霞光绕得瞧不真了。老仙翁把霞光一收，葫芦盖一盖，老仙翁叫道：“颠僧。”就听和尚在葫芦里答应“哎”。老仙翁说：“颠僧，你觉着怎么样？”就听葫芦里说：“这倒很好，我有个地方住着倒不错。”老仙翁说：“颠僧，你不央求我，少时就把你化了。”这个时候，夜行鬼小昆仑郭顺、孙道全、雷鸣、陈亮连小悟禅，都给老仙翁跪下了，众人说：“祖师爷饶命，我师父有点疯疯癫癫，你不要跟他一般见识。”郭顺说：“济公也是我的师父，前是我师父在曲州府五里碑也救过我的性命，求师父看在弟子面上，把济公救出来吧。”老仙翁说：“我山人原本和他往日无冤，近日无仇，皆因他兴三宝，灭三清，欺负我们三清教的门人太过，我也要给三清教转转脸面。既是救过我徒弟，你等起来，我山人不要他的命就是了。”众人这才起来，老仙翁刚要往外放济颠，只见和尚又打外面“踢踏踢踏”进来了。众人一瞧，也都愣了。老仙翁“呵”了一声，说：“颠僧，我将你装在葫芦之内，你怎么会跑出来了？”和尚说：“我在里边闷得很，故此挤了出来。”老仙翁一瞧，葫芦盖盖着，怎么会挤出来呢？葫芦还觉着很沉重，老仙翁掀开盖往外一倒，“吧哒”倒出来，原来是和尚那一顶破僧帽。老仙翁说：“原来是这一顶破僧帽。”和尚说：“你别瞧不起这顶破僧帽，你还经不住我这顶帽子一打呢。”老仙翁一想：“我仰观知天文，俯察知地理，我怕他这僧帽？”想罢，说：“和尚，你这帽子有多大来历？”和尚说：“倒没有什么来历，有点厉害。”老仙翁说：“我却不信，你把帽子的厉害，拿出来我瞧瞧。”和尚说：“可以。”立刻把帽子往上一捺，口念六字真言，老道一瞧，这帽子起在半悬空，霞光万道，瑞气千条，金光绕缭，犹如一座泰山，照老道压下来。老仙翁一看，暗说：“不好”，心中一动，“这个和尚必有点来历，也须是故意戏耍我。”老道见帽子要落下来，老道知道是厉害，真急了，口中一念真言，立刻天门开了，由天灵盖出来有一尺多长的一个小老道，伸上两只手要接帽子。这就是老道的那点真道行，将来他家功成了，把皮肉囊一脱，就由天灵门走了。要不然，一落生的孩子，天灵盖会动，那就是天门。等到一懂人事，会说话了，天门就闭上了。老道自己这点真灵，今天显露出来,和尚这帽子要真打下来,得把老道打去五百年的道行。济公想和老道无冤无仇,又知道老道素常是好人,罗汉爷不忍伤他,用手一指,把帽子收回去。说:“仙翁,你别听褚道缘、张道陵一面之词,火烧祥云观,只因张妙兴无故施展五鬼钉头法,七箭锁阳喉,恶化梁万苍;雷击华清风,因为他练五鬼阴风剑、子母阴魂剑害人;孟清元身受国法,因他在马家湖杀人,皆因他等为非作恶,实不可解。我和尚有好生之德,并非无故杀害生灵。褚道缘年幼无知,他要跟我和尚作对,我和尚才报应他。大概仙翁你也不知我和尚是谁。”说着话,和尚摸着天灵盖,露出佛光、金光、灵光,老仙翁一看,和尚身高丈六,头如麦斗,面如獬盖,身穿织缀,赤着两只脚,光着两只腿,是一位活包包的知觉罗汉。老仙翁一看,连忙稽首,口念“无量佛”,说:“原来是圣僧,弟子不知,多有冒犯!望圣僧大发慈悲,不要跟弟子一般见识,圣僧请屋里坐。”和尚说:“仙翁不便赔罪,你我倒要多亲近呢。”老仙翁立刻把和尚让到屋中,吩咐童子摆酒。和尚说:“且慢吃酒,我奉烦仙翁一件事。”仙翁说:“圣僧有什么事,只管吩咐。”和尚说:“现在我娘舅王安士家中要念经设坛,我这里有一封信柬,求老仙翁驾趁脚风,送到永宁村,交到就回来,你我再吃酒。”老仙翁说:“是。”立刻接过字柬,竟自去了。书中交代:王安士从国清寺回来,要搭棚办事,叫国清寺给念经,用九十九个和尚,要三放焰口,一百零八个和尚,念梁王经,谁劝也不听。老员外正要派家人去张罗,办事搭棚,知会亲友,大办白事,超度李修缘。王员外要打算把李修缘的那一份家业,全都给花了。正在忙乱之际,外面一声“无量佛”,家人一看,是一位老道:面如古月,发如三冬雪,须赛九秋霜,一部银髯,身穿破衲直,身背后背定乾坤奥妙大葫芦。家人有认识的,说:“这不是天台山的那位神仙么?”这方都知道天台山上有神仙,在山下也瞧得见山上隐隐有树有庙,就是人上不去。山前没有山道,且山上毒蛇怪蟒极多,也没有人敢去。老仙翁常下山采药,人人都知道他是神仙。其实后山有道上去,并不费事,有树遮着,没有人知道。老仙翁也不告诉人,不愿跟仕宦人来往,山上所为清净。今天老仙翁来到门首,说:“我乃天台山上清宫昆仑子是也,贫道特意前来给你王善人送信。”家人把信接过,拿到这里面说:“回禀员外爷,现有天台山那里神仙前来送信。”王安士接过信,打开一看,“呵”了一声。不知济公上面写的什么,且看下回分解。

第一百五十五回

送书信良言劝娘舅　回灵隐广亮请圣僧

话说王安士打开书信一看，认得是李修缘的笔迹。上面写着四句话，写的是：

不必念经与设坛，实是未死李修缘。大略不过三二载，修缘必定转回还。

王安士一看，“呵”了一声，甚为诧异，立刻叫家人把老道请进来。家人出来再找老道，踪迹不见。老仙翁早驾趁脚风回到庙中，说：“圣僧吩咐，弟子已将信送去。”和尚说：“劳驾，劳驾。”仙翁说：“不便太谦。”和尚说：“我和尚将来还有奉求之事，非仙翁助我一臂之力不可。”老仙翁说：“只要圣僧给我一个信，我必到。”立刻吩咐摆酒，老仙翁陪着和尚喝酒。二人一盘桓，倒是道义相投。老仙翁说：“圣僧这打算上哪里去？”和尚说：“我得回庙，现在我庙中有要紧事，有人找我，不回去是不行的，但只一件，别的徒弟都可以带回庙去，唯有这个徒弟，他是个妖精。若到临安城，天子脚下，多有不便。”老仙翁道：“那倒好办，我给他写封信，叫他奔九松山松泉寺去，给长眉罗汉去看庙，长眉罗汉叫罗空长老，僧门中是他掌教[①]。他本是韦驮转世，手使降魔宝杵，所有天下的精妖，皆属灵空长老所管。道门中就是万松山紫霞真人李涵龄掌教，他两个人十年一查山，大概三两天必到我那里来。圣僧何妨在我这多住几天，等他二人来了，我给你引见引见。”和尚说：“我实在有事，你我后会有期，就烦仙翁给写一封信，叫我徒弟悟禅去。”老仙翁当时写了一封信，由济公交给悟禅，悟禅立刻告辞，竟自去了。和尚说：“雷鸣、陈亮，你二人拿我这简帖，附耳如此这般，别给我耽误事。”雷鸣、陈亮点头，和尚说：“悟真，你也回你的庙，安置安置，到灵隐寺找我去。”孙道全点头，同雷鸣、陈亮各自告辞，一同下山去了。和尚同老仙翁喝完了酒，和尚也告辞，老仙翁送到外面。和尚告

---

① 掌教——作“执掌、主持教门事务”解。

了别，一施展验法，展眼到了灵隐寺。刚到庙门首说："辛苦，辛苦。"门头僧一瞧，说："济师父你可回来了，监寺的广亮找了你几天了，打发人在临安各酒馆连你所认识的各施主家都找过了，你快上监寺的屋里去吧。"和尚说："可以。"说着"踢踏踢踏"进了庙。刚来到里面，广亮瞧见说："师弟，你回来了！到我这屋里来吧。"济公说："师兄，你好呢？"广亮说："好，承问承问。"立刻把济公让到屋中。广亮说："师弟，你多日没回来了，我今日给你接风。我知道你吃荤，我给你摆一桌上等海味，师弟，你可一个人吃。我们吃素，都不能陪你呢，去多要几斤好绍兴酒来。"手下伺候人答应而去，工夫不大，把酒摆上。济公也不谦让，坐下就吃。喝了三杯酒之后，济公道："吃人酒饭，得与人做事，使人钱财，得与人消灾。师兄，今天请我喝酒，必然有事吧？素常我在庙里一喝酒，你就说我犯了清规，应当打四十棍，赶出庙去，这都是你的主意。今天你做主叫我喝酒，你是知法犯法，罪加一等。"广亮说："你别说了，我今天是给你赔不是的。素常我们哥俩有些言差语错，别管怎么样，我们总不是外人，你还能记恨么？"济公说："你别绕弯了，不用这些零碎，有什么话见直说吧。"广亮说："既如是，"便向外道，"你们两个人进来，给你师叔磕头。"说着话，只见由外面进来两个小和尚，给济公跪下磕头，跪着不起来。济公一看这两个小和尚，都是面黄肌瘦，罗汉爷一按灵光，早已察觉明白这两个小和尚是怎么一段事。皆因石杭县南门外头，有一座万缘桥，这座桥年深日久失修，全都坍了，不能走人。万缘桥本是一条大路，行路人极多，桥坍了，隔着一条河，过不去来往人了。后来就有人在这河里摆渡，过一个空行人要十个钱，过一个挑子要五十钱，过一辆车要一百钱，过一顶轿要二百钱，一天这摆渡，能落几十吊钱。过路人非得打这边过了，没处可绕，日子长了，他就靠摆渡讹人，就有人瞧出便宜来。人为财死，鸟为食亡。人家也在那边摆摆渡，比他那边减价一半，自然他这边就没有买卖了。他就不叫人家摆，人家说："你也不奉官，许你摆，就得许我。"两造里一争竞，就打起来了。彼此一邀人，一打群架，两下里都受了伤，就在石杭县打了官司。知县一坐堂，把原被告带上去一讯问，两个人一个姓赵行大，一个姓杨行三。知县道："你们因为什么打架？"赵大说："回禀老爷，只因万缘桥坍了，不能过人，我在那里摆摆渡，他也摆摆渡，抢我的买卖。"杨三说："回禀老爷，他摆渡，过一个人要十个钱，挑子要五十，一辆车要一百钱，一顶轿要二百。我摆渡比他减价一半,所为渡人,他不叫我摆,所以打起来,他邀人把我的伙计都打伤了。”知县一听说:“你这两个东西都混账,万缘桥系官道,谁许你们在这里讹人生事?每人罚你们五百吊钱,交出来,好公修万缘桥。下去具结完了案,不然我要重办你们。”这两个人无法,每人交五百吊钱,知县把地方传来一问:“这座万缘桥,可以修补修补行不行?”地方说:“回老爷,这座万缘桥自宋室鼎立以来,这桥工程浩大,独立难成,甚不易修。”知县一听,立刻坐轿,带人来到万缘桥一验,瞧那桥边两岸泊的砖石都没了,还有新起的印。知县一问地方说:“这桥上的砖石,都哪里去了?”地方说:“下役不知被谁偷去。”知县回衙,立刻派人各处去访查,“看万缘桥的石头大砖在谁家,前来禀我知道,我必要重办他。”官人领堂谕出来一访,见海潮寺的后墙,有桥上砖石修的。官人看明白,立刻回禀知县,知县立刻出签票,锁带海潮寺的和尚。海潮寺的方丈名叫广慧,他有两个徒弟,叫智清、智静。官人来到广慧庙中,就把师徒三个锁到门。老爷一开堂,吩咐把僧人带上来,广慧同智清智静上堂,各报名磕头。知县说:“你既是出家人,就应该奉公守法,无故把万缘桥的砖石偷去,卖钱修墙,你是认打认罚?要认打,我把你的庙入官,还要重重办你。认罚,你给我化缘,化一万银子修万缘桥。”广慧说:“僧人愿意认罚化缘。”知县说:“你们愿意认罚就好。”立刻派了四个官人,押着广慧智清智静,每人背五块砖头游街,还叫他手打铜锣,嘴里说:

“声尊列位请听言,手打锣儿来化缘,施主要问因何故?只因偷了万缘桥的砖。”

四个官人押着,不说就打。天天出去,这五块砖背着,谁瞧见谁也不施舍,都说:“有钱也不给贼和尚。”师徒三个,这点罪实在受不了啦。广慧说:“智清、智静,你两个人到灵隐寺去找你师叔去吧,他在那庙里监寺。他那庙里有一位活佛济颠,叫你师叔求求活佛济颠慈悲慈悲,求给咱们化缘。他老人家名头高大,化两万都化得了。”这才在官人手里化了两个钱,在老爷跟前给递了病呈,提说和尚都病了,老爷准了病假,智清、智静够奔灵隐寺而来。一见广亮,智清说:“师叔,了不得了,出了塌天大祸。”广亮一问,智清就把偷砖现在怎么化缘受罪的话一说,又说:“我师父叫我来找师叔,你给转求活佛济颠,帮我们化化缘。他老人家名头高大,准化得出来。”广亮说:“他可有点奇巧古怪的能为,这临安城绅董富户,上至宰相下至庶人，没有不敬服他的，他给人家治的病就多了。无奈他多日没回庙了，他不定在哪酒饭馆里，再不然，就是临安城这些富户家里住着。”就赶紧派人去找，所有各酒饭馆，是济公有往来的地方，全找到了，都没找着。今天找了第五天，忽然济公回来，广亮这才置酒款待，要求罗汉爷化缘。后事如何，且看下回分解。